U0458680

唐宋诗词名家精品类编

李白集

黄河之水天上来

陈祖美　主编

林东海　编著

河南文艺出版社

图书在版编目(CIP)数据

黄河之水天上来:李白集/林东海编著. —郑州:河南文艺出版社,2015.7(2019.7重印)

(唐宋诗词名家精品类编)

ISBN 978-7-5559-0190-7

Ⅰ.①黄…　Ⅱ.①林…　Ⅲ.①唐诗-诗集　Ⅳ.①I222.742

中国版本图书馆 CIP 数据核字(2014)第 295676 号

出版发行　河南文艺出版社
本社地址　郑州市郑东新区祥盛街 27 号 C 座 5 楼
邮政编码　450018
承印单位　河南瑞之光印刷股份有限公司
经销单位　新华书店
开　　本　700 毫米×1000 毫米　1/16
印　　张　23.25
字　　数　375 000
版　　次　2015 年 7 月第 1 版
印　　次　2019 年 7 月第 5 次印刷
定　　价　46.00 元

印厂地址　河南省武陟县产业集聚区东区(詹店镇)泰安路
邮政编码　454950　　电话　0391-2527860

李白（701—762），字太白，号青莲居士，自称与李唐皇室同宗，祖籍陇西成纪（今甘肃天水）。少居蜀中，读书学道。二十五岁出川远游，酒隐安陆。曾西入长安，求取功名，却无所成，失意东归，客居东鲁。天宝初，由贺知章之揄扬，以玉真公主之荐举，奉诏入京，供奉翰林。文才出众，为当道所忌，未几被逸出京，漫游各地。安史乱起，意欲平叛，应邀入永王李璘军幕，后永王为肃宗所杀，因受牵连，身陷囹圄，长流夜郎（今贵州正安）。遇赦东归，往依族叔当涂令李阳冰，不久病逝，葬于青山。以诗名于当世，为时人所激赏，谓其诗可以「惊天地，泣鬼神」。其诗反映现实，描写山川，抒发壮志，吟咏豪情，富于浪漫色彩，因而成为光照古今的伟大诗人。

总　序

⊙陈祖美

　　"一树春风千万枝,嫩于金色软于丝。"白居易描绘春日柳条迎风摇曳之态的名句,无形中似乎也道出了唐宋诗词千姿百态的风姿。从公元第一个千年的中后期到第二个千年的末期,在这一千三四百年的历史长河中,唐宋诗词作为人类精神文明的乳汁,她哺育和熏陶过多少人,她的魅力又使多少人为之倾倒,恐怕谁也无法数计。

　　然而,有一个事实却为人熟知,这就是在唐宋诗词作家中,特别是其中的名家如李白、杜甫、李商隐、杜牧、温庭筠、李煜、柳永、苏轼、周邦彦、李清照、陆游、辛弃疾等,且不说在他们生前身后所担荷的痛苦或所受到的物议和攻讦"罄竹难书",更令人难以思议的是,在21世纪的钟声即将敲响之际,竟发生过这样一件事:

　　这得追溯到1998年的国庆佳节前夕。那是一个不似春光胜似春光的金秋时节,四五十位专家学者从四面八方来到河南——唐代诗人李商隐的家乡,出席李商隐学术研究会第四届年会。由于东道主把此事作为一种文化建设对待,更由于成果斐然的诸位李商隐研究专家的莅临,此次年会的成功和人们的热诚是不言而喻的。但作为本套丛书最初的编撰契机,却是出人意料的:由于对李商隐的全盘否定和极力攻伐所引发的一种怅触——那仿佛是一位挺面善的老人,他历数李商隐种种"罪愆"的具体词句一时想不起了,大意则说李商隐是"教唆犯"。他不但自己坚决不读李商隐,也严令其子女远离这个"教唆犯",因此他的孩子都很有出息。听了这番话,有位大学女教师娓娓道出了她心目中的李商隐,而她的话代表了在座多数人的心声。不必再对那位老人反唇相讥,听了这位女教师的一席话,是非曲直更加泾渭分明。尽管这样,上述那种离奇的话,还是值

1

得深思和认真对待的。

刚迈出这个会场的门槛，时任河南文艺出版社编辑的王国钦先生叫住了我，以商量的口气询问：能否尽快搞一本深入浅出而又雅俗共赏的李商隐诗歌类编，以消除由于其作品内容幽深和文字障碍等所造成的对其不应有的误解，甚至曲解……联想到上述那位老人莫名其妙的激愤情绪，王国钦先生的这一建议，显然既是出自编辑出版人员的职业敏感，更是一种难能可贵的社会责任心。人非木石，对这种公益之举岂有无动于衷之理！后来听说，王国钦还想约请那位堪称李商隐知音的女教师撰写一本《走近李商隐》。这更说明作为编辑出版者的良苦用心，并进而激发了笔者的积极性和应有的责任感。

当我回京后复函明确告知愿意参与此事时，随之得到了王国钦大致这样的回音：一两本书难成气候，出版社领导采纳了王国钦以及发行科同人的倡议，计划力争搞成一套丛书，并将之命名为"唐宋诗词名家精品类编"。而且，还随信寄来了较为详细的丛书策划方案。方案显示：丛书除包括唐代的大李杜、小李杜和宋代的柳、苏、李、辛八卷作品集以外，唐、宋各选一本其他著名诗家词人的精品合集。整套丛书一共十本，每本约三十万字。我当即表示很赞赏这一策划，除建议将李清照换成陆游外，无其他异议。而换掉李清照，并不是因为她的作品达不到精品的档次（相反她的各类作品中精品比例比谁都大），只是因为她在中、晚年遭逢乱世，流寓中大部分著作佚失得无影无踪。后人陆续辑得的十多首诗和比较可靠的约五十首词，即使都算作精品，也很难编撰成一本约三十万字的书稿。当然，要是将评析部分写成两三千言的长文，字数达标是不成问题的。但是这样做，一则太长的文字不尽符合丛书"点评"的体例，二则主要是担心不合乎当今和未来读者的口味与需求。而号称"六十年间万首诗"的陆游，人呼"小太白"，其作品总和万数有余，古今无双，选择的余地非常大，容易保质保量。

双方很快达成了共识。在这里，我愿意负责地告诉读者："唐宋诗词名品类编"丛书，以创意新颖、方便读者为宗旨。所谓创意新颖，是指本丛书既不排除"别裁"式的分类方法，更知难而进地在全面吃透作品内容的基础上，从"题材"方面分门别类。类似的分类，以往只在有关唐人绝句等方面的多人选集中见到过，像这样既兼顾体裁又着眼于题材的分类，尚属前所未有。本丛书还在每类相同题材的若干作品中，均以画龙点睛的诗句作为小标题，每本书则以该作家作品中的最为警策之句加以命名，于是就有了《黄河之水天上来·李白集》《每依北斗望京华·杜甫集》等一连串或气势不凡或动人情愫的书名。从每集作者作品中选取一句最恰如其分的诗句,用作该集的书名——这一创意本身,无形中体现了出版社对"唐宋诗词名家精品类编"丛书的一种极为独到而又相当可取的策划思路。对整套丛书来说,则力求做到"以其昭昭使人昭昭",也就是说,同类精品都有哪些可以一目了然。由此所派生的本丛书其他方面的特点和适用之处,则在每一本书中都不难发现。

原先没有想到的是,出版社嘱我担任整套丛书的主编并撰写总序。对此,我曾经再三谢辞。直到最后同意忝于此事,其间经历了一个不算短的过程,延缓了编撰时间,使出版社在策划之际尚得风气之先的这套丛书,耽搁了一段时间优势。为了顾及一定的时间效益,我于酷暑炎夏中攻苦食淡,最终亦可谓尽力而为了!

最重要的是选择和约请每一集作品的撰稿人。

丛书的第一本是大李(白),其编撰者林东海先生,早在20世纪七八十年代就沿着李白的足迹进行过考察。这对深入研究李白、了解其诗歌的写作背景及题旨等,洵为得天独厚之优势。20世纪80年代问世的《诗人李白》(日文版)及近期关于李白的新著,无不体现出林东海对这位"谪仙人"研究的深湛造诣。因而编撰"唐宋诗词名家精品类编"丛书中的李白集,对林东海来说是轻车熟路、手到擒来之事;而对读者来说,则将有幸读到一本质量上乘的好书!

至于小李(商隐)诗歌编撰者黄世中先生,我在20世纪90年代初于天涯海角与其谋面之前,已有多年的文笔之交,而且主要是谈及李商隐。仅我拜读过的黄世中有关玉溪生的论著已臻两位数。他对人们所感兴趣的李商隐无题诗尤其研究有素,对李商隐著作的每种版本乃至每一首诗几乎无不耳熟能详,其家传和经眼的有关李义山的典籍,几乎难有与之相埒者。因此由黄世中承担本丛书的李商隐集,可谓厚积薄发,定能如大家所预期的那样,以深入浅出之作,引导人们沿着正确的途径走近李商隐,从思想性和艺术性两方面,说明其独特的价值之所在,从而向广大读者奉献一餐美味而富含营养的精神食粮。

人们所称"小李杜"中的小杜,指的是《樊川文集》的作者杜牧。关于杜牧诗歌的精品类编,之所以约请胡可先先生编撰,是因为早在他到南京师范大学做博士后之前的1993年,就已有专著《杜牧研究丛稿》出版,可谓对杜牧研究有素。同时,笔者自然也联想到曾经拜读过的胡可先的一系列功力颇深的论文。如他提供给中国唐代文学学会第九届年会的关于"甘露之变"与晚唐文学的论文,其中既有惊心动魄之笔,亦有细致入微之文。特别是其中把"甘露之变"对文人心态的影响,以及晚唐诗歌之被目为"衰世之音"的原因所在,剖析得很有说服力。"甘露之变"时,杜牧刚过而立之年。稔悉这一政治和文学背景的胡可先,对杜牧诗歌进行注释和评点自然易近腠理,能于深邃之中探得其诗歌之内涵,弘扬其精华,同时也就消除了人们对杜牧的某种片面理解。

丛书的宋代名家中,柳永的年辈最高,但对其生平事迹和作品系年,后人都曾有重大误解。而浙江大学文学院的吴熊和先生,对此曾做过令人深信不疑的考证和厘定。柳永集的编撰者陶然先生,自然会承祧其业师的这些重大的学术成果,贯穿于自己的编著之中,从而撰成一本甄误出新之作。再者,陶然虽说是这套丛书十位编著者中最年轻的一位,但他有着相当机智精练的语言功底。无论其何种著作,行文中总是既以流丽多姿的现代语汇为主,又不时可见精粹的文言成分,其用语既富表现力,又令人颇感雅洁可读。同时,他作为年轻的文学博士,在其撰著中很善于运用新颖的科学论析方法,兼具宏观把握和微观剖析两方面的优长。表现在此著中,既有对词学源流的总体把握,又能对柳永诗词做出中肯可信的注释和评析。

苏轼是古往今来文学家中最具魅力的人物。选评苏轼诗词精品的陶文鹏先生,则是名声在外的多才多艺之辈。在他相继撰写、出版的多种论著中,有不少是关于苏轼诗词方面的,堪称是东坡难得的知音之一。以其不久前结项的"国家社会科学基金项目"——《中国古代山水诗史》一书为例,关于苏轼的章节就写得特别全面深透。其中不仅有定性分析,还有相当精确的定量分析。在其他各种论著中,陶文鹏不仅对两千六百余首苏轼诗中的精品有所论列,对三百余首东坡词的代表作亦时有画龙点睛之评。在这样的基础上所撰成的本丛书苏轼集,更不时可见出新之笔。比如,书中引述"苏轼诗词创作同步说",以及对《念奴娇·赤壁怀古》中的"故国神游"等句的新解,都体现了苏轼研究的最新学术成果。

从编著者的组成来看,这套丛书最突出的特点是较多女性编著者的参与。人数虽然只有宋红、高利华、邓红梅、陈祖美四位,男女编著者的比例只是三比二,与"半边天"的比例还有些距离。但是请君试想:迄今为止,在有关古典文学作品的类似规模的丛书中,有哪一套书的女编著者或作者能占到这样大的比重?

在这里需要说明的是,编撰本丛书的初衷和着眼点,绝不是单纯地追求女作者的人头优势,主要还是在不抱任何性别偏见的前提下,使每位撰著者的才华和实力得以平等展现!

不妨先从宋红先生说起。她从北大中文系毕业来到人民文学出版社古典文学编辑室不多久,就主持编辑了一本《〈诗经〉鉴赏集》。我在撰写其中《〈邶风·谷风〉绅绎》一文的过程中,宋红在关于泾渭孰清孰浊的问题上提出了很好的建议。后来这篇标题为《借荠菲之采,诉弃妇之怨》的拙文,竟得到一些读者的由衷鼓励,这与宋红的建议有着密不可分的联系。她的才华在相当大的学术范围内几乎是有口皆碑的,这自然也与她所处的学术环境有关。以 20 世纪 80 年代初在出版界出现的"鉴赏热"为例,她所在的古典文学编辑室及时推出了规模可观、社会效益甚好的《中国古典文学鉴赏丛刊》。特别是较早出版的关于唐宋词、汉魏六朝诗歌和《诗经》等鉴赏集,对这一持续了约二十年之久的"鉴赏热",起了很好的导向作用。这期间,宋红在编、撰结合中得到了很实际的锻炼。所以,此次她在编撰本丛书杜甫集这一难度颇大的书稿时,一直是胸有成竹,甚至发现和纠正了研治杜诗的权威仇兆鳌等人的不少疏误。这种学术勇气和责任心是极为难能可贵的。

生在绍兴、长在绍兴的高利华先生,她喝的不仅是当年陆游喝过的镜湖水,而且与这位"亘古男儿一放翁"还有一种特殊的缘分——在她从杭大毕业回到绍兴任教不久,即参与筹办纪念陆游八百六十周年诞辰大型学术活动。这是她逐步走近陆游的一个难得的良好开端。此后每五年举办一次的同类学术活动,自然都少不了她这位陆游研究者的热心参与。直到今天,在她担负着绍兴文理学院中文系极为繁重的教学任务和该校学报执行主编的同时,她的身影还不时出现在陆游的三山故里及沈氏名园之中,进行实地考察、拍照,仿佛仍在时时谛听着陆游的创作心声……这一切,对于高利华正确地解读陆游均有着难以替代的重要作用。体现在她所选评的本丛书陆游集中,尤其值得一提的是,在"灯暗无人说断肠"一类中,她是把《钗头凤》作为陆游与其前妻唐琬彼此唱和的爱情悲剧之章收入的。这一点是有争议的。假如她一味按照自己的观点解读此词,无疑是片面的。好在高利华把这首词的有关"本事"及关于女主人翁是唐琬还是蜀妓的历代不同见解,在简短的文字中胪述得清清爽爽,洵可作为有关《钗头凤》词的一篇作品接受史和学术研究史来读。仅就这一点,没有对陆游研究的相应功力和对这位爱国诗人的一颗赤诚之心，是难以做到的。

人们如果很欣赏哪位演员的表演才华，往往夸赞说某某浑身都是戏。我初次与邓红梅先生在一次学术会议上谋面时，就明显地感觉到她浑身都透着活力。等到听了她的发言、看了她关于辛弃疾的文章之后，便感到这种活力远不止表现在触目所见的外形上，更洋溢于其智能、业绩之中。所以在考虑辛弃疾集的编著者时，我便自然而然地想到了这位从江南来到辛弃疾故乡的、极富活力的女博士。当笔者与邓红梅在电话里初谈此事时，她二话没说，仿佛是不假思索地说："我将写出一个与众不同的辛弃疾！"果然不负所望，她很快将辛弃疾六百余首词中的佳作按题材分为主战爱国词和政治感慨词等十一类，从而把人称"词中之龙"的辛弃疾，由人及词全面深刻地做了一番透视与解剖。这样，即使原先是"稼轩词"的陌路人，读了邓红梅的这一编著，沿着她所开辟的这十多条路径往前走，肯定会离辛弃疾其人其词越来越近，并从中获得自己所渴望的高品位的精神享受。

然而令人痛心的是应了那句"文章憎命达"的谶语，红梅竟在其春秋尚富的2012年离开了我们，我和不少熟悉她的文友都为之痛楚不堪！在她逝世两周年之际，"唐宋诗词名家精品类编"丛书（共十卷）得以重新修订出版。此系每位编撰者有所期待的良机，然而九泉之下的红梅对于她所编撰的辛弃疾集则无缘加以厘定。忝为这套丛书的主编，我有义务联手责编王国钦先生代替红梅料理她的这一学术后事。所以我在肠癌手术尚未痊愈的情况下，通校了辛弃疾集，从而深感红梅堪称辛稼轩的异代知音！她对每一首辛词的"点评"之深湛精到，令我不胜服膺。对于红梅出色"点评"的内容要旨，我未加任何改动。对于我在此次通校中所发现的问题，大致分以下两种情况：一是个别漏校或笔误，诸如"蛾眉"误作"娥眉"，"吟赏"误作"饮赏"，"疏"误为"书"，"金国"误为"全国"，"谕"误为"喻"，"询"误作"讯"等，径作改正。二是对于"惟"与"唯"，想必红梅曾和我一样理解为此二字必须严格区分，就连"唯一"也必须写作"惟一"；"唯"只用于"唯心""唯物"等少数哲学词汇，其他均写作"惟"。然而在红梅去世后问世的《通用规范汉字字典》（商务印书馆，2013版）"惟"的第二义项与"唯"是相同的。所以我此次通校过的唐代合集和辛弃疾集中所用合乎《通用规范汉字字典》规定的"惟"字义项，都没有改动。

上述未经本人审阅的作者"小传"，鉴于笔者了解情况不尽全面，表述又不见得很准确，所以不一定完全得到"传主们"的首肯。但是有一点，即使他们不予认可笔者也要坚持：这就是他们均为治学严谨的饱学或好学之士，对于唐宋诗词的研究尤为擅长。不具备这方面的优势，所撰书稿很容易误人子弟。因为不论是唐诗宋词或唐词宋诗，其老版本都曾存有各种谬误。即使一些很有影响、极受欢迎的选本，当初由于各种条件的限制，也都存在着种种不足之处。没有相应的学识，没有严谨的态度，不加深究，就很难发现问题，很容易以讹传讹。

本丛书的所有编撰者，在这方面都是可以信赖的。而他们的另一共同点是，大都具有与古代诗词名家发生共鸣的文学创作才能。仅就笔者经眼之作来说，比如林东海的《登戏马台》诗云：

> 当年戏马上高台，犹忆乌骓舞步开。
>
> 九里狂沙怜赤剑，八千热血恨黄埃。
>
> 时来竖子功名立，运去英雄霸业摧。
>
> 回首楚宫空胜迹，云龙山外鹤鸣哀。

此系诗人于彭城（今江苏徐州）凭吊项羽之作，其用事、用典何等妙合自然，感慨又何等遥深，早被旧体诗词的行家里手赞为"诗风沉郁，颇似杜少陵之抑扬顿挫"。笔者所拜读过的林东海的其他诗作还有七绝《过邯郸学步桥》、七律《吊白少傅坟》《马嵬坡怀古》等，也都是思覃律精，足见功力之深。

在黄世中只有十五六岁时，他就曾有感于一出南戏对陆游、唐琬爱情悲剧表现之不足，遂写了一个自己心目中的陆唐情深的南音剧本，且作词、谱曲一气呵成，后来又把陆唐之恋编成了电影文学剧本。当他将这一剧本寄到上海海燕电影制片厂后，不久就收到该厂回复的长信，希望他对剧本做一些加工修改以期拍摄。同时，黄世中还把剧本寄奉郭老（沫若）和朱东润先生求教，并很快收到了郭老和朱先生加以鼓励的亲笔回信。笔者不仅细读过黄世中所写的历史小说和颇具规模的散文集，还亲耳聆听过其具有南昆韵味的自弹、自唱、自度之曲，其文艺才能可见一斑。

陶文鹏是新诗、旧诗俱爱，而且几乎是张口就来，出口成章。例如他的一首七律《晚云》：

岁月催人近六旬，经霜瘦竹尚精神。

胸中故土青山秀，梦里童年琐事真。

伏枥犹思腾万里，挥毫最喜绘三春。

何须采菊东篱下，乐在凭栏对晚云。

此外，陶文鹏还有一副高亢嘹亮的歌喉，每次在学术会议上总是属于最为活跃的一族。多年来，他一肩双挑，编撰兼及，硕果累累。当然，这一次他将再度奉送给读者一个惊喜。

宋红谙悉音律，对旧体诗词的写作堪称得心应手。其长篇五古《咪咪歌》，把她的宠物猫咪写得活灵活现，想必谁读了都得为之捧腹不迭。此诗被识者誉为："神机流动，天真自露。猫犹人也，可恼亦复可爱，以其野性存焉。"

在20世纪60年代出生的那辈人中，旧体诗词的爱好者已不多见，擅长者更是凤毛麟角，而毕业于河南大学中文系的王国钦却对此情有独钟。20世纪90年代初，他曾写过一首题为《桂林赴上海机上偶得》的七律，诗云：

关山万里路何迢？鹏鸟腾飞上九霄。

云海涛惊心海广，航空技越悟空高。

却思尘世多喧扰，莫道洪荒不寂寥。

笑瞰人间藏碧水，乾坤一点画中瞧。

此诗为老一代著名诗人所看重并为之精心评点："……首联设问，引出壮志凌云；颔联设比，胸怀何其广大；颈联表现一种复杂的矛盾心理；尾联化大为小，小中见大，表现了作者对人间的无限依恋与热爱。作者融天上人间、喜乐忧烦、神话科技于一诗，别具情趣，也别有一种超乎时空的磅礴之气。"王国钦在诗词兼擅的基础上，还从1987年至今摸索、创造出一种新的诗歌形式——度词、新词，并得到当代诗词界人士的广泛称赏。当初他来京商谈丛书编选的诸项事宜时，我因为手上稿事过多等缘故，希望与他一同主编丛书。他诚恳地说：自己可以多承担一些具体的编辑工作，主编还是由社外专家担任，所以只承担了宋代合集的任务。之所以再三邀他负责宋代合集的编选，也正是由于他对宋词的偏爱和对词体发展的不懈努力。

20世纪90年代初,中州古籍出版社曾出版、再版过一本享誉海内外的《当代诗词点评》。在这本厚达六百七十多页的选集中,所有编著者均按长幼顺序排列。排头是何香凝,而高利华是其中最年轻的女编著者——在当时也是旧体诗词界最为年轻的新生代。此书选收了高利华的《浣溪沙·夜出遇雨》《菩萨蛮·雨过索溪向晚戏水》等篇,行家认为其词善于将"陈句融化,别出新意,既富造诣,又见慧心"。其《八声甘州·八月十八观钱江潮》有句云:"叹放翁、秋风铁马,误几回、报国占鳌头。休瞧我,凭栏杆处,欲看吴钩。"此作更被知音者推为:"上片写景,是何等气势!下片怀古,是何等襟期!山阴多奇女子,信哉!"

笔者之所以对丛书编著者们如此着意介绍,既不同于孟子所云"知人论世",也与胡仔所谓"知人料事"不尽相同。这里似乎略同于学术领域的"资格论证"和文化消费中的"品牌意识",或者说借重上述诸位的专长和才华,以增加读者对这套丛书的信任感,在假货无孔不入的情势下使精神消费者能够放心。虽说人们对某种"品牌"的喜爱和信任程度,最终要靠"品牌"本身的质量说话;虽然即使声势浩大的"广告",最终也不见能抵得过下自成蹊的"桃李"的魅力,但是还有一种"话不说不明,木不钻不透"的更为通俗和适用的道理——被埋在地下的夜明珠人们尚且看不到它的光芒,而一个新问世的"品牌",多少也需要自我"表白"一番的。

本套丛书初版于2002年8月,之后已陆续重印多次。随着时间的推移,虽然丛书在封面设计、版式设计及印刷质量等方面略显不尽人意之外,但在内容的编选和点评方面却依然值得肯定。因此,丛书的本次重印,除由编选者对内容进行了个别的修订、勘误之外,还由出版社对封面、版式进行了重新设计,将印刷质量进一步提高。同时,本着"把辛苦留给自己,把方便提供给读者"的编辑初衷,丛书又在一些体例方面做了进一步规范。比如对于词牌、词题在目录或引述时的表述方式,无论是在学术界或是在出版界,并无明确而统一的规范形式,所以不同的编选者就不可避免地出现了不同的表述。而这对于一套丛书来说,就出现了体例上不统一的问题。经过多方的交流、咨询和讨论,出版社在修订时提出了统一规范的建议,笔者认为十分必要。

具体来说,规范之前的一般表述形式大约分为三种情况:(一)原作既有词牌又有词题:"词牌·词题",如周邦彦《少年游·感旧》;(二)原作只有词牌却无词题:"词牌",如秦观《鹊桥仙》;(三)原作只有词牌却无词题:"词牌(本词首句)",如秦观《鹊桥仙》(纤云弄巧)。

本次规范之后,实际上是把第二、第三种无词题的情况合并为了一种形式,也就是说把原作无词题的情况统一都表述为"词牌(本词首句)",如姜夔《暗香》(旧时月色)。进行这样的规范,起码有这样两点好处:(一)对现在并不太了解古典诗词(尤其是词)表现格式的读者来说,能够将有无词题的作品进行一目了然的区分;(二)对于一般读者和研究者来说,方便对同一作者同一词牌的多首作品进行准确表述及辩识。而出版社的这些建议和规范,恰恰是丛书初衷的自觉践行。作为本套丛书的主编,笔者当然表示尊重和欢迎。

一言以蔽之,这套丛书的最大特点和长处是策划独到、思路新颖,它仿佛为每位编选者提供了一双崭新的"鞋子"。穿上这双"新鞋",是去"走世界"还是到唐宋诗词名人家里"串门子",抑或是像"脚著谢公屐"似的爬山登高,那就该是因编选者各自不同的"心气"而有所不同的事情了。但我可以夸口的是:他们全都没有"穿新鞋走老路"!

初稿于 1999 年 10 月,北京

改定于 1999 年 12 月,郑州—北京

厘定于 2015 年元月,北京

目　录

行路维艰·拔剑四顾心茫然

友情答赠·别意与之谁短长

别有怀抱·明朝有意抱琴来

前　言

　　星空里,有一颗最明亮的星,叫启明星。启明星就是金星,亦称太白,或称太白金星,是太阳系九大行星的第二星,运行于水星与地球之间,其轨道所处方位,旦见于东方,曰启明;昏见于西方,曰长庚,即所谓"东有启明,西有长庚"(《诗经·小雅·大东》)。唐诗人李白之降世,相传惊姜之夕母梦长庚,因以为金星所化,故字太白。倘撇去神话般的附会不论,而方之以金星,却是颇为贴切的妙喻:他端的是如同星空的唐代诗坛上最明亮的一颗"金星",在不同的方位,从不同的视角,又常常会引发不同的说法和评价,犹东曰启明,西曰长庚。

　　人类创造了历史,也塑造了历史,故或将历史喻为美女,可以随意装扮。李白就是可塑性很大的历史人物,终其一生,服饰屡更,从仙人霓裳、道徒法服,到平民布衣无不披挂,使人眼花缭乱,因而往往看不清其真正面目。不同时代的人,会以不同的眼光和手段塑造历史,包括历史人物,但是,要知道,历史也在铸造人,不同时代的人物,都是不同时代的历史所铸造的。李白就是盛唐时期这段历史铸造出来的伟大诗人,脱去当代和后世所加给他的种种外衣,便可以看到他的本来面目,看到他身上烙下的种种时代印记。

　　太白所处的时代,正是唐王朝处于极盛的巅峰,又从巅峰上跌落下来的历史转折时期。由盛转衰的社会矛盾,决定了李白充满矛盾的出处观和人生观。既有盛世士人自信好强的积极进取精神,又有危世士人明哲保身的消极隐退思想。他常以横海鲲负天鹏自拟,有兴社稷,安黎元,"使寰区大定,海县清一"(《代寿山答孟少府移文书》)的宏伟志愿,又往往以陶朱公、鲁仲连自况,有"功成拂衣去,摇曳沧洲傍"(《玉真公主别馆苦雨赠卫尉张卿》)的退隐思想。功成身退的出处观和人生观,虽说渊源有自,却正是开元盛衰转折之际各种社会思潮和社会矛盾在李白身上的反映。李白总想功成而身退,然而自青壮至衰老,数十年的进取,却迄无成功之时，因而也就无所谓身退。他想仿效战国时期的策士，以纵横之术，谋王霸之道，游说万乘，平交王侯，立不世之功，建千秋之业，这种脱离实际的奇想，即在战国亦难以实现，况在唐世，自然更无成功之日。所以他在不断追求中，不断遭到失败，干谒失败、投献失败、奉诏失败、北上失败、从璘失败，乃至银铛入狱，长流夜郎，最后病死当涂，埋骨青山。其于《临终歌》曰："大鹏飞兮振八裔，中天摧兮力不济，余风激兮万世！"其政治才能未能比拟鲲鹏，其诗歌才能，却端的如同鲲鹏，变化无穷，流风万世！

文如其人，风格即人格，李白思想复杂多样，又为各式外衣所装扮，成了最富于传奇色彩的诗人，其所作之诗，自然也就充满神奇的风致。

笔落惊风雨，诗成泣鬼神。

——（唐）杜甫《寄李十二白二十韵》

口吐天上文，迹作人间客。

——（唐）皮日休《李翰林》

常思李太白，仙笔驱造化。

——（唐）释贯休《古意》

就在唐代，太白之诗便不胫而走，广为流传，甚至"新诗传在宫人口，佳句不离明主心"（任华《杂言寄李白》）。在唐人的眼中，于李诗无以名状，谓其"泣鬼神"，"驱造化"，"口吐天上文"。殷璠《河岳英灵集》曰：《蜀道难》等篇，可谓奇之又奇。"独标一"奇"字，以状其风神。奇者，正之反也。《老子》有所谓"以正治国，以奇用兵"。治国经之纬之，宜正；用兵变之幻之，宜奇。于诗文则奇正相参，各有长短；或偏于正，或偏于奇，各有所好。文出以奇，为读者所好，而赏音为难。故汉王褒为太子"朝夕诵读奇文"（《汉书·王褒传》），而晋陶潜则曰"奇文共欣赏"（《移居》诗）。何谓"奇"？词书释曰：出人意表，变幻莫测。以法书为喻，正似楷书，奇如草体。元郝经《叙书》曰："楷则孟子七篇，草则庄周万言；楷则子美之诗，草则太白之诗也。"楷正易会，草奇难知，诚如明顾璘所云："文至庄，诗至太白，草书至怀素，皆兵法所谓奇也。正有法可循，奇则非神解不能。"（《书吴文定临怀素自叙帖后》，《顾玉华集》三十八）是以知奇文索解为难，因须"疑义相与析"（陶潜语）也。文之所谓奇，乃属于主观之表现，而所谓正，则属于客观之再现。表现主观以反映客观，是由虚见实；再现客观以显示主观，是由实见虚。由实见虚，易于体会；由虚见实，则难于感悟。故古来于文之奇者，解人不可多得，且各有所解，歧义纷然。唐诗人李杜并称，而奇正有别。屠隆曰："杜甫之才大而实，李白之才高而虚；杜甫是造建宫殿千门万户手，李白是造清微上天五城十二楼手。杜极人工，李纯是气化。"(《论诗文》)袁宏道亦谓："青莲能虚，工部能实；青莲惟一于虚，故目前每有遗景，工部惟一于实，故其诗能人而不能天，能大能化而不能神。"(《答梅客生开府》)杜诗正而实，读杜者于诗旨少异议；李诗奇而虚，读李者于诗旨则多歧说。

大雅久不作，吾衰竟谁陈？

王风委蔓草，战国多荆榛。

龙虎相啖食，兵戈逮狂秦。

正声何微茫，哀怨起骚人。

扬马激颓波，开流荡无垠。

废兴虽万变，宪章亦已沦。

自从建安来，绮丽不足珍。

圣代复元古，垂衣贵清真。

群才属休明，乘运共跃鳞。

文质相炳焕，众星罗秋旻。

我志在删述，垂辉映千春。

希圣如有立，绝笔于获麟。

——《古风五十九首》其一

这是李白评述诗歌源流得失的一首论诗诗，从中可以看出，其文艺观主张文质并重。孟棨《本事诗·高逸》载，李白于诗歌，否定"艳薄"，提倡"兴寄"，并说："将复古道，非我而谁？"其诗论正承陈子昂所倡导的"兴寄"与"风骨"。他就是在这种观点指导下进行创作的，在唐人看来，他的诗歌也体现了这种精神，正如李阳冰所说："凡所著述，言多讽兴。"(《草堂集序》)吴融也说："国朝能为歌为诗者不少，独李太白为称首，盖气骨高举，不失颂咏讽刺之道。"(《禅月集序》)然而，自元白始，非李诗者，却说其诗无所兴寄，谓"索其风雅比兴，十无一焉"(白居易《与元九书》),谓"白识见污下,十首九首说妇人与酒"(传王安石语,见宋胡仔《苕溪渔隐丛话》),谓"文而无质"(李纲《书四家诗选后》)。其所评适与太白文艺观相悖,亦与李阳冰、吴融所论相左。抑李论之所由兴,有社会政治、文艺思潮以及个人喜好诸多因素的影响,还有一个重要原因,就是对于"奇"不能理解或不能接受。元白重"实",故无取于太白之"奇"(元谓李"以奇文取称",白谓李"才矣奇矣"),王安石、李纲则未悟太白之"奇"(陆游《老学庵笔记》疑王安石之语为伪托)。因此,要真正读懂并恰当评价李白的诗歌,必须正确对待和准确理解其奇之所以为奇,及其特点和源流。

太白诗之奇,非无知音,然古来评议类皆出以形容之语,虽不乏妙喻,饶有妙趣,却只可意会而难以言传。诸如:

言出天地外,思出鬼神表,读之则神驰八极,测之则心怀四溟。

——(唐)皮日休《刘枣强碑文》

开口动舌生云风,当时大醉骑游龙;开口向天吐玉虹,玉虹不死蟠胸中。然后吐出光焰万丈凌虚空。

——(宋)徐积《李太白杂言》

李太白如刘安鸡犬,遗响白云,核其归存,恍无定处。

——(宋)敖陶孙《臞翁诗评》

太白诗如素月流光,采云弄色,天然意态,无迹可寻。

——(明)陈沂《拘虚集·诗谈》

(太白)诗之不可及处,在乎神识超迈,飘然而来,忽然而去,不屑屑于雕章琢句,亦不劳劳于镂心刻骨,自有天马行空不可羁勒之势。

——(清)赵翼《瓯北诗话》

上录评语,所谓思出鬼神,口吐玉虹,仙鸡遗响,天马行空,种种比喻,皆欲道出太白诗之"奇"。其所作妙喻,仔细品之,并非不着边际,而各有所切入,或切其想象丰富,或切其热情奔放,或切其变幻不定,或切其天然无迹,或切其气势豪放,然只能从形象的比喻中领悟,一经道出,便失其味。味其味已是不易,以其偏而悟其全,更不易悟。因而,今人之读李诗,自宜以新的文学观念,加以解读,并寻绎出李诗之奇的特点,庶几不致一味模糊,以兴寄解兴寄,以象征说象征。

古人论文之所谓奇正,犹近世之所谓浪漫主义与现实主义。高尔基说:"在文艺上,主要的潮流或者是倾向,共有两个:这就是浪漫主义和现实主义。对于人类和人类生活的各种情况,作真实的赤裸裸的描写的,谓之现实主义。浪漫主义的定义,过去曾经有过好几个,但是所有的文学史家都同意的正确而又完全周到的定义,在目前却还没有,这样的定义也没有制定出来。"(《我怎样学习写作》)此亦以浪漫主义为最费解,难以立下正确而周到的定义。浪漫主义作为一种文艺思潮,产生于十八世纪末十九世纪初之欧洲,表现资产阶级革命精神;作为一种文艺创作方法,则古已有之,无论中外。我国古人之所谓"奇"者,就是近似今人之所谓浪漫主义。按今人通常的解释,浪漫主义这种创作方法,在反映现实上,善于抒发对理想世界的热烈追求,常用热情奔放的语言、瑰丽的想象、夸张的手法来塑造形象。塑造形象云云,是"典型"说理论对于戏剧小说以及叙事诗而言的,未必尽适用于我国传统抒情诗文的评论。所以要正确理解太白的浪漫主义,领悟其艺术之"奇",只能从李诗创作的实际情况,探讨其主要特色。

古代诗人,最具独特个性者,莫如李白。他是富于传奇色彩的奇人,故诗亦最具浪漫精神,即所谓奇之又奇:有奇情,有奇气,有奇思,有奇响,有奇语,至少有此五"奇",兹略述如下:

一曰奇情。情之所至,诗亦至焉。太白之诗,几乎都是抒情诗。其为言志者,亦缘情也,可视为政治抒情诗。元季方回《秋晚杂书》诗谓太白"最于赠答篇,肺腑露情愫";其实,何止于交游赠答诗中吐露真情,即发表政见之诗,亦未尝不慷慨陈情。无论是政治抒情诗,抑或是交游赠答诗,都表现出他的痴狂之情。"一朝君王垂拂拭,剖心输丹雪胸忆。忽蒙白日回景光,直上青云生羽翼"(《驾去温泉宫后赠杨山人》),写入京随驾的得意,是痴情;"安能摧眉折腰事权贵,使我不得开心颜"(《梦游天姥吟留别》),写蔑视权贵的个性,是狂情;"思君若汶水,浩荡寄南征"(《沙丘城下寄杜甫》),写朋友离别的思念,是深情;"令人惭漂母,三谢不能餐"(《宿五松山下荀媪家》),写感谢农妇的款待,是激情。他有时干谒求官,随从流俗,但却不会矫情自饰,屈膝献媚。所谓如东方朔"戏万乘若僚友,视俦列如草芥"(晋夏侯湛《东方朔画赞》),虽言过其实,却道出其平交王侯游说万乘的游侠策士性格。无论对君王,对官吏,抑或对朋交,对庶民;无论是颂是讽,抑或是赠是答,类皆一视同仁,报以真情。这在官本位等级森严的封建社会里,是十分罕见的奇人所特有的奇情。这种奇情,即在今日,也不能不令人赞叹！

二曰奇气。古人讲气，孟子有所谓"养浩然之气"（《孟子·公孙丑》）；论文亦讲气，沈约有所谓"以气质为体"（《宋书·谢灵运传论》）。王世贞《艺苑卮言》曰："太白以气为主，以自然为宗。"读太白之诗，反复吟味，必然会感到有奇气运行于其中，然后知其诗之有气势、气脉与气韵。太白诗气势雄强，尤其是乐府歌行，汪洋恣肆，势不可挡。如《蜀道难》、《远别离》诸作，读来势如倒峡，奔腾直下。即谢榛所谓"若疾雷破山，颠风簸海"（《四溟诗话》），胡应麟所谓"疾雷震霆，凄风急雨"（《诗薮》）。太白诗气脉贯通，虽万象凑集，不可端倪，然自有奇气经脉贯穿于其中。清李调元谓其乐府"飘飘如列子御风，使人目眩心惊；而细按之，无不有段落脉理可寻"（《雨村诗话》）；方东树亦云："大约太白诗与庄子文同妙：意接而词不接，发想无端，如天上白云，卷舒灭现，无有定形"（《昭昧詹言》）。行文如龙跳天门，虎卧凤阙，变化无端，而章法承接皆从容于法度之中，此正见其气脉之奇。太白诗气韵超逸，因有谪仙之号，世称其有仙才，诗亦带仙人逸气，即所谓"仙风化境"（明方弘静《千一录》）。胡应麟曰："千古词场称逸者，吾于文得一人曰庄周，于诗得一人曰李白。"（《诗薮》）读其诗，如汉武帝之读司马相如之《大人赋》，"飘飘有凌云之气，似游天地之间意"（《史记·司马相如列传》），正见其诗气韵之高，不同流俗。

三曰奇思。为文必神于思，思理之妙，神与物游，挫万物于笔端，接千载于瞬间。刘勰云："意翻空而易奇，言征实而难巧也。是以意授于思，言授于意，密则无际，疏则千里，或理在方寸而求之域表，或义在咫尺而思隔山河。"（《文心雕龙·神思》）太白之诗，义着实处，而意每翻空，故思易出奇。其论诗重在兴寄，其作诗亦多兴寄，常以实为虚，创造各种兴象。自风骚始，即在诗中运用香草美人、神仙幻境、历史典故诸多喻象，经魏晋六朝的继承与发展，如《游仙》之作，《咏史》之篇，又特加弘扬，至太白而集其大成，驱运万象，得心应手。"雨落不上天，水覆难再收。君情与妾意，各自东西流。昔日芙蓉花，今成断根草。以色事他人，能得几时好。"（《妾薄命》）以香草美人寄兴，寓意深远，且富于哲理；"青冥浩荡不见底，日月照耀金银台。霓为衣兮风为马，云之君兮纷纷而来下。虎鼓瑟兮鸾回车，仙之人兮列如麻。"（《梦游天姥吟留别》）以神仙幻境寄兴，惝恍莫测，而旨意遥深；"严陵高揖汉天子，何必长剑拄颐事玉阶。达亦不足贵，穷亦不足悲。韩信羞将绛灌比，祢衡耻逐屠沽儿。"（《答王十二寒夜独酌有怀》）以历史典故寄兴,巧于比喻,善于借古讽今。各种兴象的运用,多以实为虚,由虚入实,无不善于掉弄,造出奇怪,惊心动目,妙达旨意。其文思之奇,正如沈德潜所云:"太白想落天外,局自生变,大江无风,涛浪自涌,白云卷舒,从风变灭。此殆天授,非人力也。"(《说诗晬语》)

四曰奇响。读太白诗,抑扬顿挫,波澜起伏,如三峡流泉,声韵自然,殆同天籁。诗之节奏,或体现于文字声律,即所谓浮声切响的平仄规律;或体现于语句情调,即流动于诗中的情感旋律。文字声律,可称之为外节奏;语句情调,可称之为内节奏。太白能作律体,其奉诏翰林所作《宫中行乐词》八首,皆为十分工整的五言律诗;然他却极少作律诗,即便作律体,亦不为律所缚,常以古诗为律体。其《夜泊牛渚怀古》,虽声调入律,而全篇不用对句,且语句情调近于古体;其《登金陵凤凰台》,或推为有唐七律之冠,然声律失黏,对仗欠工,而读来却音情顿挫,自有天然韵致。即所谓"以古诗为律诗,其调自高"(明方弘静《千一录》)。至其古风、歌行以及七绝,则纯以内节奏见长。读其《蜀道难》、《远别离》、《将进酒》、《梁甫吟》、《梦游天姥吟留别》诸作,字句长短,声调轻重,皆随意而行,依情而定,薄于声律,开口成文,无不出于自然而能发奇响。清李调元云:"古诗音节有在字之平仄者,有在句法者,有在押韵者,而其究则辅气以行……总之,以气为主,气盛则言之短长与声之高下皆宜,岂独作文为然哉。气有抑扬而声随之,古诗莫不然,而在杂言(如《蜀道难》、《梦游天姥吟留别》等作)为尤要,漫指为英雄欺人者,不明乎气与声之妙者也。以气为主,以句法为辅,而复以字之平仄调剂于其间,古诗音节无余蕴矣。"(《十二笔舫杂录》)所论极是,然实不易学,故嗣响寂寥。

五曰奇语。诗之语言,有别于论说,必出以形象,并每事夸饰,即化形上而为形下,写平实而用夸张。太白诗歌语言,尤加意于此两端,故能出奇语。唐钱起《江行无题》诗曰:"高浪如银屋,江风一发时。笔端太白,才大语终奇。"诗由太白《横江词六首》(其一)"一风三日吹倒山,白浪高于瓦官阁"生发出来。以瓦官阁喻浪之高,既形象又夸张,故钱起视之为"奇语"。太白堪称创造语言的大师,创造不少富于形象又善于夸张的语言。汉语特点是形象化,然而在运用过程中,多渐趋抽象,因缺新鲜感而有待诗人之创新。昔人谓"'狂风吹我心,西挂咸阳树',是千古创奇之句"(清吴镇《松花庵诗话》)。"狂风"二句出《金乡送韦八之西京》,因送韦八赴京,故借以自白挂心长安也。言风吹西挂,形象鲜明,诗语奇警。"我寄愁心与明月,随风直到夜郎西"(《闻王昌龄左迁龙标遥有此寄》),乃同一机杼。或说："'槌碎黄鹤楼'、'倒却鹦鹉洲'、'焚却子猷船'、'划却君山好'，皆狂语，不足效也。"(方弘静《千一录》)所谓"狂语"，即夸饰之词，在文学中不可或缺，虽无科学之实，却得艺术之真，自有其感人的效果。其"燕山雪花大如席，片片吹落轩辕台"(《北风行》)，谢榛评曰："景虚而有味。"(《四溟诗话》)可谓知言。诸如"白发三千丈"、"飞流直下三千尺"之类的夸张，皆属奇语。夸张非太白之独造，然其在太白手中，却能翻出新样，此则太白之奇处也。

上述太白诗作之五"奇"，即其浪漫主义之特色。浪漫主义自有源流，至太白而集其众长，以为大成，故色彩斑斓而多奇。其于文，取鉴《庄子》之汪洋恣肆。庄周处世观与太白异，前者出世，后者入世，而其个性突出则同，故其文均重主观之表现，而得超逸之致；其于诗，溯源风骚之比兴寄托。《诗经》之《国风》，屈原之《离骚》，其表现主观之感情，多借外物以形之，以实为虚，化景物为情思，而太白诗之兴寄，实源于此。汉代乐府，多表现社会生活，反映民生疾苦，即所谓下以风化上者。内容较客观，归于正，亦与重主观之奇有别。然太白之继承乐府，与杜甫及其后之元稹、白居易不同，杜等承其正，太白则化为奇，袭其旧题，自作歌行，犹初唐四杰之沿用旧题自作五律也。歌行之自由句式，便于表现主观，故太白于乐府得其体，而于汉赋得其势，皆反其正而归于奇。自魏晋迄于梁陈，儒家失去独尊地位，而佛道风行，风气所被，不能不影响于诗歌。故汉末之《古诗十九首》与六朝诗歌，多诗人自抒其情，便由客观之描写转向主观之表现，其共性渐退而个性突出。太白论诗虽否定六朝之"绮丽"，却汲取其"俊逸"。其诗实接春秋战国风骚之源头而汇魏晋六朝之众流，三祖陈王不待言，即阮籍《咏怀》、郭璞《游仙》、左思《咏史》以及鲍谢拟古之作，无不取其体势气骨，而自成奇观。即初盛唐之陈子昂、张九龄《感遇》之作，亦无不加以借鉴。正如清刘熙载《艺概》所云："太白以《庄》、《骚》为大源，而于嗣宗之渊放，景纯之俊上，明远之驱迈，玄晖之奇秀，亦各有所取，无遗美焉。"职是之故，我国古代诗歌之浪漫主义至太白而登峰造极。

太白诗之奇，其在当世，即有效者，如魏颢，如任华，均有仿作，却仅得其形而失其神；宋以后历代之学太白者，迄无似者。袁子才语："大概杜、韩以学力胜，学之，刻鹄不成，犹类鹜也；太白、东坡以天分胜，学之，画虎不成，反类狗也。"(《随园诗话》)说明太白诗之不可学，识者则不敢学。前人于奇正以酒饭为喻：意犹米，米可炊而为饭，酿而为酒。安溪李光地云："李太白诗如酒，杜少陵诗如饭。"

(见阮葵生《茶余客话》)饭易炊,而酒难酿,故又云:"此人(指太白)学不得,无其才断不能到。"(见梁章钜《退庵随笔》)太白诗之奇,非不可知,何以不能学?古人多归于其天才不可及之故。作诗固然需要天才,或今人所说的灵感。然自太白以来,天才或灵感不下于太白者,以中国之广,人才之众,未必绝无其人,而终无继响者,其故当不止于天才也。至少尚有两个原因:从主观视之,个性突出,难于相似;从客观视之,时代不同,不容相似。浪漫主义之表现,最见个性,而太白之个性乃诸多矛盾之集合体,自我意识又特强,故其诗多以"我"字起句,突兀缥缈,如"我随秋风来"、"我家敬亭下"、"我觉秋兴逸"、"我昔钓白龙"、"我有万古宅"、"我有紫霞想"、"我昔东海上"、"我本楚狂人"、"我来竟何事"、"我浮黄河去京阙"、"我吟谢朓诗上语"之类,皆表现出强烈主体意识,体现出鲜明个性。古来个性突出的诗人,其所表现出来的诗歌风格,即便有仿效者,亦难得有相似者。太白之个性是时代所铸造的,其所处唐朝由盛转衰的时代,儒释道三教合流,且各并行不悖,思想界较为活跃,不同于汉之统一于儒术,亦不同于宋之统一于理学。思想界之宽松,有利于诗人个性之发挥,主观之表现。惟其如此,太白策士之风才可以形之于诗,岂止平交王侯,甚至敢于指斥君主。宋以后,读李诗者多非其不守君臣之制,思想过于狂放,或以为其诗"但歌大风云飞扬,安用猛士守四方"(《胡无人》),是对汉高祖不敬;或以为其诗"颇似楚汉时,翻覆无定止"(《猛虎行》),写安史之乱,是狂诞,有高视禄山之意;或以为其诗"我王楼船轻秦汉,却似文皇欲渡辽"(《永王东巡歌》),是用事非伦,不无觊觎之心。在儒教礼制的社会里,太白的思想性格是很难被理解的,而他性格之中,也的确带点叛逆精神。他那"徒希客星隐,弱植不足援"(《书情赠蔡舍人雄》)的诗句,岂但无复温柔敦厚,简直是责斥唐明皇,已然超越怨刺范围,倘要治之以文字狱,实不为冤枉。然而盛唐之世毕竟仍有大国之风,仍有雍容气度,并未发生像苏东坡"乌台诗案"那样的文祸,更何况有甚于"乌台诗案"那样的冤狱。故后世虽有诗人才似太白,以其处于衰飒的时代,思想之统制,自不敢学,亦不能学太白之诗也。但愿二十一世纪,能有如太白奇之又奇的伟大诗人问世,那将是时代的骄子,也是时代的骄傲!

遥看瀑布挂前川

访戴天山道士不遇①

犬吠水声中，桃花带露浓②。

树深时见鹿，溪午不闻钟。

野竹分青霭③，飞泉挂碧峰。

无人知所去，愁倚两三松。

[注释]

①戴天山：又名大匡山，或称康山，一说指大匡山主峰。在今四川江油。
②带露浓：一作"带雨浓"。
③霭：云气。

[点评]

　　此为早年读书匡山时所作。意境幽深，清新自然，尤工于设色，善于以动写静。太白不为诗律所缚，然颇工于律，于此见之。

登锦城散花楼①

日照锦城头,朝光散花楼。

金窗夹绣户,珠箔悬银钩②。

飞梯绿云中,极目散我忧。

暮雨向三峡③,春江绕双流④。

今来一登望,如上九天游。

[注释]

①锦城:即锦官城。蜀汉时于此设司织锦之署,在成都之南。后借指成都。散花
楼:隋末蜀王杨秀所建,在摩河池上。
②珠箔:珠帘。用珍珠缀饰的帘子。
③三峡:长江三峡。一般指瞿塘峡、巫峡和西陵峡。
④双流:原指郫江、流江,后以为县名。双流县在二江之间。

[点评]

　　弱冠游成都登散花楼之所作。不拘绳墨,全取意象,潇洒有致,盖已崭然露
其诗才头角矣。

登峨眉山^①

蜀国多仙山,峨眉邈难匹。

周流试登览,绝怪安可悉!

青冥倚天开^②,彩错疑画出。

泠然紫霞赏,果得锦囊术^③。

云间吟琼箫,石上弄宝瑟^④。

平生有微尚,欢笑自此毕。

烟容如在颜,尘累忽相失。

倘逢骑羊子^⑤,携手凌白日。

[注释]

①峨眉山:山有大峨、二峨,或谓两山相对,望之如眉,故名"峨眉"。在今四川峨眉县西南。古时道风特盛,因称仙山。

②青冥:深青之色,用以指天。句意谓峨眉倚青冥之天而开。王琦注谓"别指山峰而言",失之凿。

③锦囊术:指仙术。典出《汉武内传》西王母"紫锦之囊"。

④"云间"二句:谓于仙山奏仙乐。琼箫、宝瑟,皆仙人通常所演奏之乐器。

⑤骑羊子:指葛由。曾骑羊入蜀,得仙道。典出《列仙传》上。

[点评]

　　此写峨眉求仙事。然实为超然世外,意在以修道为进身之阶,高其身价,待时而动。

峨眉山月歌^①

峨眉山月半轮秋,影入平羌江水流^②。

夜发清溪向三峡^③,思君不见下渝州^④。

[注释]

①峨眉山:在今四川峨眉县。详见前《登峨眉山》诗注。

②平羌:平羌江,今名青衣江。源出四川雅安,至乐山汇大渡河入岷江。

③清溪:驿名。宋称平羌驿,即嘉州附近之板桥驿。见《乐山县志》。三峡:指长江三峡。

④君:旧注以为指月,或说指元丹丘。以指道友为宜。渝州:今四川重庆。

[点评]

　　当是出蜀途中所作。诗带别绪,然情深而意快,节奏流利,音律悠扬,故虽连用五地名,而不板滞。

早发白帝城①

朝辞白帝彩云间，千里江陵一日还②。

两岸猿声啼不尽③，轻舟已过万重山。

[注释]

①白帝城：东汉公孙述所筑。述自称白帝，因以名城。故址在今四川奉节白帝山上。

②江陵：唐为荆州治所，今湖北荆州市。还：音义同"旋"，快捷貌。句意本盛弘之《荆州记》："朝发白帝，暮到江陵，其间千二百里，虽乘奔御风，不以疾也。"

③"两岸"句：写三峡猿啼，无悲凄之感。《水经注·江水》引渔歌曰："巴东三峡巫峡长，猿鸣三声泪沾裳。"反其意而咏之。啼不尽，一作"啼不住"。

[点评]

题一作"白帝下江陵"。诗情奔放，节奏轻快，如三峡流水，正表现年轻诗人胸次。故当是初出川时所作。或说流夜郎遇赦回程所作，细酌诗情，无苍凉之感，与宿巫山之作，情味有别，故知作非其时也。

渡荆门送别①

渡远荆门外,来从楚国游②。

山随平野尽,江入大荒流。

月下飞天镜,云生结海楼。

仍怜故乡水,万里送行舟③。

[注释]

①荆门:荆门山,在今湖北宜都长江南岸,与北岸虎牙相对如门,故名。为楚之西塞。见盛弘之《荆州记》。

②楚国:此指楚地,指今湖北省境。

③"仍怜"二句:江水自蜀入楚,白少长蜀中,故云。

[点评]

　　本篇为初出川至荆门时所作,视野开阔,气象恢宏。盖得江山之助,蜀中无此境,必待入楚始得之。"山随"一联语壮而景阔,与杜甫"星垂平野阔,月涌大江流",堪称匹敌。

荆州歌①

白帝城边足风波②,瞿塘五月谁敢过③!

荆州麦熟茧成蛾,缫丝忆君头绪多④,

拨谷飞鸣奈妾何⑤!

[注释]

①荆州歌:又名《荆州乐》,乐府杂曲旧题。荆州,今湖北荆州市。

②白帝城:在今四川奉节白帝山上,为东汉公孙述所建。

③瞿塘:在白帝山下夔门之上,古有滟滪堆,五月水涨,舟行尤险。

④缫丝:煮茧抽丝。丝,与"思"谐音,语意双关。

⑤拨谷:俗称"布谷鸟"。牝牡飞鸣,羽翼相摩,因借以起兴,发思君之情。

[点评]

　　梁简文帝《荆州歌》云:"纪城南里望朝云,雄飞麦熟妾思君。"为本篇所拟。其写荆州思妇,情景皆妙,深得汉魏六朝乐府风神。

秋下荆门^①

霜落荆门江树空,布帆无恙挂秋风^②。

此行不为鲈鱼鲙^③,自爱名山入剡中^④。

[注释]

①荆门:此指荆州。门,以城门代指地名,犹如白门、吴门、都门。

②布帆无恙:用顾恺之语。《晋书·顾恺之传》载,殷仲堪镇荆州,参军顾恺之因假东还,借仲堪布帆。恺之与仲堪笺曰:"行人安稳,布帆无恙。"后因以"布帆无恙"指"行人安稳"。

③鲈鱼鲙:晋张翰官于洛阳,见秋风起,思吴中菰菜羹、鲈鱼鲙,遂命驾东归。见《晋书·张翰传》。

④剡中:今浙江嵊州与新昌一带。

[点评]

题一作《初下荆门》。诗作于自荆州东下之时,据诗意,其时有入剡之想。或因病滞维扬,故似未尝至剡中。

望天门山①

天门中断楚江开②,碧水东流至此回③。

两岸青山相对出,孤帆一片日边来。

[注释]

①天门山:在今安徽当涂西南长江之滨。博望、梁山东西隔江对峙如门,合称天门山。太白有《天门山铭》。

②楚江:指长江。长江在蜀称蜀江,入楚称楚江,入吴称吴江。

③至此回:一作"至北回",又作"直北回"。或以为"北"乃"此"之讹。盖江水至此而折回向北。

[点评]

写舟行望天门山,极轻快自然,与《早发白帝城》同一韵调。或以为二诗"俱极自然,洵属神品,足以擅场一代"(《唐宋诗醇》),可谓深于诗者也。

金陵城西楼月下吟①

金陵夜寂凉风发,独上高楼望吴越②。

白云映水摇空城,白露垂珠滴秋月。

月下沉吟久不归,古来相接眼中稀。

解道澄江净如练,令人长忆谢玄晖③。

[注释]

①金陵:今江苏南京。西楼:作者另有《玩月金陵城西孙楚酒楼达曙歌吹日晚乘醉着紫绮裘乌纱巾与酒客数人棹歌秦淮往石头访崔四侍御》诗,或疑指孙楚酒楼。

②吴越:指今江浙一带,即古吴越之地。

③"解道"二句:谢朓《晚登三山还望京邑》诗:"余霞散成绮,澄江静如练。"谢玄晖,谢朓字玄晖,南齐著名诗人。最为太白所折腰,故有谓其"一生低首谢宣城"(王士禛《戏仿元遗山论诗绝句》)。二句宋魏庆之《诗人玉屑》作:"解道澄江静如练,令人还忆谢玄晖。"然则,太白似不曾易"静"为"净"也。既曰"澄",不必复用"净","静"字胜。

[点评]

　　本篇为月夜登金陵城西楼怀古之作,意颇自负,谓古来诗人能踵武前贤者无几,其玄晖或近之。有"舍我其谁"(《孟子·公孙丑》)之慨。

杜陵绝句^①

南登杜陵上,北望五陵间^②。

秋水明落日^③,流光灭远山。

［注释］

①杜陵:汉宣帝陵墓。在长安东南杜陵原上,今属陕西西安。

②"南登"二句:化用班固《西都赋》:"南望杜霸,北眺五陵。"五陵,汉代五帝陵墓,即高帝长陵、惠帝安陵、景帝阳陵、武帝茂陵、昭帝平陵,均在长安之北。

③秋水:指秋日曲江池水。

［点评］

　　此为初入长安南登杜陵旷望所作,以抒怅惘之情,故景象阔大而意绪衰飒。

登太白峰①

西上太白峰，夕阳穷登攀。太白与我语②，为我开天关③。愿乘泠风去④，直出浮云间。举手可近月，前行若无山。一别武功去⑤，何时复更还？

[注释]

①太白峰：即太白山。为秦岭主峰之一，在今陕西太白县。
②太白：金星。又称太白金星。
③天关：天帝的禁门。屈原《远游》："命天阍其启关兮，排阊阖而望予。"
④泠风：小风，和风。《庄子·齐物论》："泠风则小和，飘风则大和。"《释文》："泠风，泠泠小风也。"
⑤武功：武功山。唐属武功县。其山北连太白，故及之。

[点评]

本篇为初入长安西游邠岐经太白山时所作。其时太白峰巅终年积雪，人迹未到，故应未登峰顶。所谓"穷登攀"，乃夸张之辞。

登新平楼①

去国登兹楼,怀归伤暮秋②。天长落日远,水净寒波流③。秦云起岭树④,胡雁飞沙洲。苍苍几万里,目极令人愁。

[注释]

①新平:即邠州,治新平县。今陕西彬县。新平楼,新平县城门楼。

②"去国"二句:谓思归终南隐居之处,即所谓"松龙旧隐"。太白初入长安,曾寓居于终南"松龙"。去国,言离开长安。

③寒波流:指泾水。邠州在泾水之滨。杜甫《北征》:"邠郊入地底,泾水中荡潏。"

④岭树:当指五龙原上的绿树。《元和郡县图志》三:"五龙原,在(新平)县南三里,原侧有五泉水,因名。"

[点评]

本篇为初入长安北上邠州所作。干谒无成,故因失意而悲秋。诗体在律古之间。太白虽能律,然非律之所能律者。其诗乃从古乐府一路行来,自成体势,不必斤斤于律古也。所作律体,时失黏对,然读来不觉其拗,以其别有一种节奏也。

题元丹丘颍阳山居①

　　仙游渡颍水②,访隐同元君③。忽遗苍生望④,独与洪崖群⑤。卜地初晦迹⑥,兴言且成文。却顾北山断,前瞻南岭分⑦。遥通汝海月⑧,不隔嵩丘云⑨。之子合逸趣,而我钦清芬⑩。举迹倚松石,谈笑迷朝曛。益愿狎青鸟,拂衣栖江濆⑪。

[注释]

①题下有"序"云:"丹丘家于颍阳,新卜别业。其地北倚马岭,连峰嵩丘,南瞻鹿台,极目汝海,云岩映郁,有佳致焉。白从之游,故有此作。"元丹丘,太白至交,为道士,天宝初为西京大昭成观威仪。见《玉真公主祥应记》碑。太白之识玉真公主,或即元丹丘引荐。颍阳,唐县名,治所在今嵩山之南河南登封颍阳镇。颍阳山居,指元丹丘在颍阳新筑别业。山居,山中的居处。谢灵运《山居赋序》:"古巢居穴处曰岩栖,栋宇居山曰山居,在林野曰丘园,在郊郭曰城傍。"

②颍水:源出河南登封西南,至安徽寿县正阳关入淮。

③元君:指元丹丘。

④苍生望:百姓所望。《晋书·谢安传》载,谢安高卧东山,征西大将军桓温请为司马,过江诸人相与言曰:"安石不肯出,将如苍生何!"

⑤洪崖:传说中的仙人。或说即黄帝臣子伶伦,帝尧时已三千岁,仙号洪崖。此借喻元丹丘。

⑥晦迹:隐居匿迹。

⑦"却顾"二句:即诗序所说"北倚马岭","南瞻鹿台"。北山,指马岭。《元和郡

县图志》五河南府密县:"马岭山,在县南十五里,洧水所出。"南岭,指鹿台山。《一统志》汝州:"鹿台山在州北二十里,有台状若蹲鹿。"

⑧汝海:指汝水流域。枚乘《七发》"南望荆山,北望汝海",《文选》李善注:"称汝海,大言之也。"

⑨嵩丘:指嵩山。在今河南登封。

⑩清芬:喻美德。陆机《文赋》:"诵先人之清芬。"

⑪"益愿"二句:谓有隐遁之意。江淹《杂体诗·阮步兵》:"青鸟海上游。"《文选》李善注引《吕氏春秋》曰:"海上有人好青鸟者,朝至海上而从青游。青至者前后数百。其父曰:'闻汝从青游,盍取来?吾欲观之。'其子明旦至海上,群青翔而不下。"青鸟,海鸟。或说为鸥鸟。典与鸥鹭忘机近似。拂衣,振衣。表示隐居。江濆,江滨。

[点评]

太白与丹丘为莫逆之交,时相与游从。丹丘身为道流,或出或处,或显或隐,徘徊于江湖魏阙之间。太白涉足终南捷径,丹丘当是重要引路人之一。故《西岳云台歌》有求援引之意。丹丘当是于离开长安后,隐居颍阳,太白因从之游。其《题元丹丘山居》、《元丹丘歌》,当亦此游之作。

襄阳曲四首①

一

襄阳行乐处,歌舞白铜鞮②。江城回渌水,花月使人迷。

二

山公醉酒时,酩酊高阳下。头上白接篱,倒着还骑马③。

三

岘山临汉江④,水绿沙如雪。上有堕泪碑⑤,青苔久磨灭。

四

且醉习家池⑥,莫看堕泪碑。山公欲上马,笑杀襄阳儿。

[注释]

①襄阳曲:即《襄阳乐》,乐府清商曲旧题。襄阳,今湖北襄樊。

②白铜鞮:又作《白铜蹄》,梁时歌谣。萧衍镇襄阳,有童谣曰:"襄阳白铜蹄,反缚扬州儿。"或附会为铁骑,谓萧衍军之兴,扬州之将士皆面缚降服。不久,萧衍自襄阳起兵,入建康,自称帝,为梁武帝。因以"白铜蹄"造新声,帝自为词三曲。见《隋书·音乐志》。

③"山公"四句:用晋山简故事。《世说新语·任诞》:"山季伦为荆州,时出酣畅。人为之歌曰:'山公一时醉,径造高阳池。日莫倒载归,茗艼无所知。复能乘骏马,倒着白接篱。举手问葛强,何如并州儿?'高阳池在襄阳。强是其爱将,并州人也。"山公,指山简,字季伦,晋征南将军。白接篱,即白帽。

④岘山:在襄阳东南,东临汉水。今属湖北襄樊。

⑤堕泪碑:晋羊祜都督荆州诸军事,达十年之久,有政绩。常登岘山,置酒吟咏。死后,襄阳父老于岘山建庙立碑。见其碑者莫不堕泪。杜预因名之曰"堕泪碑"。见《晋书·羊祜传》。

⑥习家池:《世说新语》刘孝标注引《襄阳记》:"汉侍中习郁于岘山南,依范蠡养鱼法作鱼池。池边有高堤,种竹及长揪,芙蓉菱茨覆水,是游燕名处也。山简每临此池,未尝不大醉而还,曰:'此是我高阳池也!'襄阳小儿歌之。"

本题四首,均写襄阳风情人物,意颇潇洒。风格在童谣与六朝乐府之间,清新自然。诗作于青年时期漫游荆州之时,可知太白之习乐府民歌,早已达到神似的境地。

太原早秋①

岁落众芳歇,时当大火流②。霜威出塞早,云色渡河秋。梦绕边城月,心飞故国楼。思归若汾水③,无日不悠悠。

[注释]

①太原:亦称并州,是有唐王业发祥地。天宝元年改为北京。今属山西。
②大火流:《诗经·豳风·七月》"七月流火",朱熹传曰:"流,下也。火,大火心星也。以六月之昏加于地之南方,至七月之昏,则下而西流矣。"
③汾水:又称汾河,黄河支流,源出山西宁武管涔山,至河津入黄河。

[点评]

太白与元演同游太原,适值元父镇并州之时,虽有"琼杯绮食"、"翠娥婵娟"足资游赏,然于仕进却一无所成,故思归心切,乃至"梦绕边城月,心飞故国楼"。而意绪飞扬,无积弱之弊。《唐宋诗醇》谓:"健举之至,行气如虹。"非虚夸语也。

游太山①

　　四月上太山,石平御道开②。六龙过万壑③,涧谷随萦回。马迹绕碧峰,于今满青苔。飞流洒绝巘,水急松声哀。北眺崿嶂奇④,倾崖向东摧。洞门闭石扇,地底兴云雷。登高望蓬瀛⑤,想象金银台⑥。天门一长啸⑦,万里清风来。玉女四五人⑧,飘摇下九垓⑨。含笑引素手,遗我流霞杯⑩。稽首再拜之,自愧非仙才。旷然小宇宙,弃世何悠哉!

[注释]

①太山:即泰山,东岳,在今山东泰安。
②御道:指唐玄宗登山之道。开元十三年十月,唐玄宗自东都出发,东封泰山,立碑其上。见《旧唐书·玄宗纪》。
③六龙:《周易·乾》:"时乘六龙以御天。"此指皇帝御驾。
④崿嶂:山峦重叠貌。鲍照《自砺山东望震泽》:"合沓崿嶂云。"
⑤蓬瀛:蓬莱与瀛洲。传说中海上仙山。
⑥金银台:神仙所居之处。郭璞《游仙诗》:"神仙排云出,但见金银台。"
⑦天门:指泰山南天门。在十八盘最高处。
⑧玉女:指仙女。
⑨九垓:即九天,九重天。郭璞《游仙诗》:"升降随长烟,飘摇戏九垓。"
⑩流霞杯:指酒杯。流霞,仙人饮流霞,此借指酒。《论衡·道虚》载项曼都曰:"仙人辄欲饮我以流霞一杯。每饮一杯,数月不饥。"

题一作《天宝元年四月从故御道上泰山》。共六首,此选其一,写登仙事,颇得郭璞《游仙诗》真传。以其与道流交往甚密,其诗亦时杂仙心而带仙气。然细味其旨,似无飘然世外之意。

灞陵行送别①

送君灞陵亭,灞水流浩浩②。上有无花之古树,下有伤心之春草。我向秦人问路歧,云是王粲南登之古道③。古道连绵走西京④,紫阙落日浮云生⑤。正当今夕断肠处,骊歌愁绝不忍听⑥。

[注释]

①灞陵:又作霸陵,汉文帝陵墓。此指灞桥,为唐人折柳送别之处。桥边有送别亭。

②灞水:渭河支流,在长安之东。

③王粲南登之古道:王粲《七哀诗》:"南登灞陵岸,回首望长安。"王粲,字仲宣,"建安七子"之一。长安战乱,南奔依刘表,道中作《七哀诗》。

④西京:指长安。

⑤"紫阙"句:谓浮云蔽日,奸邪当道。紫阙,喻唐宫,指朝廷。浮云,喻奸佞小人。作者《古风》(其三十七):"浮云蔽紫闼,白日难回光。"

⑥骊歌:即离歌,为《骊驹》之歌省称。逸诗《骊驹》,其辞曰:"骊驹在门,仆夫具存;骊驹在路,仆夫整驾。"见《汉书·王式传》注。后作为告别之歌。

　　本篇为去朝还山于灞陵送别之作,意绪黯然,愁肠欲断。其心潮澎湃,亦如灞水之浩浩。古树春草充满离情,尽成伤心之景。以散文句式入诗,别有气势,诚如方东树所言:"奇横酣恣,天风海涛,黄河天上来。"(《昭昧詹言》)

太白何苍苍①

（古风其五）

　　太白何苍苍,星辰上森列。去天三百里②,邈尔与世绝。中有绿发翁③,披云卧松雪。不笑亦不语,冥栖在岩穴④。我来逢真人,长跪问宝诀⑤。粲然启玉齿⑥,授以炼药说。铭骨传其语,竦身已电灭。仰望不可及,苍然五情热⑦。吾将营丹砂⑧,永与世人别⑨。

[注释]

①太白:太白山,秦岭山脉主峰之一,为关中最高山。在今陕西太白县。

②"去天"句:《水经注·渭水》:"太白山在武功县南,去长安二百里,不知其高几何,俗云:'武功太白,去天三百。'"

③绿发:乌亮的头发。绿发翁,指长生不老的老仙翁。

④冥栖:隐居,幽居。

⑤"我来"二句:语出曹植《飞龙篇》:"我知真人,长跪问道。"宝诀,道家修炼之诀。作者《金陵与诸贤送权十一序》:"吾希风广成,荡漾浮世,素受宝诀。"

⑥"粲然"句:语本郭璞《游仙诗》:"灵妃顾我笑,粲然启玉齿。"

⑦五情热：陶潜《影答形》："身没名亦尽，念之五情热。"五情，喜、怒、哀、乐、怨。

⑧丹砂：外丹黄白术药物。道经谓："丹砂者，万灵之主，造化之根，神明之本。"见《太洞炼真宝经修伏灵砂妙诀》）。

⑨"永与"句：一作"永世与人别"。

[点评]

　　李白初入长安，时有《登太白峰》之作，是真登山也，虽未造其巅，却身历其境。此或去朝后，欲访道流，而神游太白山，以寄飘然世外之志，亦"游仙"之类也。《唐宋诗醇》云："盖士之不得志于时者，姑寄其意于此耳……或其被放东归，将受道箓时作也。"庶几得之。

陪从祖济南太守泛鹊山湖三首①

一

　　初谓鹊山近，宁知湖水遥。此行殊访戴②，自可缓归桡。

二

　　湖阔数十里，湖光摇碧山。湖西正有月，独送李膺还③。

三

　　水入北湖去，舟从南浦回④。遥看鹊山转，却似送人来。

①济南太守:姓李,名不详。太白称之"从祖",或以为北海太守李邕。鹊山湖:故址在济南城北二十里。今济南之华不注山与黄河鹊山,是其故地。当时湖面极阔,今已成陆地。

②访戴:用王子猷雪夜访戴安道事。见《世说新语·任诞》。

③李膺:字元礼,后汉襄城人。桓帝时为司隶校尉。朝纲废弛,膺独持风裁,以声名自高。《后汉书·郭太传》:"后归乡里,衣冠诸儒送至河上,车数千辆。林宗唯与李膺同舟而济,众宾望之,以为神仙焉。"

④南浦:鹊山湖南水滨。旧注:"南浦,在鹊山湖之南。"

[点评]

　　本题三首,如组诗,写湖之阔大与泛舟情趣,清新自然,有南朝乐府情韵,而骨力过之。

忆旧游寄谯郡元参军①

　　忆昔洛阳董糟丘,为余天津桥南造酒楼②。黄金白璧买歌笑,一醉累月轻王侯。海内贤豪青云客,就中与君心莫逆③。回山转海不作难,倾情倒意无所惜。我向淮南攀桂枝④,君留洛北愁梦思。不忍别,还相随。相随迢迢访仙城⑤,三十六曲水回萦。一溪初入千花明,万壑度尽松风声。银鞍金络到平地,汉东太守来相迎⑥。

紫阳之真人⑦，邀我吹玉笙。餐霞楼上动仙乐⑧，嘈然宛似鸾凤鸣。袖长管催欲轻举，汉中太守醉起舞⑨。手持锦袍复我身，我醉横眠枕其股。当筵意气凌九霄，星离雨散不终朝，分飞楚关山水遥⑩。余既还山寻故巢⑪，君亦归家度渭桥⑫。君家严君勇貔虎，作尹并州遏戎虏⑬。五月相呼渡太行⑭，摧轮不道羊肠苦⑮。行来北凉岁月深⑯，感君贵义轻黄金。琼杯绮食青玉案，使我醉饱无归心。时时出向城西曲，晋祠流水如碧玉⑰。浮舟弄水箫鼓鸣，微波龙鳞莎草绿⑱。兴来携妓恣经过，其若杨花似雪何。红妆欲醉宜斜日，百尺清潭写翠娥。翠娥婵娟初月辉，美人更唱舞罗衣。清风吹歌入空去，歌曲自绕行云飞⑲。此时行乐难再遇，西游因献长杨赋。北阙青云不可期，东山白首还归去⑳。渭桥南头一遇君㉑，酂台之北又离群㉒。问余别恨今多少，落花春暮争纷纷㉓。言亦不可尽，情亦不可及㉔。呼儿长跪缄此辞，寄君千里遥相忆。

[注释]

①谯郡：今安徽省亳州市。元参军：指元演，时任谯郡录事参军。为太白好友。白另有《冬夜于随州紫阳先生餐霞楼送烟子元演隐仙城山序》。

②"忆昔"二句：追忆洛阳游踪。洛阳为二人初识之处。董糟丘，当是董氏酒家。酒店在天津桥南。天津桥，唐代洛水上的一座浮桥，位于洛阳城中，南北横架。

③莫逆：莫逆之交。《庄子·大宗师》谓子桑户、孟子反、子琴张"三人相视而笑，莫逆于心，遂相与为友"。

④淮南攀桂枝：语本楚辞淮南小山《招隐士》："攀援桂枝兮聊淹留。"淮南，此指安陆。时白酒隐安陆。唐代安陆属淮南道。

⑤仙城：仙城山。在随州光化，今湖北随州市光华镇。《随州志》："善光山，在南七十里，本名仙城山。"

⑥汉东太守：即随州刺史。汉东，天宝元年改随州为汉东郡。郡即今湖北随州。

⑦紫阳之真人:指道士胡紫阳。居随州苦竹院,有餐霞楼。

⑧餐霞楼:当在随州苦竹院。见《冬夜于随州紫阳先生餐霞楼送烟子元演隐仙城山序》。又《汉东紫阳先生碑铭》云:“所居苦竹院,置餐霞之楼,手植双桂,栖迟其下。”

⑨“汉中”句:一本作“汉东太守酣歌舞”。汉中,当作“汉东”。《河岳英灵集》作“汉东太守醉起舞”,是。

⑩楚关:楚地关山。随州属楚地。

⑪故巢:指安陆之家。

⑫渭桥:渭桥有三,此指东渭桥。由东向西入长安必经此桥。

⑬“君家”二句:谓元演父亲为并州尹兼北都留守,管数郡军事。严君,指父母。《易·家人》:“家人有严君焉,父母之谓也。”此指其父。貔虎,《尚书·牧誓》:“如虎如貔。”后多用以形容战士。戎虏,指敌寇。

⑭太行:太行山。

⑮“摧轮”句:曹操《苦寒行》:“北上太行山,艰哉何巍巍。羊肠坂诘屈,车轮为之摧。”羊肠坂,在太行山。

⑯北凉:当作“北京”。天宝元年改北都为北京。《河岳英灵集》作“北京”,宋黄庭坚草书抄写本亦作“北京”,是。

⑰晋祠:周唐叔虞之祠。晋水发源地。在今山西太原西南悬瓮山下。

⑱“浮舟”二句:化用汉武帝《秋风辞》:“横中流兮扬素波,箫鼓鸣兮发棹歌。”龙鳞,水波形。晋潘岳《金谷集作》诗:“滥泉龙鳞澜。”

⑲“清风”二句:写歌声之妙。《列子·汤问》载,秦青“抚节悲歌,声振林木,响遏行云”。

⑳“此时”四句:谓并州别后曾入京复还山。长杨赋,汉成帝射猎,扬雄侍从,归作《长杨赋》以献。北阙,古宫殿北墙门楼。上书奏事多诣北阙。后以北阙代指朝廷。东山,指谢安所隐东山,在今浙江上虞。此借指隐居之处。有自比谢安之意。

㉑渭桥南头:一本作“涡水桥南”。按,作涡水是,涡水流经亳县。

㉒酂台:指酂县,唐属谯郡。在今河南永城之西。

㉓“问余”二句:一本作“莺飞求友满芳树,落花送客何纷纷”。

㉔不可及:一作“不可极”。

[点评]

本篇回忆与元演交游聚散情况,叙事抒情,层次清楚,节奏从容,是奇伟俊拔的长篇七古。《唐宋诗醇》谓其"如大江无风,波浪自涌,白云从空,随风变灭,可谓怪伟奇绝者矣",正道出此诗特点。非有太白之才气,实不足以驾驭此等富于转折变幻之长篇也。其法可以领会而不可以模仿。

玩月金陵城西孙楚酒楼达曙歌吹日晚乘醉著紫绮裘乌纱巾与酒客数人棹歌秦淮往石头访崔四侍御①

　　昨玩西城月,青天垂玉钩②。朝沽金陵酒,歌吹孙楚楼。忽忆绣衣人③,乘船往石头。草裹乌纱巾,倒披紫绮裘。两岸拍手笑,疑是王子猷④。酒客十数公,崩腾醉中流。谑浪棹海客⑤,喧呼傲阳侯⑥。半道逢吴姬⑦,卷帘出揶揄⑧。我忆君到此,不知狂与羞。月下一见君,三杯便回桡。舍舟共连袂,行上南渡桥。兴发歌绿水⑨,秦客为之摇⑩。鸡鸣复相招,清宴逸云霄。赠我数百字,字字凌风飙。系之衣裘上,相忆每长谣。

[注释]

①孙楚酒楼:在金陵水西门外。乌纱巾:亦称乌纱,又称唐巾,即乌纱帽,晋至隋为官服,至唐贵贱皆服。太白有《答友人赠乌纱帽》诗:"领得乌纱帽,全胜白接篱。"秦淮:秦淮河,流经金陵,入江。石头城:俗称鬼脸城,故址在今南京清凉山。

唐代江流经其下。崔四侍御:指摄监察御史崔成甫。

②"昨玩"二句:语本鲍照《玩月城西门廨中》诗:"始出西南楼,纤纤如玉钩。"

③绣衣人:指崔侍御。《汉书·百官公卿表》:"侍御史有绣衣直指。"汉武帝时,民间起事者众,弹压者衣绣衣,持节与虎符,发兵镇压。后因称御史为绣衣直指。见《史记·酷吏列传》。

④王子猷:王徽之。晋人,居山阴,曾雪夜泛舟剡溪访戴逵,未入门,兴尽而返。见《世说新语·任诞》。

⑤谑浪:戏谑谈笑。《诗经·邶风·终风》:"谑浪笑傲。"海客:指航海者。棹海客,一作"掉海客"。

⑥阳侯:传说中的波臣。屈原《九章·哀郢》"凌阳侯之泛滥兮",洪兴祖补注引《淮南子》注:"阳侯,陵阳国侯也。其国近水,溺死于水。其神能为大波,有所伤害,因谓之阳侯之波也。"

⑦吴姬:吴地美女。

⑧挪揄:嘲笑。揄,读如"尤"。

⑨绿水:又作"渌水",古曲名。

⑩秦客:客于秦者,似指谪离长安之崔侍御。摇,摇摇,心神不安。《战国策·楚策》一:"心摇摇如悬旌。"

[点评]

　　本篇记醉饮金陵城西孙楚酒楼,通宵达旦,又歌吹至日晚,乘醉泛舟秦淮河,至石头城访崔侍御,其装束、举动、喧呼,狂态可掬,是借酒狂以散愁者也。写与崔侍御相会,故友重逢,饮酒回桡,连袂登岸,发兴狂歌,连宵清宴,赠诗长谣,其坎坷历落漂泊蹭蹬之感慨,非言语所能尽,惟酒后狂放举动可以排遣。狂放欢乐背后,正饱含沦落之酸楚,可谓"同是天涯沦落人"也。

登金陵凤凰台①

凤凰台上凤凰游,凤去台空江自流。吴宫花草埋幽径,晋代衣冠成古丘②。三山半落青天外③,一水中分白鹭洲④。总为浮云能蔽日,长安不见使人愁⑤。

[注释]

①凤凰台:相传南朝宋元嘉十六年有鸟翔集山间,文彩五色,音声和谐,时人谓之凤凰,因起台于山,曰凤凰台。故址在金陵西南隅花露冈,今江苏南京第四十三中校园内。

②"吴宫"二句:谓昔时盛世,今成陈迹。三国吴与东晋,均都于金陵,故特拈吴、晋以代六朝。

③三山:在今江苏南京西南江宁建新长江之滨。山为三个小山头,未见其高,然远望则缥缈如在云中。

④一水:一作"二水"。白鹭洲,唐时尚在长江中。后渐移与岸接壤而成为陆地。其址在今南京水西门外。

⑤"总为"二句:自伤被谗去朝。因触景而生愁。浮云能蔽日,陆贾《新语·慎微》:"邪臣之蔽贤,犹浮云之障日月也。"

[点评]

本篇即景抒情,怀古伤今,为历来传诵名篇。或以为拟崔颢《黄鹤楼》诗,格式似之,然崔诗又似沈佺期《龙池篇》,又何说也!盖古乐府歌行本有此不避复词之顶真格,律体初成,带入此格,遂成定式,实未必师承,亦无须甲乙也。诚哉

《唐宋诗醇》之言："崔诗直举胸情，气体高浑，白诗寓目山河，别有怀抱，其言皆从心而发，即景而成，意象偶同，胜境各擅，论者不举其高情远意而沾沾吹索于字句之间，固已蔽矣。至谓白实拟之以较胜负，并谬为捶碎鹤楼等诗，鄙陋之谈，不值一噱也。"

天台晓望①

天台邻四明②，华顶高百越③。门标赤城霞，楼栖沧岛月④。凭高远登览，直下见溟渤⑤。云垂大鹏翻，波动巨鳌没⑥。风潮争汹涌，神怪何翕忽⑦！观奇迹无倪⑧，好道心不歇。攀条摘朱实，服药炼金骨⑨。安得生羽毛，千春卧蓬阙⑩！

[注释]

①天台：天台山。为道教名山，山下有桐柏观。在今浙江天台。

②四明：四明山。在今浙江宁波西南。为浙东名山，相传上有四石，四面如窗，中通日月星辰之光，因名四明山。

③华顶：天台山最高峰。可东望大海，观日月之升。百越，又作"百粤"，越族所居之地，约跨江浙闽粤。

④"门标"二句：句法似宋之问《灵隐寺》"楼观沧海日，门对浙江潮"。赤城霞，赤城山，火烧岩色赤如霞。在天台山下。沧岛，即海岛。

⑤溟渤：泛指大海。

⑥"云垂"二句：当时以为警句。任华《杂言寄李白》诗："登天台，望渤海。云垂大鹏飞，山压巨鳌背。斯言亦好在。"云垂大鹏，典出《庄子·逍遥游》：鲲化为

鹏，"其翼若垂天之云"。巨鳌，典出《列子·汤问》：海上五神山由十五巨鳌顶戴于海中。

⑦翕忽：迅疾貌。

⑧无倪：无边无际。倪，分也，际也。

⑨"攀条"二句：谓服食修炼。朱实，指丹木之实。《山海经·西山经》，丹木"黄华而赤实，其味如饴，食之不饥"。陶潜《读山海经》："黄花复朱实，食之寿命长。"

⑩"安得"二句：谓羽化登仙。生羽毛，即羽化，指飞升成仙。蓬阙，指仙山宫阙。

[点评]

本篇当是去朝后入道籍，自东鲁南游吴越登天台时所作，故诗杂仙心，超然世外，求不可求之事以耗其壮志。

留别于十一兄逊裴十三游塞垣①

太公渭川水，李斯上蔡门。钓周猎秦安黎元，小鱼兔何足言②！天张云卷有时节，吾徒莫叹羝触藩③。于公白首大梁野④，使人怅望何可论！既知朱亥为壮士，且愿束心秋毫里！秦赵虎争血中原，当去抱关救公子⑤。裴生览千古，龙鸾炳天章⑥。悲吟雨雪动林木，放书辍剑思高堂⑦。劝尔一杯酒，拂尔裘上霜。尔为我楚舞，吾为尔楚歌⑧。且探虎穴向沙漠⑨，鸣鞭走马凌黄河。耻作易水别，临岐泪滂沱⑩。

[注释]

①于十一兄逖:于逖,为苦学之士,未曾仕进,老于大梁之野。正如其《野外行》诗所云:"有才且未达,况我非贤良。幸以朽钝姿,野外老风霜。"与当时诗人广事交游。裴十三:裴姓,排行第十三。事迹未详。

②"太公"四句:以姜尚李斯先隐后显,勉励二人待时而动。太公,即姜尚,曾屠于朝歌,复钓于磻溪,后出仕周文王,即所谓"钓周",非钓小鱼。见《韩诗外传》。李斯,出仕前曾与儿牵黄犬出上蔡东门行猎,后事秦始皇,为丞相,即所谓"猎秦",非猎狡兔也。见《史记·李斯列传》。

③羝触藩:喻处于困境。语本《易·大壮》:"羝羊触藩,羸其角。"孔颖达正义:"藩,藩篱也;羸,拘累缠绕也。"

④大梁:今河南开封。

⑤"既知"四句:有弃文就武之意。朱亥,魏信陵君门客,屠户,有勇力。信陵君夺晋鄙军以救赵,朱亥以铁椎击杀晋鄙。秦赵虎争,指秦军围赵邯郸事。抱关,指大梁夷门抱关者,即侯嬴。曾为信陵君献计救赵。均见《史记·魏公子列传》。

⑥龙鸾:喻华美文采。吴质《答魏太子笺》:"摛藻下笔,鸾龙之文奋矣。"此美裴十三之诗文。

⑦"悲吟"二句:用曾子事。《艺文类聚》二引《琴操》:"曾子耕于太山之下,天雨雪,冻,旬日不得归,思其父母,作《梁山歌》。"高堂,指父母。裴十三有思父母之诗作,故以曾子为喻。

⑧"尔为我"二句:用成语。汉高祖谓戚夫人曰:"为我楚舞,吾为若楚歌。"见《史记·留侯世家》。

⑨探虎穴:三国吕蒙曰:"贫贱难可居,脱误有功,富贵可致。且不探虎穴,安得虎子?"见《三国志·吴书·吕蒙传》。沙漠,喻边塞。此指幽州。

⑩"耻作"二句:用荆轲事。荆轲入秦刺秦王,燕太子丹送至易水,荆轲悲歌:"风萧萧兮易水寒,壮士一去兮不复还!"见《战国策·燕策》。

[点评]

　　白将北游塞垣,于梁宋首途,作此诗留别于十一裴十三两君,有劝二位进取立功之意，亦表明自己将入军幕以取边功。其时安禄山为平卢、范阳、河东三镇节度使，居幽州，势已盛而逆未露，喜功者多北上从之；太白幽州之行亦然。或说诗中"探虎穴"语可见白于禄山有"戒备之心"，未必，借用古人语，不可以今人之意揣度。且吕蒙语意亦在邀功取富贵，何须为太白修饰也。

横江词六首^①

一

人道横江好，侬道横江恶。一风三日吹倒山^②，白浪高于瓦官阁^③。

二

海潮南去过寻阳，牛渚由来险马当^④。横江欲渡风波恶，一水牵愁万里长。

三

横江西望阻西秦^⑤，汉水东连扬子津^⑥。白浪如山那可渡，狂风愁杀峭帆人。

四

海神来过恶风回，浪打天门石壁开^⑦。浙江八月何如此，涛似连山喷雪来⑧。

五

横江馆前津吏迎⑨，向余东指海云生。郎今欲渡缘何事，如此风波不可行⑩。

六

月晕天风雾不开，海鲸东蹙百川回⑪。惊波一起三山动⑫，公无渡河归去来⑬。

[注释]

①横江词：太白自创乐府新题。横江，亦名横江浦，在今安徽和县东南，与采石矶隔江相对，为古代横渡长江的要津。

②"一风"句：一本作"猛风吹倒天门山"。

③瓦官阁：又称瓦棺阁。原为瓦官寺阁，南朝梁建，高二百四十尺。在今南京西南花露冈一带。杨齐贤注引《瓦官寺碑》："江左之寺，莫先于瓦官。晋武帝时，建以瓦官故地，故名瓦官，讹而为'棺'。或亦昔有僧，诵经于此，既死，葬以虞氏之棺，墓上生莲花，故曰瓦棺。中有瓦棺阁，高二十五丈。唐为升元阁。"

④"海潮"二句：言古者海潮经牛渚矶直过寻阳。寻阳，唐之江州，今之九江。牛渚，牛渚矶，在今马鞍山采石。陆游《入蜀记》二："采石，一名牛渚，与和州对举。江面北瓜州为狭，故隋韩擒虎平陈及本朝曹彬下南唐，皆自此渡。然微风辄浪作，不可行。"马当，即马当山。在今江西彭泽东北长江之滨。古时为江行险阻。

⑤西秦：古秦中，今陕西。此代指长安。

⑥汉水：源出汉中，流经陕南，至湖北汉口入长江。此兼指长江。扬子津：在今江苏扬州南，为古代渡江要津。古代金陵西有横江津，东有扬子津，皆为保障帝都的江关要塞。

⑦天门：天门山。博望、梁山东西隔江对峙如门，故称天门。在今安徽马鞍山当涂西南。

⑧"浙江"二句:谓浙江八月海潮虽壮,然不及天门山风浪之恶。浙江,今之钱塘江。八月十八日海潮最盛。

⑨横江馆:亦名采石驿,渡口驿馆。今马鞍山采石犹有横江馆路。津吏:古代于津渡掌管舟梁之事的官吏。

⑩"郎今"二句:梁简文帝《乌栖曲》:"采莲渡头碍黄河,郎今欲渡畏风波。"

⑪"海鲸"句:本木华《海赋》所谓横海之鲸"翕波则洪涟踧踖,吹涝则百川倒流"。

⑫三山:即三山矶,在今江苏南京西南江宁建新,临长江,为古时津戍。

⑬公无渡河:化用乐府古题《公无渡河》。

[点评]

　　本题六首,犹如组诗,意似贯珍,一气直下,备写风波之恶,以公无渡河作结,喻世路之艰难,是从古乐府《公无渡河》化出,盖亦有所感而发者也。

过崔八丈水亭①

　　高阁横秀气,清幽并在君。檐飞宛溪水②,窗落敬亭云③。猿啸风中断,渔歌月里闻。闲随白鸥去,沙上自为群。

[注释]

①崔八丈水亭:在宣城,水亭高阁当在城东宛溪之滨,为崔八之栖隐处。太白居宣城,应是水亭常客,另有《秋夜崔八丈水亭送崔二(二崔)》诗。

②宛溪:流经宣城东。

③敬亭:敬亭山,在宣城西北。

本篇颂崔八丈之水亭,颇富清幽闲逸之致,当是合崔八情趣。

秋登宣城谢朓北楼①

江城如画里,山晚望晴空。两水夹明镜②,双桥落彩虹③。人烟寒橘柚,秋色老梧桐。谁念北楼上,临风怀谢公④!

[注释]

①宣城:今属安徽。谢朓北楼:即高斋,南齐谢朓为宣城太守时所建,人称谢朓楼,故址在今宣城陵阳山上。
②两水:指城东之宛溪与句溪。
③双桥:指隋朝于宛溪上所建之凤凰、济川二桥。见《江南通志》。
④谢公:指谢朓。

[点评]

本篇为登宣城北楼有怀谢朓而作。太白于南朝宋齐,最服膺鲍照与谢朓,其乐府歌行得益于鲍,其五言小诗得益于谢。其于谢诗尤为倾倒,即所谓"一生低首谢宣城"(王士禛《论诗》绝句),故结语云"临风怀谢公"。

游水西简郑明府^①

　　天宫水西寺,云锦照东郭。清湍鸣回溪,绿竹绕飞阁。凉风日潇洒,幽客时憩泊^②。五月思貂裘,谓言秋霜落。石萝引古蔓,岸笋开新箨。吟玩空复情,相思尔佳作。郑公诗人秀,逸韵宏寥廓^③。何当一来游,惬我雪山诺^④?

[注释]

①水西:指天宫水西寺,在今安徽泾县之西五里水西山中,寺址尚存。郑明府:或说即溧阳县令郑晏。作者《溧阳濑水贞义女碑铭序》云:"邑宰郑公名晏,家康成之学,世子产之才,琴清心闲,百里大化。"
②憩泊:犹憩息,休憩止息。
③"郑公"二句:谓郑晏善诗,其诗韵逸气宏。按,郑诗今已失传。
④雪山诺:典出佛教故事。释迦牟尼于雪山修行,称雪山童子,又称雪山大士,终得罗刹半偈,而超越十二劫。见《涅槃经》十四"圣行品"。雪山,指喜马拉雅山。文殊往化仙人,即其处。

[点评]

　　诗写水西山景色幽清,气候宜人,夏凉如秋,固约郑明府来游,以论诗文。太白咏水西寺之诗,今存仅此一首,却颇能尽水西风致。杜牧《念昔游》三首其三:"李白题诗水西寺,古木回岩楼阁风。半醒半醉游三日,红白花开烟雨中。"足见此诗在唐朝之影响,是播在人口之作。

新林浦阻风寄友人①

潮水定可信,天风难与期。清晨西北转,薄暮东西吹。以此难挂席,佳期益相思②。海月破圆景,菰蒋生绿池③。昨日北湖梅④,开花已满枝。今朝白门柳⑤,夹道垂青丝。岁物忽如此,我来定几时?纷纷江上雪,草草客中悲。明发新林浦,空吟谢朓诗⑥。

[注释]

①新林浦:发源于牛首山,在金陵西南二十里。
②"以此"二句:宋本、缪本俱注:"一本:'以此难挂席,洄沿颇淹迟。使索金陵书,又叨贤宰知。弦歌止过客,惠化闻京师'。"
③菰蒋:俗称茭白。
④北湖:即玄武湖。在金陵之北,故称。
⑤白门:指金陵城西门。西属金,金色白,故西门称白门。亦借指金陵。
⑥谢朓诗:谢朓有《暂使下都夜发新林至京邑赠西府同僚》,又有《之宣城郡出新林浦向板桥》诗。谢朓,南齐诗人,其诗清新隽永,为太白所倾倒。

[点评]

题一作《金陵阻风雪书怀寄杨江宁》,两题均见于《文苑英华》,字句小异而大同,故编集时合为一诗。综观二题,本篇当是寄江宁杨利物,言于新林浦阻风,未能如期赴约至金陵。另本中多四句,赞江宁宰杨利物,今本则因滞留新林浦,而怀念谢朓,并吟咏其新林浦之诗。

送王屋山人魏万还王屋①

　　仙人东方生,浩荡弄云海。沛然乘天游,独往失所在②。魏侯继大名③,本家聊摄城④。卷舒入元化⑤,迹与古贤并。十三弄文史,挥笔如振绮⑥。辩折田巴生,心齐鲁连子⑦。西涉清洛源⑧,颇惊人世喧。采秀卧王屋,因窥洞天门⑨。朅来游嵩峰,羽客何双双⑩!朝携月光子,暮宿玉女窗⑪。鬼谷上窈窕⑫,龙潭下奔潈⑬。东浮汴河水⑭,访我三千里。逸兴满吴云,飘摇浙江汜⑮。挥手杭越间,樟亭望潮还⑯。涛卷海门石⑰,云横天际山。白马走素车,雷奔骇心颜⑱。遥闻会稽美,一弄耶溪水⑲。万壑与千岩,峥嵘镜湖里⑳。秀色不可名,清辉满江城。人游月边去,舟在空中行㉑。此中久延伫,入剡寻王许㉒。笑读曹娥碑,沉吟黄绢语㉓。天台连四明,日入向国清。五峰转月色,百里行松声㉔。灵溪恣沿越,华顶殊超忽㉕。石梁横青天,侧足履半月㉖。眷然思永嘉,不惮海路赊。挂席历海峤,回瞻赤城霞㉗。赤城渐微没,孤屿前峣兀㉘。水绿万古流,亭空千霜月。缙云川谷难,石门最可观。瀑布挂北斗,莫穷此水端。喷壁洒素雪,空濛生昼寒㉙。却思恶溪去,宁惧恶溪恶㉚。咆哮七十滩,水石相喷薄㉛。路创李北海,岩开谢康乐㉜。松风和猿声,搜索连洞壑。径出梅花桥,双溪纳归潮③。落帆金华岸,赤松若可招㉞。沈约八咏楼,城西孤岧峣㉟。岧峣四荒外,旷望群川会。云卷天地开,波连浙西大。乱流新安口,北指严光濑㊱。钓台碧云中,邈与苍岭对㊲。稍稍来吴都,徘徊上姑苏㊳。烟绵横九疑,漭荡见五湖㊴。目极心更远,悲歌但长吁。回桡楚江滨,挥策扬子津㊵。身着日本裘,昂藏出风尘㊶。五月造我语,知非伧儜人㊷。相逢乐无限,水石日在眼。徒干五诸侯,不致百金产㊸。吾友扬了云,弦歌播清芬。虽为江宁宰,好与山公群。乘兴但一行,且知我爱君㊹。君来几何时? 仙台应有期㊺。东窗绿玉树,定长三五枝㊻。至今天坛人㊼,当笑尔归迟。我苦惜远别,茫然使心悲。黄河若不断,白首长相思㊽。

[注释]

①魏万:号王屋山人,后更名颢。崇拜李白,见白于广陵,白曰:"尔后必著大名于天下,无忘老夫与明月奴。"因尽出其文,托为编集,后编为《李翰林集》,今佚,存序。王屋山,一名天坛山,其山三重,形状如屋,故名。主峰在今河南济源。

②"仙人"四句:用东方朔事。东方生,指东方朔。汉武帝侍臣,以滑稽知名。方士附会为神仙。《汉武内传》:"东方朔一日乘龙飞去,同时众人见从西北冉冉上,仰望良久,大雾覆之,不知所适。"四句宋本、缪本俱注一本作:"东方不辞家,独访紫泥海。时人少相逢,往往失所在。"

③"魏侯"句:典出《左传·闵公元年》:晋侯赐毕万魏,以为大夫。卜偃曰:"毕万之后必大。万,盈数也;魏,大名也。以是始赏,天启之矣。天子曰兆民,诸侯曰万民。今名之大,以从盈数,其必有众。"此借喻魏万之继毕万之赐魏得大名。

④聊摄城:聊城与摄城。今山东聊城与茌平,古称聊摄。为魏万原籍。

⑤元化:造化,大自然的发展变化。

⑥振绮:抖动文绮,形容不费力而有文采。绮,有花纹的丝织品。清汪氏自宪以后四世富于藏书,其藏书楼取太白诗意颜曰"振绮堂"。

⑦"辩折"二句:以鲁连子喻魏万之善辩。《太平御览》四六四引《鲁连子》:田巴

为齐之善辩者,一日服千人。徐劫弟子鲁连,年十二,请与田巴辩,曰:"楚军南阳,赵氏伐高唐,燕人十万之众在聊城而不去,国亡在旦暮耳,先生将奈何?"田巴曰:"无奈何。"鲁连曰:"夫危不能安,亡不能存,则无为贵学士矣。今臣将罢南阳之师,还高唐之兵,却聊城之众,为所贵谈,谈者甚若此也。如先生之言,有似枭鸣,出声而人恶之,愿先生勿复谈也。"田巴为之折服,杜口易业,终身不复谈。

⑧清洛:即洛水。黄河支流。

⑨"采秀"二句:谓魏万隐居王屋。洞天,道教称王屋山为天下第一洞天。其上有小清虚洞天。洞天门,指此。

⑩"揭来"二句:言与道士偕游中岳。揭来,去。"来"字为语助词。嵩峰,中岳嵩山。在今河南登封。羽客,道士。

⑪"朝携"二句:言与仙童游憩。月光子,传说中的仙童。《仙经》谓云光童子、月光童子。常往来于天台、嵩山之间。(见《艺文类聚》七)。玉女窗,相传嵩山有玉女窗,汉武帝曾于窗中见玉女。宋以后失传。

⑫鬼谷:相传战国时鬼谷先生曾隐居于此。在今河南登封之北。窈窕:山水深邃貌。郭璞《江赋》:"幽岫窈窕。"

⑬龙潭:指九龙潭。嵩山东岩九潭上下相承,称九龙潭。为武则天皇后避暑之处。潦,水流汇集。

⑭汴河水:汴水。源出荥阳,北入黄河。

⑮浙江汜:钱塘江边。汜,水边。

⑯"挥手"二句:言于杭州观潮。杭越,指今浙江杭州绍兴一带。樟亭,亦称樟楼,后称浙江亭。古时观钱塘江大潮之处。故址在今杭州钱塘江边。

⑰海门:古时钱塘江流经今浙江萧山龛山与赭山之间。两山峡峙,潮来如束,声势倍增,极为壮观。今江改道,海门已为陆地。

⑱"白马"二句:写钱塘潮之壮观。枚乘《七发》形容广陵潮曰:"其少进也,如素车白马,帷盖之张","凌赤岸,篲扶桑,横奔似雷行"。

⑲"遥闻"二句:写游会稽若耶。会稽,今浙江绍兴。耶溪,若耶溪。在今浙江绍兴之南。

⑳"万壑"二句:写会稽山水之美。《世说新语·言语》:"顾长康从会稽还,人问山川之美,顾云:'千岩竞秀,万壑争流,草木蒙茸其上,若云兴霞蔚。'"镜湖,又

名鉴湖,在今绍兴。

㉑"人游"二句:写泛舟镜湖感觉。南朝陈释惠标《咏水诗》:"舟如空里泛,人似镜中行。"

㉒"此中"二句:写入剡中访古。王许,指王羲之与许询,均东晋名士,曾隐于剡中沃洲山。

㉓"笑读"二句:谓经曹娥江读曹娥碑。曹娥,后汉孝女。父死江中,女号哭入水抱父尸,亦溺死。县令为立碑。蔡邕经此,于碑上题"黄绢幼妇外孙齑臼"八字隐语,后杨修解为"绝妙好辞"。见《世说新语·捷悟》。

㉔"天台"四句:写天台国清寺景色。天台,天台山。四明,四明山,天台山支脉。在今浙江宁波西南。国清,国清寺,隋智颛禅师所建,在天台山南麓。五峰,指国清寺周围的五座小山峰:八桂、灵禽、祥云、灵芝、映霞。

㉕"灵溪"二句:言由灵溪上天台华顶。灵溪,在今浙江天台北。孙绰《游天台山赋》:"过灵溪而一濯,疏烦想于心胸。"华顶,天台山最高峰,高一万八千丈。

㉖"石梁"二句:写度石桥。石梁,即石桥,在天台山上方广寺与下方广寺之间,横架于深涧之上。为天然巨石,石面宽尺余,非胆大者不敢度。

㉗"眷然"四句:写由海路至永嘉。永嘉,永嘉郡,即今温州。海峤,近海多山之地。赤城,山名,在天台山下,为火烧岩构成,形如雉堞,色如红霞。

㉘孤屿:在今浙江温州之北瓯江中。今名江心屿,有江心寺。谢灵运《登江中孤屿》诗:"孤屿媚中川。"峣屼,又作峣屼,山高险貌。左思《吴都赋》:"尔其山泽,则嵬嶷峣屼。"

㉙"缙云"六句:写缙云石门瀑布。缙云,今属浙江。石门,石门山。在今浙江青田。两峰对峙如门,西南高谷有瀑布。泉自上潭落天壁入下潭,约八十丈。

㉚恶溪:即丽水。源出浙江丽水大瓮山。今名好溪。

㉛"咆哮"二句:写恶溪滩濑之湍急险恶。七十滩,据《元和郡县图志》载,恶溪九十里间有五十六濑。

㉜"路创"二句:一本作:"岭路始北海,岩诗题康乐。"太白自注:"李公邕昔为括州,开此岭路。恶溪有谢康乐题诗处。"李北海,即李邕,曾任北海太守。开元二十三年为括州刺史。见《旧唐书·李邕传》。谢康乐,即谢灵运。缙云有康乐岩,为康乐游宴处。或即题诗处。

㉝"径出"二句:谓转向金华。梅花桥,梅花溪上的桥。溪在今浙江金华。双溪,

一曰东港，一曰南港，在金华之南。东港源出东阳，南港源出缙云，二流会于金华城下，故称双溪。

㉞“落帆”二句：谓至金华寻赤松子。金华，山名，在今浙江金华之北。《元和郡县图志》二十六：“金华山在县北二十里，赤松子得道处。”赤松，即赤松子。葛洪《神仙传》载，赤松子原名黄初平，牧羊于金华山，一道士携至石室，服食松脂茯苓，得道成仙，更名赤松子。

㉟“沈约”二句：写沈约金华遗迹八咏楼。沈约，南朝齐梁诗人，曾任东阳太守。八咏楼，本名玄畅楼。沈约任东阳太守时题八诗于玄畅楼，后人改名八咏楼。楼址在金华城西。岧峣，高峻貌。

㊱“乱流”二句：谓过新安江至富春江。乱流，横渡。新安口，新安江渡口。新安江为钱塘江支流。严光濑，即七里濑，在富春江，东汉严光隐居于此，因名严光濑，又称严陵濑。在今浙江桐庐之南。

㊲“钓台”：二句：谓严光钓台遥对苍岭。钓台，在严陵山，东西两钓台，各高数百丈，下临严陵濑。苍岭，即括苍山。主峰在今浙江临海西南。

㊳“稍稍”二句：写由越入吴。吴都，指今江苏苏州。姑苏，指姑苏台。故址在今苏州灵岩山。

㊴“烟绵”二句：写姑苏台上望太湖。九疑，又作九嶷，九嶷山，古称苍梧，相传为云出处。此写烟云，连类而及于九疑。漭荡，浩渺。五湖，指太湖。

㊵“回桡”二句：谓复江行至扬州。楚江，指长江。扬子津，长江渡口，在扬州之南。六朝都于金陵，以横江为西津，以扬子为东津。

㊶“身着”二句：写魏万装束。日本裘，太白自注：“裘则朝卿所赠，日本布为之。”由注文可知魏万与晁衡亦有交往。昂藏，气宇轩昂。

㊷佁儗：痴呆貌。

㊸“徒干”二句：谓事干谒而未见得益。五诸侯，《汉书·高帝纪》注：五诸侯为常山王张耳、河南王申阳、韩王郑昌、魏王豹、殷王司马卬。此泛指地方官。百金产，中等人家之产。《史记·孝文帝纪》：“尝欲作露台，召匠计之，直百金。上曰：‘百金中民十家之产，吾奉先帝宫室，常恐羞之，何以台为！’”

㊹“吾友”六句：约游江宁，访江宁令。扬子云，汉扬雄。此借喻江宁令杨利物。太白有《江宁宰杨利物画赞》。弦歌，孔子弟子子游为武城宰，弦歌以教民。山公，晋名士山简，曾醉酒习家池。此太白自指。

㊺仙台:天仙所居之处。此指王屋山。

㊻"东窗"二句:以玉树之长,喻离家之久。玉树,传说中之仙树。《淮南子·地形训》:昆仑之山上有珠树、玉树、琁树、不死树。

㊼天坛:即天坛山。王屋山主峰。

㊽"黄河"二句:王琦《李太白全集》注:"此是倒装句法,谓白首相思,若黄河之水,终无断绝时耳。"按,不必作倒装解,知河不可断而假设其可断而不断,宛转递进,以增强"长相思"之情,此正太白善于心理表达之处。

[点评]

　　本篇题下有序云:"王屋山人魏万,云自嵩宋沿吴相访,数千里不遇。乘兴游台越,经永嘉,观谢公石门。后于广陵相见。羡其爱文好古,浪迹方外,因述其行而赠是诗。"(序一本作:"见王屋山人魏万,云自嵩历兖,游溧入吴,计程三千里,相访不遇。因下江东寻诸名山,往复百越。后于广陵一面,遂乘兴共过金陵。此公爱奇好古,独往旸表,因述其行李,遂有此作。")二序大同小异,证之魏万《金陵酬翰林谪仙子》"谪仙游梁园,爱子在邹鲁。二处不一见,拂衣向江东"诸语,另序所说"自嵩历兖"及"共过金陵",更切魏万行迹。魏之酬诗亦云:"畅然意不尽,更逐西南去。同舟入秦淮,建业龙盘处。"其叙偕游金陵事更为详切。太白在世,即不乏崇拜者与追随者,是亦诗人之大幸也。偶与魏万结忘年之交,因有纪录千里相访之诗,遂成诗坛佳话。

清溪行^①

　　清溪清我心,水色异诸水。借问新安江,见底何如此^②!人行明镜中,鸟度屏风里^③。向晚猩猩啼,空悲远游子。

[注释]

①清溪:在秋浦之北,源出考溪,经池州入火江。

②"借问"二句:谓其清胜于新安江。新安江,一名歙江,源出安徽歙县,与兰溪合,东入浙江,其水极清。沈约有《新安江水至清浅深见底贻京邑游好》诗。

③"人行"二句:陈释惠标《咏水诗》:"舟如空里泛,人似镜中行。"各取眼前景而自成佳句,不必因袭。

[点评]

　　本篇与《入清溪山》(亦题《宣城清溪》)一首合题为《宣城清溪二首》,二首辞异而意同,均写游清溪情景,以山水猿鸟发兴。清溪在秋浦,代宗永泰始划归池州,此前属宣州,故题称"宣城清溪"。

扶风豪士歌①

　　洛阳三月飞胡沙,洛阳城中人怨嗟。天津流水波赤血,白骨相撑如乱麻②。我亦东奔向吴国③,浮云四塞道路赊④。东方日出啼早鸦,城门人开扫落花。梧桐杨柳拂金井,来醉扶风豪士家。扶风豪士天下奇,意气相倾山可移⑤。作人不倚将军势⑥,饮酒岂顾尚书期⑦!雕盘绮食会众客⑧,吴歌赵舞香风吹⑨。原尝春陵六国时⑩,开心写意君所知。堂中各有三千士,明日报恩知是谁?抚长剑,一扬眉,清水白石何离离⑪!脱吾帽,向君笑;饮君酒,为君吟。张良未逐赤松去,桥边黄石知我心⑫。

[注释]

①扶风:天宝元年改岐州为扶风,今陕西凤翔。扶风豪士,扶风籍之豪士,或疑即溧阳主簿扶风窦嘉宾。

②"洛阳"四句:写安史叛军之陷洛阳。天津,桥名。横架于洛阳城中洛水之上。

③"我亦"句:一本作"我亦来奔溧溪上"。

④浮云四塞:司马相如《长门赋》:"浮云郁而四塞。"赊:远。

⑤意气相倾:鲍照《代雉朝飞》:"握君手,执杯酒,意气相倾死何有!"

⑥不倚将军势:辛延年《羽林郎》:"依倚将军势,调笑酒家胡。"此反用其意。

⑦"饮酒"句:典出《汉书·陈遵传》:"遵嗜酒,每大饮,宾客满堂,辄关门,取客车辖投井中,虽有急,终不得去。尝有部刺史奏事,过遵,值其方饮,刺史大穷,候遵沾醉时,突入见遵母,叩头自白当对尚书有期会状。母乃令从后阁出去。"

⑧雕盘绮食:形容盛筵。

⑨吴歌赵舞:古代吴娃善歌,赵女善舞。

⑩原尝春陵:指战国时代四公子,即赵之平原君、齐之孟尝君、楚之春申君、魏之信陵君。四公子广招天下士,门下各有食客数千人,而食客皆乐为之用。六国:七雄去秦即为六国。此泛指战国。

⑪"清水"句:王琦《李太白全集》注以为意同古乐府《艳歌行》:"语卿且勿眄,水清石自见。"

⑫"张良"二句:用张良下邳圯桥遇黄石公事。《史记·留侯世家》:"今以三寸舌为帝者师,封万户,位列侯,此布衣之极。于良足矣。愿弃人间事,欲从赤松子游耳。"赤松,赤松子,传说中的仙人,或说神农时为雨师,出入西王母昆仑石室,随风雨上下。黄石,黄石公。秦时隐士。张良刺秦始皇未遂,逃至下邳圯桥,黄石公授以太公兵法。味诗意,其时犹不欲隐退,有张良用兵立功之意。

[点评]

　　安史乱起,两京陷落,太白拟避地剡中,离开宣城,取道溧阳,醉饮扶风豪士家,为作此歌,历叙乱后踪迹及怀抱。所歌对象为豪士,故意气激扬,与留赠崔宣城诗精神有别。赠崔诗有退隐意,此则有用兵立功意。由此可知其后之从永王璘,乃非偶然也。思想之变化,流于笔端,则如赵执信所言"神变不可方物"(《声调谱》),此正太白本色。

北上行①

北上何所苦,北上缘太行②。礴道盘且峻,崤岩凌穹苍③。马足蹶侧石,车轮摧高冈④。沙尘接幽州,烽火连朔方⑤。杀气毒剑戟,严风裂衣裳⑥。奔鲸夹黄河,凿齿屯洛阳⑦。前行无归日,返顾思旧乡。惨戚冰雪里,悲号绝中肠。尺布不掩体,皮肤剧枯桑。汲水涧谷阻,采薪陇坂长⑧。猛虎又掉尾,磨牙皓秋霜。草木不可餐,饥饮零露浆。叹此北上苦,停骖为之伤⑨。何日王道平⑩,开颜睹天光?

[注释]

①北上行:乐府相和歌旧题,或说出魏武帝曹操《苦寒行》。《乐府解题》曰:"晋乐奏魏武帝《北上篇》,备言冰雪溪谷之苦。其后或谓之《北上行》,盖因武帝辞而拟之也。"
②太行:太行山。横亘于山西高原与河北平原之间。
③"礴道"二句:言山路险峻。礴道,登山石径。穹苍,苍穹,指天。
④"车轮"句:曹操《苦寒行》:"羊肠坂诘屈,车轮为之摧。"
⑤"沙尘"二句:谓安史乱起,战火自东北幽州延至西北朔方。幽州,今属北京市。朔方,治所在今宁夏灵武西南。
⑥严风:冬天的风。《初学记》三引《纂要》:冬风曰"寒风、劲风、严风"。

⑦"奔鲸"二句:谓叛军控制黄河南北,攻陷洛阳。凿齿,兽名,其状如凿。喻安史叛军。《淮南子·本经训》:"尧乃使羿诛凿齿于畴华之野。"

⑧陇坂:丘陇坡坂。

⑨停骖:停车。骖,车辕两旁之马。

⑩王道平:《尚书·洪范》:"王道平平。"此谓平息叛乱,天下太平。

[点评]

安史之乱,诗人多身经战火,目睹祸难,因发之于笔端。杜甫之《北征》,为自身经历之实录;太白此篇《北上行》,则借乐府旧题,写北方生民经历祸乱之所苦。写法不同,而时代精神一也。其题既从曹操《苦寒行》化出,其写法亦多类《苦寒行》之句式,战乱情景,大体相类,有刻意临摹,乃历史之相似也。

下寻阳城泛彭蠡寄黄判官^①

浪动灌婴井,寻阳江上风^②。开帆入天镜,直向彭湖东^③。落影转疏雨,晴云散远空。名山发佳兴^④,清赏亦何穷! 石镜挂遥月,香炉灭彩虹^⑤。相思俱对此,举目与君同。

[注释]

①寻阳:亦作浔阳,唐属江州。今江西九江。彭蠡:湖名,即今鄱阳湖。黄判官:黄姓地方官僚佐。余未详。

②"浪动"二句:写浪井。灌婴井,又称浪井,在今九江。井为灌婴所凿,后经孙权修复。《元和郡县图志》云:"井极深,大江中风浪,井水辄动。"

③"开帆"二句：陆游《入蜀记》四："泛彭蠡口，四望无际，乃知太白'开帆入天镜'之句为妙。"天镜，形容湖面光平如镜。彭湖，即彭蠡湖。

④"落影"三句：一本作："返影照疏雨，轻烟淡远空。中流得佳兴。"

⑤石镜：彭蠡湖滨，庐山之东悬崖间的一块圆形巨石，即《庐山谣寄卢侍御虚舟》所云"闲窥石镜清我心"之石镜。香炉：指庐山香炉峰。二句一本作："瀑布洒青壁，遥山挂彩虹。"

[点评]

　　写泛舟彭蠡湖之所见所感，全篇充满动感，浪动，风动，船动，雨动，云动，景亦动，甚切舟行之状。"名山发佳兴，清赏亦何穷"，点明题旨，然语似寄情山水，意却别有怀抱。

庐山谣寄卢侍御虚舟①

　　我本楚狂人，凤歌笑孔丘②。手持绿玉杖，朝别黄鹤楼③。五岳寻仙不辞远④，一生好入名山游。庐山秀出南斗旁⑤，屏风九叠云锦张⑥，影落明湖青黛光⑦。金阙前开二峰长，银河倒挂三石梁⑧。香炉瀑布遥相望，回崖沓嶂凌苍苍⑨。翠影红霞映朝日，鸟飞不到吴天长。登高壮观天地间，大江茫茫去不还。黄云万里动风色，白波九道流雪山⑩。好为庐山谣，兴因庐山发。闲窥石镜清我心，谢公行处苍苔没⑪。早服还丹无世情，琴心三叠道初成⑫。遥见仙人彩云里，手把芙蓉朝玉京⑬。先期汗漫九垓上，愿接卢敖游太清⑭。

[注释]

①庐山:在寻阳,今江西九江之南。卢侍御虚舟:卢虚舟,字幼真,范阳人,乾元中任殿中侍御史。曾与李白同游寻阳通塘。太白有《和卢侍御通塘曲》。

②"我本"二句:《庄子·人间世》:"孔子适楚,楚狂接舆游其门曰:'凤兮凤兮,何如德之衰也!来世不可待,往世不可追也。'"接舆事又见《论语·微子》。楚狂,指接舆。《高士传》以为接舆为陆通之字,楚人。按,或以为"接舆"乃接孔子之舆者,非名非字。

③黄鹤楼:在江夏黄鹄矶。故址在今湖北武昌蛇山。

④五岳:指东岳泰山、西岳华山、中岳嵩山、南岳衡山、北岳恒山。此泛指名山。

⑤南斗:南斗六星,总称斗宿。见《星经》下"斗宿"。

⑥屏风九叠:指庐山屏风叠。在五老峰下。

⑦明湖:指鄱阳湖。在庐山之南。

⑧"金阙"二句:咏庐山之石门与瀑布。金阙,指石门。晋慧远《庐山记》:"西南有石门,其形似双阙,壁立千余仞,而瀑布流焉。"三石梁,指三叠泉承接瀑布水的三道石梁。位于屏风叠之左。

⑨"香炉"二句:写自山南望瀑布与众峰。香炉,峰名。瀑布,指黄崖瀑布,与香炉峰对望。回崖沓嶂,指重叠的山峰。

⑩白波九道:指长江九派。《尚书·禹贡》"九江孔殷",孔传:"江于此州界分为九道。"雪山:形容江中白浪。

⑪"闲窥"二句:写谢灵运游踪石镜。石镜,指庐山山间巨石。近鄱阳湖。《艺文类聚》七○引《寻阳记》:"石镜在山东,有一团石悬崖,明净照人。"谢公,指南朝宋诗人谢灵运。谢灵运《入彭蠡湖口》诗云:"攀崖照石镜。"

⑫琴心三叠:道教术语,谓心神和悦。《黄庭内景经·上清章》:"琴心三叠舞胎仙。"注:"琴,和也;三叠,三丹田,谓与诸宫重叠也。"

⑬玉京:即天阙。道教称三十二帝都,在无为之天。

⑭"先期"二句:典出《淮南子·道应训》:卢敖游于北海,见一深目鸢肩丰上杀下的奇士,与约为友,共游太阴。奇士曰:"吾与汗漫期于九垓之外,吾不可以久驻。"汗漫,不着边际。或指为仙人。九垓,九天。卢敖,燕人,秦始皇召为博士,使求神仙,亡而不返。此借指卢虚舟。

　　本篇咏庐山之美,寄游仙之意,并邀卢虚舟偕游。其写庐山,非游山纪实,乃综观其山水形胜。故其笔法如天马行空,变幻莫测。以有登仙之意,故山水之间充满仙气。所谓"五岳寻仙不辞远,一生好入名山游",正透露此中消息。然太白之写仙,非真述于仙也,乃所谓以不可求之事耗其壮心,亦事功之志不得伸而借游仙以排遣。此诗亦然。

望庐山五老峰①

　　庐山东南五老峰,青天削出金芙蓉②。九江秀色可揽结,吾将此地巢云松③。

[注释]

①五老峰:在庐山东南,南康城北。石山骨立,突兀凌霄,如五老骈肩,故名。太白曾隐于五老峰下九叠屏。

②芙蓉:莲花。太白常以芙蓉形容山形。如"兹山何峻秀,绿翠如芙蓉"(《古风》其二十),"太华三芙蓉,明星玉女峰"(《江上答崔宣城》),"天河挂绿水,秀出九芙蓉"(《望九华山赠青阳韦仲堪》)等。

③巢云松:谓隐居于白云青松之间。宋祝穆《方舆胜览》一七"江东路南康军"引《图经》曰:"白性喜名山,飘然有物外志,以庐阜水石佳处,遂往游焉。卜筑五老峰下,有书堂旧基。后北归,犹不忍去,指庐山曰:'与君再会,不敢寒盟,丹崖绿壑,神其鉴之。'"

自庐山东南望五老峰,烟云缭绕,似五老翁列坐于山巅,亦似五杂莲花并开于水涯。此诗正以芙蓉状五老。太白笔下之奇峰,多为芙蓉,华不注一芙蓉,华山三芙蓉,九华九芙蓉,黄山三十二芙蓉,此为五芙蓉,真乃妙笔生花也。太白以绝句擅长,然此非律绝,实属古调,而音响节奏有胜于平仄声律,惟太白有此特色。

望庐山瀑布二首^①

一

西登香炉峰,南见瀑布水。挂流三百丈,喷壑数十里。欻如飞电来,隐若白虹起。初惊河汉落^②,半洒云天里。仰观势转雄,壮哉造化功。海风吹不断,江月照还空^③。空中乱潈射^④,左右洗青壁。飞珠散轻霞,流沫沸穹石^⑤。而我乐名山,对之心益闲。无论漱琼液,且得洗尘颜。且谐宿所好,永愿辞人间^⑥。

二

日照香炉生紫烟,遥看瀑布挂前川^⑦。飞流直下三千尺,疑是银河落九天^⑧。

[注释]

①庐山瀑布:当指山南香炉峰前之黄崖瀑布或马尾瀑布。即所谓"香炉瀑布遥

相望"(《庐山谣寄卢侍御虚舟》)。

②河汉:即银河。一本作"银河"。

③"海风"二句:在唐即为传诵名句。任华《杂言寄李白》:"登庐山,观瀑布。海风吹不断,江月照还空。余爱此两句。"

④潨射:众流汇合喷射而下。

⑤穹石:高大的山石。

⑥"且谐"二句:唐写本作"爱此肠欲断,不能归人间";又,一本作"集谱宿所好,永不归人间"。

⑦"日照"二句:一作"庐山上与星斗连,日照香炉生紫烟"。前川,缪本作"长川"。

⑧"飞流"二句:即前首"初惊河汉落,半洒云天里"之意,状瀑布之高之长。

[点评]

前篇唐写本题作《瀑布水》,后篇题一本作《望庐山香炉山瀑布》。任华《杂言寄李白》诗,但提及前,或疑其非一时之作,以其意象重复。无论同时所作或非一时所作,其体裁、其写法均有明显差异。其写瀑布,一以实一以虚,一豪雄一清空,各有特色,亦诗体使然也,古风偏于质实,绝句则多空灵,故不可以优劣论也。银河之喻为苏轼所激赏,其诗云:"帝遣银河一派垂,古来惟有谪仙词。"(见葛立方《韵语阳秋》)

江上望皖公山①

奇峰出奇云,秀木含秀气。清宴皖公山,巉绝称人意②。独游沧江上,终日淡无味。但爱兹岭高,何由讨灵异③!默默遥相许,欲往心莫遂。待我还丹成，投迹归此地^④。

[注释]

①皖公山：又名皖山，与潜山、天柱山相连，三峰鼎峙。或作为一山，而以三名混称。在今安徽潜山。
②"清宴"二句：写皖公山之清朗奇险。清宴，清朗无云。《汉书·扬雄传》"于是天清日晏"，颜师古注："晏，无云也。"宴，通晏。巉绝，巉峭，险峻貌。陆游《入蜀记》：于皖口北望，正见皖山。知太白《江上望皖公山》诗"巉绝称人意"，"巉绝"二字为"不刊之妙"。
③灵异：指神仙之类。
④投迹：止足，停步。

[点评]

　　此诗当是作于避地司空原之时。《避地司空原言怀》云："我则异于是，潜光皖水滨。卜筑司空原，北将天柱邻。雪霁万里月，云开九江春。"诗所言天柱，即天柱山，是亦皖公山也，自司空原可望而收入眼底。其时当是永王之案尚未了结，故诗有遁世之意。

泛沔州城南郎官湖^①

　　张公多逸兴，共泛沔城隅^②。当时秋月好，不减武昌都^③。四坐醉清光，为欢古来无。郎官爱此水，因号郎官湖。风流若未减，名与此山俱^④。

①沔州:或谓汉阳郡,治所在今湖北汉阳。郎官湖:原称南湖,原湖已涸,故址在今汉阳城内。太白更其名曰"郎官湖"。题下有《序》云:"乾元岁秋八月,白迁于夜郎,遇故人尚书郎张谓出使夏口,沔州牧杜公、汉阳宰王公觞于江城之南湖,乐天下之再平也。方夜水月如练,清光可掇。张公殊有胜概,四望超然,乃顾白曰:'此湖古来贤豪游者非一,而枉践佳景,寂寥无闻。夫子可为我标之嘉名,以传不朽。'白因举酒酹水,号之曰郎官湖,亦由郑圃之有仆射陂也。席上文士辅翼、岑静以为知言,乃命赋诗纪事,刻石湖侧,将与大别山共相磨灭焉。"

②"张公"二句:谓张谓宴白于沔州城南。张公,张谓,天宝二年进士,奉使长沙,大历间为礼部侍郎。

③武昌都:指江夏。今湖北武昌。

④此山:指大别山。在郎官湖上。位于今汉阳龟山之侧。

[点评]

　　流放途中作此,诗虽写苦中作乐,而豪兴却不减当年,此太白之所以为太白也。

宿巫山下①

　　昨夜巫山下,猿声梦里长②。桃花飞渌水,三月下瞿塘③。雨色风吹去,南行拂楚王④。高丘怀宋玉⑤,访古一沾裳。

[注释]

①巫山:在三峡之中,为楚蜀交界,有十二峰,以神女峰最著名。

②猿声:三峡多猿。《水经注·江水》:"每至晴初霜旦,林寒涧肃,常有高猿长啸,属引凄异,空谷传响,哀转久绝。"

③瞿塘:即瞿塘峡,又称夔峡,在白帝山下夔门之东。

④"雨色"二句:用宋玉《高唐赋》所写楚襄王梦巫山神女"旦为朝云,暮为行雨"事。

⑤高丘:楚有高丘之山。屈原《离骚》:"哀高丘之无女。"此指巫山。宋玉:楚人,曾为楚襄王大夫。相传为屈原弟子。

[点评]

本篇写流夜郎遇赦出峡宿巫山下次日访古情怀。此前曾作《自巴东舟行经瞿塘峡登巫山最高峰晚还题壁》诗,知其晚还即宿巫山下。或说此诗作于初出川,味其意境,苍凉沉雄,似非青年所作,定为遇赦回舟之作无误。严羽《沧浪诗话·诗体》:"有律诗彻首尾不对者。"(盛唐诸公有此体……又太白"牛渚西江夜"之篇。皆文从字顺,音韵铿锵,八句皆无对偶)本篇及《长信宫》、《牛渚夜泊》皆属无对之律诗,杨慎《升庵诗话》二则以为"乃是平仄稳贴古诗也"。太白善古风,故虽声调入律,其体犹古也。

我行巫山渚^①

(古风其五十八)

我行巫山渚,寻古登阳台^②。天空彩云灭,地远清风来。神女去已久,襄王安在哉!荒淫竟沦没,樵牧徒悲哀③。

[注释]

①巫山渚:巫山长江水边。
②阳台:为巫山神女遗迹。楚襄王梦巫山神女荐枕席,神女去时辞曰:"妾在巫山之阳,高丘之阻,旦为朝云,暮为行雨,朝朝暮暮,阳台之下。"见宋玉《高唐赋》。台址在今巫山阳台山上。
③樵牧:樵夫牧竖。句意谓楚襄王以荒淫误国而今遗迹亦已沦没,山野之人且为之悲哀。

[点评]

　　本篇为巫山吊古伤怀之作,不胜感慨。写景抒情融而为一,前人称为"双行"技法。王夫之《唐诗选评》曰:"三、四本情语,而命景正丽,此谓双行。双行者,古今文笔之绝技也。"亦情亦景,故有余不尽。

荆门浮舟望蜀江①

　　春水月峡来②,浮舟望安极?正是桃花流,依然锦江色③。江色绿且明④,茫茫与天平。逶迤巴山尽⑤,遥曳楚云行。雪照聚沙雁,花飞出谷莺。芳洲却已转,碧树森森迎。流目浦烟夕,扬帆海月生。江陵遥识火⑥,应到渚宫城⑦。

[注释]

①荆门:山名,与虎牙相对,在宜都西北。郭璞《江赋》:"虎牙嵥竖以屹崒,荆门

阙竦而磐礴。”蜀江:长江未出峡称蜀江。出峡后称楚江,入吴后称吴江。

②月峡:即明月峡。峡首南岸壁高四十丈,有圆孔,形若满月,故名。在今四川巴县境内。

③锦江:又称濯锦江。岷江支流。流经四川成都。

④“江色”句:陆游《入蜀记》曰:“与儿辈登堤观蜀江,乃知太白《荆门望蜀江》诗‘江色绿且明’,为善状物也。”

⑤巴山:又名大巴山,为川陕边界。此泛指巴蜀之山。

⑥江陵:唐为荆州治所。今湖北荆州。

⑦渚宫:楚宫,故址在今荆州沙市。

[点评]

　　本篇当是夜郎赦还出川过荆门时所作,其情调颇为深沉,已无初出夔门之轻快。其写江行所见两岸景物,非独善绘其色,如陆游所激赏之“江色绿且明”,且亦善状其态,如“花飞出谷莺”。景色空明流动,诗亦圆转多姿。

与夏十二登岳阳楼^①

　　楼观岳阳尽,川迥洞庭开^②。雁引愁心去,山衔好月来。云间连下榻^③,天上接行杯。醉后凉风起,吹人舞袖回。

[注释]

①夏十二:夏姓,排行十二,事迹不详。岳阳楼:岳州西城门楼,下临洞庭。在今湖南岳阳之西。

②洞庭:即洞庭湖。

③下榻:用陈蕃为徐穉下榻事。见《后汉书·徐穉传》。借指留宿处。

[点评]

　　本篇为太白登岳阳楼诗,与孟浩然、杜甫之作相较,似不及孟杜岳阳楼诗之知名,然自有其韵味。虽无雄豪之概,却有清远之致。盖太白之"遭逢二圣主,前后两迁逐",已不复有豪雄之气,心境已归淡远矣,故诗有清远之致也。

陪族叔刑部侍郎晔
及中书贾舍人至游洞庭五首①

一

　　洞庭西望楚江分②,水尽南天不见云。日落长沙秋色远,不知何处吊湘君③。

二

　　南湖秋水夜无烟④,耐可乘流直上天。且就洞庭赊月色,将船买酒白云边。

三

　　洛阳才子谪湘川⑤,元礼同舟月下仙⑥。记得长安还欲笑,不知何处是西天⑦。

四

洞庭湖西秋月辉,潇湘江北早鸿飞。醉客满船歌白苎⑧,不知霜露入秋衣。

五

帝子潇湘去不还⑨,空余秋草洞庭间。淡扫明湖开玉镜,丹青画出是君山⑩。

[注释]

①刑部侍郎晔:李晔,为文部侍郎李昕之弟,任刑部侍郎。以忤宦官李辅国,贬岭南尉。见《旧唐书·李岘传》。中书贾舍人至:贾至,曾任中书舍人,出任汝州刺史,以汝州失守,贬岳州司马。

②楚江:指长江。长江入楚称楚江。

③湘君:湘水之神。或说舜妃娥皇、女英死于江湘,俗称湘君。见《列女传》。

④南湖:指岳州洞庭湖。唐时湖在岳州巴陵县南一里余。

⑤洛阳才子:指贾谊。借喻贾至,至亦洛阳人。

⑥"元礼"句:用李膺(字元礼)事。《后汉书·郭太传》载,郭林宗还乡,送者甚众,林宗惟与李膺同舟,众望之如神仙。以李膺喻李晔。

⑦"记得"二句:暗用桓谭《新论》:"人闻长安乐,则出门而西向笑。"意犹思念长安。

⑧白苎:乐府清商调曲名,为吴人所歌。

⑨帝子:指尧女娥皇、女英。《九歌·湘夫人》:"帝子降兮北渚。"

⑩君山:又名湘山,在洞庭湖中。或云湘君所止,故名。见《元和郡县图志》江南道岳州。

[点评]

本题五首,写与李晔、贾至泛舟洞庭事。三人曾荣耀于长安,而今俱为迁客,流落至此,故别具情怀。发而为诗,虽带清愁,却自有潇洒之态。即目缀景,托古抒情,境界宏阔,意绪悠扬,有清空淡远之致。俞陛云谓:"写景皆空灵之笔,吊湘君亦幽邈之思,可谓神行象外矣。"(《诗境浅说续编》)庶几得其神韵。或谓"太白《洞庭》五绝,结句三用'不知'二字,亦强弩之末也"(《柳亭诗话》),殊不知唐人兴之所至,发言为诗,岂遑斟酌也。诚如杨慎《升庵诗话》所云:"大抵盛唐大家正宗作诗,取其流畅,不似后人之拘耳。"

陪侍郎叔游洞庭醉后三首①

一

今日竹林宴②,我家贤侍郎。三杯容小阮③,醉后发清狂。

二

船上齐桡乐,湖心泛月归。白鸥闲不去,争拂酒筵飞。

三

划却君山好④,平铺湘水流。巴陵无限酒⑤,醉杀洞庭秋。

[注释]

①侍郎叔:指刑部侍郎李晔。时由刑部贬职岭南。

②竹林宴:晋阮籍、阮咸叔侄预竹林之饮。事见《晋书·阮籍传》。喻与侍郎叔李晔同醉于洞庭。

③小阮:指阮咸。作者自喻。

④君山:在洞庭湖中。

⑤巴陵:唐县名,岳州所在地,今湖南岳阳。

[点评]

　　本题三首,均五言绝句,写与李晔泛舟洞庭,语似醉似狂,却愈奇愈豪,自是太白本色。正所谓"率尔道出,自觉高妙"(明郝敬《批选唐诗》)。

拔剑四顾心茫然

北溟有巨鱼①

（古风其三十三）

    北溟有巨鱼，身长数千里。仰喷三山雪，横吞百川水。凭陵随海运②，燀赫因风起③。吾观摩天飞，九万方未已④。

[注释]

①巨鱼：指鲲。典出《庄子·逍遥游》："北冥有鱼，其名为鲲。鲲之大，不知其几千里也。化而为鸟，其名为鹏。"
②凭陵：进逼。作者《大鹏赋》："燀赫乎宇宙，凭陵乎昆仑。"
③燀赫：声势盛大貌。
④九万：《庄子·逍遥游》引《齐谐》曰："鹏之徙于南冥也，水击三千里，抟扶摇而上者九万里。"

[点评]

    本篇以鲲鹏自况，一如其《大鹏赋》，示其志不在小。

白纻辞三首①

一

扬清歌,发皓齿,北方佳人东邻子②。且吟白纻停绿水,长袖拂面为君起③。寒云夜卷霜海空,胡风吹天飘塞鸿④,玉颜满堂乐未终。

二

馆娃日落歌吹深⑤,月寒江清夜沉沉。美人一笑千黄金⑥,垂罗舞縠扬哀音。郢中白雪且莫吟⑦,子夜吴歌动君心⑧。动君心,冀君赏,愿作天池双鸳鸯,一朝飞去青云上。

三

吴刀剪彩缝舞衣⑨,明妆丽服夺春晖。扬眉转袖若雪飞,倾城独立世所稀⑩。激楚结风醉忘归⑪,高堂月落烛已微,玉钗挂缨君莫违⑫。

[注释]

①白纻辞:乐府舞曲旧题。吴舞《白纻舞》盛行于两晋六朝,为民间舞蹈。《宋

书·乐志》："《白纻舞》,按舞词有巾袍之言,纻本吴地所出,宜是吴舞也。"其辞
为舞曲歌词,亦称《白纻舞歌》,本题又作《白纻舞辞》。

②北方佳人:汉李延年《歌》曰:"北方有佳人,绝世而独立。一顾倾人城,再顾倾
人国。"见《汉书·孝武李夫人传》。东邻子:指东邻女子。宋玉《登徒子好色赋》
谓"臣里之美者,莫若臣东家之子"。又,司马相如《美人赋》亦曰:"臣之东邻有
一女子,云发丰艳,蛾眉皓齿,颜盛色茂,景耀光起。"后因以"东邻子"喻美人。

③白纻:即《白纻辞》,又称《白纻歌》。绿水:亦作《渌水》,古时高雅的舞曲。二
句本鲍照《白纻辞》:"古称绿水今白纻,催弦急管为君舞。"及沈约《白纻辞》:
"长袖拂面为君施。"

④塞鸿:又作塞雁,边塞鸿雁。诗人多用以比喻离乡远行者。鲍照《代陈思王京
洛篇》:"春吹回白日,霜歌落塞鸿。"一本作"寒鸿"。

⑤馆娃:指馆娃宫。传说吴王夫差作宫于砚石山以馆西施,吴人称美女为娃,故
曰馆娃宫。故址在今苏州西南灵岩山上。

⑥一笑千黄金:谓美人之笑难得。《艺文类聚》卷五七引东汉崔骃《七依》:"美人
进以承宴,调欢欣以解容,回顾百万,一笑千金,振飞縠以长舞袖,袅细腰而务抑
扬。"为二句之所本。

⑦郢中白雪:指高雅舞曲。典出宋玉《对楚王问》。

⑧子夜吴歌:即吴地《子夜歌》。又名《子夜四时歌》,通俗歌曲。相传为晋女子
子夜所作。见《宋书·乐志》。

⑨吴刀:吴地所产之剪刀。

⑩倾城独立:语本李延年《歌》:"北方有佳人,绝世而独立。……宁不知倾城与
倾国,佳人难再得。"

⑪激楚结风:语本司马相如《上林赋》:"鄢郢缤纷,激楚结风。"《激楚》与《结风》
为楚国鄢郢所流行的两种乐曲,节拍均如疾风,急促哀切。

⑫玉钗挂缨:语本司马相如《美人赋》:"玉钗挂臣冠,罗袖拂臣衣。"缨,冠带。

[点评]

　　三首当是游江南时宴饮之际,仿南朝鲍照同题乐府之作,句式形神略同。鲍
照《白纻歌三首》均写美人歌舞事,太白三首亦然。惟鲍作为始兴王濬而赋,因
有"思君厚德"感恩之语,而李作则有寒云塞鸿漂泊之感。

苏台览古①

　　旧苑荒台杨柳新②,菱歌清唱不胜春③。只今惟有西江月④,曾照吴王宫里人⑤。

[注释]

①苏台:姑苏台。旧说在姑苏山上,然唐人所说姑苏台,多指砚石山,即今灵岩山。李绅《姑苏台杂句序》云:"台今遗迹平芜,连接灵岩寺。采香径、响屟廊皆在寺内。"刘禹锡《忆春草》诗云:"馆娃宫外姑苏台,郁郁芊芊拔不开。"太白此诗亦以荒台与旧宫并举,均可证唐人以姑苏台位于今灵岩山。

②旧苑:指长洲苑。故址在今江苏省苏州市太湖北。左思《吴都赋》:"造姑苏之高台,临四远而特建。带朝夕之濬池,佩长洲之茂苑。"荒台:指姑苏台。

③菱歌:采菱之歌。梁简文帝《棹歌行》:"妾家住湘川,菱歌本自便。"

④西江:西来大江,即长江。《庄子·外物》:"我且南游吴越之王,激西江之水而迎子,可乎?"

⑤吴王宫里人:指西施。越进美女西施于吴王夫差,夫差建馆娃宫居之,故称宫里人。以馆娃宫近姑苏台,故及之。

[点评]

　　本篇为游姑苏时吊古之作,语极凄清,不胜感慨。当是作于初游江东之时,故语虽感激,却似泛泛吊古之作,不必求之过深。唐卫万《吴宫怨》云:"君不见吴王宫阁临江起,不见珠帘见江水。晓气晴来双阙间,潮声夜落千门里。勾践城中非旧春,姑苏台下起黄尘。只今惟有西江月,曾照吴王宫里人。"其体仿王勃

《滕王阁诗》,其意则近太白《苏台览古》。明胡应麟《诗薮》内编卷三谓"末二句全与太白同,不知孰先后也"。按,卫万生平未详,《全唐诗》编其诗于卷七百七十三,作晚唐人,然则,当是卫万借用太白诗句也。

乌栖曲①

　　姑苏台上乌栖时,吴王宫里醉西施②。吴歌楚舞欢未毕,青山欲衔半边日③。银箭金壶漏水多④,起看秋月坠江波,东方渐高奈乐何⑤!

[注释]

①乌栖曲:乐府清商曲旧题。

②"姑苏"二句:任昉《述异记》:"吴王夫差筑姑苏之台,三年乃成,周旋诘曲,横亘五里,崇饰土木,殚耗人力。宫妓数千人,上别立春宵宫,为长夜之饮。造千石酒钟,夫差作天池,池中造青龙舟,舟中盛陈妓乐,日与西施为水嬉。吴王于宫中作海灵馆、馆娃阁,铜沟玉槛,宫之楹槛,珠玉饰之。"姑苏台,故址在今苏州灵岩山,邻近馆娃宫。参阅《苏台览古》诗注。

③"吴歌"二句:言极歌舞之欢。吴歌楚舞,吴地之歌,楚地之舞,泛指歌舞。半边日,语本萧子显《乌栖曲》:"犹有残光半山日。"

④银箭金壶:指滴漏,古计时器。以铜为壶,以银为箭(刻漏指标),故称"银箭金壶"。

⑤东方渐高:谓东边红日高升。汉乐府《有所思》:"东方须臾高知之。"或说"高"读为"皓",白。

本篇婉而多讽,深得《国风》刺诗之旨,亦有所感而发者。贺知章以为"此诗可以泣鬼神"(见《本事诗》),良有以也。隐含乐极生悲的启示。

越中览古①

越王勾践破吴归②,义士还家尽锦衣③。宫女如花满春殿,只今惟有鹧鸪飞④。

[注释]

①越中:指会稽。今浙江绍兴。
②勾践:春秋越国之君。为吴王夫差所败,卧薪尝胆,发愤图强,终灭吴国,以雪国耻,克成霸业。见《史记·越王勾践世家》。
③锦衣:彩衣。古显贵之服。《诗经·秦风·终南》:"君子至止,锦衣狐裘。"
④鹧鸪飞:状荒凉景象。以与前之盛况对照,感慨自在其中。

[点评]

本篇当是初游越中之作,与《苏台览古》同旨,均泛泛吊古,叹盛世荣华之无常,然似无身世之感。

夜泊牛渚怀古①

牛渚西江夜②,青天无片云。登舟望秋月,空忆谢将军③。余亦能高咏,斯人不可闻。明朝挂帆席④,枫叶落纷纷。

[注释]

①牛渚:牛渚矶,即采石矶。牛渚山突入长江部分。为长江之要津。
②西江:西来大江,指长江。
③谢将军:指谢尚。尚时官镇西将军,守牛渚,闻运船中有讽咏之声,甚有情致,询之,知为袁宏咏其所作《咏史诗》,大为叹赏,因加援引。见《世说新语·文学》。
④挂帆席:一作"洞庭去"。

[点评]

题下原注:"此地即谢尚闻袁宏咏史处。"有感于谢尚之识拔袁宏,因发吊古伤时之叹,诗咏怀古迹,而自伤知音之难遇。

蜀道难①

　　噫吁嚱②！危乎高哉！蜀道之难，难于上青天。蚕丛及鱼凫，开国何茫然③！尔来四万八千岁，不与秦塞通人烟④。西当太白有鸟道，可以横绝峨眉巅⑤。地崩山摧壮士死⑥，然后天梯石栈相钩连⑦。上有六龙回日之高标⑧，下有冲波逆折之回川。黄鹤之飞尚不得过，猿猱欲度愁攀援。青泥何盘盘⑨！百步九折萦岩峦。扪参历井仰胁息⑩，以手抚膺坐长叹。问君西游何时还，畏途巉岩不可攀。但见悲鸟号古木，雄飞雌从绕林间。又闻子规啼夜月⑪，愁空山。蜀道之难，难于上青天，使人听此凋朱颜。连峰去天不盈尺，枯松倒挂倚绝壁。飞湍瀑流争喧豗⑫，砯崖转石万壑雷⑬。其险也若此，嗟尔远道之人胡为乎来哉！剑阁峥嵘而崔嵬⑭。一夫当关，万夫莫开。所守或匪亲，化为狼与豺⑮。朝避猛虎，夕避长蛇。磨牙吮血，杀人如麻。锦城虽云乐⑯，不如早还家。蜀道之难，难于上青天，侧身西望长咨嗟⑰。

[注释]

①蜀道难：乐府相和歌瑟调曲旧题。郭茂倩《乐府诗集》卷四十引《古今乐录》曰："王僧虔《技录》有《蜀道难行》，今不歌。"古辞失传，仿作今存最早者为梁简

文帝、刘孝威及陈阴铿之诗。

②噫吁嚱:感叹词。宋庠《宋景文公笔记》云:"蜀人见物惊异,辄曰噫吁嚱。李白作《蜀道难》,因用之。"

③"蚕丛"二句:《太平御览》一六六引扬雄《蜀王本纪》:"蜀之先称王者,有蚕丛、折权、鱼凫、开明。是时椎髻左衽,不晓文字,未有礼乐。从开明已上至蚕丛,凡四千岁。"蚕丛,蜀国先祖,相传教人蚕桑。鱼凫,古蜀王名。

④"尔来"二句:谓长期以来秦蜀未曾交通。四万八千岁,极言其久,非实数。秦塞,指秦国。秦四面险要,古称"秦四塞之国"(《战国策·齐策》),因称秦塞。

⑤"西当"二句:言秦蜀惟鸟道可通。意谓关塞山川隔绝交通。太白,山名,在今陕西太白县。鸟道,高险飞鸟之道。用以形容逼仄难行的山路。庾信《秦州天水郡麦积崖佛龛铭》:"鸟道乍穷,羊肠或断。"峨眉巅,峨眉山绝顶。

⑥"地崩"句:《华阳国志·蜀志》:"秦惠王知蜀王好色,许嫁五女于蜀。蜀遣五丁迎之。还至梓潼,见一大蛇入穴中。一人揽其尾,掣之,不禁;至五人相助,大呼拽蛇,山崩。时压杀五人及秦五女并将从,而山分为五岭。"或说秦造五金牛,蜀王派五丁运回,蜀道始通。见《水经注·沔水》。

⑦天梯:登天之梯,后用以喻高险山路。石栈:悬崖绝壁凿石架木修筑的栈道。

⑧六龙回日:《初学记》一引《淮南子》:"爰止羲和,爰息六螭。"注曰:"日乘车,驾以六龙,羲和御之。日至此而薄于虞泉,羲和至此而回六螭。"高标:指高耸的物体。此指山峰。左思《蜀都赋》:"羲和假道于峻岐,阳乌回翼乎高标。"

⑨青泥:指青泥岭。为古入蜀要道。上多雨水,途多泥淖,故名。在今甘肃徽县南、陕西略阳西北。盘盘:盘转曲折。

⑩扪参历井:极言山之高,上可手扪星辰。参、井,两星名。胁息:敛气屏息。

⑪子规:又名杜鹃,或谓蜀国望帝杜宇之魄所化。

⑫喧豗:指飞瀑喧腾之声。

⑬砯崖:指瀑布冲击山崖。砯,水击岩石之声。此作动词。

⑭剑阁:指大剑山与小剑山之间的飞阁栈道。亦兼指大小剑山。在今四川剑阁县东北。

⑮"一夫"四句:语本晋张载《剑阁铭》:"一人荷戟,万夫趦趄。形胜之地,匪亲勿居。"

⑯锦城:锦官城,指代成都。今属四川。

⑰咨嗟:叹息。

[点评]

　　本篇主旨众说纷纭,迄无定论。或谓罪严武,或谓讽章仇兼琼,或谓忧玄宗入蜀,似均求之过深。阴铿《蜀道难》有云:"蜀道难如此,功名讵可要?"以入蜀之难喻求仕之难,太白之作当由此生发。詹锳《李白诗文系年》以为与《剑阁赋》、《送友人入蜀》为先后之作,有功名难求之意,良是,可从。全篇感情激越,节奏强烈,笔法纵横,文词飞动,真乃神来之笔。沈德潜以为"想落天外,局自变生。大江无风,波浪自涌。白云从空,随风变灭。此殆天授,非人可及"(《唐诗别裁集》),洵非虚誉也。

行路难三首①

一

　　金樽清酒斗十千②,玉盘珍羞直万钱③。停杯投箸不能食,拔剑四顾心茫然④。欲渡黄河冰塞川,将登太行雪满山⑤。闲来垂钓碧溪上⑥,忽复乘舟梦日边⑦。行路难,行路难,多岐路⑧,今安在? 长风破浪会有时,直挂云帆济沧海⑨。

二

　　大道如青天,我独不得出。羞逐长安社中儿,赤鸡白狗赌梨栗⑩。

弹剑作歌奏苦声⑪,曳裾王门不称情⑫。淮阴市井笑韩信⑬,汉朝公卿忌贾生⑭。君不见昔时燕家重郭隗⑮,拥篲折节无嫌猜⑯。剧辛乐毅感恩分,输肝剖胆效英才⑰。昭王白骨萦蔓草,谁人更扫黄金台⑱!行路难,归去来。

<h2 style="text-align:center">三</h2>

有耳莫洗颍川水⑲,有口莫食首阳蕨⑳。含光混世贵无名,何用孤高比云月。吾观自古贤达人,功成不退皆殒身。子胥既弃吴江上㉑,屈原终投湘水滨㉒。陆机雄才岂自保㉓,李斯税驾苦不早㉔。华亭鹤唳讵可闻,上蔡苍鹰何足道㉕!君不见吴中张翰称达生,秋风忽忆江东行。且乐生前一杯酒,何须身后千载名㉖!

[注释]

①行路难:乐府杂曲歌旧题。《乐府诗集》七十引《乐府解题》曰:"《行路难》备言世路艰难及离别悲伤之意。"
②清酒斗十千:曹植《名都篇》:"归来宴平乐,美酒斗十千。"
③"玉盘"句:北齐韩轨之子晋明,封东莱王,"好酒诞纵,招引宾客,一席之费,动至万钱,犹恨俭率。朝廷处之贵要之地,必以疾辞。告人云:'废人饮美酒,对名胜,安能作刀笔吏返披故纸乎?'"(《北齐书·韩轨传》)珍羞,珍贵的食品。
④"停杯"二句:鲍照《拟行路难》:"对案不能食,拔剑击柱长叹息。"
⑤"欲渡"二句:鲍照《舞鹤赋》:"冰塞长河,雪满群山。"太行,太行山。
⑥垂钓碧溪:用吕尚(姜太公)故事。吕尚未遇文王时,曾垂钓于渭水支流磻溪。见《水经注·渭水》。
⑦乘舟梦日边:沈约《宋书·符瑞上》:"伊挚将应汤命,梦乘船过日月之旁,汤乃东至于洛,观帝尧之坛。"
⑧多岐路:《列子·说符》:"杨子曰:'嘻!亡一羊,何追者之众?'邻人曰:'多岐路。'"岐路,即歧路,岔道。

⑨ "长风"二句:《宋书·宗悫传》:"悫年少时,(叔父)炳问其志,悫曰:'愿乘长风破万里浪。'"

⑩ "羞逐"二句:谓羞与小人为伍。社,祭土神之所,如社宫、社庙。社中儿,在社庙博戏的小儿。赤鸡白狗,当是小儿博戏的一种赌具,如黑卢白雉。呼卢喝雉一赌至百万,而小儿之赌赤鸡白狗但以梨栗。

⑪ 弹剑作歌:战国孟尝君门客冯骥(一作谖)曾弹铗(剑)而歌曰:"长铗归来乎食无鱼!"以引起主人注意。事见《史记·孟尝君列传》。

⑫ 曳裾王门:《汉书·邹阳传》载,邹阳《上吴王书》:"饰固陋之心,则何王之门不可曳长裾乎?"后以"曳裾王门"喻于显贵之家充食客。

⑬ "淮阴"句:用淮阴侯韩信受胯下之辱事。见《史记·淮阴侯列传》。

⑭ "汉朝"句:《史记·屈原贾生列传》载,汉天子议以贾谊任公卿之位,绛侯周勃、颍阴侯灌婴等公卿忌而非之,于是疏之,出为长沙王太傅。

⑮ 燕家重郭隗:指燕昭王为郭隗改筑宫而拜为师之事。见《史记·燕召公世家》。

⑯ 拥篲折节:《史记·孟子荀卿列传》:"(驺衍)如燕,昭王拥篲先驱,请列弟子之座而受业。"拥篲,持扫帚清道。

⑰ "剧辛"二句:谓燕昭王礼贤下士,乐毅自魏往,剧辛自赵往,皆为之竭诚尽力,输肝剖胆。事见《史记·燕召公世家》。

⑱ "昭王"二句:谓燕昭王死后,再无人扫黄金台招纳贤才了。不胜今古之慨。黄金台,相传系燕昭王为招贤而筑,故址在今河北易县。

⑲ "有耳"句:事出许由洗耳,反其意而咏之。《高士传》载,古高士许由隐于沛泽,尧让天下,不受而遁耕于颍水之阳;尧又召为九州长,由不欲闻之,乃洗耳于颍水之滨。

⑳ "有口"句:事用伯夷、叔齐,亦反用其意。伯夷、叔齐,商孤竹君之两子,义不食周粟,隐于首阳山,采薇而食。见《史记·伯夷列传》。首阳,首阳山,在今山西永济。蕨,即薇。

㉑ "子胥"句:典出《史记·伍子胥列传》:伍子胥为吴国功臣,不知引退,被谗赐死。吴王取其尸,盛于鸱夷(皮囊)之中,沉于吴江。吴江,即吴淞,太湖最大支流。

㉒ "屈原"句:屈原遭谗被放逐,终自沉于汨罗江。见《史记·屈原贾生列传》。

湘水滨,指汨罗江。

㉓"陆机"句:用陆机故事。晋陆机,吴县华亭人,入洛,文章冠世,后事成都王颖,任后将军、河北大都督,讨长沙王乂,战败,被谗,为颖所杀。临刑叹曰:"华亭鹤唳,岂可复闻乎?"见《晋书·陆机传》。

㉔"李斯"句:《史记·李斯列传》载,李斯为上蔡布衣,秦始皇时官至丞相,自言"物极则衰,吾未知所税驾"。秦二世时,被腰斩于咸阳,临刑谓其中子曰:"吾欲与若复牵黄犬,俱出上蔡东门逐狡兔,岂可得乎?"税驾,解驾,即休息。

㉕上蔡苍鹰:清王琦注云:"《太平御览》:《史记》曰:'李斯临刑,思牵黄犬,臂苍鹰,出上蔡东门,不可得矣。'考今本《史记·李斯传》中,无'臂苍鹰'字,而太白诗中屡用其事,当另有所本。"

㉖"君不见"四句:用张翰事。晋张翰,字季鹰,吴郡人,为齐王冏大司马东曹椽,因见秋风起,思吴中菰菜、莼羹、鲈鱼脍,曰:"人生贵得适志,何能羁宦数千里以要名爵乎?"遂命驾东归。或谓之曰:"卿乃可纵适一时,独不为身后名邪?"答曰:"使我有身后名,不如即时一杯酒。"时人贵其旷达。见《晋书·张翰传》。

[点评]

本题三首,似非一时一地之所作,虽备言世路艰难,然或未失其壮志,或叹无人援引,或思功成身退,正反映其不同时期之不同情绪。三首均仿鲍照之《拟行路难》,句式音调亦似鲍,得鲍之俊逸。杜甫谓"俊逸鲍参军"(《春日忆李白》),可谓知音。

梁园吟①

　　我浮黄河去京阙②,挂席欲进波连山③。天长水阔厌远涉,访古始及平台间④。平台为客忧思多,对酒遂作梁园歌。却忆蓬池阮公咏,因吟渌水扬洪波⑤。洪波浩荡迷旧国⑥,路远西归安可得！人生达命岂暇愁,且饮美酒登高楼。平头奴子摇大扇⑦,五月不热疑清秋。玉盘杨梅为君设,吴盐如花皎白雪⑧。持盐把酒但饮之,莫学夷齐事高洁⑨。昔人豪贵信陵君,今人耕种信陵坟⑩。荒城虚照碧山月,古木尽入苍梧云⑪。梁王宫阙今安在⑫,枚马先归不相待⑬。舞影歌声散渌池,空余汴水东流海⑭。沉吟此事泪满衣,黄金买醉未能归。连呼五白行六博,分曹赌酒酣驰晖⑮。歌且谣⑯,意方远,东山高卧时起来,欲济苍生未应晚⑰。

[注释]

①梁园:即梁苑。汉梁孝王刘武所建。故址在今河南开封至商丘一带。

②京阙:指京都长安。去京阙,离开长安。

③挂席:扬帆。谢灵运《游赤石进帆海》:"挂席拾海月。"

④平台:《元和郡县图志》河南道宋州虞城县:"平台,县西四十里。"按,今尚有平台集。

⑤"却忆"二句:阮籍《咏怀》诗:"徘徊蓬池上,还顾望大梁。渌水扬洪波,旷野莽

茫茫。"阮公，即阮籍，字嗣宗，魏晋间诗人。蓬池，在古大梁，故址在今河南开封。

⑥旧国：故国，故乡。

⑦平头奴子：奴仆。平头，古时奴仆不得戴冠或巾。

⑧吴盐：吴地所产的盐。吴地临海，产盐。《史记·吴王濞列传》："吴王即山铸钱，煮海水为盐。"

⑨夷齐：指伯夷、叔齐。殷末孤竹君之子，耻食周粟，饿死于首阳山。见《史记·伯夷列传》。此句一本作"何用孤高比云月"。

⑩"昔人"二句：意谓古之好士四公子如信陵君俱往矣，即其坟亦不复存。慨叹今无好士者。信陵君，战国魏公子无忌，封于信陵，养士三千，曾窃虎符领军击秦救赵。见《史记·魏公子列传》。信陵坟，《太平寰宇记》一："信陵君墓，在县（开封府浚仪县，即今河南开封）南十二里。"

⑪苍梧云：《初学记》一引《归藏》："有白云出苍梧，入于大梁。"

⑫梁王：指梁孝王刘武。汉文帝次子，立为代王，徙淮阳，复徙梁。筑东苑方三百余里，广睢阳城七十里。见《史记·梁孝王世家》。宫阙，指梁苑建筑。

⑬枚马：指枚乘与司马相如。二人均为梁孝王座上客。

⑭汴水：即汴河。经汴州、宋州，东入于淮。

⑮"连呼"二句：谓博戏赌酒，放浪形骸。楚辞《招魂》："菎蔽象棋，有六簿些。分曹并进，道相迫些。成枭而牟，呼五白些。"蒋骥注："投六箸，行六棋，故曰六簿。言设六簿以行酒，用菎籞为箸，象牙为棋也……五白，簿箸之齿也。言棋已得采，欲成倍胜，故呼五白以助投也。"分曹，指博弈分队。

⑯歌且谣：语本《诗经·魏风·园有桃》："心之忧矣，我歌且谣。"

⑰"东山"二句：用晋谢安事。《世说新语·排调》："谢公在东山，朝命屡降而不动。后出为桓宣武司马，将发新亭，朝士咸出瞻送。高灵时为中丞，亦往相祖。先时多少饮酒，因倚如醉，戏曰：'卿屡违朝旨，高卧东山，诸人每相与言，安石不肯出，将如苍生何！今亦苍生将如卿何！'谢笑而不答。"

[点评]

　　本篇为初入长安失意东归涉河游梁园时所作，语颇慷慨，貌似超脱，而实有济世之志，隐然以安石自期。题一作《梁苑醉酒歌》，似游记，似吊古，似书怀，其间题旨转换，节奏舒张，皆由情感驱使，兴会所至，妙笔生花。善哉方东树之言：

"此却以自己为经，偶触此地之事，借作指点慨叹，以发泄我之怀抱，全不专为此地考古迹发议论起见。所谓以题为宾为纬，于是实者全虚，凭空御风，飞行绝迹，超超乎仙界矣，脱离一切凡夫心胸识见矣。"（《昭昧詹言》十二）

梁甫吟①

　　长啸梁甫吟，何时见阳春②？君不见，朝歌屠叟辞棘津，八十西来钓渭滨③！宁羞白发照清水，逢时壮气思经纶④。广张三千六百钩，风期暗与文王亲⑤。大贤虎变愚不测⑥，当年颇似寻常人。君不见，高阳酒徒起草中，长揖山东隆准公⑦！入门不拜骋雄辩，两女辍洗来趋风。东下齐城七十二，指挥楚汉如旋蓬⑧。狂客落魄尚如此⑨，何况壮士当群雄！我欲攀龙见明主，雷公砰訇震天鼓⑩。帝旁投壶多玉女，三时大笑开电光，倏烁晦冥起风雨⑪。阊阖九门不可通，以额叩关阍者怒⑫。白日不照吾精诚，杞国无事忧天倾⑬。猰貐磨牙竞人肉⑭，驺虞不折生草茎⑮。手接飞猱搏凋虎，侧足焦原未言苦⑯。智者可卷愚者豪⑰，世人见我轻鸿毛。力排南山三壮士，齐相杀之费二桃⑱。吴楚弄兵无剧孟，亚夫咍尔为徒劳⑲。梁甫吟，声正悲。张公两龙剑，神物合有时⑳。风云感会起屠钓㉑，大人岘屼当安之㉒。

[注释]

①梁甫吟：亦作"梁父吟"，乐府相和歌旧题。梁父，泰山附近小山名。

②阳春：春天。喻时遇。楚辞《九辩》："无衣裘以御冬兮，恐溢死而不得见乎阳春。"

③"朝歌"二句：典出太公望。《韩诗外传》八："太公望少为人婿，老而见去，屠牛朝歌，赁于棘津，钓于磻溪。文王举而用之，封于齐。"朝歌屠叟，指太公望，姜姓，吕氏，名尚，周初遇文王，为天子师。朝歌，殷都城，故址在今河南淇县。棘津，在今河南延津东北。吕尚曾卖食于此，有卖浆台古迹。渭滨，渭水之滨。吕尚垂钓于渭水支流磻溪。遗迹在今陕西宝鸡东南。

④经纶：《易·屯卦》："云雷屯，君子以经纶。"疏："经谓经纬，纶谓纲纶。"后引申为筹划治理国家大事。

⑤"广张"二句：谓待时而动，终遇文王。三千六百钩，极言其多，意谓多方寻觅进身机会。钩，一本作"钓"。风期，品格，风度。

⑥大贤虎变：典出《易·革》："大人虎变。象曰：其文炳也。"

⑦"高阳"二句：用郦食其遇沛公事。高阳酒徒，指郦食其，秦末陈留高阳人。自称"吾高阳酒徒，非儒人也"。沛公刘邦兵过陈留，邀入军幕，以为谋士。见《史记·郦生陆贾列传》。隆准，高鼻。隆准公，指刘邦。

⑧"入门"四句：《史记》郦食其本传载，沛公使人召郦生，入谒，沛公方倨床使两女子洗足。郦生长揖不拜。后使郦生说齐王，伏轼下齐七十余城。

⑨狂客：指郦食其。《史记》本传载："好读书，家贫落魄，无以为衣食业，为里监门吏。然县中贤豪不敢役，县中皆谓之狂生。"

⑩"我欲"二句：谓北阙上书为权臣所阻。攀龙，求见帝王。《汉书·叙传》："攀龙附凤，并乘天衢。"雷公，司雷之神。砰訇，大声。

⑪"帝旁"三句：汉东方朔《神异经》：东王公"恒与一玉女报壶，每报千二百矫，设有入不出者，天为之噓嘘，矫出而脱误不接者，天为之笑"。晋张华注："言笑者天口流火焰灼，今天上不雨而有电光，是天笑也。"投壶，古代宴饮时的一种游戏。宾主依次投矢壶中，中多者胜，负者饮。见《礼记·投壶》。

⑫"阊阖"二句：屈原《离骚》："吾令帝阍开关兮，倚阊阖而望予。"王逸注："阍，主门者也。阊阖，天门也。"

⑬"杞国"句：典出《列子·天瑞》："杞国有人忧天地崩坠，身亡所寄，废寝食者。"

⑭獶貐：相传为食人的恶兽。梁任昉《述异记》上："獶貐，兽中最大者，龙头马尾虎爪，长四百尺，善走，以人为食。遇有道君即隐藏，无道君即出食人。"

⑮驺虞：传说中的仁兽。《诗经·召南·驺虞》"于嗟乎驺虞"，毛传："驺虞，义兽也。白虎黑文，不食生物，有至信之德则应之。"

⑯"手接"二句：汉张衡《思玄赋》："执雕虎而试象兮，阽焦原而跟趾。"旧注引《尸子》曰："余左执太行之猱而右搏雕虎。"又曰："莒国有石焦原者，广五十步，临百仞之谿，莒国莫敢近也。有以勇见莒子者，独却行齐踵焉，所以称于世。夫义之为焦原也，亦高矣。"飞猱，猿类动物。雕虎，有斑纹的虎。焦原，山名，在今山东莒县南。

⑰智者可卷：语本《论语·卫灵公》："君子哉蘧伯玉，邦有道则仕，邦无道则可卷而怀之。"愚者豪：《抱朴子》："愚夫行之，自矜为豪。"

⑱"力排"二句：语本诸葛亮《梁父吟》："力能排南山，文能绝地纪。一朝被谗言，二桃杀三士。"事见《晏子春秋·谏下二》：春秋齐国三士公孙接、田开疆、古冶子，皆以武勇著称。晏子请景公赐三人二桃，论功食桃，因争功而死。齐相，即晏子。名婴，字平仲，齐夷维人，相齐景公，名显诸侯。《史记》有传。

⑲"吴楚"二句：事出《史记·游侠列传》："吴楚反时，条侯（周亚夫）为太尉，乘传车将至河南，得剧孟，喜曰：'吴楚举大事而不求孟，吾知其无能为已矣。'天下骚动，宰相得之，若得一敌国云。"吴楚弄兵，指汉景帝三年吴楚七国之叛。亚夫，即周亚夫，周勃之子，封条侯。哈，讥笑。

⑳"张公"二句：典出《晋书·张华传》：张华与雷焕望气，见斗牛间有剑气，分野在豫章丰城。因补焕为丰城令。在丰城狱基掘得二剑，张、雷各得一。张华复雷焕书云："天生神物，终当合耳。"后果飞入延平津，化为双龙。张公，指晋张华。

㉑起屠钓：用周吕尚事。吕尚未遇文王之前曾屠牛于朝歌，钓鱼于磻溪。后因以"屠钓"喻隐居未遇的贤人。

㉒岹岹：不安貌。

[点评]

　　此诗《唐宋诗醇》以为"当亦遭谗被放后作"，非也。若被召放还后作，必无"我欲攀龙见明主"句。细味诗意，当是初入长安失意东归后作，故既伤不遇，复励其志。虽有感于历来志士之遇与不遇,然其志尚未消沉,犹望遭逢明主,奋其智能,一展宏图。

襄阳歌①

　　落日欲没岘山西②,倒著接䍦花下迷③。襄阳小儿齐拍手,拦街争唱白铜鞮④。傍人借问笑何事,笑杀山公醉似泥⑤。鸬鹚杓,鹦鹉杯⑥,百年三万六千日,一日须倾三百杯⑦。遥看汉水鸭头绿⑧,恰似葡萄初酦醅⑨。此江若变作春酒,垒麹便筑糟丘台⑩。千金骏马换小妾⑪,笑坐雕鞍歌落梅⑫。车旁侧挂一壶酒⑬,凤笙龙管行相催⑭。咸阳市中叹黄犬⑮,何如月下倾金罍⑯!君不见晋朝羊公一片石,龟头剥落生莓苔。泪亦不能为之堕,心亦不能为之哀⑰。清风朗月不用一钱买,玉山自倒非人推⑱。舒州杓,力士铛⑲,李白与尔同死生。襄王云雨今安在⑳,江水东流猿夜声。

[注释]

①襄阳:唐初为山南道行台,武德七年废行台置都督府。韩朝宗为荆州长史兼山南东道采访使时,行署在襄阳。今湖北襄樊。

②岘山:在襄阳城南九里,东临汉水,上有堕泪碑。

③接䍦:古代的一种帽。倒着接䍦,用山简醉酒高阳池事。见《晋书·山简传》。

④白铜鞮:本作《白铜蹄》,梁时歌曲名。详见《襄阳曲四首》注。

⑤山公:指晋征南将军山简。

⑥"鸬鹚"二句:王琦太白集注引《琅嬛记》:"金母召群仙宴于赤水,坐有碧玉鹦鹉杯,白玉鸬鹚杓。杯干则杓自挹,欲饮则杯自举。"此指鸟形酒具。

⑦三百杯:汉郑玄(字康成)能饮至三百余杯。见《世说新语·文学》刘孝标注引《郑玄别传》。陈朝陈暄《与兄子秀书》:"昔周伯仁渡江,唯三日醒,吾不以为少;郑康成一饮三百杯,吾不以为多。"

⑧鸭头绿:绿色。《急就篇》二"春草鸡翘凫翁濯",唐颜师古注:"皆谓染彩而色似之,若今染家言鸭头绿、翠毛碧云。"

⑨"恰似"句:谓汉水似葡萄酒之绿。酦醅,发酵成酒而未漉者。庾信《春赋》:"葡萄酦醅。"

⑩糟丘台:言酒糟堆积如山如台。王充《论衡·语增》:"纣为长夜之饮,糟丘、酒池,沉湎于酒,不舍昼夜,是必以病。"

⑪"千金"句:《独异志》卷中:"后魏曹彰性倜傥,偶逢骏马,爱之,其主所惜也。彰曰:'予有美妾,可换,惟君所选。'马主因指一妓,彰遂换之。"

⑫落梅:指乐府横吹曲《梅花落》。

⑬"车旁"句:由属车载酒生发出来,意谓借酒解忧。《艺文类聚》七十二引《东方朔别传》:武帝幸甘泉,长平坂道中有虫。东方朔曰,此谓"壮气",出秦狱地。上问何以知之,答曰:"夫积忧者,得酒而解。"乃取虫置酒中,立消。后属车上盛酒,为此也。又扬雄《酒赋》云:"托于属车,出入两宫。"

⑭凤笙龙管:犹言仙乐。笙、管,管乐器,其声如凤鸣龙吟。多指仙人所奏。

⑮"咸阳"句:用李斯故事。李斯临刑,顾谓其中子曰:"吾欲与若复牵黄犬,俱出上蔡东门逐狡兔,岂可得乎?"见《史记·李斯列传》。

⑯金罍:酒器。《诗经·周南·卷耳》:"我姑酌彼金罍。"

⑰"君不见"四句:写岘山堕泪碑。羊祜镇襄阳,有政绩,百姓于其岘山游憩处建庙立碑,岁时飨祭。望其碑者莫不流涕,杜预称之为堕泪碑。见《晋书·羊祜传》。一片石,指碑。龟头,指负碑的赑屃。此下两宋本、缪本多二句:"谁能忧彼身后事,金凫银鸭葬死灰。"

⑱玉山自倒:形容醉态。《世说新语·容止》:"嵇叔夜之为人也,岩岩如孤松之独立;其醉也,傀俄如玉山之将崩。"

⑲"舒州"二句:写酒器。舒州,今安徽潜山。唐代产酒器,为贡品。力士铛,瓷

制温酒器。《新唐书·韦坚传》载,贡品,有"豫章力士瓷饮器、茗铛、釜"。

⑳襄王云雨:楚襄王梦巫山神女事。见宋玉《高唐赋并序》。

[点评]

　　本篇系游襄阳咏怀之作,有功名之心而出以达人之语,故虽有颓唐之趣,而读之使人为之气旺。或者干谒韩荆州朝宗,无所成事,因舒其郁积之气,然壮志犹存,故读来慷慨激昂。方东树谓"笔如天半游龙,断非学力所能到"(《昭昧詹言》十二),信然。

将进酒①

　　君不见黄河之水天上来,奔流到海不复回!君不见高堂明镜悲白发,朝如青丝暮成雪!人生得意须尽欢,莫使金樽空对月。天生我才必有用②,千金散尽还复来。烹羊宰牛且为乐③,会须一饮三百杯④。岑夫子⑤,丹丘生⑥,将进酒,杯莫停⑦。与君歌一曲,请君为我倾耳听。钟鼓馔玉不足贵⑧,但愿长醉不用醒。古来圣贤皆寂寞,惟有饮者留其名。陈王昔时宴平乐,斗酒十千恣欢谑⑨。主人何为言少钱?径须沽取对君酌⑩。五花马⑪,千金裘⑫,呼儿将出换美酒,与尔同销万古愁。

[注释]

①将进酒:乐府铙歌旧题。古词云:"将进酒,乘大白。"因以为题。一本作《惜空

樽酒》。

②"天生"句：一作"天生我身必有财"，又作"天生吾徒有俊材"。

③烹羊宰牛：曹植《箜篌引》："置酒高殿上，亲交从我游。中厨办丰膳，烹羊宰肥牛。"

④一饮三百杯：陈暄《与兄子秀书》："郑康成（玄）一饮三百杯，吾不以为多。"参阅《襄阳歌》注。

⑤岑夫子：当指岑勋。作者另有《酬岑勋见寻就元丹丘对酒相待以诗见招》诗。此岑勋未知是否即撰《西京千福寺多宝塔感应碑》碑文之岑勋。

⑥丹丘生：即元丹丘。作者好友，过从甚密。皆受玉真公主之荐，魏颢《李翰林集序》："与丹丘因持盈法师（玉真公主法号）达，白亦因之入翰林。"

⑦"将进"二句：一作"进酒君莫停"。将，请。

⑧馔玉：珍美如玉的食品。钟鼓馔玉，梁戴暠《煌煌京洛行》："挥金留客坐，馔玉待钟鸣。"一本作"钟鼎玉帛"。

⑨"陈王"二句：语本曹植《名都篇》："归来宴平乐，美酒斗十千。"陈王，太和六年曹植受封陈王。平乐，平乐观，在洛阳西门外，汉明帝时所造。

⑩沽取：买。取，语助词。一作"沽酒"。

⑪五花马：毛色斑驳的马。或说马鬣剪成五瓣者。此代指名马。

⑫千金裘：珍贵的皮裘。《史记·孟尝君传》："此时孟尝君有一狐白裘，直千金，天下无双。"

[点评]

　　起首以黄河起兴，诗亦如汤汤流水，顺势东注。河自昆仑而来，诗从胸口流出，皆自然成章。萧士赟曰："此篇虽似任达放浪，然太白素抱用世之才而不遇合，亦自慰解之词耳。"可谓知言。其所以借酒浇愁，盖怀才不遇，故托酒以自放。自放之中有自慰，自慰之中有自励。以其志未尝消沉也。安旗谓："惟有一入长安以后，二入长安以前一段时期，往往旋发牢骚，放又自慰解。《梁园吟》如此，《梁甫吟》亦然，《将进酒》尤为典型……其所以如此，前人仅以诗法释之，实亦际遇使然，时代使然。"（《李白全集编年注释》）颇有见地。

齐有倜傥生^①
（古风其十）

　　齐有倜傥生，鲁连特高妙^②。明月出海底^③，一朝开光曜。却秦振英声，后世仰末照。意轻千金赠，顾向平原笑。吾亦澹荡人^④，拂衣可同调^⑤。

[注释]

①齐：武王封太公望于齐，都营丘（今山东淄博），为周诸侯国。倜傥：超卓豪迈。
②鲁连：即鲁仲连。齐人，好奇伟倜傥之谋策，而不肯仕宦。游赵，会秦围赵，献策解围，平原君欲加封，辞让再三，终不肯受。平原君置酒，以三千金为之寿，鲁连笑曰："所为贵于天下之士者，为人排患释难而无所取也。"遂辞平原君而去，终不复见。事见《史记·鲁仲连列传》。
③明月：指明月珠，即夜光珠。珠光晶莹似月光。秦李斯《谏逐客书》："垂明月之珠，服太阿之剑。"《史记·龟策列传》："明月之珠，出于四海。"
④澹荡：流动无定。
⑤拂衣：提衣，表示决绝。《后汉书·杨震传》载孔融语："孔融鲁国男子，明日便当拂衣而去，不复朝矣。"后因用以指退朝隐居。句意表示愿功成身退。

[点评]

　　本篇以鲁仲连之功成身退自拟，是太白出处观的自我表白。此意屡见于其诗："功成名遂身自退"，"功成去五湖"，"功成追鲁连"，"功成还旧林"，"功成身不居"，"功成谢人君"，"功成拂衣去"等。然而，终其一生，总无成功之日，固自无身退之时，因以大鹏中天摧落为憾。

于阗采花①

于阗采花人，自言花相似。明妃一朝西入胡②，胡中美女多羞死。乃知汉地多明姝，胡中无花可方比。丹青能令丑者妍③，无盐翻在深宫里④。自古妒蛾眉，胡沙埋皓齿⑤。

[注释]

①于阗采花：乐府杂曲旧题。于阗，西域国名，在今新疆和田一带。
②明妃：即汉元帝妃王嫱。王嫱字昭君，晋人避司马昭讳改"明君"，后人因称为"明妃"。竟宁元年，昭君出塞入匈奴为呼韩邪单于阏氏。入胡：指入匈奴。
③"丹青"句：《西京杂记》二："元帝后宫既多，不得常见，乃使画工图形，案图召幸之。诸宫人皆赂画工，多者十万，少者亦不减五万。独王嫱不肯，遂不得见。后匈奴入朝，求美人为阏氏，于是上案图以昭君行。及去，召见，貌为后宫第一。"
④无盐：古代丑女，战国无盐邑人，名钟离春，四十岁后为齐宣王后。后用为丑女代称。
⑤"自古"二句：言昭君为人妒忌而埋没于匈奴。蛾眉，蚕蛾触须，弯曲细长，形容女子美眉。此代指美人。屈原《离骚》："众女嫉余之蛾眉兮。"

[点评]

本篇写昭君事，以丑女入宫而美人出塞，喻黜贤而进不肖，有不遇之感。所谓举贤授能,在人治的社会里只是一句空话。然自屈子以下,诗人多为此呼号者,太白亦然,不亦可悲乎。是诗人之悲,亦时代之悲也。

妾薄命①

汉帝重阿娇,贮之黄金屋②。咳唾落九天,随风生珠玉③。宠极爱还歇,妒深情却疏④。长门一步地⑤,不肯暂回车。雨落不上天,水覆难再收⑥。君情与妾意,各自东西流。昔日芙蓉花,今成断根草⑦。以色事他人,能得几时好⑧!

[注释]

①妾薄命:乐府杂曲旧题,古辞多咏女子之薄命。

②“汉帝”二句:用金屋藏娇事。《汉武故事》载,武帝尝曰:“若得阿娇作妇,当以金屋贮之。”后果以阿娇为陈皇后。飞燕夺其宠,退居长门官。

③“咳唾”二句:《庄子·秋水》:“子不见夫唾者乎?喷则大者如珠,小者如雾,杂而下者不可胜数也。”

④“宠极”二句:《汉书·孝武陈皇后传》:“及帝即位,立为皇后,擅宠骄贵,十余年而无子。闻卫子夫得幸,几死者数焉,上愈怒。”

⑤“长门”二句:谓武帝无心于废后。长门,指长门官。汉武帝更长门园为长门官。陈皇后失宠,别居于此。

⑥“水覆”句:语出《后汉书·何进传》“覆水不可收”。

⑦“昔日”二句:王琦《李太白全集》注曰:“《邵氏闻见后录》:李太白诗云:‘昔作芙蓉花,今为断肠草。以色事他人,能得几时好。’按,陶弘景《仙方注》云:断肠

草,不可食,其花美好,名芙蓉。琦按:此说似乎新颖,而揆之取义,'断肠'不若'断根'之当也。"

⑧"以色"二句:《史记·吕不韦列传》:"以色事人者,色衰而爱弛。"

[点评]

　　以《妾薄命》旧题咏陈皇后者,太白之前有李百药、杜审言,李杜取秋扇见弃之义,而太白则明色衰爱弛之理,为以色事人者叹。其在翰林,既无职,复无权,徒以技艺供奉君王,为文学侍从,宜其为以色事人者叹也。

怨歌行^①

　　十五入汉宫,花颜笑春红。君王选玉色,侍寝金屏中。荐枕娇夕月,卷衣恋春风^②。宁知赵飞燕,夺宠恨无穷^③。沉忧能伤人,绿鬓成霜蓬。一朝不得意,世事徒为空。鹔鹴换美酒^④,舞衣罢雕龙^⑤。寒苦不忍言,为君奏丝桐。肠断弦亦绝,悲心夜忡忡^⑥。

[注释]

①怨歌行:乐府相和歌旧题。自班婕妤立此题,内容多写君宠中断之怨。
②"荐枕"二句:谓服侍君王。庾信《灯赋》:"卷衣秦后之床,送枕荆台之上。"荐枕,犹言侍寝。进枕以求亲昵。卷衣,收藏衣服。古乐府有《秦王卷衣》,"解题"谓"秦王卷衣,以赠所欢"。太白更其题,作《秦女卷衣》云:"天子居未央,侍妾卷衣裳。顾无紫宫宠,敢拂黄金床。"
③"宁知"二句:《汉书·班婕妤传》:"赵飞燕姊弟亦从自微贱兴,逾越礼制,寝盛

于前。班婕妤及许皇后皆失宠,稀复进见。"赵飞燕,本为宫人,及壮,属阳阿主家,学歌舞,号曰飞燕。上见而悦之,召入宫。许皇后被废后,立为皇后。

④"鹔鹴"句:《西京杂记》二:"司马相如初与卓文君还成都,居贫愁懑,以所着鹔鹴裘就市人阳昌贳酒,与文君为欢。"鹔鹴,雁属,其羽可制裘。此代指鹔鹴裘。

⑤雕龙:一作"雕笼"。句意谓舞衣弃置不复用。

⑥忡忡:忧盛貌。《诗经·召南·草虫》:"未见君子,忧心忡忡。"

[点评]

　　本篇原有题注云:"长安见内人出嫁,令予代为《怨歌行》。"是托宫人之遭际,自伤被谗见黜。用传统香草美人手法。"一朝不得意,世事徒为空",则直吐胸臆矣,非宫人之怨,乃己之愁也。

长门怨二首①

一

　　天回北斗挂西楼,金屋无人萤火流②。月光欲到长门殿,别作深宫一段愁。

二

　　桂殿长愁不记春③,黄金四屋起秋尘。夜悬明镜青天上,独照长门宫里人④。

①长门怨:汉乐府相和歌旧题。《乐府古题要解》谓陈皇后失宠,退居长门宫,司马相如为作《长门赋》,后人因其赋为《长门怨》。长门,汉宫名。

②金屋:用金屋藏娇事。汉武帝为太子时,有言:"若得阿娇作妇,当以金屋贮之。"阿娇为长公主之女。见《汉武故事》。

③桂殿:指长门宫。

④"夜悬"二句:化用司马相如《长门赋》:"悬明月以自照兮,徂清夜于洞房。"明镜,指月。太白喜以镜喻月。

[点评]

萧士赟以为"二诗皆隐括汉武陈皇后事,以比玄宗皇后",梅鼎祚则谓"此或自况耳。古宫怨诗大都自况"(《李诗钞》)。自况之说是也。太白之在翰林,每有以色事人之感,及其被谗见疏,以陈皇后之退居长门自况,自是情理中事,非迳讽"玄宗皇后"也。

玉壶吟①

烈士击玉壶,壮心惜暮年②。三杯拂剑舞秋月,忽然高咏涕泗涟③。凤凰初下紫泥诏④,谒帝称觞登御筵⑤。揄扬九重万乘主⑥,谑浪赤墀青琐贤⑦。朝天数换飞龙马⑧,敕赐珊瑚白玉鞭⑨。世人不识东方朔,大隐金门是谪仙⑩。西施宜笑复宜颦,丑女效之徒累身⑪。君王虽爱蛾眉好⑫,无奈宫中妒杀人⑬。

[注释]

①玉壶：玉制的壶，用以比喻高洁。鲍照《代白头吟》："直如朱丝绳，清如玉壶冰。"

②"烈士"二句：典出《世说新语·豪爽》："王处仲每酒后辄咏：'老骥伏枥，志在千里。烈士暮年，壮心不已。'以如意击唾壶，壶口尽缺。"按，王处仲所咏为曹操《龟虽寿》诗句。

③"三杯"二句：一本作："三杯拂剑舞，秋月忽高悬。"

④"凤凰"句：写奉诏入京事。化用凤诏典。《初学记》三十引陆翙《邺中记》曰："石季龙皇后在观，上有诏书，五色纸，著凤口中。凤既衔诏，侍人放百丈绯绳，辘轳回转，凤凰飞下。凤以木作之，五色漆画，咮脚皆用金。"紫泥诏，古时皇帝诏书用紫泥加封，称紫泥诏，或简称紫泥。

⑤谒帝：觐见皇帝。称觞：举杯祝酒。谢朓《三日侍华光殿曲水代人应诏》诗："降席连绥，称觞接武。"

⑥九重：宋玉《九辩》："君之门以九重。"万乘：《孟子·梁惠王上》"万乘之国"，注："万乘，谓天子也。"万乘主，指唐玄宗。

⑦"谑浪"句：意谓戏谑朝臣。似东方朔之傲公卿而无所为屈。谑浪，戏谑不敬。《诗经·邶风·终风》："谑浪笑傲。"赤墀青琐，天子殿堂之台阶与宫门。《汉书·元后传》："曲阳侯根骄奢僭上，赤墀青琐。"

⑧飞龙马：皇帝御厩飞龙厩中的骏马。唐制，翰林学士依例可借用飞龙马。王琦《李太白全集》注引《锦绣万花谷》："学士新入院，飞龙厩赐马一匹，银闹鞍装辔。"

⑨珊瑚白玉鞭：以珊瑚白玉为饰的名贵马鞭。《晋书·吕纂载记》载，即序胡安据盗发张骏墓，得水陆珍奇不可胜纪，其中有珊瑚鞭、玛瑙钟等。

⑩"世人"二句：以汉东方朔自拟。《史记·滑稽列传》："朔行殿中，郎谓之曰：'人皆以先生为狂。'朔曰：'如朔等，所谓避世于朝廷间者也。古之人，乃避世于深山中。'时坐席中，酒酣，据地歌曰：'陆沉于俗，避世金马门。宫殿中可以避世全身，何必深山之中，蒿庐之下。'金马门者，宦者署门也。门旁有铜马，故谓之曰'金马门'。"谪仙，太白自指。初入长安，贺知章呼之为"谪仙人"。

⑪"西施"二句：《庄子·天运》："西施病心而矉，其里之丑人美之，亦捧心而矉。"

宜笑复宜颦,语本梁简文帝《鸳鸯赋》:"亦有佳丽自如神,宜羞宜笑复宜颦。"

⑫蛾眉:美女代称。《诗经·卫风·硕人》:"螓首蛾眉。"

⑬宫中:指宫中嫔妃。喻谗毁蛾眉的小人。

[点评]

　　本篇写入朝被妒遭谗事,实事实情,自辩自解。具以东方朔自拟,虽有得意之辞,却难掩失意之心,可悲也夫!或说在朝时作,或说去朝后作,各有依凭,难下断语。所谓"大隐金门",实非在朝之据,而乃辩解之辞,细味诗意,定去朝后作庶几近之。

感　遇①

　　宋玉事楚王②,立身本高洁。巫山赋彩云③,郢路歌白雪。举国莫能和,巴人皆卷舌④。一惑登徒言⑤,恩情遂中绝⑥。

[注释]

①感遇:感于所遇,即兴而作。

②宋玉:战国楚鄢人,曾为楚顷襄王大夫。楚王:指楚顷襄王。

③"巫山"句:宋玉《高唐赋》写楚王梦中遇巫山神女。神女朝为行云,暮为行雨。

④"郢路"四句:典出宋玉《对楚王问》:客歌于郢中,其为《阳春》《白雪》,国中和者甚寡;其为《下里》《巴人》,则和者甚众。所谓巴人卷舌,意指巴人不能唱《白雪》也。

⑤"一惑"句:宋玉《登徒子好色赋》云,大夫登徒子于楚王前短宋玉曰:"玉为人体貌闲丽,口多微辞,又性好色,愿王勿与出入后宫。"此以登徒子喻于玄宗前进

谗毁白者。

⑥"恩情"句:语本汉班婕妤《怨歌行》:"弃捐箧笥中,恩情中道绝。"意谓玄宗惑于谗言,以致恩情中断。

[点评]

本题四首,此选其四。诗作于待诏翰林被谗失意之后,以宋玉自况,怨悱之情溢于言表。

鞠歌行①

玉不自言如桃李②,鱼目笑之卞和耻③。楚国青蝇何太多④,连城白璧遭谗毁⑤。荆山长号泣血人,忠臣死为刖足鬼⑥。听曲知宁戚,夷吾因小妻⑦。秦穆五羊皮,买死百里奚⑧。洗拂青云上,当时贱如泥。朝歌鼓刀叟,虎变磻溪中。一举钓六合,遂荒营丘东。平生渭水曲,谁识此老翁⑨?奈何今之人,双目送飞鸿⑩。

[注释]

①鞠歌行:乐府相和歌旧题。晋陆机《鞠歌行序》:"虽奇宝名器,不遇知己,终不见重。愿逢知己,以托意焉。"

②不自言如桃李:《史记·李将军传赞》:"谚曰:桃李不言,下自成蹊。"索隐引姚氏语:"桃李本不能言,但以华实感物,故人不期而往,其下自成蹊径也。"

③鱼目笑之:谓鱼目混珠而笑玉。任昉《到大司马记室笺》:"惟此鱼目,唐突玙璠。"《文选》注:"鱼目似珠。玙璠,鲁玉也。"卞和:春秋楚人。相传他发现一玉

璞,先后献于楚厉王、武王;以为他谩上,而截去其左右脚。直至楚文王即位,卞和哭于荆山中,三日三夜,泪尽而泣血。文王使人理其璞而得宝,称"和氏之璧"。事见《韩非子·和氏》、《新序·杂事》。

④青蝇:喻进谗之人。《诗经·小雅·青蝇》:"营营青蝇,止于樊。岂弟君子,无信谗言。"

⑤连城白璧:指价值连城的和氏之璧。《史记·蔺相如传》:"赵惠文王时,得楚和氏璧。秦昭王闻之,使人遗赵王书,愿以十五城易璧。"

⑥"荆山"二句:用卞和故事。荆山,泛指楚山,即卞和所哭之山。刖足,截足。卞和被截去两足。

⑦"听曲"二句:典出《列女传·辩通》:春秋齐人宁戚欲见桓公,扮为仆人,驱车于东门外,待桓公出,乃击牛角而悲歌。桓公使管仲(名夷吾)迎之。宁戚曰:"浩浩白水。"管仲不知所谓,其妾解曰:"古有《白水》之诗,诗不云乎'浩浩白水,鯈鯈之鱼。君来召我,我将安居? 国家未定,从我焉如?'此宁戚之欲得仕国家也。"管仲因报桓公,桓公斋戒五日,见宁戚,任以国政,齐国以治。

⑧"秦穆"二句:用百里奚故事。百里奚原为虞国大夫,晋灭虞,为俘虏,作秦穆公夫人陪嫁臣;逃至宛,为楚人所执。秦穆公闻其贤,以五羊皮赎之,委以国政,为五羊大夫。与蹇叔、由余共佐穆公建成霸业。事见《史记·秦本纪》、《吕氏春秋》。

⑨"朝歌"六句:用吕尚故事。吕尚原为朝歌屠叟,磻溪钓徒,后遇周文王,尊为师,佐武王灭殷。事见《史记·齐太公世家》。营丘,在今山东淄博。周曾封太公于营丘。

⑩"奈何"二句:语本《史记·孔子世家》:卫灵公"与孔子语,见飞雁,仰视之,色不在孔子;孔子遂行"。意谓今人不好贤。

[点评]

亦陆机《鞠歌行序》所谓"不遇知己,终不见重"之意,历举古人知遇史事,慨叹不遇明主而终遭谗见弃,其于玄宗不能无怨,亦不能无讽。然太白以卞和之忠、宁戚之智、百里之贤、吕尚之能自况,以为可佐明主而成霸业,其疏狂之态可掬,亦足以见其非识时务者也。卢藏用之所谓终南捷径,捷固捷矣,然终非据要津者也。太白昧乎此,其见弃于明皇,自是势所必然。

郢客吟白雪①

（古风其二十一）

郢客吟白雪，遗响飞青天②。徒劳歌此曲，举世谁为传？试为巴人唱，和者乃数千。吞声何足道③？叹息空凄然。

[注释]

①郢客吟白雪：典出宋玉《对楚王问》：客有歌于郢中者，其歌《下里》《巴人》，和者数千人，其歌《阳春》《白雪》，和者只数人，是曲弥高而和弥寡。
②遗响：犹余音。晋陆机《拟今日良宴会》："哀音绕栋宇，遗响入云汉。"
③"吞声"句：谓怀恨而不言。吞声，《后汉书·曹节传》："群公卿士，杜口吞声，莫敢有言。"

[点评]

本篇以曲高和寡发才大难为世用之叹。萧士赟云："高才者知遇之难，卑污者投合之易，负才不遇者，能源为之吞声叹息也欤？"可谓古今同慨。

美人出南国①

（古风其四十九）

美人出南国，灼灼芙蓉姿。皓齿终不发，芳心空自持②。由来紫宫女③，共妒青蛾眉④。归去潇湘沚⑤，沉吟何足悲！

[注释]

①美人：佳人，美女。曹植《杂诗》："南国有佳人，容华若桃李。"南国：古指江汉一带。《诗经·小雅·四月》："滔滔江汉，南国之纪。"

②"皓齿"二句：曹植《杂诗》："时俗薄朱颜，谁为发皓齿。"

③紫宫女：宫中美女。此喻指朝中妒能之辈。紫宫，皇宫。

④蛾眉：代指美人。此为自喻。

⑤"归去"句：曹植《杂诗》："朝游江北岸，夕宿潇湘沚。"潇湘，水名，在今湖南。沚，水中小洲。

[点评]

本篇由曹植《杂诗》化出，曹诗叹美人之受冷落，不为时俗所重；李诗则慨美人之被疏远，盖由佞人之嫉妒。二诗均藉美人以抒怀，各寄其意，以所遇不同也。太白之在翰林，或妒之，或谗之，是以玄宗疏远而放还也。萧士赟云："此太白遭谗摈逐之诗也。去就之际，曾无留难。然自后人而观之，其志亦可悲矣。"以余观之，疏而见逐，是固悲矣，然亦幸也，幸在少个平庸官僚，多个伟大诗人。

松柏本孤直①
（古风其十二）

　　松柏本孤直,难为桃李颜。昭昭严子陵,垂钓沧波间。身将客星隐,心与浮云闲。长揖万乘君,还归富春山②。清风洒六合③,邈然不可攀。使我长叹息,冥栖岩石间④。

[注释]

①"松柏"二句:意谓性耿介,不媚俗。《荀子》:"桃李倩粲于一时,时至而杀;至于松柏,经隆冬而不凋,蒙霜雪而不变,可谓得其性矣。"

②"昭昭"六句:用严光事。《后汉书·严光传》载,严光字子陵,会稽余姚人,少与光武帝刘秀同学。光武称帝,思其贤,引见道故,因共偃卧,光足加帝腹,太史谓"客星犯御座"。终不出仕,退隐富春山,其垂钓处为严陵濑。客星,指严光。浮云,《论语·述而》:"不义而富且贵,于我如浮云。"万乘,指帝王。富春山,在今浙江桐庐之西。山有严子陵钓台。

③清风:喻高人节操。六合:天地四方称六合,指寰宇。

④冥栖:隐居。

[点评]

　　本篇颂严子陵之风操,以寓引退之意,当有感于时遇而发者。作于去朝或行将去朝,亦"心与浮云闲",轻视富贵,不复恋栈矣。然结尾二句"使我长叹息,冥栖岩石间",却见出其非子陵,依然太白也。太白之退隐,非主动,乃被动也,以其见疏,故思引退,"叹息"二字正露出此中消息。

登高望四海

（古风其三十九）

　　登高望四海,天地何漫漫! 霜被群物秋,风飘大荒寒①。荣华东流水,万事皆波澜。白日掩徂晖②,浮云无定端。梧桐巢燕雀,枳棘栖鸳鸾③。且复归去来,剑歌行路难④。

[注释]

①"登高"四句:写四海充满肃杀之气。宋本注云:"一本自第四句后云:杀气落乔木,浮云蔽层峦。孤凤鸣天霓,遗声何辛酸。游人悲旧国,抚心亦盘桓。倚剑歌所思,曲终涕洄澜。"

②徂晖:落日余光。

③"梧桐"二句:喻贤愚易位。雀本应栖枳棘而上梧桐,鸾本应栖梧桐而下枳棘。《庄子·秋水篇》:"夫鹓雏,发于南海而飞于北海,非梧桐不止,非练实不食,非醴泉不饮。"又,《汉书·仇香传》:"枳棘非鸾凤所栖,百里非大贤之路。"

④行路难:乐府杂曲歌旧题。古辞备言世路之艰难。鲍照《拟行路难》:"对案不能食,拔剑击柱长叹息。丈夫生世能几时,安能叠燮垂羽翼! 弃置罢官去,还家自休息。"末二句诗意本此。

[点评]

　　本篇感叹小人得志而君子失所,即所谓"梧桐巢燕雀,枳棘栖鸳鸾"。浮云蔽日,阴阳失序,故诗之破题即写漫天杀气。亦善于渲染者也。末以鲍照拔剑击柱歌路难收束,明归去来之意。是行将去朝所作,情绪颇为激愤。

燕昭延郭隗①

（古风其十五）

燕昭延郭隗,遂筑黄金台②。剧辛方赵至③,邹衍复齐来④。奈何青云士⑤,弃我如尘埃!珠玉买歌笑,糟糠养贤才。方知黄鹤举,千里独徘徊⑥。

[注释]

①郭隗:战国燕人。燕昭王欲报齐仇,思得贤士,郭隗进言自隗始。昭王于是为筑官而师之。嗣后,乐毅自魏往,邹衍自齐往,剧辛自赵往,士争趋燕。见《史记·燕世家》。

②黄金台:又称金台,或曰燕台,故址在今河北易县东南。相传燕昭王置千金于台上,以延天下士,故名。见《文选》李善注引《图经》。

③剧辛:战国赵人,在燕任职,率军攻赵时为赵将所杀。

④邹衍:战国齐临淄人,为阴阳家,主五德终始说。燕昭王延请至碣石官,拜为师。见《史记·孟轲荀卿列传》。

⑤青云士:立德立言的高尚之人。《史记·伯夷传》:"闾巷之人欲砥行立名者,非附青云之士,恶能施于后世哉!"

⑥"方知"二句:有去君远行之意。《韩诗外传》:"田饶事鲁哀公而不见察,谓哀公曰:'臣将去君,黄鹄举矣。'"黄鹄形类鹤,故鹄鹤或混用,如武昌黄鹄矶之黄

鹤楼,此亦然。

[点评]

　　燕昭王之礼贤,乃至拥篲前驱,故士人争趋之,是以千载之下,传为美谈。当太白失意之时,自不能不思前代明君而发浩叹。然"珠玉买歌笑,糟糠养贤才"者,远多于礼贤下士,几无代无之。故太白之慨叹,历来不乏共鸣。

咸阳二三月①

（古风其八）

　　咸阳二三月,宫柳黄金枝。绿帻谁家子? 卖珠轻薄儿②。日暮醉酒归,白马骄且驰。意气人所仰,冶游方及时。子云不晓事,晚献长杨辞③。赋达身已老,草玄鬓若丝④。投阁良可叹⑤,但为此辈嗤⑥。

[注释]

①咸阳:古秦都,借指长安。
②"绿帻"二句:用汉董偃故事。董偃始与母以卖珠为事,年十三,随母出入武帝之姑馆陶公主。公主以其姣好,收养于第中。及冠,为公主所幸,号曰董君。董君曾绿帻傅韝,随公主拜见武帝,自称"馆陶公主庖人"。其贵宠闻于天下。见《汉书·东方朔传》。绿帻,古时仆役服式,以董偃故,因专指贵门少年之服。二句一本作"玉剑谁家子,西秦豪侠儿"。
③"子云"二句:以扬雄自拟,有自我解嘲之意。不晓事,语本杨修《答临淄侯

笺》："吾家子云，老不晓事。"长杨辞，指《长杨赋》。《汉书·扬雄传》载，汉成帝时，扬雄待诏承明之庭，从至射馆，还，上《长杨赋》以讽。

④草云：汉哀帝时，扬雄仿《易》作《太玄》，探讨哲学理论。

⑤投阁：王莽篡汉，自立新朝，欲烹功狗以神其事。时扬雄校书于天禄阁，狱吏欲收之，自恐不能免，乃从阁上自投下，几死。王莽下诏勿问。京师有谚讥之："惟寂寞，自投阁。"见《汉书·扬雄传》。

⑥此辈：指前所谓"轻薄儿"。

[点评]

此诗宋敏求曾巩所编宋本《李太白文集》题作《感寓二首》（其二），首四句为："咸阳二三月，百鸟鸣花枝。玉剑谁家子，西秦豪侠儿。"詹锳《李白诗文系年》引陶穀《清异录》云："陇西人韦景珍有四方志，呼卢酤酒，衣玉篆袍，佩玉鞢儿腰品，修饰若神人。李太白常识之，见《感寓》诗云：'玉剑谁家子，西秦豪侠儿。'谓景珍也。"詹氏按曰："是知此诗本无讽刺之意，萧士赟、唐仲言二家之说皆左矣。"陶穀《清异录》坐实韦景珍，失之泥。然安旗《李白全集编年注释》指"绿帻"为杨国忠，亦失之凿。细味诗意，于豪贵当有所讽，亦自寓感慨。故宋本题作"感寓"也。詹氏系于天宝三载，安氏系于天宝十二载，私意则以为开元中初入长安北阙献书一无所获之后所作也。

郑客西入关①

（古风其三十一）

郑客西入关，行行未能已。白马华山君，相逢平原里。璧遗镐池君，明年祖龙死②。秦人相谓曰：吾属可去矣。一往桃花源，千春隔流水③。

①郑客:或作郑容。晋干宝《搜神记》:"秦始皇三十六年,使者郑容从关东来,将入函关。西至华阴,望见素车白马,从华山上下。疑其非人,道住,止而待之,问郑容曰:'安之?'答曰:'之咸阳。'车上人曰:'吾华山使也。原托一牍书,致镐池君所。子之咸阳,道过镐池,见一大梓,有文石,取款梓,当有应者。'即以书与之。容如其言,以石款梓树,果有人来取书。明年,祖龙死。"

②"璧遗"二句:《史记·秦始皇本纪》:"(三十六年)秋,使者从关东夜过华阴平舒道,有人持璧遮使者曰:'为吾遗滈池君。'因言曰:'今年祖龙死。'使者问其故,因忽不见,置其璧去。"镐池,亦作滈池,在长安故城西,昆明池北,即西周故都。故址在今西安丰镐村西北。镐池君,水神。或说谓周武王。祖龙,指秦始皇。《史记·秦始皇本纪》集解引苏林曰:"祖,始也。龙,人君象。谓始皇也。"

③"秦人"四句:典出晋陶潜《桃花源记》:秦人避难入桃花源,与外人隔绝,不知有汉,无论魏晋。晋武陵人捕鱼穷尽水源,入洞,始知有世外桃源。

[点评]

　　本篇合祖龙死之神话,与桃花源之传说,以明避乱遁世之意,盖不得志于时也。徐祯卿曰:"此篇白恶世而思隐,故自托于秦人之言也。"(四部本李集)白之出处观为功成身退,功未成则身不退,故其所言隐遁,非真思隐,乃恶世也。

君平既弃世^①

（古风其十三）

　　君平既弃世,世亦弃君平^②。观变穷太易^③,探元化群生^④。寂寞缀道论,空帘闭幽情。驺虞不虚来^⑤,鸑鷟有时鸣^⑥。安知天汉上,白日悬高名^⑦。海客去已久,谁人测沉冥^⑧?

[注释]

①君平:严遵,字君平,汉蜀郡人,卜筮于成都,闭肆下帘读《老子》,著书十万余言。见《汉书·王吉传序》。

②"君平"二句:语本鲍照《咏史》诗:"君平独寂寞,身世两相弃。"《文选》李善注:"身弃世而不仕,世弃身而不任。"在太白之意当是:世既弃君平,君平亦弃世。

③太易:古代指原始混沌状态。《列子·天瑞》:"有太易,有太初,有太始,有太素。太易者,未见之气也;太初者,气之始也;太始者,形之始也;太素者,质之始也。"

④探元:即探玄,探究玄奥之旨。指严遵依据老庄之旨著书。群生,众生,万民。

⑤驺虞:古又称"驺吾",兽名。《诗经·召南·驺虞》毛传:"驺虞,义兽,白虎黑文,不食生物,有至信之德则应之。"

⑥鸑鷟:凤凰别名。《国语·周语》:"周之兴也,鸑鷟鸣于岐山。"

⑦"安知"二句:典出张华《博物志》:相传有海滨居人,乘浮槎至天河,见牛郎织女。后至蜀郡访严君平,问其事,答曰:"某年月日,有客星犯牵牛宿。"计其时,

正此人到天河月日。

⑧沉冥：即湛冥。意指晦迹不仕。《汉书·王吉传序》："蜀严湛冥，不作苟见，不治苟得，久幽而不改其操，虽随、和何以加诸？"注引孟康曰："蜀郡严君平湛深玄默无欲也。"师古曰："湛，读曰沉。"

[点评]

此诗托君平以见志，言其为世所弃，故亦弃世；然实非真弃世，犹冀见知于世也。唐汝询谓"孰能测其沉冥者，盖太白自叹其不为人知也"（《唐诗解》），可谓知言。读太白诗，切不可止于字面，自须于言外求其意，庶几得之。

古朗月行①

小时不识月，呼作白玉盘。又疑瑶台镜②，飞在青云端。仙人垂两足，桂树何团团③。白兔捣药成④，问言与谁餐？蟾蜍蚀圆影⑤，大明夜已残⑥。羿昔落九乌，天人清且安⑦。阴精此沦惑⑧，去去不足观。忧来其如何，悽怆摧心肝⑨。

[注释]

①古朗月行：旧题作《朗月行》，乐府杂曲歌。鲍照有《代朗月行》，写月照佳人，辞旨有别。

②瑶台：神话传说昆仑山有瑶台十二，为神仙所居之处。

③"仙人"二句：《初学记》一引虞喜《安天论》："俗传月中仙人桂树，今视其初生，见仙人之足渐已成形，桂树后生。"

④白兔捣药:《艺文类聚》一引傅咸《拟天问》:"月中何有,白兔捣药,兴福降祉。"
⑤"蟾蜍"句:《淮南子·说林训》:"月照天下,蚀于詹诸。"高诱注:"詹诸,月中虾蟆,食月,故曰蚀于詹诸。"詹诸,即蟾蜍。圆影,又作圆景,指月亮。曹植《赠徐干》诗:"圆景光未满,众星粲以繁。"
⑥大明:指日月,此指月。《艺文类聚》一引《文子》:"百星之明,不如一月之光。"
⑦"羿昔"二句:用神话羿射九日故事。相传尧时十日并出,禾焦,民无所食,因命羿射九日,日中九乌皆死。见《淮南子·本经训》。
⑧阴精:指月。《艺文类聚》一引张衡《灵宪》:"月者阴精之宗,积而成兽,象蜍兔。"沦惑:沉迷。
⑨摧心肝:伤心。王粲《七哀诗》:"喟然伤心肝。"

[点评]

篇中言"蟾蜍蚀圆影,大明夜已残","阴精此沦惑,去去不足观",亦浮云蔽日之意,谓奸佞当道,因思远引高蹈。

东武吟①

好古笑流俗,素闻贤达风。方希佐明主,长揖辞成功②。白日在高天,回光烛微躬。恭承凤凰诏③,欻起云萝中④。清切紫霄迥,优游丹禁通。君王赐颜色,声价凌烟虹⑤。乘舆拥翠盖,扈从金城东⑥。宝马丽绝景⑦,锦衣入新丰⑧。依岩望松雪,对酒鸣丝桐。因学扬子云,献赋甘泉宫⑨。天书美片善⑩,清芬播无穷。归来入咸阳⑪,谈笑皆王公。一朝去金马⑫,飘落成飞蓬。宾客日疏散,玉樽亦已空。才力犹可倚,不惭世上雄。闲作东武吟,曲尽情未终。书此谢知己,吾寻黄绮翁⑬。

[注释]

①东武吟:乐府相和歌旧题。东武,地名,今山东诸城。

②"方希"二句:有功成身退之意。即《代寿山答孟少府移文书》所云:"事君之道成,荣亲之义毕,然后与陶朱、留侯,浮五湖,戏沧州,不足为难矣。"

③凤凰诏:亦称凤诏,指诏书。《初学记》三十引晋陆翙《邺中记》:"石季龙皇后在观,上有诏书,五色纸,著凤口中。凤既衔诏,侍人放数百丈绯绳,辘轳回转,凤凰飞下。凤以木作之,五色漆画,咮脚皆用金。"

④云萝:喻山野。指隐者所居之山林。作者《白云歌送刘十六归山》:"湘水上,女萝衣,白云堪卧君早归。"

⑤"清切"四句:写奉诏入京之荣耀。丹禁,犹紫禁城,皇帝所居之处。

⑥"乘舆"二句:谓随玄宗舆驾出长安东门。此下写侍从温泉宫事。扈从,侍从。金城,指长安。

⑦绝景:即绝影,良马名。王融《三月三日曲水诗序》:"重英曲瑶之饰,绝景遗风之骑。"《文选》注引《魏书》曰:"上所乘马,名绝景,为矢所中。"丽绝景,意谓与绝景并驾。

⑧新丰:在今陕西临潼东北。

⑨"因学"二句:《汉书·扬雄传》:"正月,从上甘泉还,奏赋以风。"扬子云,即扬雄。甘泉宫,又名云阳宫,在陕西淳化甘泉山。

⑩天书:指皇帝诏书。

⑪咸阳:秦都。此借指唐都长安。

⑫金马:指金马门,官署的代称。

⑬黄绮翁:指夏黄公、绮里季。以二人代指商山四皓。句意示知己离长安后将取道商山,去访四皓遗迹。

[点评]

　　宋本题下注云:"一作《出金门后书怀留别翰林诸公》。"与《还山留别金门知己》(宋本注云:"一本作《出金门后书怀留别翰苑诸公》。")为一诗两本,且早已并存于《文苑英华》。太白奉诏入京,未几还山,"始遇而卒不合,见知而不见用"(萧士赟《分类补注李太白诗》),其间情由,说法不一:或说以张垍谗逐(魏颢说);或说不能不言温室树(范传正说);或说格言不入帝用疏之(李阳冰说);或说以疏从乞归(孟棨说)。要之,当是被谗见疏,乞归赐还。"一朝去金马,飘落成飞蓬",其缘由不提一字,讳莫如深,盖亦因翰林诸公尽知其始末也。故但以"才力犹可倚,不惭世上雄"自诩、自励、自解。其借乐府旧题写长安情结,率而且真。末句《还山留别金门知己》作"扁舟寻钓翁",而此作"吾寻黄绮翁",可知其离京取道商山也。

山人劝酒①

苍苍云松,落落绮皓②。春风尔来为阿谁? 蝴蝶忽然满芳草。秀眉霜雪颜桃花,骨青髓绿长美好③,称是秦时避世人④,劝酒相欢不知老。各守麋鹿志,耻随龙虎争⑤。欻起左太子,汉皇乃复惊。顾谓戚夫人,彼翁羽翼成⑥。归来商山下,泛若云无情⑦。举觞酹巢由⑧,洗耳何独清⑨! 浩歌望嵩岳⑩,意气还相倾。

[注释]

①山人劝酒:《乐府诗集》录此,编入"琴曲歌辞",是亦乐府诗作。
②绮皓:指绮里季。商山四皓为东园公、甪里先生、绮里季、夏黄公。此以绮里季代指四皓。江淹《杂体诗》"南山有绮皓",即是先例。
③骨青髓绿:一本作"青髓绿发"。

④秦时避世人:四皓秦末匿隐山中,义不臣汉。见《史记·留侯世家》。

⑤"各守"二句:谓无意介入政争。麋鹿志,指隐居山中,与麋鹿为伍。龙虎争,喻政争。

⑥"欻起"四句:《史记·留侯世家》载,汉十二年,高祖疾甚,欲易戚夫人之子赵王如意为太子,吕氏恐太子刘盈被废,用留侯张良之计,请四皓出山以辅太子。高祖设宴,太子侍酒,四皓随从。高祖大惊,谓戚夫人曰:"我欲易之,彼四人辅之,羽翼已成,难动矣!"

⑦"归来"二句:谓功成身退。商山,在今陕西商县。一作"南山"。

⑧巢由:巢父与许由。相传为尧时隐士。

⑨洗耳:用许由洗耳事。尧召许由为九州长,由不欲闻之,洗耳于颍水之滨。见晋皇甫谧《高士传》。

⑩嵩岳:中岳嵩山。许由隐居之箕山,与嵩山相对。均在今河南登封。

[点评]

　　本篇似过商山而咏四皓。注家以为借四皓之佐太子以讽唐室皇储之废立,似求之过深。其诗要旨,盖在"各守麋鹿志,耻随龙虎争","归来商山下,泛若云无情"诸句,是美四皓之高尚其志,功成身退。王琦以为"美四皓当暴秦之深,能避世隐居,及汉有天下,虽一出而辅佐太子,及功成身退,曾不系情爵位,真可以希风巢许者矣"(《李太白全集》卷四),其说近是,未为"迂疏"。《唐宋诗醇》谓其"泛若云无情"尤为深妙,且启白居易之《四皓庙》:"如彼旱天云,一雨百穀滋。泽则在天下,云复归希夷。"亦蕴藉有味。按,王安石《雨过偶书》亦承其余绪,结联所谓"谁似浮云知进退,才成霖雨便归山",犹"泛若云无情"之意。

庄周梦蝴蝶①

（古风其九）

　　庄周梦蝴蝶，蝴蝶为庄周②。一体更变易，万事良悠悠。乃知蓬莱水，复作清浅流③。青门种瓜人，旧日东陵侯④。富贵故如此，营营何所求⑤？

[注释]

①庄周：战国宋蒙人，曾为漆园吏。著书十余万言。《史记》有传。

②"庄周"二句：典出《庄子·齐物论》："昔者庄周梦为蝴蝶，栩栩然蝴蝶也。自喻适志与，不知周也。俄然觉，则蘧蘧然周也。不知周之梦为蝴蝶与，蝴蝶之梦为周与？周与蝴蝶，则必有分矣。此之谓物化。"

③"乃知"二句：意即沧海桑田。本《神仙传》所载麻姑仙语："接待以来，已见东海三为桑田。向到蓬莱，水又浅于往者会时略半也，岂将复为陵陆乎？"

④"青门"二句：用召平（邵平）故事。《史记·萧相国世家》："召平者，故秦东陵侯。秦破，为布衣，贫，种瓜于长安城东，瓜美，故世俗谓之'东陵瓜'，从召平以为名也。"青门，长安城东南门。本名霸城门，俗因门色青，呼为青门。东陵瓜亦称"青门瓜"。

⑤营营：周旋貌。

[点评]

　　本篇言世态无常，变易不定，故不必营营于富贵。语似旷达，意带牢愁。倘以为太白真达生者,便是皮相。王夫之谓此篇"意言之间,藏万里于尺幅"(《唐诗评选》),庶几得其旨趣。

秋露白如玉①

(古风其二十三)

秋露白如玉,团团下庭绿②。我行忽见之,寒早悲岁促。人生鸟过目③,胡乃自结束④。景公一何愚,牛山泪相续⑤。物苦不知足,得陇又望蜀⑥。人心若波澜,世路有屈曲。三万六千日,夜夜当秉烛⑦。

[注释]

①秋露白:《礼记·月令》:"孟秋之月……凉风至,白露降,寒蝉鸣。"

②团团:圆貌。江淹《杂题》:"团团霜露色。"下庭绿:王融《同沈右率诸公赋鼓吹曲》:"秋风下庭绿。"庭绿,指庭中草木。

③"人生"句:语本晋张协《杂诗》:"人生瀛海内,忽如鸟过目。"意谓人生短促。

④"胡乃"句:《古诗十九首》:"荡涤放情志,何为自结束。"结束,约束。

⑤"景公"二句:齐景公游牛山,北临其国城而流涕,艾孔、梁丘据皆从而泣,盖因念及"去此国而死",为晏子所笑,谓"见不仁之君,见谄谀之臣,见此二者,臣之所为独窃笑也"。景公惭,举觞自罚,二臣各罚二觞。事见《列子·力命》。

⑥"物苦"二句:《东观汉纪·隗嚣传》:汉光武帝刘秀敕岑彭书:"西域若下,便可将兵南击蜀虏。人苦不知足,既得陇,复望蜀。"

⑦"三万"二句:谓一生行乐。三万六千日,百年。指人的一生。秉烛,举烛夜

游,及时行乐。《古诗十九首》:"昼短苦夜长,何不秉烛游。"作者《春夜宴从弟桃花园序》:"而浮生若梦,为欢几何? 古人秉烛夜游,良有以也。"

[点评]

诗之关捩,乃在"人心若波澜,世路有屈曲"二句,以世路艰难,无所作为,而人生短促,故转而思学古人秉烛夜游,及时行乐。意实牢愁而以旷达之言出之。《唐宋诗醇》谓"诗之神韵,与古为化,拟之十九首,可谓波澜莫二",实则形似而神异。十九首真放,太白似放而非放,盖时世异也,一在汉末,一在盛唐,故精神有别。

梦游天姥吟留别①

海客谈瀛洲②,烟涛微茫信难求。越人语天姥,云霞明灭或可睹。天姥连天向天横,势拔五岳掩赤城③。天台四万八千丈④,对此欲倒东南倾。我欲因之梦吴越,一夜飞度镜湖月⑤。湖月照我影,送我至剡溪⑥。谢公宿处今尚在⑦,渌水荡漾清猿啼。脚著谢公屐⑧,身登青云梯⑨。半壁见海日,空中闻天鸡⑩。千岩万转路不定,迷花倚石忽已暝。熊咆龙吟殷岩泉,栗深林兮惊层巅。云青青兮欲雨,水澹澹兮生烟。列缺霹雳⑪,丘峦崩摧。洞天石扇,訇然中开。青冥浩荡不见底,日月照耀金银台⑫。霓为衣兮风为马⑬,云之君兮纷纷而来下⑭。虎鼓瑟兮鸾回车⑮,仙之人兮列如麻⑯。忽魂悸以魄动,恍惊起而长嗟。惟觉时之枕席,失向来之烟霞。世间行乐亦如此,古来万事东流水。别君去兮何时还,且放白鹿青崖间,须行即骑访名山⑰。安能摧眉折腰事权贵⑱,使我不得开心颜!

[注释]

①天姥:天姥山,道书谓第十六福地。在江南道越州剡县,今属浙江新昌。

②瀛洲:神话中海上仙山。与蓬莱、方丈合而为三。

③五岳:指泰山、华山、嵩山、衡山、恒山。赤城:赤城山。为火烧岩构成,色赤,有雉堞形,故名。在今浙江天台,位于天台山之南。

④天台:即天台山。在今浙江天台。仙霞岭山脉东支。陶弘景《真诰》谓山高一万八千丈,周八百里。四万八千丈:此为夸张之辞,极言其高。

⑤镜湖:又作鉴湖,在今浙江绍兴。东汉永和五年太守马臻筑塘蓄水,堤长三百一十里,水平如镜,故名。

⑥剡溪:曹娥江上游,晋王子道访戴安道之所经,故亦名戴溪。源出天台,流经新昌、上虞,流入杭州湾。

⑦谢公:指谢灵运。南朝宋诗人。其《登临海峤初发强中作与从弟惠连可见羊何共和之》诗:"暝投剡中宿,明登天姥岑。高高入云霓,还期那可寻。"

⑧谢公屐:谢灵运登山专用的木屐。《宋书·谢灵运传》:"登蹑常着木屐,上山则去前齿,下山则去其后齿。"

⑨"身登"句:形容山岭高峻。谢灵运《登石门最高顶》诗:"惜无同怀客,共登青云梯。"

⑩天鸡:旧题任昉《述异记》下:"东南有桃都山,上有大树,名曰桃都,枝相去三千里;上有天鸡,日初出照此木,天鸡则鸣,天下鸡皆随之鸣。"

⑪列缺:闪电。司马相如《大人赋》:"贯列缺之倒景兮。"《史记集解》引《汉书音义》:"列缺,天闪也。"

⑫金银台:指神仙所居的宫阙。郭璞《游仙诗》:"神仙排云出,但见金银台。"

⑬"霓为衣"句:语本晋傅玄《吴楚歌》:"云为车兮风为马。"

⑭云之君:云中神仙。或指云中居,即云神丰隆。屈原《九歌》有《云中君》篇。

⑮虎鼓瑟:张衡《西京赋》:"白虎鼓瑟,苍龙吹篪。"

⑯"仙之人"句:上元夫人《步玄之曲》:"忽过紫微垣,真人列如麻。"见《汉武内传》。

⑰"且放"二句:谓将骑白鹿成游仙。楚辞《九章·哀时命》:"浮云雾而入冥兮,骑白鹿而容舆。"

⑱折腰:晋陶潜辞彭泽令,曰:"吾不能为五斗米折腰向乡里小人。"见《晋书·陶潜传》。

[点评]

　　题一作《留别东鲁诸公》,又作《梦游天姥山别东鲁诸公》,诗写将南游吴越,梦中游天姥山,以种种梦境喻其奉诏入京荣辱进退之遭际,寄托无限感慨。陈沆《诗比兴笺》曰:"太白被放以后,回首蓬莱宫殿,有若梦游,故托天姥以寄意。"其说切中题旨。天姥者,亦犹其后传奇沈既济之"枕中"、李公佐之"南柯"也,皆托梦以寄人生感慨。

殷后乱天纪①

（古风其五十一）

　　殷后乱天纪,楚怀亦已昏②。夷羊满中野③,菉葹盈高门④。比干谏而死⑤,屈平窜湘源⑥。虎口何婉娈⑦?女嬃空婵娟⑧。彭咸久沦没⑨,此意与谁论!

[注释]

①殷后:殷代帝王,指纣王。天纪:天道纪纲。陶潜《桃花源诗》:"嬴氏乱天纪。"

②楚怀：指楚怀王。楚国昏君，国政腐败，入秦卒。见《史记·楚世家》。

③夷羊：传说中的神兽。《国语·周语》："商之兴也，梼杌次于丕山。其亡也，夷羊在牧。"韦昭解："夷羊，神兽。牧，商郊牧野。"

④"菉葹"句：屈原《离骚》："薋菉葹以盈室兮，判独离而不服。"王逸注："薋，蒺藜也；菉，王刍也；葹，枲耳也。"以恶草喻谗佞之盈门。

⑤"比干"句：《论语·微子》："微子去之，箕子为之奴，比干谏而死。孔子曰：'殷有三仁。'"比干，纣王叔父，强谏而遭剖心。

⑥"屈平"句：楚襄王时，屈原被放逐至湘江之南。见《史记·屈原列传》。屈平，屈原名平，以字行。窜，流放。

⑦虎口：喻危境。《庄子·盗跖》载孔子语："然，丘所谓无病而自负也。疾走料虎头，编虎须，几不免虎口哉。"婉娈：缠绵，留恋。陆机《于承明作与士龙》："婉娈居人思，纡郁游子情。"

⑧"女嬃"句：屈原《离骚》："女嬃之婵媛兮。"王逸注："女嬃，屈原姊也。婵媛，犹牵引也。"婵娟，似当作"婵媛"。"娟"字误，娟属"先"韵，而媛与本篇各韵"昏"、"门"、"源"、"论"均属"元"韵。从出典与韵部看，宋以来各本作"娟"，均误。

⑨彭咸：相传为殷大夫。屈原《离骚》："愿依彭咸之遗则。"王逸注："彭咸，殷贤大夫，谏其君不听，自投水而死。"此以屈原之经历推测彭咸，未必可信。

[点评]

本篇为比兴之诗，咏史以寄意，有感于忠直而见斥，似不必坐实时事。前人以为因张九龄、周子谅之窜死而发，泥于实事，反失诗旨。

燕臣昔恸哭^①

（古风其三十七）

　　燕臣昔恸哭，五月飞秋霜。庶女号苍天，震风击齐堂^②。精诚有所感，造化为悲伤。而我竟何辜？远身金殿旁^③。浮云蔽紫闼，白日难回光^④。群沙秽明珠，众草凌孤芳^⑤。古来共叹息，流泪空沾裳。

[注释]

①燕臣：指邹衍。王充《论衡·感虚》："邹衍无罪，见拘于燕。当夏五月，仰天而叹，天为陨霜。"

②"庶女"二句：相传齐有寡妇，无子不嫁，事姑谨敬。姑有女贪母财，杀其母以诬寡妇，妇不能自明，冤结叫天，天行雷电，击陨景公之台，毁折景公之肢，海水大溢。见《淮南子·览冥训》"庶女叫天，雷电下击"高诱注。齐堂，应作齐台，以押韵故，改台为堂。

③金殿旁：指翰林院。翰林院在大明宫近麟德殿，在兴庆宫近南薰殿。

④"浮云"二句：汉孔融《临终诗》："谗邪害公正，浮云翳白日。""紫闼"，指帝王宫廷。曹植《求通亲亲表》"情结紫闼"，《文选》注："紫闼，天子所居也。"

⑤"群沙"二句：谓君子为小人所欺。群沙、众草，喻小人；明珠、孤芳，喻君子。

[点评]

　　本篇为雪谗诗，明其为群小所诬乃去朝还山。首用燕臣之恸、庶女之号二典故,可知其蒙不白之冤,亦足以感动上苍。"浮云蔽紫闼,白日难回光",其愤激之情甚于《登金陵凤凰台》之"总为浮云能蔽日,长安不见使人愁"。

秦王扫六合①

（古风其三）

　　秦王扫六合,虎视何雄哉②！挥剑决浮云,诸侯尽西来③。明断自天启④,大略驾群才。收兵铸金人⑤,函谷正东开⑥。铭功会稽岭⑦,骋望琅玡台⑧。刑徒七十万,起土骊山隈⑨。尚采不死药⑩,茫然使心哀。连弩射海鱼,长鲸正崔嵬⑪。额鼻象五岳,扬波喷云雷。鬐鬣蔽青天,何由睹蓬莱！徐市载秦女,楼船几时回⑫？但见三泉下,金棺葬寒灰⑬！

[注释]

①秦王:指秦始皇。扫六合:指统一中国。六合,天地四方。

②虎视:喻雄强。班固《两都赋》:"周以龙兴,秦以虎视。"

③"挥剑"二句:谓秦始皇以武力臣服诸侯。典出《庄子·说剑》:"上决浮云,下绝地纪。此剑一用,匡诸侯,天下服矣。"

④天启:语本《左传·宣公三年》:"天或启之,必将为君,其后必蕃。"本句一作"雄图发英断"。

⑤"收兵"句:始皇二十六年,收天下兵器,聚于咸阳,铸成十二座金属人像。事见《史记·秦始皇本纪》。

⑥"函谷"句:谓秦灭东方六国,函谷关之门自可向东敞开。函谷,函谷关,秦关在今河南灵宝南,汉关在今河南新安。

⑦会稽岭:即会稽山。在今浙江绍兴。始皇三十七年,东巡会稽,刻石颂秦德。

⑧琅玡台:在今山东诸城琅玡山上。相传始皇二十八年南登琅玡,立层台于山上,刻石颂秦德。

⑨"刑徒"二句:《史记·秦始皇本纪》载,三十五年,发刑徒者七十余万人,分作阿房宫与骊山陵墓。

⑩采不死药:《史记·秦始皇本纪》载,三十七年,始皇派方士徐市等入海求神药。

⑪"连弩"二句:徐市求药不得,诈称为大蛟所阻,并奏请制连弩以射之。至芝罘,射杀一鱼。连弩,可以连发数箭的弓弩。

⑫"徐市"二句:《史记·秦始皇本纪》:二十八年,"齐人徐市等上书,言海中有三神山,名曰蓬莱、方丈、瀛洲,仙人居之。请得斋戒,与童男女求之。于是遣徐市发童男女数千人,入海求仙人。"

⑬"但见"二句:谓秦始皇终不免一死,而将朽骨葬于重泉之下。三泉,三重泉,指地下深处。《史记·秦始皇本纪》载,葬始皇时,"穿三泉下铜而致椁"。

[点评]

本篇赞秦始皇之才略与功绩,同时讽刺其迷信神仙追求长生。有借古讽今之意,影射唐玄宗。玄宗造开元盛世,却颇信神仙长生。宜其为太白所讽。"茫然使心哀",哀始皇,亦哀玄宗也。真乃"意深旨远"(《唐宋诗醇》)。

日出入行^①

　　日出东方隈^②,似从地底来。历天又入海,六龙所舍安在哉^③!
其始与终古不息^④,人非元气^⑤,安得与之久徘徊! 草不谢荣于春
风,木不怨落于秋天^⑥。谁挥鞭策驱四运^⑦,万物兴歇皆自然。羲和
羲和,汝奚汩没于荒淫之波^⑧? 鲁阳何德,驻景挥戈^⑨! 逆道违天,
矫诬实多。吾将囊括大块,浩然与溟涬同科^⑩。

[注释]

①日出入行:又题作《日出行》,汉郊祀歌有《日出入》,此从旧题来。

②东方隈:东边。隈,隅。

③六龙:神话谓羲和驱六龙以御日车。舍:止息。所舍,所安息之处。

④终古不息:语本《庄子·大宗师》:"日月得之,终古不息。"终古,自古以来。

⑤元气:指天地形成之前的混一之气。

⑥"草不"二句:明杨慎《丹铅总录》:"郭象《庄子》注多俊语,如云:'暖焉若阳春
之自和,故蒙泽者不谢;凄乎如秋霜之自降,故凋落者不怨。'太白用其语为诗。"
按,郭注见《庄子·大宗师》注文。

⑦四运:四时。即春夏秋冬。晋陆机《梁父吟》:"四运循环转,寒暑自相承。"

⑧"羲和"二句:问羲和是否没于大海。羲和,神话中日神御者。荒淫之波,指大
海。

⑨"鲁阳"二句:典出《淮南子·览冥训》:"鲁阳公与韩搆难,战酣,援戈而撝之,
日为之反三舍。"

⑩"吾将"二句:谓将与大自然合为一气。大块,自然。滓溟,亦作"滓溟",自然之气。《庄子·在宥》:"大同乎滓溟。"司马彪注:"滓溟,自然气也。"

[点评]

　　胡震亨曰:汉郊祀歌《日出入》,言日出入无穷,人命独短,愿乘六龙仙而升天。太白反其意,言人安能如日月不息,不当违天矫诬,贵放心自然,与滓溟同科也(见王琦《李太白全集》)。然其言顺应自然,勿逆道违天,貌似达观,实则于字里行间充满激愤之情。诚如陈沆所云:"姑为达观以遣激愤也。"(《诗比兴笺》)

劳劳亭歌①

　　金陵劳劳送客堂,蔓草离离生道旁②。古情不尽东流水,此地悲风愁白杨③。我乘素舸同康乐④,郎咏清川飞夜霜;昔闻牛渚吟五章,今来何谢袁家郎⑤。苦竹寒声动秋月⑥,独宿空帘归梦长。

[注释]

①劳劳亭:题下原注:"在江宁县南十五里,古送别之所,一名临沧观。"故址在今江苏南京西南长江之滨。
②蔓草离离:杂草茂盛。蔓草,蔓生的杂草。《诗经·郑风·野有蔓草》:"野有蔓草,其露泠兮。"离离,繁茂貌。
③悲风愁白杨:《古诗十九首》:"白杨多悲风,萧萧愁杀人。"
④"我乘"句:谢灵运《东阳溪中赠答诗》:"可怜谁家郎,缘流乘素舸。"康乐,谢灵运袭封康乐公。

⑤"朗咏"三句:用袁宏(小字虎)牛渚吟诗遇谢尚事。《世说新语·文学》:"袁虎少贫,尝为人佣载运租。谢镇西经船行,其夜清风朗月,闻江渚间估客船上有咏诗声,甚有情致。所诵五言,又其所未尝闻,叹美不能已。即遣委曲讯问,乃是袁自咏其所作《咏史》诗。因此相要,大相赏得。"牛渚,牛渚矶,今安徽马鞍山采石。袁家郎,指袁宏。

⑥苦竹:竹的一种,味苦不中食。苦竹寒声,指秋风吹动苦竹的声响。意寄于"苦"字。

[点评]

本篇写因送客而动归思,叹徒事漫游而未遇赏音。笔墨落处,不在送别,而在自抒怀抱。与《夜泊牛渚怀古》题旨近似,感叹怀才不遇。

口号吴王美人半醉①

风动荷花水殿香②,姑苏台上见吴王③。西施醉舞娇无力④,笑倚东窗白玉床。

[注释]

①口号:犹口占,随口吟成。常作为诗题。吴王:即李祗,袭父珉封吴王,时为庐江太守。白曾作《为吴王谢责赴行在迟滞表》。美人:指舞女。一本作"舞人"。

②荷花水殿香:南朝徐陵《奉和简文帝山斋》诗:"竹密山斋冷,荷开水殿香。"水殿,建于水上的殿宇。

③姑苏台:春秋时吴王夫差所建。故址在今江苏苏州灵岩山。见:一本作"宴"。吴王:夫差。此喻指唐吴王李祗。

④西施：越国献与吴王夫差的美女。此借指唐吴王李祗筵席上半醉的舞女。

[点评]

　　本篇当是游庐江于吴王李祗席上口占之作。席上似有舞女半醉躺于床上，故戏而作此。其落笔在姑苏台吴王夫差与西施，似咏古，然实谲今，以古吴王喻今吴王，以西施喻舞女，只寓笑谑之意。倘以传统儒家观之，自是比拟不伦，有乖君臣之道；须知太白乃出于纵横家，非腐儒之可规范也。

胡关饶风沙①

（古风其十四）

　　胡关饶风沙，萧索竟终古。木落秋草黄，登高望戎虏。荒城空大漠，边邑无遗堵。白骨横千霜，嵯峨蔽榛莽②。借问谁陵虐，天骄毒威武③。赫怒我圣皇，劳师事鼙鼓。阳和变杀气④，发卒骚中土。三十六万人⑤，哀哀泪如雨。且悲就行役，安得营农圃？不见征戍儿，岂知关山苦⑥！李牧今不在⑦，边人饲豺虎。

[注释]

①胡关：泛指边关。
②"白骨"二句：极言边战死伤之多。曹操《蒿里行》："白骨露于野，千里无鸡鸣。"王粲《七哀诗》："出门无所见，白骨蔽平原。"
③"借问"二句：言塞外胡虏寻衅。陵虐，侵犯。天骄，《汉书·匈奴传》："南有大汉，北有强胡。胡者，天之骄子也。"此泛指强虏。

④阳和:春天的暖气。句意谓和平变战乱。

⑤三十六万:不必实指,极言发卒之多。

⑥"岂知"句:一本此下多四句:"争锋徒死节,秉钺皆庸竖。战士涂蒿莱,将军获圭组。"

⑦李牧:战国赵人,守北塞,习骑射,谨烽火,匈奴不敢犯边。秦用反间计,赵王使赵葱、颜聚代牧,牧不受命,被杀。见《史记·廉颇蔺相如列传》。

[点评]

唐玄宗于开大之际,屡事边战,穷兵黩武,东北战奚契丹,西战吐蕃,西南战南诏,士卒死伤无算。太白心非之,形之于歌诗,此即其一,讽刺玄宗之开边黩武。注家以为因某战而发,说法不一,难以坐实,亦不必坐实,盖泛言边战之惨也。可与杜甫《前出塞》对读。

羽檄如流星①

(古风其三十四)

羽檄如流星,虎符合专城②。喧呼救边急,群鸟皆夜鸣。白日曜紫微③,三公运权衡④。天地皆得一,澹然四海清⑤。借问此何为?答言楚征兵⑥。渡泸及五月,将赴云南征⑦。怯卒非战士,炎方难远行。长号别严亲,日月惨光晶。泣尽继以血,心摧两无声⑧。困兽当猛虎,穷鱼饵奔鲸。千去不一回,投躯岂全生?如何舞干戚,一使有苗平⑨!

［注释］

①羽檄：又称羽书，军中紧急文书。檄文插羽毛，以示迅疾。《汉书·高帝纪》颜师古注引《魏武奏事》："今边有警，辄露檄插羽。"

②虎符：兵符，古代调兵遣将的信物。铜铸虎形，分两半，各持一半，合符方能生效。

③紫微：星名，此指帝王宫殿。

④三公：隋以太尉、司徒、司空为三公，唐因之。《唐六典》："三公，论道之官也，盖以佐天子，理阴阳，平邦国，无所不统。"权衡：权力。《晋书·潘岳传》："居高位，飨重禄，执权衡，握机密。"

⑤"天地"二句：《老子》："天得一以清，地得一以宁。"言天下太平。

⑥楚征兵：指南方战事。《资治通鉴》：天宝十载，夏，四月，"制大募两京及河南、北兵以击南诏；人闻云南多瘴疠，未战士卒死者计八九，莫肯应募。"

⑦"渡泸"二句：谓征兵下云南，渡过泸水，讨伐南诏。泸，泸水，唐时名金沙江。诸葛亮疏云："五月渡泸，深入不毛。"见《三国志·蜀书》本传。

⑧"长号"四句：《资治通鉴》：天宝十载，"杨国忠遣御史分道捕人，连枷送诣军所。旧制，百姓有勋者免征役，时调兵既多，国忠奏先取高勋。于是行者愁怨，父母妻子送之，所在哭声震野。"

⑨"如何"二句：《艺文类聚》十一引《帝王世纪》："有苗氏负固不服，禹请征之。舜曰：'我德不厚而行武，非道也。吾前教由未也。'乃修教三年，执干戚而舞之，有苗请服。"干戚，盾与斧，古代武舞操干戚而舞。有苗，古部落名。借指南诏。

［点评］

　　天宝十载，剑南节度使鲜于仲通讨南诏，大败于泸南。本篇即叙其事，写征兵之急，写骚然之状，写泣血之情，皆历历在目，亦即事名篇无复依傍者，与杜甫《兵车行》"工力悉敌，不可轩轾"（《唐宋诗醇》）。孰谓太白"社稷苍生，曾不系其心膂"（宋罗大经《鹤林玉露》）！

战城南^①

去年战,桑乾源^②;今年战,葱河道^③。洗兵条支海上波^④,放马天山雪中草^⑤。万里长征战,三军尽衰老。匈奴以杀戮为耕作,古来惟见白骨黄沙田^⑥。秦家筑城备胡处^⑦,汉家还有烽火燃。烽火燃不息,征战无已时。野战格斗死,败马号鸣向天悲^⑧。乌鸢啄人肠,衔飞上挂枯树枝^⑨。士卒涂草莽,将军空尔为。乃知兵者是凶器,圣人不得已而用之^⑩。

[注释]

①战城南:乐府鼓吹铙歌旧题,古辞有"战城南,死郭北"语,因取为题。

②桑乾:即桑乾河。源出山西马邑之北洪涛山下,东南流入卢沟河。

③葱河:指葱岭二河,葱岭北河,即喀什噶尔河,源于葱岭中北道;葱岭南河,即叶尔羌河,源于葱岭中南道。在今帕米尔高原,唐属安西都护府。

④洗兵:洗净兵器,谓休战。条支:又作"条枝",汉西域国名,在安息以西,位于幼发拉底河与底格里斯河之间,临西海。条支海,指西海,即波斯湾。

⑤天山:指今新疆哈密之天山,又称白山或折罗漫山。

⑥"匈奴"二句:语本汉王褒《四子讲德论》:"夫匈奴者,百蛮之最强者也。天性悍塞,习俗杰暴,贱老贵壮,气力相高。业在攻伐,事在猎射……其耒耜则弓矢鞍马,播种则扞弦掌拊,收秋则奔狐驰兔,获刈则颠倒殪仆。追之则奔遁,释之则为寇。"

⑦秦家筑城:指秦朝修筑长城。秦统一六国,以战国诸侯原有长城为基础,修筑

万里长城,以防匈奴南下。贾谊《过秦论》:"乃使蒙恬北筑长城而守藩篱,却匈奴七百余里,胡人不敢南下而牧马,士不敢弯弓而报怨。"

⑧"野战"二句:化用乐府《战城南》古辞:"枭骑战斗死,驽马徘徊鸣。"

⑨"乌鸢"二句:化用乐府同题古辞:"野战不葬乌可食。为我谓乌;且为客豪,野死谅不葬,腐肉安能去子逃!"

⑩"乃知"二句:语本《六韬·兵略》:"圣人号兵为凶器,不得已而用之。"意出《老子》:"兵者不祥之器,非君子之器,不得已而用之。"

[点评]

本篇用乐府《战城南》旧题,题旨亦近古辞,而广其意,表现出非战思想,盖借古讽今,刺玄宗之黩武。

大雅久不作①
(古风其一)

大雅久不作,吾衰竟谁陈②?王风委蔓草③,战国多荆榛④。龙虎相啖食⑤,兵戈逮狂秦⑥。正声何微茫,哀怨起骚人⑦。扬马激颓波,开流荡无垠⑧。废兴虽万变,宪章亦已沦⑨。自从建安来,绮丽不足珍⑩。圣代复元古,垂衣贵清真⑪。群才属休明⑫,乘运共跃鳞。文质相炳焕,众星罗秋旻。我志在删述⑬,垂辉映千春。希圣如有立⑭,绝笔于获麟⑮。

[注释]

①大雅:此泛指《诗经》正声传统。《诗经》有《大雅》之诗,多西周作品,是"正声"的代表。

②吾衰:语本《论语·述而》子曰:"甚矣吾衰也。"

③王风:《诗经》十五国风有《王风》,为东周王城(今河南洛阳)一带民歌。

④战国:春秋之后,周室衰微,诸侯相攻,史称战国时期。荆榛:喻纷乱。《后汉书·冯异传》注:"荆棘、榛梗之谓,以喻纷乱。"

⑤"龙虎"句:谓七国(秦、楚、齐、燕、韩、赵、魏)争雄。其时七雄互相兼并,故谓"相啖食"。班固《答宾戏》:"于是七雄虓阚,分裂诸夏,龙战虎争。"

⑥"兵戈"句:谓及至秦并六国,兵戈始息。陶潜《饮酒二十首》其二十:"洙泗辍微响,漂流逮狂秦。"狂秦,指雄强的秦国。

⑦"正声"二句:谓《诗经》雅正平和之声衰微之后,代之而起的是哀怨忧愁的骚体楚辞。骚人,骚体作者,指屈原、宋玉等。

⑧"扬马"二句:言汉赋之发展。扬马,指扬雄和司马相如。二人均西汉著名辞赋家,以辞赋开拓文学的新领域,有"开流"之功,影响极大。

⑨宪章:典章制度。此指有关诗文的法度。

⑩"自从"二句:意谓建安诗作,风骨犹存,即所谓"建安风骨",其后诗歌只重音律词藻,绮靡婉丽,不足珍贵。建安,东汉末献帝年号(196—219)。

⑪"圣代"二句:谓唐代诗歌始恢复古朴纯真的风骨。圣代,指唐代。垂衣,指垂衣而治的盛世。《周易·系辞》:"黄帝、尧、舜垂衣裳而天下治。"

⑫休明:美善兴旺。指清明盛世。

⑬删述:相传孔子曾删订《诗经》作品。见《史记·孔子世家》。此自比孔子,以删述自任。

⑭希圣:希望达到圣人的境界。《艺文类聚》二十引夏侯湛《闵子骞赞》:"圣既拟天,贤亦希圣。"

⑮"绝笔"句:语本晋杜预《春秋经传集解序》:"绝笔于获麟之一句者,所感而起,固所以为终也。"按,《春秋·哀公十四年》:"西狩获麟。"孔子曰:"吾道穷矣。"相传孔子作《春秋》,至此而止。

　　本篇为太白晚年论诗之作。全篇均用赋体,历论诗歌源流得失,并自明其素志。在论诗背后,亦反映其于历史政治之认识,是文观,亦政治观。诚如俞平伯所云:"这诗的主题是借了文学的变迁来说出作者对政治批判的企图,并非主张文艺之复古。"(《论诗词曲杂著》)

丑女来效颦①

(古风其三十五)

　　丑女来效颦,还家惊四邻。寿陵失本步,笑杀邯郸人②。一曲斐然子③,雕虫丧天真④。棘刺造沐猴,三年费精神⑤。功成无所用,楚楚且华身。大雅思文王,颂声久崩沦⑥。安得郢中质,一挥成风斤⑦!

[注释]

①丑女:西施同村人。西施病心而颦,丑女见而美之,固效其颦,益增其丑。典出《庄子·天运》。后人指丑女为东施。有东施效颦之说。

②"寿陵"二句:典出《庄子·秋水》:"寿陵余子学行于邯郸,失其本步,匍匐而归。"寿陵,古地名,战国燕邑。邯郸,赵国都城,今属河北。有学步桥以志其事。

③斐然:文盛貌。《汉书·礼乐志》:"九歌毕奏斐然殊,鸣琴竽瑟会轩朱。"

④雕虫:喻雕饰太甚。语本扬雄《法言》:"或问:'吾子少而好赋?'曰:'然,童子雕虫篆刻。'俄而曰:'壮夫不为也。'"

⑤"棘刺"二句:《韩非子·外储说左上》:战国宋有人请为燕王于棘刺尖端造母猴,燕王悦之,养以五乘之奉。后知其虚妄,乃杀之。三年,宋人谓刺端母猴,"必三月斋然后能观之"(《韩非子》)。此曰"三年",极言费时之久。

⑥"大雅"二句:汉班固《两都赋》:"昔成康没而颂声寝,王泽竭而诗不作。"诗意本此。

⑦"安得"二句:典出《庄子·徐无鬼》:"郢人垩漫其鼻端若蝇翼,使匠石斫之。石运斤成风,听而斫之,尽垩而鼻不伤,郢人立不失容。"意谓为父挥洒自如,有天然之趣。

[点评]

本篇亦论诗之作,大旨以雅颂为宗,否定雕琢矫饰,要在具天然真趣,即其所谓"清水出芙蓉,天然去雕饰"。

燕赵有秀色①
(古风其二十七)

燕赵有秀色,绮楼青云端。眉目艳皎月,一笑倾城欢②。常恐碧草晚,坐泣秋风寒。纤手怨玉琴,清晨起长叹。焉得偶君子,共乘双飞鸾?

[注释]

①燕赵:古代燕国与赵国,多出美女。

②倾城:《诗经·大雅·瞻卬》:"哲夫成城,哲妇倾城。"意谓倾覆邦国,后指美

女。南齐陆厥《中山王孺子妾歌》其一："一笑倾城，一顾倾市。倾城不自美，倾市复为容。"

[点评]

词意与《感兴》其六"西国有美女"略同，疑一诗两传。太白绍承风骚比兴，亦多以香草美人为寄托，此亦以美女求偶，喻才士之期用于世。

侠客行①

赵客缦胡缨，吴钩霜雪明②。银鞍照白马，飒沓如流星③。十步杀一人，千里不留行④。事了拂衣去，深藏身与名⑤。闲过信陵饮⑥，脱剑膝前横。将炙啖朱亥⑦，持觞劝侯嬴⑧。三杯吐然诺，五岳倒为轻。眼花耳热后，意气素霓生。救赵挥金槌⑨，邯郸先震惊。千秋二壮士，烜赫大梁城⑩。纵死侠骨香，不惭世上英。谁能书阁下，白首太玄经⑪！

[注释]

①侠客行：乐府杂曲旧题。
②"赵客"二句：言燕赵多游侠剑客。缦胡缨，即缦胡之缨，古时武士所佩冠带。《庄子·说剑》："（赵）太子曰：'然吾王所见剑士，皆蓬头突鬓，垂冠缦胡之缨。'"吴钩，形似剑而曲的兵器。相传吴王阖闾命国中作金钩，有人杀其二子，以血涂金，铸成二钩，献给吴王。见《吴越春秋·阖闾内传》。

③"银鞍"二句:鲍照《咏史》:"宾御纷飒沓,鞍马光照地。"飒沓,飞奔貌。

④"十步"二句:语本《庄子·说剑》:"臣之剑,十步一人,千里不留行。"

⑤"事了"二句:意即功成身退。是太白一生所持处世态度。

⑥信陵:指信陵君。即魏公子无忌。信陵君招纳贤士,有食客三千。曾请如姬盗晋鄙兵符,以晋鄙军击退秦军,解邯郸之围,保存赵国。见《史记·魏公子列传》。

⑦朱亥:信陵君食客。原以屠为业,有勇力,与晋鄙军交战时,以四十斤铁椎,击杀晋鄙。

⑧侯嬴:信陵君食客,原为城门守者,献计盗符以救赵。

⑨金槌:指朱亥击晋鄙之铁椎。

⑩"千秋"二句:谓朱亥与侯嬴声名长远烜赫于大梁。大梁城,魏国都城,今河南开封。

⑪"谁能"二句:用汉扬雄事。扬雄在新莽时校书于天禄阁,晚年仿《周易》草《太玄经》。见《汉书·扬雄传》。

[点评]

本篇颂侠客之豪。太白学出纵横之说,行慕游侠之义。"纵死侠骨香,不惭世上英",正是作者青年时代所追求者。

结袜子①

燕南壮士吴门豪,筑中置铅鱼隐刀②。感君恩重许君命,太山一掷轻鸿毛③。

[注释]

①结袜子:乐府杂曲旧题,古词多颂侠义行为。

②"燕南"二句:用高渐离与专诸故事。秦灭燕,逐太子丹之客,皆亡。高渐离变易姓名,为人佣保。以善击筑闻于秦始皇,召见,使击筑,稍益近之。因置铅筑中,及得近,举筑击始皇,不中,被诛。又,吴公子光欲杀吴王僚,伏甲士于窟室中,具酒请王僚。王僚自宫至光家皆陈兵,始赴宴。酒酣,公子光佯为足疾,入室使专诸置匕首于鱼腹之中而进之,至王前,因以匕首刺王僚,立死。左右亦杀专诸。二事均见《史记·刺客列传》。

③"太山"句:司马迁《报任少卿书》:"人固有一死,或重于太山,或轻于鸿毛,用之所趋异也。"太山,即泰山。在今山东泰安。

[点评]

　　本篇颂侠客。作者早年感恩重义,亦俨然一游侠。其后弃文就武,北上幽燕,非偶然也。

行行且游猎篇①

　　边城儿,生年不读一字书,但知游猎夸轻趫②。胡马秋肥宜白草③,骑来蹑影何矜骄④。金鞭拂雪挥鸣鞘,半酣呼鹰出远郊。弓弯满月不虚发,双鸧迸落连飞髇⑤。海边观者皆辟易⑥,猛气英风振沙碛。儒生不及游侠人,白首下帷复何益⑦!

①行行且游猎篇:乐府杂曲歌旧题。晋张华有《游猎篇》,梁刘孝威有《行行且游猎篇》,皆言射猎之事。

②轻趫:动作轻捷。

③胡马秋肥:梁简文帝《陇西行》:"边秋胡马肥。"白草:《汉书·西域传》"鄯善国多白草",颜师古注:"白草,似莠而细,无芒,其干熟时正白色,牛马所嗜也。"

④蹑影:追赶日影,极言其速。兼指骏马名。崔豹《古今注·鸟兽》:"秦始皇有七名马:追风、白兔、蹑景(影)、奔电、飞翮、铜爵、最凫。"

⑤鹄:指鸧鹄。大如鹤,青苍色。《列子·汤问》:"蒲且子之弋也,弱弓纤缴,乘风振之,连双鹄于青云之际。"迸落:散落。髇:鸣髇,响箭。

⑥海边:边庭瀚海,指沙漠。辟易:惊退。

⑦白首下帷:用董仲舒事。《汉书·董仲舒传》:少治《春秋》,"下帷讲诵,弟子传以久次相受业,或莫见其面。"

[点评]

　　本篇赞幽燕边城儿之骄矜豪迈。太白欲弃文就武,故北上幽燕。及见边城儿之勇武,身怀绝技,"海边观者皆辟易,猛气英风震沙碛",始知白首为儒之无益。其时当是初到幽州,边塞立功之志未减也。

一百四十年①

(古风其四十六)

　　一百四十年,国容何赫然! 隐隐五凤楼,峨峨横三川②。王侯象星月,宾客如云烟③。斗鸡金宫里,蹴踘瑶台边④。举动摇白日,指挥回青天。当涂何翕忽,失路长弃捐⑤。独有扬执戟,闭关草太玄⑥。

[注释]

①一百四十年:言唐祚之长,似不必坐实。

②"隐隐"二句:写宫殿山川之壮丽。五凤楼,唐洛阳有五凤楼。《新唐书·元德秀传》:"玄宗在东都,酺五凤楼下,命三百里县令、刺史各以声乐集。"此代指唐朝皇宫。三川,《初学记》六引《关中记》:"泾与渭、洛为关中三川。"此泛指京洛河流。

③"王侯"二句:写人事之盛。宋本、缪本、王本俱注云:"一本首六句云:帝京信佳丽,国容何赫然! 剑戟拥九关,歌钟沸三川。蓬莱象天构,珠翠夸云仙。"

④"斗鸡"二句:唐玄宗好斗鸡蹴踘,贵臣外戚皆尚之。

⑤"当涂"二句:扬雄《解嘲》:"当涂者升青云,失路者委沟渠。"当涂,指当权者。翕忽,疾貌。

⑥"独有"二句:以扬雄自拟。扬执戟,指扬雄。雄曾任郎官,职掌执戟侍从。曹植《与杨德祖书》:"昔扬子云,先朝执戟之臣耳。"太玄,扬雄仿《周易》撰《太玄经》。《汉书·扬雄传》载,哀帝时,依附董贤者或起家至二千石,"时扬雄方草《太玄》,有以自守,泊如也"。

[点评]

本篇亦颂亦讽,赞国容之盛,刺权贵之奢;当涂升青云,失路委沟渠,颇有失落感。其以扬雄草玄收束,非如徐祯卿所云"以道自守,不以得丧为心"(四部丛刊本李集),是亦不平之鸣也。

天津三月时①

（古风其十八）

　　天津三月时，千门桃与李。朝为断肠花，暮逐东流水②。前水复后水，古今相续流。新人非旧人，年年桥上游。鸡鸣海色动，谒帝罗公侯③。月落西上阳④，余辉半城楼。衣冠照云日，朝下散皇州⑤。鞍马如飞龙，黄金络马头⑥。行人皆辟易，志气横嵩丘⑦。入门上高堂，列鼎错珍羞⑧。香风引赵舞，清管随齐讴⑨。七十紫鸳鸯，双双戏庭幽⑩。行乐争昼夜，自言度千秋。功成身不退，自古多愆尤⑪。黄犬空叹息⑫，绿珠成衅仇⑬。何如鸱夷子，散发棹扁舟⑭。

[注释]

①天津：指天津桥，在洛阳城中，横跨于洛水之上。

②"天津"四句：以桃李流水起兴，言人事代谢。唐刘希夷(一名庭芝)《公子行》诗："天津桥下阳春水，天津桥上繁华子……可怜杨柳伤心树，可怜桃李断肠花。"

③"鸡鸣"二句：写公侯早朝谒帝。洛阳在唐为东都，皇帝东幸，于此临朝。海色，拂晓的天色。公侯，指群臣。

④西上阳：指东都宫城西南之上阳宫。亦指西上阳宫。《旧唐书·地理志》："上阳之西，隔谷水，有西上阳宫，虹梁跨谷，行幸往来。皆高宗龙朔后置。"

⑤皇州：指帝都。此指东都洛阳。

⑥"鞍马"二句：写群臣下朝骑马回府。飞龙，快马。《晋书·食货志》："车如流水，马若飞龙。"黄金络马头，古乐府成句。见《陌上桑》、《鸡鸣曲》、《相逢行》诸篇。

⑦"行人"二句：谓群僚势焰之高。辟易，惊退回避。嵩丘，中岳嵩山。在今河南登封。洛阳可望嵩山，诗因及之。

⑧珍羞：珍贵的菜肴。

⑨"香风"二句：写贵幸在府中欣赏歌舞。赵舞、齐讴，古时赵人善舞，齐人善歌，故借以形容美妙歌舞。

⑩"七十"二句：化用古乐府《相逢行》："鸳鸯七十二，罗列自成行。"鸳鸯，疑指鸳鸯履。《中华古今注》："汉有绣鸳鸯履，昭帝令冬至日上舅姑。"

⑪愆尤：过失，灾祸。

⑫"黄犬"句：用李斯事。李斯为赵高所诬，腰斩咸阳市中，临刑顾谓其中子曰："吾欲与若复牵黄犬，出上蔡东门逐狡兔，岂可得乎？"见《史记·李斯列传》。

⑬"绿珠"句：用石崇事，石崇有妓曰绿珠，善吹笛。孙秀使人求之，崇不许，秀怒，劝赵王司马伦诛崇。介士到门，绿珠投于楼下而死，崇母兄妻子无少长皆被杀。见《晋书·石崇传》。

⑭"何如"二句：用范蠡事。范蠡事越王勾践，深谋二十余年，竟灭吴，雪会稽之耻。功成身退，浮海出齐，变易姓名，自谓鸱夷子皮。见《史记·越王勾践世家》。

[点评]

首以春日桃李起兴，继写新贵谒帝退朝，奔马回府，行人辟易，高堂宴饮，欣赏歌舞。极写其富贵荣华，不知功成身退，以史例度之，祸将及身。其于新贵讽而带刺，戒而带劝。亦体现其功成身退之出处观。

西上莲花山①

（古风其十九）

　　西上莲花山,迢迢见明星②。素手把芙蓉,虚步蹑太清③。霓裳曳广带,飘拂升天行。邀我登云台,高揖卫叔卿④。恍恍与之去,驾鸿凌紫冥。俯视洛阳川,茫茫走胡兵⑤。流血涂野草,豺狼尽冠缨⑥。

[注释]

①莲花山:指西岳华山。《太平御览》三九引《华山记》:"山顶有池,生千叶莲花,服之羽化,因曰华山。"按,华山西峰石表有纹如莲瓣,因称莲花峰。山名疑亦由此而来。

②迢迢:高远貌。明星:神仙名。《太平广记》五九引《集仙录》:"明星玉女者,居华山,服玉浆,白日升天。"

③太清:道教认为人天之外别有三清:玉清、太清、上清。为神仙所居仙境。《抱朴子·杂应篇》:"上升四十里,名为太清。太清之中,其气甚刚,能胜人也。"

④"邀我"二句:谓玉女引之入仙界。云台,指高空台阁。谓仙境。又,华山北峰称云台峰。卫叔卿,《神仙传》载,卫叔卿,中山人,服云母得仙。以为汉武帝好道,因乘云车,驾白鹿,羽衣星冠,谒帝于殿上,失望而归。武帝悔恨,遣使往华山求之,见其与数人博戏于石上,有仙童侍候。

⑤"俯视"二句:写安史叛军攻陷洛阳。时在天宝十四载十二月。胡兵,指安史叛军。

⑥冠缨：戴冠簪缨，古代官吏的服饰，亦可作为官的代称。按，天宝十五载正月，安禄山僭位于洛阳称帝，大封伪官。

[点评]

　　本篇托游仙之辞以达避乱之意，然心系中原，不忍见安史叛军之荼毒生灵，故常在进退两难之中。所以既有"华发长折腰，将贻陶公诮"（《经乱后将避地剡中留赠崔宣城》）之句，复有"何日清中原，相期廓天步"（《赠溧阳宋少府陟》）之语，职是，可知其心中之矛盾矣。

上留田行①

　　行至上留田，孤坟何峥嵘②！积此万古恨，春草不复生。悲风四边来，肠断白杨声③。借问谁家地，埋没蒿里茔④。古老向予言，言是上留田，蓬科马鬣今已平⑤。昔之弟死兄不葬，他人于此举铭旌⑥。一鸟死，百鸟鸣；一兽走，百兽惊。桓山之禽别离苦，欲去回翔不能征⑦。田氏仓卒骨肉分，青天白日摧紫荆⑧。交让之木本同形，东枝憔悴西枝荣⑨。无心之物尚如此，参商胡乃寻天兵⑩？孤竹延陵，让国扬名⑪。高风缅邈，颓波激清。尺布之谣，塞耳不能听⑫。

[注释]

①上留田行：乐府相和歌旧题。晋崔豹《古今注·音乐》："上留田，地名也。某地，人有父母死，不字其孤弟者，邻人为其弟作悲歌，以讽其兄，故曰《上留田》。"

②峥嵘:形容孤坟之高。

③白杨声:墓旁白杨风声。《古诗十九首》:"古坟犁为田,松柏摧为薪。白杨多悲风,萧萧愁杀人。"

④蒿里:本为泰山南之小山,多葬死人,因成为死人里。陶潜《祭从弟敬远文》:"长归蒿里,邈无还期。"

⑤蓬科马鬣:指坟上的封土。蓬科,亦作"蓬颗",长有蓬草的土块。《汉书·贾山传》:"使其后世曾不得蓬颗蔽冢而托葬矣。"马鬣,即马鬣封,坟上状如马鬣的封土。《礼记·檀弓上》:"从若斧者焉,马鬣封之谓也。"

⑥铭旌:又称明旌,灵柩前的旗幡。用绛帛粉书死者官衔姓名。平民之丧不用铭旌。

⑦"桓山"二句:《孔子家语·颜回篇》:颜回曰:"回闻桓山之鸟生四子焉,羽翼既成,将分于四海,其母悲鸣而送之,哀声有似于此,谓其往而不返也。"桓山,《说苑·辨物》作"完山"。后以此喻兄弟离散分别之悲。

⑧"田氏"二句:《续齐谐记》:"京兆田真兄弟三人共议分财,生赀皆平均,惟堂前一株紫荆树,共议欲破三片,明日就截。其树即枯死,状如火然。具往见之,大惊,谓诸弟曰:'树木同株,闻将分斫,所以憔悴,是人不如木也。'因悲不自胜,不复解树,树应声荣茂。兄弟相感,更合财宝,遂为孝门。"

⑨"交让"二句:《述异记》上:黄金山有楠树,一年东边荣,西边枯,后年西边荣,东边枯,年年如此。张华云:"交让树也。"交让之木,即楠木。

⑩"参商"句:《左传·昭公元年》:"昔高辛氏有二子,伯曰阏伯,季曰实沉,居于旷林,不相能也。日寻干戈,以相征讨。后帝不臧,迁阏伯于商丘,主辰,商人是因,故辰为商星;迁实沉于大夏,主参,唐人是因,以服事夏、商。"杜预注:"寻,用也。"寻天兵,参商日寻干戈之谓也。喻肃宗之诛永王之意甚明。

⑪"孤竹"二句:用孤竹君二子与吴公子季札让国事。孤竹,古国名。孤竹之君二子伯夷、叔齐,父欲立叔齐,叔齐让伯夷,伯夷以父命不敢违,二人让国,皆逃去。见《史记·伯夷列传》。延陵,即吴公子季札。吴王寿梦有四子,季札最小,而寿梦以其贤欲立之,季札让国;乃立其长兄诸樊。后诸樊让位于季札,季札弃其室而耕,终封于延陵,称延陵季子。见《史记·吴泰伯世家》。

⑫"尺布"二句:借汉喻唐。《史记·淮南衡山列传》载,汉文帝六年,其弟淮南王刘长谋反,事觉,赦其死罪,处蜀郡严道邛邮。刘长不食而死。孝文帝十二年,民

有作歌曰:"一尺布,尚可缝;一斗粟,尚可舂。兄弟二人,不能相容。""塞耳"句:语出《古诗》:"游子暮归思,塞耳不能听。"(《艺文类聚》二九作李陵《赠苏武诗》)

[点评]

　　本篇借乐府旧题以讽时事,萧士赟以为讽肃宗之谋杀永王李璘,似得其旨。白之从璘,实非出于迫胁,盖欲藉以成就其功名也。《唐宋诗醇》谓其"词气激切,若有不平之感",此乃为永王而鸣也。

公无渡河①

　　黄河西来决昆仑②,咆哮万里触龙门③。波滔天,尧咨嗟④。大禹理百川,儿啼不窥家⑤。杀湍堙洪水,九州始蚕麻。其害乃去,茫然风沙。披发之叟狂而痴,清晨径流欲奚为?旁人不惜妻止之,公无渡河苦渡之⑥。虎可搏,河难冯⑦,公果溺死流海湄。有长鲸白齿若雪山,公乎公乎挂胃于其间⑧。箜篌所悲竟不还⑨。

[注释]

①公无渡河:又名《箜篌引》,乐府相和歌辞。
②昆仑:山名,在今新疆西藏之间,西接帕米尔高原。旧称黄河之源出昆仑之墟。见《水经注》及《山海经》。
③龙门:指龙门山。在今陕西韩城与山西河津间。《尚书·禹贡》:"导河积石,至于龙门。"

④尧咨嗟:《尚书·尧典》:帝曰:"咨,四岳,汤汤洪水方割,荡荡怀山襄陵,浩浩滔天。"

⑤"大禹"二句:相传大禹继其父鲧之业,治理洪水,疏导河流,"劳身焦思,居外十三年,过家门不敢入"。见《史记·夏本纪》。

⑥"披发"四句:崔豹《古今注》曰:"《箜篌引》者,朝鲜津卒霍里子高妻丽玉作也。子高晨起划船,有一白首狂夫,被发提壶,乱流而渡,其妻随而止之,不及,遂堕河而死。于是援箜篌而歌曰:'公无渡河,公竟渡河;堕河而死,将奈公何!'声甚凄怆,曲终亦投河而死。"

⑦"虎可搏"二句:《诗经·小雅·小旻》:"不敢暴虎,不敢冯河。"《毛传》:"徒涉曰冯河。"

⑧"有长鲸"二句:谓公之尸挂于长鲸之齿。一本作:"海湄有长鲸,白齿若雪山,公乎公乎挂胃于其间。"

⑨箜篌:亦作"坎侯",古代一种弦乐器。

[点评]

　　本篇微旨,索解为难,说者不一,各有成见。萧士赟谓诗乃"讽止不靖之人自投宪网"(《分类补注李太白诗》),陈沆谓"盖悲永王璘起兵不成诛死"(《诗比兴笺》),郭沫若谓"'披发之叟'有人以为喻永王李璘,其实是李白自喻"(《李白与杜甫》),安旗谓诗中长鲸"指安禄山"(《李白全集编年注释》)。仁者见仁,智者见智,各有所见,各有所取,读者可以自由联想。陈说得其意而失之凿,要之盖自讽其从璘事。郭以为"狂叟"为太白自指,诗作于流夜郎途中,亦自成一说,且较为可信。所谓"流海湄",似亦长流夜郎之谓也。

箜篌谣①

攀天莫登龙,走山莫骑虎②。贵贱结交心不移,惟有严陵及光武③。周公称大圣,管蔡宁相容④!汉谣一斗粟,不与淮南春⑤。兄弟尚路人,吾心安所从!他人方寸间⑥,山海几千重!轻言托朋友,对面九疑峰⑦。多花必早落,桃李不如松。管鲍久已死⑧,何人继其踪。

[注释]

①箜篌谣:乐府杂歌旧题,内容言交情当有终始。旧说以为与《箜篌引》异。

②"攀天"二句:意谓贱者莫与贵者结交。龙为天中之尊,虎为山中之君,均为贵者,难与亲近。

③"贵贱"二句:谓严子陵与汉光武贵贱不同,而交情不变。事见《后汉书·严光传》。

④"周公"二句:周公旦辅佐成王,摄政当国,其弟管叔、蔡叔疑之,与武庚作乱叛周。周公奉命诛武庚与管叔,放蔡叔。见《史记·周本纪》。

⑤"汉谣"二句:淮南王刘长被废,民谣歌曰:"一斗粟,尚可舂。兄弟二人,不能相容。"见《史记·淮南衡山列传》。

⑥方寸:指心。《列子·仲尼》:"吾见子之心矣,方寸之地虚矣。"

⑦九疑峰:即九疑山,亦作九嶷山,又名苍梧山,在今湖南宁远。"疑"字双关,谓交情不以信而多猜疑。

⑧管鲍:指管仲与鲍叔。二人均战国齐人,交情甚笃。鲍叔死,管仲哭之甚哀,如

丧考妣,曰:"生我者父母,知我者鲍子也。士为知己者死,而况为之哀乎!"见
《说苑·复恩》。

[点评]

本篇所咏,当是为永王案受朋友猜忌事。其中"汉谣"四句与太白之《上留
田行》同旨,对肃宗之诛永王有所讽。骨肉尚不能相容,况朋友之互为猜疑,以
此自解。终以管鲍之交为寄托、为慰藉。孔夫子所谓朋友信之,谈何容易!

门有车马客行①

门有车马客,金鞍耀朱轮②。谓从丹霄落③,乃是故乡亲。呼儿
扫中堂,坐客论悲辛。对酒两不饮,停筋泪盈巾。叹我万里游,飘摇
三十春④。空谈帝王略,紫绶不挂身⑤。雄剑藏玉匣⑥,阴符生素
尘⑦。廓落无所合⑧,流离湘水滨。借问宗党间,多为泉下人。生苦
百战役,死托万鬼邻⑨。北风扬胡沙,埋翳周与秦⑩。大运且如此⑪,
苍穹宁匪仁? 恻怆竟何道,存亡任大钧⑫。

[注释]

①门有车马客行:府乐相和歌旧题。王僧虔《技录》云:"《门有车马客行》歌东阿
王置酒一篇。"按,"置酒"一篇,今本曹集作《箜篌引》。《乐府诗集》本题录陆
机、鲍照各一篇。太白此篇为仿陆、鲍之作。
②"金鞍"句:从"车马"生发出来,极言其华贵。朱轮,朱红漆轮,古代达官所乘

之车。《史记·陈余列传》:"令范阳令乘朱轮华毂,使驱驰燕赵郊。"

③丹霄:天空。《北堂书钞》一五一引贾谊诗:"青青寒云,上拂丹霄。"

④三十春:极言漂游之久,非实指。

⑤"空谈"二句:谓其王霸之略不为世用。帝王,一本作"霸王"。紫绶,紫色丝带,用作印组或服饰。唐代二三品官服紫绶。

⑥雄剑:即干将。雌剑为莫邪。见《吴越春秋》。

⑦阴符:指《阴符经》。《战国策·秦策》载,苏秦得太公《阴符》。此指兵家之书。

⑧廓落:宋玉《九辩》"廓落兮羁旅而无友生",《文选》吕延济注:"廓落,空寂也。"

⑨"死托"句:陆机《挽歌诗》:"昔居四民宅,今托万鬼邻。"

⑩"北风"二句:意指安史叛军攻陷洛阳长安。周,指洛阳。东周王城在洛阳。秦,指长安。

⑪大运:一本作"天运"。

⑫"恻怆"二句:陆机《门有车马客行》:"借问邦族间,恻怆论存亡。"大钧,古代制陶的转轮。后用以喻制造自然界万物的工具,并代指大自然。《史记索引》引虞喜《志林》云:"大钧造化之神,钧陶万物,品授群形者也。"

[点评]

《乐府解题》曰:"曹植等有《门有车马客行》,皆言问讯其客,或驾自京师,备述市朝迁谢,亲友凋丧之意也。"太白本篇借旧题与客对话形式,自叙经历与时事,不胜漂泊之感与世变之慨。由"廓落无所合,流离湘水滨"之语推断,当是夜郎赦还南游洞庭之时,其时正如宋玉所谓"廓落兮羁旅"也。

江上吟①

木兰之枻沙棠舟②,玉箫金管坐两头。美酒樽中置千斛,载妓随波任去留③。仙人有待乘黄鹤④,海客无心随白鸥⑤。屈平词赋悬日月⑥,楚王台榭空山丘⑦。兴酣落笔摇五岳⑧,诗成笑傲凌沧洲⑨。功名富贵若长在,汉水亦应西北流⑩。

[注释]

①江上吟:乐府杂曲歌辞有《江上曲》,谢朓有此题。太白之《江上吟》或即由《江上曲》化出。江上,指江夏之大江边。

②"木兰"句:极言舟之华贵。木兰、沙棠,皆制舟之佳材。枻,楫也。

③随波任去留:郭璞《山海经赞》:"聊以逍遥,任波去留。"

④"仙人"句:切黄鹤楼。相传费祎登仙,尝驾鹤返憩于此,遂以名楼。见唐阎伯理《黄鹤楼记》。

⑤"海客"句:典出《列子·黄帝篇》:"海上之人有好鸥者,每旦之海上,从鸥鸟游,鸥鸟之至者百住而不止。其父曰:'吾闻鸥鸟皆从汝游,汝取来,吾玩之。'明日之海上,鸥鸟舞而不下。"

⑥"屈平"句:《史记·屈原贾生列传》谓屈原之《离骚》,"其文约,其辞微,其志洁,其行廉,其称文小而其指极大,举类迩而见义远","推此志也,虽与日月争光可也"。

⑦楚王:指楚怀王与楚襄王。句意谓楚王放逐屈原,而其身后一切皆泯灭。

⑧五岳:指东岳泰山、西岳华山、南岳衡山、北岳恒山、中岳嵩山。

⑨沧洲：古时指隐者居处。

⑩汉水：长江支流。向东南流入长江。

[点评]

　　本篇题一作《江上游》，当是游江夏所作，时已淡泊于功名而留心于词赋，亦达者之辞，有豪情逸致。朱谏以为此诗"文不接续，意无照应"（《李诗辨疑》），殊不知太白之诗正是似不接续而自接续，似不照应而自照应，以其文气贯于其中也。此太白之所以为太白也。

天马歌①

　　天马来出月支窟②，背为虎文龙翼骨③。嘶青云，振绿发④，兰筋权奇走灭没⑤。腾昆仑，历西极⑥，四足无一蹶。鸡鸣刷燕晡秣越⑦，神行电迈蹑恍惚。天马呼，飞龙趋，目明长庚臆双凫⑧，尾如流星首渴乌⑨，口喷红光汗沟朱⑩。曾陪时龙跃天衢⑪，羁金络月照皇都⑫。逸气稜稜凌九区⑬，白璧如山谁敢沽！回头笑紫燕⑭，但觉尔辈愚。天马奔，恋君轩⑮，骏跃惊矫浮云翻⑯。万里足踯躅，遥瞻阊阖门⑰。不逢寒风子⑱，谁采逸景孙⑲？白云在青天，丘陵远崔嵬⑳。盐车上峻坂㉑，倒行逆施畏日晚㉒。伯乐剪拂中道遗㉓，少尽其力老弃之。愿逢田子方，恻然为我悲㉔。虽有玉山禾㉕，不能疗苦饥。严霜五月凋桂枝，伏枥衔冤摧两眉。请君赎献穆天子，犹堪弄影舞瑶池㉖。

[注释]

①天马歌:乐府郊庙歌旧题。《汉书·武帝纪》:元鼎四年秋,马生渥洼水中,作《宝鼎天马之歌》,太初四年春,贰师将军李广利获大宛汗血马,作《西极天马之歌》。

②月支:又作"月氏",西域古国名。其族先居今甘肃敦煌与青海祁连之间。后西迁至今伊犁河上游,称大月氏;入祁连山者,称小月氏。月支以产名马著称。

③背为虎文:马背毛色如虎纹。汉郊祀歌《天马歌》:"虎脊两,化若鬼。"龙翼骨:谓天马之骨如龙之翼,故驰如飞。汉郊祀歌《天马歌》:"天马徕,龙之媒。"

④绿发:马额上黑毛。二句状天马嘶鸣奔驰之态。

⑤兰筋:马目上筋名,后借指千里马。陈琳《为曹洪与魏文帝书》"及整兰筋,挥劲翮",《文选》李善注引《相马经》:"一筋从玄中出,谓之兰筋。玄中者,目上陷如井字。兰筋竖者千里。"权奇:高超,非常。汉郊祀歌《天马歌》:"志俶傥,精权奇。"王先谦《汉书补注》:"权奇者,奇谲非常之意。"走灭没:极言马奔之疾,如绝尘弭辙。

⑥西极:西方极远之地。汉郊祀歌《天马歌》:"天马徕,从西极。"

⑦"鸡鸣"句:语本颜延年《赭白马赋》:"旦刷幽燕,昼秣荆赵。"刷,刮。秣,饭马。

⑧长庚:太白星。双凫:《齐民要术》六:"马胸欲直而出,凫间欲开,望视之如双凫。"凫,野鸭。

⑨"尾如"句:谓马奔其尾如彗星,其首如渴乌。渴乌,古代吸水用的互相衔接的竹筒,牵引上吸如水车,即所谓"翻车渴乌"(《后汉书·张让传》)。上引时竹筒昂起,故用以形容马首。

⑩口喷红光:古代相马之法,谓"口中色欲得红白如火光为善材"(《齐民要术》六)。汗沟朱:谓汗沟所注皆血色之汗,即所谓汗血马。汗沟,指马腿部与胸部相连的凹处。疾驰时汗注于此,故名汗沟。

⑪时龙:喻天子,指唐玄宗。跃天衢:语出孔融《荐祢衡表》:"龙跃天衢,振翼云汉。"天衢,天路,通显之路,后多指京师。句意谓待诏翰林。

⑫羁金络月:指金质月形的马络头。

⑬稜稜:威严貌。九区:九州。泛指全国。

⑭紫燕:骏马名。相传汉文帝有九骏,号九逸,其一名紫燕骝。见《西京杂记》

二。

⑮恋君轩:鲍照《代东武吟》:"弃席思君幄,疲马恋君轩。"君轩,君王所乘的车。

⑯骏:摇动马嚼使马奔跑。《公羊传·定公八年》"临南骏马",注:"骏,捶马衔走。"

⑰阊阖门:天门。汉郊祀歌《天马歌》:"天马徕,龙之媒,游阊阖,观玉台。"

⑱寒风子:即寒风氏,古代相马人。《吕氏春秋·观表》:"古之善相马者:寒风氏相口齿……凡此十人者,皆天下之良工也。"

⑲逸景:骏马名,驰骋迅疾如追风蹑景(影)。曹植《与吴质书》:"面有逸景之速,别有参商之阔。"

⑳"白云"二句:语本《穆天子传》引西王母《白云谣》:"白云在天,山陵自出。"崔嵬,高耸貌。"嵬"字不入韵,且文意不相接续,疑脱一韵(二句)。

㉑"盐车"句:《战国策·楚策》:汗明说春申君曰:"君亦闻骥乎?夫骥之齿至矣,服盐车而上太行,蹄申膝折,尾湛胕溃,漉汁洒地,白汗交流,外阪迁延,负辕而不能上。伯乐遭之,下车攀而哭之,解纻衣以幂之。骥于是俯而喷,仰而鸣,声达于天,若出金石者,何也?彼见伯乐之知己也。"

㉒"倒行"句:语出《史记·伍子胥列传》:"吾日暮途远,吾故倒行而逆施之。"

㉓伯乐:姓孙,名阳,古之善相马者。剪拂:洗涤拂拭。刘孝标《广绝交论》"至于顾盼增其倍价,剪拂使其长鸣",《文选》注:"湔拔,剪拂,音义同也。"

㉔"少尽"三句:《韩诗外传》八:"田子方出,见老马于道,以问于御者曰:'此何马也?'曰:'故公家畜也,罢而不为用,故出之也。'田子方曰:'少尽其力而老去其身,仁者不为也。'束帛而赎之。"田子方,战国魏人,名元择,与段干木齐名,曾为魏文侯之师。

㉕玉山禾:即琼山禾。张协《七命》"大梁之黍,琼山之禾",《文选》注:"琼山禾,即昆仑山之太禾。"

㉖"请君"二句:有求引之意。穆天子,即周穆王。此借喻唐天子。瑶池,神仙所居之处。穆王曾"宾于西王母,觞于瑶池之上"。见《列子·周穆王》。

[点评]

本篇以天马自喻,叹超伦逸群而不见用于世,颇多身世之感。萧士赟云:"此篇盖为逸群绝伦之士不遇知己者叹,亦白自伤其不用于世而求知于人也欤!"(《分类补注李太白诗》)要在自伤身世,其间有奉诏翰林"跃天衢"之荣耀,有被谗去朝"浮云翻"之沮丧,有落魄皖南"老弃之"之慨叹,有从璘含冤"摧两眉"之悲鸣,无不暗含其经历与情感。当是流夜郎遇赦之后所作,有烈士暮年之怀,求情汲引,亦颇带危苦之声。结语所谓"弄影舞瑶池"冠以"犹堪"二字,正显示无复当年之自信也。

别意与之谁短长

友情答赠

上李邕①

　　大鹏一日同风起,扶摇直上九万里②。假令风歇时下来,犹能
簸却沧溟水。时人见我恒殊调,见余大言皆冷笑。宣父犹能畏后
生③,丈夫未可轻年少。

[注释]

①李邕:字泰和,李善之子。善书法诗文,才高德隆,有美名。开元初为渝州诸军
事兼渝州刺史。开元中为陈州刺史,天宝中为北海太守,为李林甫所害。
②"大鹏"二句:典出《庄子·逍遥游》:"鹏之徙于南冥也,水击三千里,抟扶摇而
上者九万里。"
③宣父:指孔子。《新唐书·礼乐志》:"贞观十一年,诏尊孔子为宣父。"畏后生:
《论语·子罕》:"子曰:后生可畏,焉知来者之不如今也。"

[点评]

　　本篇或疑非太白所作,然语虽浅率,而其气格自是太白,其历抵卿相平交王
侯,类皆如此。

金陵酒肆留别^①

风吹柳花满店香^②,吴姬压酒唤客尝^③。金陵子弟来相送,欲行不行各尽觞。请君试问东流水^④,别意与之谁短长?

[注释]

①金陵:今江苏南京。酒肆:酒店。
②风吹:一作"白门"。
③吴姬:泛指吴地美女。此称酒家女。压酒:新酒酿成,尚未出槽,压槽取之,称压酒。
④试问:一作"问取"。

[点评]

本篇当是初游江南时作于金陵,游兴豪情溢于言表。太白常以水喻情,此以水喻别情之长,《赠汪伦》则以水喻情谊之深。

示金陵子①

金陵城东谁家子②,窃听琴声碧窗里。落花一片天上来,随人直渡西江水③。楚歌吴语娇不成④,似能未能最有情。谢公正要东山妓,携手林泉处处行⑤。

[注释]

①金陵子:乐妓名。以其出于金陵,故称。

②金陵:今江苏南京。

③西江:指长江。以其自西蜀东来,故称西江。

④楚歌:楚地之歌。《史记·留侯世家》载,刘邦谓戚夫人:"为我楚舞,吾为若楚歌。"吴语:吴地方言。《世说新语·排调》载,刘惔见王导,出谓人曰:"未见他异,惟作吴语耳。"

⑤"谢公"二句:示意欲收金陵子。谢公,指谢安石。安石游东山(在今浙江上虞),常携妓随行。此以安石自拟。

[点评]

本篇示意金陵子,欲携以同行。太白后果收金陵子,以与家僮丹砂随其身,即所谓"小妓金陵楚歌声,家僮丹砂学凤鸣"(《出妓金陵子呈卢六四首》其四);又魏颢《李翰林集序》云:"间携昭阳、金陵之妓,迹类谢康乐,世号李东山。"其写金陵子之天真娇憨,跃然纸上。

淮南卧病书怀寄蜀中赵征君蕤^①

　　吴会一浮云,飘如远行客^②。功业莫从就,岁光屡奔迫。良图俄弃捐,衰疾乃绵剧^③。古琴藏虚匣,长剑挂空壁^④。楚怀奏钟仪,越吟比庄舄^⑤。国门遥天外^⑥,乡路远山隔。朝忆相如台^⑦,夜梦子云宅^⑧。旅情初结缉,秋气方寂历。风入松下清,露出草间白。故人不可见,幽梦谁与适!寄书西飞鸿,赠尔慰离析^⑨。

[注释]

①淮南:淮南道,治所在扬州,今属江苏。赵征君蕤:赵蕤,梓州盐亭人,善纵横术,朝廷征召不就,故称征君。撰《长短经》十卷。李白曾从学岁余,有师友之风义。

②"吴会"二句:一作"万里无主人,一身独为客。"吴会,秦汉会稽郡治所为吴县(今江苏苏州),郡县连称为吴会。秦之会稽郡,东汉分为吴郡与会稽,亦称吴会。后以吴会泛指吴越之地。浮云,喻游子。曹丕《杂诗》:"西北有浮会,亭亭如车盖。惜哉时不遇,适与飘风会。吹我东南行,行行至吴会。"

③绵剧:犹绵笃,绵惙,病重,病危。

④"古琴"二句:谓琴剑皆虚置无所用。古之士人多以琴剑随身,一以自娱,一以自卫,并借以作为文武之才的象征。如薛能《送冯温往河外》:"琴剑事行装,河关出北方。"

⑤"楚怀"二句:一作"楚冠怀钟仪,越吟比庄舄,",又作"卧来恨已久,兴发思逾积"。钟仪,春秋楚人,为晋所俘,戴楚冠,晋侯释之,使弹琴,操南音,示不忘旧。

见《左传·成公九年》。庄舄,春秋越人,仕楚,病中作越吟,知其富贵而未忘越。见《史记·张仪列传》。

⑥国门:犹都门,都城之门。指京都长安。

⑦相如台:指司马相如琴台。《初学记》二十四"蜀琴台":"今梅安寺南有琴台故墟。"旧传故址在今成都西安路西"抚琴台街"。其所谓琴台,实乃蜀主王建之永陵。

⑧子云宅:即扬雄故宅。故址在今成都十三中。《太平寰宇记》七十二:"子云宅,在(益州)少城西南角,一名草玄堂。"

⑨"寄书"二句:谓寄诗以慰离别之意。飞鸿,用鸿雁传书故事。典出《汉书·苏建传》附苏武。慰离析,语本谢灵运《南楼中望所迟客》:"云何慰离析?"离析,离散。

[点评]

本篇乃出川漫游时作于扬州,寄其师友赵蕤,叙思乡之情与失意之苦。"功业莫从就,岁光屡奔迫",为全篇之关键,思国门在遥天之外,望乡路为远山所隔,情怀郁结,因作诗代简向师友倾诉也。

黄鹤楼送孟浩然之广陵①

故人西辞黄鹤楼,烟花三月下扬州②。孤帆远影碧山尽③,唯见长江天际流。

[注释]

①黄鹤楼:故址在今湖北武昌蛇山。相传蜀费文祎登仙,曾驾黄鹤憩此。或说仙

人王子安曾乘黄鹤过此。故有黄鹤楼之称。旧楼屡废屡修,近建新楼于旧址之侧。孟浩然:襄州襄阳人,早年隐于鹿门山,未登仕途,曾漫游江南各地。为唐代著名诗人。广陵:今江苏扬州。古合江都、广陵二县为扬州。

②烟花:泛指春景。扬州:今属江苏。唐为淮南道治所。

③"孤帆"句:一作"孤帆远映绿山尽",又作"孤帆远影碧空尽"。

[点评]

本篇为太白青年时期于江夏送别孟浩然所作,情深意远,脍炙人口。登高目送,舟逝江流,景中含情,有余不尽,为历来诗家所取法。今人亦移植于影视,效果极佳。陆游《入蜀记》五:"八月二十八日访黄鹤楼故址,太白登此楼送孟浩然诗云:'征帆远映碧山尽,唯见长江天际流。'盖帆樯映远山尤可观,非江行久不能知也。"于黄鹤楼东望行舟实景,乃帆樯为远山所映蔽,非帆影尽于碧空也。然读太白诗,切不可泥于实,其为虚景,往往更有余味。

安陆白兆山桃花岩寄刘侍御绾①

云卧三十年,好闲复爱仙。蓬壶虽冥绝,鸾凤心悠然。归来桃花岩,得憩云窗眠②。对岭人共语,饮潭猿相连③。时升翠微上,邈若罗浮巅④。两岑抱东壑,一嶂横西天。树杂日易隐,崖倾月难圆。芳草换野色,飞萝摇春烟。入远搆石室,选幽开山田。独此林下意,杳无区中缘⑤。永辞霜台客⑥,千载方来旋。

[注释]

①白兆山:在今湖北安陆之西三十里。山上有桃花岩,山下旧有太白读书堂。刘

侍御绾:名载《御史台精舍碑》,事迹未详。

②"云卧"六句:一本作"幼采紫房谈,早爱沧溟仙。心迹颇相误,世事空徂迁。归来丹岩曲,得憩青霞眠"。蓬壶,蓬莱仙山。晋王嘉《拾遗记》:"三壶则海中三山也。一曰方壶,则方丈也;二曰蓬壶,则蓬莱也;三曰瀛壶,则瀛洲也:形如壶器。"冥绝,极远。云窗,道流隐者居处。

③猿相连:《尔雅翼》:猿好攀援,其饮水辄自高崖或大木上累累相接下饮,饮毕复相收而上。

④罗浮:罗浮山,在今广东,为粤中名山。道教列为第七洞天。

⑤区中缘:即尘缘。谢灵运《登江中孤屿》:"想象昆山姿,缅邈区中缘。"

⑥霜台:指御史台。又称霜署。御史职司弹劾,为风霜之任,故冠以"霜"字。霜台客,指御史台官员,即指刘绾侍御。

[点评]

　　题一作《春归桃花岩贻许侍御》,当是首入长安失意归来隐居白兆山时所作,以林下生活自慰。另本所谓"心迹颇相误,世事空徂迁。归来丹岩曲,得憩青霞眠",可证其失意归来。

送友人①

　　青山横北郭,白水绕东城②。此地一为别,孤蓬万里征③。浮云游子意④,落日故人情⑤。挥手自兹去,萧萧班马鸣⑥。

[注释]

①友人:未详所指。

②"青山"二句:写送别之地。疑是南阳。青山,当指南阳城北之独山,即太白诗"昔在南阳城,唯餐独山蕨"(《忆崔郎中宗之游南阳遗吾孔子琴抚之潸然感旧》)之独山。白水,当即南阳城东之白水,即今之白河。太白南阳之诗多称"白水",如《游南阳白水登石激作》"朝涉白水源",《忆崔郎中宗之游南阳》"白水弄秋月",皆是。

③孤蓬:孤单的飞蓬。喻只身漂泊行止无定的游子。

④"浮云"句:意本曹丕《杂诗》:"西北有浮云,亭亭如车盖。惜哉时不遇,适与飘风会。"

⑤"落日"句:谓故人一往情深。陈后主叔宝《自君之出矣六首》其四:"思君如落日,无有暂还时。"

⑥萧萧:马鸣声。《诗经·小雅·车攻》:"萧萧马鸣。"班马:载人离去之马。《左传·襄公十八年》"有班马之声",注:"班,别也。"

[点评]

　　写送别友人,即景即情,意味俱深。以浮云落日为景兼为情,虽有所本,却不露痕迹,全诗自然流走,真如脱手弹丸也。

玉真公主别馆苦雨赠卫尉张卿①

　　秋坐金张馆②,繁阴昼不开。空烟迷雨色,萧飒望中来。霭霭昏垫苦③,沉沉忧恨催。清秋何以慰,白酒盈吾杯。吟咏思管乐④,此人已成灰。独酌聊自勉,谁贵经纶才⑤! 弹剑谢公子,无鱼良可哀⑥。

［注释］

①玉真公主：唐睿宗之女，玄宗之妹。本为隆昌公主，入道后于景云二年五月更名玉真公主，法号无上，字元元，天宝中赐号持盈。为造玉真观于京城内辅兴坊。开元中奉命随司马承祯至王屋山修道，并于王屋附近之玉阳山构馆。玉真公主别馆，在楼观南山之麓，后更名玉真观，又改名延生观。苏轼《壬寅二月十八日游楼观复过玉真公主祠堂》诗自注："西至延生观，观后上小山，有唐玉真公主之遗迹。"故址在今陕西周至楼观台附近。卫尉张卿，指张垍，宰相张说次子。开元十八年之前为驸马都尉，卫尉卿。见张九龄《尚书左丞相燕国公赠太师张公(说)墓志铭并序》。

②金张馆：谓权贵馆舍，指玉真公主别馆。金张，指汉朝金日磾与张安世。《汉书·张汤传》："功臣之世，惟有金氏、张氏，亲近宠贵，比于外戚。"

③"翳翳"句：谢灵运《游南亭》诗："久痗昏垫苦，旅馆眺郊岐。"翳翳，阴晦不明貌。昏垫，迷惘无所适从。

④管乐：指管仲与乐毅。管仲，名夷吾，字仲，相齐桓公，九合诸侯，一匡天下，使齐为春秋五霸之首。乐毅，战国燕将。魏乐羊之后，自魏使燕，燕昭王任为上将，联赵楚韩魏，率五国之兵，下齐七十余城，在燕号昌国君，在赵号望诸君。

⑤经纶才：整理丝绪，编织丝绳，称经纶，常引喻策划治理国家。因称治国能臣为经纶才。

⑥"弹剑"二句：用冯谖故事。《史记·孟尝君传》载，冯谖在孟尝君门下，弹剑而歌："长铗归来乎，食无鱼！"意者欲求重用。有托张垍援引之意。

［点评］

　　本题二首，此选其一，写秋雨独宿玉真公主别馆，秋雨阴晦，斟酒独酌，以排解知音未遇雄才难展之忧恨，并以此景此情述诉卫尉张卿，以托其援引。由此可知其初入长安，未得终南捷径。

送友人入蜀①

　　见说蚕丛路②,崎岖不易行。山从人面起,云傍马头生。芳树笼秦栈③,春流绕蜀城④。升沉应已定,不必问君平⑤。

[注释]

①友人:太白《剑阁赋》题下注云:"送友人王炎入蜀。"此友人或即王炎。作者另有《自溧水道哭王炎三首》,诗云:"故人万化尽,闭骨茅山冈"(其一),"哭向茅山虽未摧,一生泪尽丹阳道"(其二)。知王炎葬于茅山,或是太白道友。

②蚕丛:古蜀国之君。《华阳国志》三:"有蜀侯蚕丛,其目纵,始称王。"详见《蜀道难》注。蚕丛道,指蜀道。

③秦栈:自秦入蜀之栈道。栈,凿石架木为路,称栈道。

④春流:指郫江与流江。双流绕过蜀都。蜀城:蜀国都城,指成都。

⑤君平:严遵字君平,汉蜀郡人,隐居不仕,卜筮于成都。见《汉书·王贡两龚鲍传序》。

[点评]

　　本篇与《剑阁铭》、《蜀道难》疑是一时之作,或为初入长安,进身无门,感世路之艰难,因送友人王炎入蜀,故以蜀道之难为喻,发一时之感慨。全诗律对切当,情景逼真,为五律之上品,尤以颔联为警策。方回《瀛奎律髓》谓:"太白此诗,虽陈、杜、沈、宋不能加。"非虚誉溢美也。

西岳云台歌送丹丘子①

西岳峥嵘何壮哉！黄河如丝天际来。黄河万里触山动，盘涡毂转秦地雷②。荣光休气纷五彩③，千年一清圣人在④。巨灵咆哮擘两山，洪波喷流射东海⑤。三峰却立如欲摧⑥，翠崖丹谷高掌开⑦。白帝金精运元气⑧，石作莲花云作台⑨。云台阁道连窈冥，中有不死丹丘生。明星玉女备洒扫⑩，麻姑搔背指爪轻⑪。我皇手把天地户⑫，丹丘谈天与天语⑬。九重出入生光辉，东求蓬莱复西归。玉浆傥惠故人饮⑭，骑二茅龙上天飞⑮。

[注释]

①西岳：华山，在今陕西华阴。云台：华山北峰名云台。丹丘子：即元丹丘，太白好友。

②盘涡毂转：郭璞《江赋》"盘涡毂转，凌涛山颓"，《文选》张铣注："盘涡，言水深风壮，流急相冲，盘旋作深涡，如毂之转。"秦地：指今陕西。

③荣光休气：《太平御览》八十引《尚书中候》："荣光起河，休气四塞。"谓河出五彩祥气，充溢四周。

④"千年"句：《拾遗记》一"高辛"条："又有丹丘千年一烧，黄河千年一清，至圣之君，以为大瑞。"

⑤"巨灵"二句：张衡《西京赋》："缀以二华，巨灵赑屃，高掌远蹠，以流河曲，厥迹犹存。"《文选》薛综注："古语云，此本一山，当河，水过之而曲行。河之神以手擘

开其上,足踏离其下,中分为二,以通河流。手足之迹,于今尚在。"手迹相传即华山中峰仙人掌;足迹相传在山西首阳山,即巨灵足。巨灵,河神。

⑥三峰:指华山三峰:西之莲花峰,南之落雁峰,东之朝阳峰。以南峰为最高。却立:退位。

⑦高掌:指仙人掌。又称巨灵掌。王琦注太白集引《华山记》:"山之东北则为仙人掌,即所谓巨灵掌也。岩壁黑色,石膏自壐中流出,凝结成痕,黄白相间,远望之见其大者五岐如指,好奇者遂相为巨灵劈山之掌迹。"

⑧白帝金精:华山为西岳,西属金,故曰金精;金气白,故《周礼·天官》所称五帝,曰"西方白帝白招拒"。王琦注太白集引《枕中书》:"金天氏为白帝,治华阴山。"

⑨石作莲花:华山西峰山表巨石,其纹如莲花瓣。名为莲花峰,或即缘此。云作台:语由北峰云台峰化出。

⑩明星玉女:《太平广记》五九引《集仙录》:"明星玉女者,居华山,服玉浆,白日升天。"

⑪"麻姑"句:《太平广记》引《神仙传》:"麻姑鸟爪,蔡经见之,心中念言:背大痒时,得此爪以爬背,当佳。"麻姑,传说中仙女。

⑫"我皇"句:谓唐皇治天下。语出《元灵之曲》:"大象虽寥廓,我把天地户。"见《汉武帝内传》。

⑬谈天:《史记·孟子荀卿列传》,裴骃集解引《别录》曰:"驺衍之所言,五德终始,天地广大,尽言天事,故曰谈天。"句意谓元丹丘如谈天衍之见燕昭王,得与天子晤谈。

⑭玉浆:仙人饮料。曹操《气出唱》:"仙人玉女,下来遨游。骖驾六龙饮玉浆,河水尽,不东流。"

⑮骑二茅龙:《列仙传》下:"呼子先者,汉中关下卜师也,老寿百余岁。临去,呼酒家老姬曰:'急装,当与姬共应中陵王。'夜有仙人持二茅狗来,至,呼子先,子先持一与酒家姬,得而骑之,乃龙也。上华阴山,常于山上大呼,言子先、酒家姬在此云。"末二句有乞援之意。故知丹丘当西归长安复入九重见天子也。

　　本篇颂华山胜境兼送元丹丘入长安,有求援引之意。诗言"黄河如丝天际来",惟登华岳之巅北望黄河,有此境界。语似夸张,却是实写。《唐宋诗醇》评曰:"健笔凌云,一扫靡靡之调。"非有健笔,不足以极华岳之崔嵬壮观!

赠孟浩然①

　　吾爱孟夫子,风流天下闻。红颜弃轩冕②,白首卧松云。醉月频中圣③,迷花不事君。高山安可仰④,徒此揖清芬⑤。

[注释]

①孟浩然:襄阳人,曾游京师,应进士举不第,归隐于鹿门山。开元末病疽背卒。
②轩冕:古代卿大夫之车乘与冠冕。弃轩冕,指放弃仕宦。采访使韩朝宗曾约浩然偕至京师,欲荐诸朝,会欢饮,爽期,或告之,曰:"业已饮,遑恤他!"失去仕进机会而不悔。事见《新唐书》本传。
③中圣:指醉酒。典出《三国志·魏书·徐邈传》:曹操禁酒,时人讳言酒,谓清酒为圣人,浊酒为贤人。尚书郎徐邈私饮至醉,校事赵达问以曹事,邈曰:"中圣人。"
④"高山"句:语本《诗经·小雅·车辖》:"高山仰止,景行行止。"意谓浩然望如高山,可仰不可及。
⑤徒此:两宋本、缪本作"从此"。清芬:比喻德行高洁。晋陆机《文赋》:"咏世德之骏烈,诵先人之清芬。"

本篇赞孟浩然之风流节操,犹如山中高士。时太白正四处干谒,求太阿之一试,因自愧弗如,故有"高山安可仰,徒此揖清芬"之语。殊不知浩然亦有"羡鱼"之念。(孟作《临洞庭上张丞相》:"坐观垂钓者,徒有羡鱼情。")盛唐之世,真隐士亦无真隐心,是无为而无不为也。前人谓此诗"赠孟即似孟"(《唐诗快》),端的有孟之风韵,然其豪雄处,实孟所不逮。

江夏别宋之悌①

楚水清若空②,遥将碧海通③。人分千里外,兴在一杯中④。谷鸟吟晴日,江猿啸晚风。平生不下泪,于此泣无穷。

[注释]

①江夏:今湖北武昌。宋之悌:宋若思之父,宋之问之弟。以河东节度坐事流朱鸢。途经江夏,与太白相遇。

②楚水:长江流经楚地,称楚水或楚江。

③将:与。

④"人分"二句:初唐庾抱《别蔡参军》:"悲生万里外,恨起一杯中。"又,高适《送李侍御赴安西》:"功名万里外,心事一杯中。"有异曲同工之妙。

[点评]

本篇为江夏送宋之悌贬朱鸢(今越南河内东南)之作,语似不胜悲凄,然却未见消沉。豪放人虽悲亦豪,不作儿女之态。

赠范金乡^①

君子枉清盼,不知东走迷^②。离家未几月,络纬鸣中闺^③。桃李君不言,攀花愿成蹊^④。那能吐芳信,惠好相招携。我有结绿珍^⑤,久藏浊水泥。时人弃此物,乃与燕石齐^⑥。摭拭欲赠之,申眉路无梯。辽东惭白豕^⑦,楚客羞山鸡^⑧。徒有献芹心^⑨,终流泣玉啼^⑩。只应自索漠^⑪,留舌示山妻^⑫。

[注释]

①金乡:唐属鲁郡(兖州),今属山东济宁。范金乡,范姓金乡县令。名字不详。
②"君子"二句:谢县令之关照,述己之迷茫。东走迷,《淮南子·说山训》:"狂者东走,逐者亦东走;东走则同,所以东走则异。溺者入水,拯之者亦入水;入水则同,所以入水则异。"谓己之走入东鲁,与范金乡似同而实异。此行目的何在,私心自迷。
③络纬:莎鸡,俗名纺织娘,即蟋蟀。
④"桃李"二句:语本《汉书·李广传赞》:"桃李不言,下自成蹊。"颜师古注:"以喻人怀诚信之心,故能潜有所感也。"
⑤结绿:美玉名。《战国策·秦策》:范睢献书:"臣闻周有砥厄,宋有结绿,梁有悬黎,楚有和璞。此四宝者,工之所失者,而为天下名器。"
⑥燕石:燕山之石。似玉而非宝。《后汉书·应劭传》:"宋愚夫亦宝燕石。"
⑦"辽东"句:典出《后汉书·朱浮传》:"往时辽东有豕,生子白头,异而献之,行至河东,见群豕皆白,怀惭而还。"

⑧"楚客"句:典出《尹文子·大道上》:"楚人担山雉者,路人问:'何鸟也?'担雉者欺之曰:'凤凰也。'路人曰:'我闻有凤凰,今直见之,汝贩之乎?'曰:'然。'则十金弗与,请加倍乃与之。将欲献楚王,经宿而鸟死。路人不遑惜金,惟恨不得以献楚王。国人传之,咸以为其凤凰,贵,欲以献之,遂闻。楚王感其欲献于己,召而厚赐之,过于买鸟之金十倍。"

⑨献芹:谦言所献微薄不足取。《列子·杨朱》:"昔人有美戎菽、甘枲茎、芹萍子者,对乡豪称之。乡豪取而尝之,蜇于口,惨于腹,众哂而怨之,其人大惭。"

⑩泣玉:楚人和氏得璞玉,屡献楚王;以为诳,刖其足。乃抱其璞哭于楚山之下。事见《韩非子·和氏》。

⑪索漠:又作"索莫"、"索寞",沮丧,寂寥,无生气貌。鲍照《拟行路难》其九:"今日见我颜色衰,意中索莫与先异。"

⑫"留舌"句:典出张仪。《史记·张仪传》载,张仪被诬盗楚相之璧,笞而释之,其妻曰:"嘻,子无读书游说,安得此辱乎?"张仪谓其妻曰:"视吾舌尚在否?"其妻笑曰:"舌在也!"仪曰:"足矣。"

[点评]

　　本题二首,此录其一。其二颂范金乡之德政,曰:"范宰不买名,弦歌对前楹。为邦默自化,日觉冰壶清。百里鸡犬静,千庐机杼鸣。浮人少荡析,爱客多逢迎。游子睹嘉政,因之听颂声。"此则有自荐之意,求范金乡援引。太白移居东鲁,几访遍鲁郡各县,干谒县中官吏,然终无所成,宜其入竹溪而厕身"六逸"也。

送韩准裴政孔巢父还山^①

猎客张兔罝,不能挂龙虎^②。所以青云人,高歌在岩户^③。韩生信英彦,裴子含清真。孔侯复秀出,俱与云霞亲^④。峻节凌远松^⑤,同衾卧盘石。斧冰漱寒泉,三子同二屐^⑥。时时或乘兴,往往云无心^⑦。出山揖牧伯,长啸轻衣簪^⑧。昨宵梦里还,云弄竹溪月^⑨。今晨鲁东门^⑩,帐饮与君别^⑪。雪崖滑去马,萝经迷归人。相思若烟草,历乱无冬春。

[注释]

①韩准裴政孔巢父:三人与李白、张叔明、陶沔同隐于徂徕山中,时号"竹溪六逸"。见《新唐书·李白传》。

②"猎客"二句:言猎者张捕兔之网,则不能得龙虎。喻求仕以寻常渠道,不可得高官。

③"所以"二句:承上二句,谓志高者隐于山岩。隐以待时,意即走终南捷径。

④"韩生"四句:称颂韩准、裴政、孔巢父三人皆英才秀士,偕隐烟霞。清真,纯洁朴素。晋山涛目阮咸"清真寡欲,万物不能移"(《世说新语·赏誉》)。

⑤"峻节"句:颂三人之节操。晋山涛曰:"嵇叔夜(康)之为人也,岩岩如孤松之独立。"(《世说新语·容止》)

⑥二屐:指谢灵运登山屐。谓有游山之乐。谢灵运登山之屐加齿,上山去其前齿,下山去其后齿。见《南史·谢灵运传》。

⑦云无心:取陶潜《归去来兮辞》"云无心以出岫",歇后,意即"出岫"。与后句

"出山"相呼应。

⑧"出山"二句：谓出山干谒地方长官，态度矜持。牧伯，指州郡长官。《三国志·魏书·文帝纪》："外设牧伯，以监四方。"衣簪，犹衣冠，官员服饰，代指长官。

⑨竹溪：指徂徕山六逸隐居之处。今山东徂徕山有"竹溪佳境"遗迹。

⑩鲁东门：鲁郡郡城东门，即今山东兖州之东。

⑪帐饮：饯别。江淹《别赋》："帐饮东都，送客金谷。"

[点评]

本篇写鲁东门送竹溪友人情景，可知六逸之隐徂徕竹溪，亦时时出山干谒求仕，非真隐也。如孔巢父即于德宗朝迁给事中，官至御史大夫。见《旧唐书·孔巢父传》。以此诗观之，此前即已与三人偕隐竹溪矣，然仍家于东鲁，非弃家入竹溪也。

驾去温泉宫后赠杨山人①

少年落魄楚汉间，风尘萧瑟多苦颜②。自言管葛竟谁许③，长吁莫错还闭关④。一朝君王垂拂拭，剖心输丹雪胸臆。忽蒙白日回景光，直上青云生羽翼⑤。幸陪鸾辇出鸿都⑥，身骑飞龙天马驹⑦。王公大人借颜色，金章紫授来相趋⑧。当时结交何纷纷，片言道合唯有君。待吾尽节报明主，然后相携卧白云⑨。

[注释]

①温泉宫：在临潼骊山下。天宝六载更名华清宫。杨山人：作者早年故交。名字

未详。另有《送杨山人归天台》诗,又有《送杨山人归嵩山》诗,所指当是一人。所归天台、嵩山,皆神仙福地,可知杨乃道流也。

②"少年"二句:当指蹉跎安陆一段生活。楚汉,约今湖北汉水流域。

③管葛:指管仲与诸葛亮。管相齐桓,葛相蜀汉,均为有作为之贤相。

④莫错:一本作"错漠",即错莫,杂乱貌。闭关:杜门隐居。江淹《恨赋》:"闭关却扫,塞门不仕。"

⑤"一朝"四句:言奉诏入京,扬眉得志。拂拭,除去尘垢,引申为器重、赏识。景光,犹言祥光。

⑥鸾辇:皇帝所乘的车。鸿都:原为东汉宫门名,此指长安城门。

⑦飞龙:皇家马厩。唐制,翰林院学士可借用飞龙厩中马一匹。见李肇《翰林志》。

⑧金章紫绶:系紫绶带的铜官印。是高官的标志,代指朝廷大官。

⑨"待吾"二句:表示功成身退。"然后"句一作"携手沧洲卧白云"。

[点评]

　　本篇唐写本题作《从驾温泉宫醉后赠杨山人》,向落魄楚汉时知交杨山人,诉说奉诏入京陪驾游温泉宫之荣耀,并表示将功成身退。其写得意神气,固然是怀才不遇的一种反弹,然亦不无庸人之俗态。所谓"谪仙",正在仙凡之间也。

送贺宾客归越①

　　镜湖流水漾清波②,狂客归舟逸兴多③。山阴道士如相见,应写黄庭换白鹅④。

[注释]

①贺宾客：指贺知章。知章字季真，会稽永兴（今浙江萧山）人，官太子宾客，秘书监，故亦称贺监。天宝二载十二月，请度为道士还乡，次年春离开长安。

②镜湖：即鉴湖。在今浙江绍兴。贺知章请还乡，"诏赐镜湖剡川一曲"。见《新唐书·贺知章传》。

③狂客：指贺知章。知章晚年尤加纵诞，无复规检，自号"四明狂客"。见《旧唐书·贺知章传》。

④"山阴"二句：典出王羲之。《太平御览》二三八引何法盛《晋中兴书》："山阴有道士养群鹅，羲之意甚悦。道士云：'为写《黄庭经》，当举群鹅相赠。'乃为写讫，笼鹅而去。"按，《晋书·王羲之传》谓写《道德经》换白鹅。贺知章善草隶，又归山阴，故以王羲之为喻，以赞其书法。山阴，即会稽。黄庭，指《黄庭经》，道教讲养生修炼之书。

[点评]

　　本篇唐写本题作《阴盘驿送贺监归越》。阴盘，汉县名，原在长武，东汉末移置新丰故城，在临潼之东。由此可知，贺监之归越，玄宗遣左右相祖饯于长乐坡，玄宗及群臣均赋诗赠别。太白之《送贺监归四明应制》即作于长乐坡。之后，太白复送贺东行，过灞桥。唐人远送多止于此，而太白直送至临潼之东阴盘驿，并赋此诀别。其与贺监之关系，实非同一般。故贺监之归越，太白于长安无所依倚矣，安得不"赐金放还"。

白云歌送刘十六归山^①

楚山秦山皆白云^②，白云处处长随君。长随君，君入楚山里，云亦随君渡湘水^③。湘水上，女萝衣^④，白云堪卧君早归。

[注释]

①刘十六：刘姓，排行十六，名字事迹未详。

②楚山：楚地之山，即三湘之山，刘十六所归之处。秦山：秦地之山，此指长安。

③湘水：泛指今湖南之水。

④女萝衣：以女萝为衣。屈原《九歌·山鬼》："若有人兮山之阿，被薜荔兮带女萝。"意指刘十六将归隐山林。

[点评]

太白集中另有《白云歌送友人》，诗云："楚山秦山多白云，白云处处长随君。君今还入楚山里，云亦随君渡湘水。水上女萝衣白云，早卧早行君早起。"语句诗意与本篇雷同，当是一诗两本。萧士赟谓另本"尾语差拙，恐是初本未经改定者"，不无道理。诗为送友人自长安归三湘之作，吐语如白云舒卷，自然流转。结束改仄韵为平韵，尤显得轻快悠扬。

赠崔侍御^①

长剑一杯酒,男儿方寸心。洛阳因剧孟,托宿话胸襟^②。但仰山岳秀,不知江海深。长安复携手,再顾重千金。君乃辎轩佐,余叨翰墨林^③。高风摧秀木^④,虚弹落惊禽^⑤。不取回舟兴,而来命驾寻^⑥。扶摇应借力^⑦,桃李愿成阴^⑧。笑吐张仪舌^⑨,愁为庄舄吟^⑩。谁怜明月夜,肠断听秋砧^⑪!

[注释]

①崔侍御:指崔成甫。成甫,崔沔长子,进士及第,曾仕秘书省校书郎,又为冯翊、陕县尉,摄监察御史,因事贬湘阴。

②"长剑"四句:叙与崔侍御初识于洛阳。作者另一《赠崔侍御》诗云:"黄河三尺鲤,本在孟津居。点额不成龙,归来伴凡鱼。故人东海客,一见借吹嘘。风涛倘相因,更欲凌昆墟。"细味诗意,当是初入长安失意归来,于洛阳遇崔,故有"风涛相因"之期望。剧孟,汉洛阳人,以侠显,喜拯人急难。见《汉书·剧孟传》。此借喻崔侍御。

③"长安"四句:谓再会于长安。按,时当在天宝初,作者待诏于翰林,而崔摄监察御史,即所谓"辎轩佐",亦即《泽畔吟序》所云:"中佐于宪车。"

④"高风"句:典出李康《运命论》:"木秀于林,风必摧之。"谓己之被谗出长安。

⑤"虚弹"句:语本袁朗《秋夜独坐》诗:"危弦断客心,虚弹落惊禽。"典出更羸引弓虚发而下雁事。见《战国策·楚策》。意谓崔以韦坚事受株连而贬湘阴。

⑥"不取"二句:《世说新语·任诞》载,晋王子猷居山阴,雪夜忽忆在剡之戴安

道,即驾小舟诣之,经宿而至其门,兴尽而回舟,未曾见戴。此反其意而用之,言刻意命驾往访崔侍御。

⑦"扶摇"句:典出《庄子·逍遥游》:鹏之徙于南冥,抟扶摇而上者九万里,"风之积也不厚,则其负大翼也无力,故九万里则风斯在下矣"。

⑧"桃李"句:《史记·李将军传赞》:"桃李不言,下自成蹊。"

⑨张仪舌:张仪未达时,其妻讥之,问妻舌在否,妻曰舌在,仪曰舌在足矣。见《史记·张仪列传》。

⑩庄舄吟:庄舄,战国越人,仕楚,然不忘故国,病中作越吟。见《史记·张仪列传》附陈轸传。

⑪秋砧:指秋夜捣衣之砧声。

[点评]

　　太白另有《赠崔侍御》("黄河三尺鲤")、《酬崔侍御》诗及《泽畔吟序》,均为崔成甫作。本篇历叙与崔侍御交游及仕途坎坷。诗当作于楚地,其时崔或已贬湘阴。

忆襄阳旧游赠马少府巨①

　　昔为大堤客②,曾上山公楼③。开窗碧嶂满,拂镜沧江流。高冠佩雄剑,长揖韩荆州④。此地别夫子,今来思旧游⑤。朱颜君未老,白发我先秋。壮志恐蹉跎,功名若云浮⑥。归心结远梦,落日悬春愁。空思羊叔子,堕泪岘山头⑦。

[注释]

①马少府巨:一本题中"马"字上有"济阴"二字,其时马巨当在济阴(今山东曹县)任少府之职。

②大堤:指襄阳城外汉水大堤。作者有《大堤曲》。

③山公:指晋山简。曾为襄阳太守。山公楼:泛指山简遗迹。在襄阳。

④韩荆州:指韩朝宗。曾任襄州刺史兼山南东道采访使、荆州长史。太白曾谒见,长揖不拜。见作者《与韩荆州书》。

⑤"此地"二句:言于襄阳告别,于济阴重逢。夫子,对马巨的尊称。旧游,故交,旧时游踪。

⑥"壮志"二句:一本作"有意未得言,怀贤若沉忧"。

⑦"空思"二句:谓空怀羊祜事迹。羊叔子,羊祜字叔子,曾督荆州事,有政绩。后人于岘山头其休憩处立碑。见者落泪,杜预名之曰"堕泪碑"。见《晋书·羊祜传》。二句一本作"何时共携手,更醉岘山头"。

[点评]

　　本篇追忆与马巨少府襄阳游,叹壮志蹉跎,功名未就如云浮。以"归心结远梦,落日悬春愁"二句视之,时太白复居鲁中,是去朝后作。故情绪消沉,无求故人援引之意。

鸣皋歌送岑征君①

　　若有人兮思鸣皋,阻积雪兮心烦劳②。洪河凌兢不可以径度③,冰龙鳞兮难容舠。邈仙山之峻极兮,闻天籁之嘈嘈。霜崖缟皓以合沓兮④,若长风扇海,涌沧溟之波涛。玄猿绿黑,舔谈釜岌,危柯振石,骇胆栗魄,群呼而相号⑤。峰峥嵘以路绝,挂星晨于岩嵩。送君之归兮,动鸣皋之新作。交鼓吹兮弹丝,觞清泠之池阁⑥。君不行兮何待,若返顾之黄鹄⑦。扫梁园之群英,振大雅于东洛⑧。巾征轩兮历阻折,寻幽居兮越嶀崿⑨。盘白石兮坐素月,琴松风兮寂万壑⑩。望不见兮心氛氲,萝冥冥兮霰纷纷⑪。水横洞以下渌,波小声而上闻。虎啸谷而生风,龙藏溪而吐云⑫。冥鹤清唳,饥鼯嚬呻⑬。块独处此幽默兮,愀空山而愁人。鸡聚族以争食,凤孤飞而无邻。蝘蜓嘲龙,鱼目混珍⑭。嫫母衣锦,西施负薪⑮。若使巢由桎梏于轩冕兮,亦奚异于夔龙蹩躠于风尘⑯!哭何苦而救楚⑰,笑何夸而却秦⑱!吾诚不能学二子,沽名矫节以耀世兮,固将弃天地而遗身⑲。白鸥兮飞来,长与君兮相亲⑳。

[注释]

①鸣皋:又作明皋,山在今河南陆浑。岑征君:征士姓岑,名未详。或疑即岑勋。白另有《酬岑勋见寻就元丹丘对酒相待以诗见招》诗。

②阻积雪:原注:"时梁园三尺雪。"心烦劳:忧愁烦闷。汉张衡《四愁诗》:"路远莫致倚逍遥,何为怀忧心烦劳!"

③洪河:大河,即黄河。凌兢:寒凉战栗之状。

④合沓:山岭重叠貌。谢朓《敬亭山》诗:"兹山亘百里,合沓与云齐。"

⑤"玄猿"五句:写山峰高峻,危柯振石,玄猿绿黑,群呼相号,令人骇胆栗魄。暗喻世路之艰险。舔谈,吐舌貌。釜岌,高峻貌。沈德潜《唐诗别裁集》:"叠四句,而以第五句为一韵。四句之中又成二韵,变化已极。"

⑥"交鼓吹"二句:写饯行情景。原注:"在清泠池作。"是于清泠池饯行即席作歌。《元和郡县图志》七宋州宋城县:"清泠池,在县东二里。"

⑦返顾之黄鹄:庾信《别周尚书弘正》诗:"黄鹄一反顾,徘徊应怆然。"鹄,一作

“鹤”。

⑧“扫梁园”二句:赞岑征君之文才。梁园之群英,集于梁孝王梁园之文士,如枚乘、司马相如辈。此喻指当时梁宋文士。东洛,指洛阳。洛阳在唐为东都,因称东洛。

⑨“巾征轩”二句:写其征途之险阻。巾征轩,征车被衣。巾,车衣。陶潜《归去来兮辞》:“或命巾车,或棹孤舟。”幽居,指岑在鸣皋山隐居之处。巘崿,山崖。

⑩琴松风:谓松风之声如鼓琴,琴声如风入松。二句悬拟其于幽居处月夜坐盘石鸣琴自娱。

⑪“望不见”二句:写别后思念之情。氛氲,此同“纷纭”,乱貌。冥冥,晦暗,此谓萝之茂密。

⑫“虎啸”二句:《周易·乾》:“云从龙,风从虎。”又东方朔《七谏·哀命》:“虎啸而谷风至,龙举而景云往。”

⑬“冥鹤”二句:谢朓《敬亭山》诗:“独鹤方朝唳,饥鼯此夜啼。”鼯,飞鼠。

⑭“蝘蜓”二句:言贵贱易位,真假失实。蝘蜓嘲龙,扬雄《解嘲》:“今子乃以鸱枭而笑凤皇,执蝘蜓而嘲龟龙,不亦病乎?”蝘蜓,又名龙子,即守宫,状如壁虎。鱼目混珍,晋张协《杂诗》“鱼目笑明月”。《文选》李善注引《洛书》:“秦失金镜,鱼目入珠。”

⑮“嫫母”二句:言美丑不辨,喻贤不肖易位。嫫母,古代丑女。西施,越国美女。

⑯“若使”二句:谓隐者之羁绊于宦途,实无异于贤臣之弃置于风尘。盖违其志而乖其性也。巢由,指巢父与许由,不取君位而栖于山林的隐者。夔龙,二人相传为舜时贤臣。蹩躠,跛足而行。

⑰“哭何苦”句:用申包胥哭秦庭而乞兵救楚事。见《左传·定公四年》。

⑱“笑何夸”句:用鲁仲连谈笑却秦军之围赵事。见《史记·鲁仲连邹阳列传》。

⑲“吾诚”三句:内心独白。言不能学申包胥、鲁仲连二人之以“哭”“笑”沽名矫节,所以弃世而遗身。是为愤激之辞。

⑳“白鸥”二句:有淡然忘机意。典出《列子·黄帝》所载海上之人与鸥鸟相亲事。

[点评]

本篇为去翰林后东游梁宋,于宋城清泠池饯别岑征君之作。诗仿楚辞体,自成一格。诗中对黜贤而进不肖有所讽焉,寄沉郁之思于飘逸之态。陈绎曾谓白诗祖风骚,宗汉魏,善于掉弄,造出奇怪,惊心动目,忽然撤出,妙入无声(见《唐宋诗醇》评述)。绎曾之评,甚切此诗风格态度。

金乡送韦八之西京①

客自长安来,还归长安去。狂风吹我心,西挂咸阳树②。此情不可道,此别何时遇? 望望不见君,连山起烟雾③。

[注释]

①金乡:唐属兖州,今属山东。韦八:韦姓,排行第八,事迹不详。西京:指长安。今陕西西安。

②咸阳:此指长安。

③"连山"句:鲍照《吴兴黄浦亭庚中郎别》:"连山眇烟雾,长波迥难依。"

[点评]

本篇为居东鲁时于金乡送长安来客韦八西归之作。因送友人入京,而托渴望仕宦之情。其所谓瞻望不及者,友情与宦情兼而有之也。

鲁郡东石门送杜二甫①

　　醉别复几日,登临遍池台。何时石门路,重有金樽开? 秋波落泗水②,海色明徂徕③。飞蓬各自远,且尽手中杯。

[注释]

①鲁郡:即兖州,天宝元年改鲁郡,郡治瑕丘。石门:在鲁郡之东,尧祠附近,即今泗河金口坝。与《水经注》说法合。《水经注·洙水》:"洙水又西南,枝津出焉。又南迳瑕丘城东而南,入石门。古结石为水门,跨于水上也。"杜二甫:杜甫排行第二,故称。

②泗水:即泗河。四源合为一水,故名。流经山东曲阜、兖州、鱼台,至洪泽湖畔入淮。《元和郡县图志》兖州瑕丘县:"泗水,东自曲阜县界流入,与洙水合。"《水经注》所谓洙水,即此之泗水。

③徂徕:《元和郡县图志》兖州乾封县:"徂徕山,亦曰尤来山,《诗》曰:'徂徕之松。'后汉赤眉渠帅樊崇保守此山,自号尤来山老。"山在今山东泰安东南。

[点评]

　　杜甫至兖州省亲,时太白亦居东鲁,两人相处甚洽。天宝四载秋,杜甫返洛阳。太白于城东石门为之饯行,并作此赠别诗,情真意切,正所谓"无限低徊,有说不尽处,可谓情深于辞"(《唐宋诗醇》)。

沙丘城下寄杜甫^①

我来竟何事，高卧沙丘城。城边有古树，日夕连秋声。鲁酒不可醉，齐歌空复情^②。思君若汶水^③，浩荡寄南征。

［注释］

①沙丘城：指鲁郡治所瑕丘。清《兖州府志》："沙丘在东门外二里。"故址在今山东兖州之东。杜甫：时杜甫在长安，故作诗以寄。

②"鲁酒"二句：谓虽有鲁酒齐歌，均不足以慰离怀。鲁酒，鲁国所产薄酒。庾信《哀江南赋》："楚歌非取乐之方，鲁酒无忘忧之用。"齐歌，齐讴。梁元帝《纂要》："齐歌曰讴。"齐地之歌。乐府杂曲歌有《齐讴行》。

③汶水：汶河，经泰山、徂徕、兖州，西南流入济水。《元和郡县图志》兖州乾封县："汶水，源出县东北原山……《述征记》曰：'泰山郡水皆名汶。'按，今县界凡有五汶，皆源别而流同也。"

［点评］

李杜互赠诗，今所存者，以杜之赠诗为多，而李之赠诗为少，且有"饭颗山头"一绝流传，世以为讥杜之作，故于二人情谊误以为轻重深浅有别。视《鲁郡东石门送杜二甫》及本篇，可知白之于甫，情谊实与之相当，无浅深轻重之别。结语"思君若汶水，浩荡寄南征"，不亦情见乎辞乎？

鲁中送二从弟赴举之西京①

鲁客向西笑,君门若梦中。霜凋逐臣发,日忆明光宫②。复羡二龙去,才华冠世雄。平衢聘高足,逸翰凌长风③。舞袖拂秋月,歌筵闻早鸿。送君日千里,良会何由同④。

[注释]

①鲁中:指鲁郡。时太白居鲁郡暇丘。从弟:堂兄弟。太白之称从弟、族弟,多指同宗年龄少于己者,即所谓"宗弟"。西京:指长安。

②"鲁客"四句:自写恋阙之情。鲁客,客居于鲁者,自指。向西笑,语本桓谭《新论》:"人闻长安乐,则出门西向而笑。"逐臣,自谓被谗去翰林离京。明光宫,汉宫名,南与长乐宫相连,汉武帝太初四年建。此借指唐宫。

③"复羡"四句:美二从弟之才华壮志。二龙,谓二从弟如人中龙。语本《世说新语·赏誉》:"谢子微见许子将兄弟,曰:'平舆之渊,有二龙焉。'"高足,捷足,指良马。《古诗十九首》:"何不策高足,先据要路津?"逸翰,指飞鸟。

④良会:犹嘉会,宾主宴集。何逊《赠族人秣陵兄弟》诗:"愿子加餐饭,良会在何辰?"

[点评]

本篇题一作《送族弟锽》,倘另题可信,二从弟疑即李锽李镇兄弟,为李珽之子。李氏兄弟将之西京赴举,族人为之饯行,秋夜月朗,歌舞达旦,太白赋诗赠行。颂赞二人之才华前程,亦袒露己之恋阙之情。或谓"白于玄宗虽衔怨望,然报效之志终耿耿不能忘也"(安旗《李白全集编年注释》),私意以为白也未尝如此执着。诗之发端之所以忆及翰林之梦,盖因二从弟将之京赴举,故借长安起兴,以引出下文。语露恋阙,情寄梦中,何尝耿耿于怀也。太白诗每于袒露处含委宛之情,此诗发端亦然。

酬崔侍御①

严陵不从万乘游,归卧空山钓碧流②。自是客星辞帝坐③,元非太白醉扬州④。

[注释]

①崔侍御:即崔成甫,曾摄监察御史,以事贬湘阴。
②"严陵"二句:用汉严子陵事。严子陵与光武帝同游学,及光武即帝位,乃变易姓名,隐于富春山,垂钓于富春江。见《后汉书·严光传》。
③客星:指严子陵。严子陵与光武帝共卧,足加于帝腹。太史奏:客星犯御座甚急。见《后汉书·严光传》。此借以自指。辞帝坐,谓去朝还山,即崔之答诗所谓"君辞明主汉江滨"。
④扬州:此指金陵。三国孙吴置扬州于建业,及隋平陈,始移扬州于江北江都。见《元和郡县图志》江南道润州上元县。此句答崔诗"金陵捉得酒仙人"。

[点评]

崔侍御游金陵时,有诗赠太白,题曰《赠李十二》,诗云:"我是潇湘放逐臣,君辞明主汉江滨。天外常求太白老,金陵捉得酒仙人。"太白作此酬答,诗以严子陵归隐自喻,实乃满腹牢愁,以旷达语出之,强自宽慰,益见其郁结情怀。

答湖州迦叶司马问白是何人①

青莲居士谪仙人②,酒肆藏名三十春。湖州司马何须问,金粟如来是后身。③

[注释]

①湖州:唐属江南道,治所在乌程县,今江苏吴兴。湖州司马,名字事迹未详。迦叶:复姓。

②青莲居士:李白自号。取佛经青莲之义。亦因答"迦叶",关合佛弟子,故特拈出"青莲",别有情趣。谪仙人:太白入长安,贺知章称之为"谪仙人"。太白《对酒忆贺监二首》诗序云:"太子宾客贺公于长安紫极宫一见余,呼余为谪仙人。"

③金粟如来:佛名,即维摩诘大士。

[点评]

本篇信口答迦叶司马,以复姓迦叶与佛门弟子相关,因以青莲居士自号,复以金粟如来后身自命,谐而有趣。严沧浪谓:"因问人为迦叶,故作此答,不则诞妄矣。"(严羽评点李集)须知此正太白才捷而趣谐处。

闻王昌龄左迁龙标遥有此寄[①]

杨花落尽子规啼,闻道龙标过五溪[②]。我寄愁心与明月,随风直到夜郎西[③]。

[注释]

①王昌龄:字少伯,京兆长安人,曾任江宁丞,约天宝六载贬龙标尉。龙标:在今湖南黔阳西南。
②五溪:指雄溪、蒲溪、酉溪、沅溪、辰溪。在今湖南境。
③夜郎:唐县名,治所在今湖南新晃境。

[点评]

殷璠谓王昌龄"奈何晚节不矜细行,谤议沸腾,垂历遐荒,使知音者叹惜"(《河岳英灵集》)。所谓"垂历遐荒",即指"左迁龙标"事,太白亦为之叹惜,因作此诗寄慰,情意悱恻。牵肠挂肚之意,借风月以写之,摇曳多姿,耐人寻味。

送杨燕之东鲁^①

关西杨伯起，汉日旧称贤。四代三公族，清风播人天^②。夫子华阴居，开门对玉莲^③。何事历衡霍^④，云帆今始还。君坐稍解颜，为我歌此篇^⑤。我固侯门士，谬登圣主筵^⑥。一辞金华殿，蹭蹬长江边^⑦。二子鲁门东^⑧，别来已经年。因君此中去，不觉泪如泉^⑨。

[注释]

①杨燕：家居华阴（今属陕西），曾游衡霍，经金陵而北游东鲁。东鲁，指鲁郡，今山东兖州。

②"关西"四句：借杨伯起事以颂杨燕。太白赠诗多以其人同宗先贤作颂词，此亦然。杨伯起，杨震字伯起，后汉弘农华阴人。穷经为儒，语曰"关西孔子杨伯起"。四代三公，自震至杨彪四代，德业相继，先后官至太尉、司徒、司空，即所谓"三公"。见《后汉书·杨震传》。清风，犹清微、高洁的风操。

③玉莲：指西岳华山。华山以莲花峰为最险。山在华阴，故其居处门对华岳。

④衡霍：指衡山，又名霍山，故称衡霍。在今湖南衡阳。一说衡霍为衡山与霍山。隋开皇九年以前南岳为霍山，即今安徽天柱山。开皇九年以后南岳为衡山。

⑤为我：一本作"为君"。当以一作为是。

⑥"我固"二句：写待诏翰林事。侯门士，侯门贵客。圣主，指玄宗。

⑦"一辞"二句：谓去朝后流落金陵。金华殿，汉未央宫有金华殿，借指唐宫。蹭蹬，本为水势渐弱貌，后喻指人之困顿失意。

⑧二子：指女平阳与子伯禽。鲁门东，指鲁郡城东沙丘之家。

⑨泪如泉：晋刘琨《扶风歌》："泪下如流泉。"

[点评]

本篇因送杨燕之东鲁而慨叹去朝落泊江南，因念及二子。骨肉情深，足以感人。

寄王屋山人孟大融①

我昔东海上，劳山餐紫霞②。亲见安期公，食枣大如瓜③。中年谒汉主，不惬还归家④。朱颜谢清晖，白发见生涯。所期就金液，飞步登云车⑤。愿随夫子天坛上⑥，闲与仙人扫落花。

[注释]

①王屋山：古为道教胜地，在天坛山之下，其侧有阳台宫，玄宗赐额"寥阳宫"，为司马承祯修道处。在今河南济源。孟大融：当是居王屋山之道流，号王屋山人。余未详。

②劳山：又作崂山，一作牢山，大小二山相连，上有王母池，为道教圣地。在今山东青岛。餐紫霞：指采吸自然界云气。《真诰》二："夫餐霞之经甚秘，致霞之道甚易，此谓体生玉光霞映上清之法也。"

③"亲见"二句：《史记·孝武本纪》载，方士李少君言于武帝，曰："臣尝游海上，见安期生，食巨枣，大如瓜。"

④"中年"二句：言天宝初奉诏入翰林旋复还山事。

⑤"所期"二句：有登仙意。金液，一种内服仙丹，服之可以成仙飞举。《抱朴子·

金丹》谓"金液"制法为："用古秤黄金一斤,并玄明、龙膏骨、太一旬首中石水、紫游女、玄水液、金化石、丹砂,封之成水。"云车,传说仙人以云为车。《博物志》八:汉武帝好道,求神仙,"七月七日夜漏七刻,王母乘紫云车而至于殿西南面"。

⑥天坛:天坛山。在王屋山之侧,古王屋山含天坛山,天坛为王屋之绝顶。相传为轩辕祈天之所,故名。在今河南济源。

[点评]

　　王屋山为司马承祯、玉真公主修道之所,故太白心向往之。王屋山人孟大融似是太白道友,约游天坛,太白因寄此诗,答云:"愿随夫子天坛上,闲与仙人扫落花。"诗如郭璞《游仙诗》,表现出道教思想。

赠何七判官昌浩①

　　有时忽惆怅,匡坐至夜分②。平明空啸咤③,思欲解世纷。心随长风去,吹散万里云。羞作济南生,九十诵古文④。不然拂剑起,沙漠收奇勋。老死阡陌间,何因扬清芬?夫子今管乐,英才冠三军⑤。终与同出处,岂将沮溺群⑥!

[注释]

①何七判官昌浩:何昌浩,排行第七,曾任判官,事迹未详。作者又有《泾溪南蓝山下有落星潭可以卜筑余泊舟石上寄何判官昌浩》诗。判官,唐朝节度、观察、防御诸使,均有判官,为地方长官僚属。
②匡坐:正坐,《庄子·让王》:"匡坐而弦歌。"夜分:夜半。

③啸咤:又作"啸吒",大声呼叫。《晋书·苻坚载记》:"啸咤则五岳摧覆,呼吸则江海绝流。"

④"羞作"二句:《汉书·儒林传》载,伏胜,济南人,曾为秦博士,精通《尚书》,藏之于壁,以避秦火。汉文帝求治《尚书》者,召之,时已九十余,因使晁错至其家受之。其所传即今文《尚书》。

⑤"夫子"二句:赞何昌浩之才干。管乐,指春秋齐之名相管仲与战国燕之名将乐毅。三军,军队的通称。由"冠三军"可知何乃节度使判官。

⑥沮溺:春秋隐士长沮与桀溺。曾相与耦耕,孔子过而问津。见《论语·微子》。

[点评]

何昌浩当是节度判官,典军务,故白于本篇申明弃文就武之意,并求何为之援引。白有幽州之行,实非偶然,以事文无功,因思立战功,即所谓"不然拂剑起,沙漠收奇勋"。其用世之志于此见之。及其幽州失意南归,始知军功亦不可邀,故萌引退之想,即《泾溪南蓝山下有落星潭可以卜筑余泊舟石上寄何判官昌浩》所谓"所期俱卜筑,结茅炼金液"也。

赠临洺县令皓弟①

陶令去彭泽,茫然太古心②。大音自成曲,但奏无弦琴③。钓水路非遥,连鳌意何深。终期龙伯国,与尔相招寻④。

[注释]

①临洺:唐洺州属县,今河北永年。皓:李皓,事迹未详。

②"陶令"二句:原注:"时被讼停官。"此以陶潜之辞彭泽令,喻李皓之停官。彭

泽,今属江西。太古,上古。《礼记·郊特牲》注:"唐虞以上曰太古也。"

③"大音"二句:陶潜辞彭泽令,高卧北窗之下。性不解音,而蓄素琴一张,弦微不具,每朋酒之会,则抚而和之,曰:"但识琴中趣,何劳弦上声!"见《晋书·陶潜传》。大音,极细微的声音,此谓无声。《老子》:"大器晚成,大音希声。"

④"钓水"四句:以钓鳌喻赴幽州求官,并相约偕行。《列子·汤问》载:"龙伯国有大人,举足数步而至五山,一钓连六鳌。"按,太白常以"钓鳌"为喻,因有"钓鳌客"之说。宋赵德麟《侯鲭录》六:"李白开元中谒宰相,封一板,上题曰:'海上钓鳌客李白。'"

[点评]

　　诗之前半慰李皓之被讼停官,劝其学陶潜之抚无弦琴,聊以自适;后半则自言北上"钓鳌",赴幽州求官,倘能如龙伯国之大人,"一钓连六鳌",届时当相招出仕。太白执着于事功,热心于仕途,或求人援引,或许人提携,然终无所成就,故知其但能作诗人不能为权臣也。

留别曹南群官之江南①

　　我昔钓白龙,放龙溪水傍②。道成本欲去,挥手凌苍苍。时来不关人,谈笑游轩皇③。献纳少成事,归休辞建章④。十年罢西笑⑤,揽镜如秋霜。闭剑琉璃匣,炼丹紫翠房。身佩豁落图,腰垂虎盘囊⑥。仙人借彩凤,志在穷遐荒。恋子四五人,徘徊未翱翔。东流送白日,骤歌兰蕙芳。仙宫两无从,人间久摧藏⑦。范蠡脱勾践,屈平去怀王⑧。飘摇紫霞心,流浪忆江乡。愁为万里别,复此一衔觞。淮水帝王州,金陵绕丹阳⑨。楼台照海色,衣马摇川光。及此北望君,相思泪成行。朝云落梦渚,瑶草空高唐⑩。帝子隔洞庭,青枫满潇湘⑪。怀归路绵邈,览古情凄凉。登岳眺百川,杳然万恨长。却恋峨眉去,弄景偶骑羊⑫。

[注释]

①曹南:即曹州,今山东曹县。

②"我昔"二句:用陵阳子明事。陵阳子明好钓鱼,于旋溪钓得白龙。子明惧,解钩,释而放之。后钓得白鱼,腹中有书教子明服食之法。三年,龙来迎去。见《列仙传》下。

③轩皇:轩辕皇帝,即黄帝。前言游仙事,故以黄帝喻指玄宗。游轩皇,指奉诏入京见玄宗事。

④"献纳"二句:谓入朝未成事而去朝。献纳,指向朝廷建言以供采纳。晋潘岳《关中诗》:"愧无献纳,尸素以甚。"建章,汉宫名,代指唐宫。

⑤罢西笑:表示对朝廷无望。桓谭《新论》:"人闻长安乐,则出门西向而笑。"

⑥"闲剑"四句:谓入道流修炼,着道士服装。紫翠房,亦称紫房,即紫府,仙人所居之处。鲍照《代淮南王》诗:"金鼎玉匕含神丹,神丹神丹戏紫房。"豁落图,道经谓教徒修行,要佩神虎金虎符、豁落七元流金火铃。豁落,广大通达貌。太白《访道安陵遇盖寰为余造真箓临别留赠》诗:"七元洞豁落,八角辉星虹。"虎盘囊,虎头盘囊,系在腰间。

⑦"仙宫"二句:谓仙界人间两无从,久受挫折。摧藏,受挫。

⑧"范蠡"二句:喻自己之离开玄宗。范蠡脱勾践,范蠡助越王勾践灭吴雪会稽之耻后,功成身退以远害。见《吴越春秋》六。屈平去怀王,屈原被谗,为怀王所流,不被重用。见《史记·屈原贾生列传》。

⑨"淮水"二句:言将游金陵。淮水,指秦淮河。流经金陵。帝王州,谢朓《入朝曲》:"江南佳丽地,金陵帝王州。"丹阳,古指江宁。唐润州改称丹阳。

⑩"朝云"二句:用巫山神女事。见宋玉《高唐赋》。梦渚,云梦之渚,泛指楚泽。

⑪"帝子"二句:用舜妃事。屈原《九歌·湘夫人》云:"帝子降兮北渚……洞庭波兮木叶下。"又楚辞《招魂》:"湛湛江水兮上有枫,目极千里兮伤春心。"

⑫"却恋"二句:用葛由事。《列仙传》上:"葛由者,羌人也。周成王时,好刻木羊卖之。一旦骑羊而入西蜀,蜀中王侯贵人追之上绥山。山在峨眉山西南,高无极也。随之者不复还,皆得仙道。"结尾有归蜀之念。

[点评]

　　太白之游曹南,乃方外之游,寄身道籍。故独孤及《送李白之曹南序》云:"仙药满囊,道书盈箧。"别曹南之江南,仍是道者装束:"身佩豁落图,腰垂虎盘囊。"曹南之行似未久,亦无所成。送别"群官"亦只"四五人"。此留别曹南群官之作,历叙奉诏入京前后情况,虽已入道籍,然并未飘然欲仙,故以"范蠡脱勾践,屈平去怀王"为恨为幸,情怀凄惊,虽千载之下,犹为之慨然。

书情赠蔡舍人雄①

　　尝高谢太傅,携妓东山门②。楚舞醉碧云,吴歌断清猿。暂因苍生起,谈笑安黎元③。余亦爱此人,丹霄冀飞翻。遭逢圣明主,敢进兴亡言④。白璧竟何辜,青蝇遂成冤⑤。一朝去京国,十载客梁园⑥。猛犬吠九关⑦,杀人愤精魂。皇穹雪冤枉,白日开昏氛。太阶得夔龙⑧,桃李满中原⑨。倒海索明月,凌山采芳荪⑩。愧无横草功⑪,虚负雨露恩。迹谢云台阁,心随天马辕⑫。夫子王佐才⑬,而今复谁论。层飙振六翮,不日思腾骞⑭。我纵五湖棹,烟涛恣崩奔⑮。

梦钓子陵湍,英风缅犹存。徒希客星隐,弱植不足援⑯。千里一回首,万里一长歌。黄鹤不复来,清风奈愁何! 舟浮潇湘月,山倒洞庭波。投汨笑古人⑰,临濠得天和⑱。闲时田亩中,搔背牧鸡鹅。别离解相访,应在武陵多⑲。

[注释]

①蔡舍人雄:蔡雄似曾在长安任过中书舍人之职,故美之为"王佐才"。事迹未详。

②"尝高"二句:以谢安自拟。《世说新语·识鉴》:"谢公在东山畜妓,简文曰:'安石必出,既与人同乐,亦不得不与人同忧。'"谢太傅,谢安,死后赠太傅。东山,在今浙江上虞。

③"暂因"二句:谓谢安为苍生而出。谢安高卧东山,朝命屡降而不动,诸人相与言曰:"安石不肯出,将如苍生何!"见《世说新语·排调》。

④"遭逢"二句:谓应诏入京献策。两宋本、缪本、咸本,此下俱多:"蛾眉积谗妒,鱼目嗤玙璠。"

⑤"白璧"二句:陈子昂《宴胡楚真禁所》诗:"青蝇一相点,白璧遂成冤。"青蝇,喻进谗者。典出《诗经·小雅·青蝇》。

⑥梁园:汉梁孝王所筑梁苑。故址在今开封、商丘之间。

⑦"猛犬"句:宋玉《九辩》:"岂不郁陶而思君兮,君之门以九重。猛犬狺狺而迎吠兮,关梁闭而不通。"

⑧太阶:又作"泰阶",三台星座。夔龙:相传为舜时二位贤臣。

⑨"桃李"句:谓荐贤遍于国中。桃李,《韩诗外传》七:"夫春树桃李,夏得阴其下,秋得食其实。"后因以桃李喻门生或荐士之众。

⑩"倒海"二句:言搜尽人才。明月,指明月珠。芳荪,香草。均用以喻贤才。

⑪横草功:微功。《汉书·终军传》:"军无横草之功。"横草,言行踏草中,使草横卧,意乃极易极微之事。

⑫"迹谢"二句:谓虽去朝,犹有恋栈之意。云台阁,汉宫中高台峻阁。喻指朝廷。天马辕,御厩之马所驾的车。太白曾借用御厩之马。

⑬王佐才:辅佐帝王之才。《汉书·董仲舒传赞》:"董仲舒有王佐之才,虽伊吕

亡以加。"

⑭"层飙"二句:谓蔡雄将高升。六翮,健翎。《战国策·楚策》:"奋其六翮而凌清风,飘摇乎高翔。"腾骞,奋飞。

⑮"我纵"二句:自谓如范蠡泛舟五湖。五湖,今太湖。

⑯"梦钓"四句:用严光事。严光字子陵,少与光武同学,召为谏议大夫,不屈,隐于富春山,后人名其钓处为严陵濑。曾与光武共卧,以足加帝腹,太史奏客星犯御座。事见《后汉书·严光传》。弱植,谓君弱不堪辅佐。《左传·襄公三十年》"其君弱植",孔颖达疏:"植为树立,君志弱不树立也。"

⑰投汨:指屈原自投汨罗江而死。汨,汨罗江,在今湖南东北部。汨水与罗水合流,因称汨罗。

⑱"临濠"句:谓欲如庄周得天和之乐。濠,濠上。庄子曾与惠施游于濠上,辩鱼之乐。见《庄子·秋水》。天和,《庄子·天道》:"夫明白于天地之德者,此之谓大本大宗,与天和者也。与天和者,谓之天乐。"

⑲武陵:本陶潜《桃花源记》。地在今湖南常德。此泛指退隐之处。

[点评]

本篇赠别蔡舍人,赞其王佐才,且将腾骞而佐王;自叙奉诏入长安及赐金放还后之经历与感慨,复告将游吴越潇湘。"徒希客星隐,弱植不足援",其于玄宗不敬如此,直似骂詈,由此可知太白无儒者之温柔敦厚,用典亦信手拈来,未暇顾及君臣上下之微妙关系也。

酬殷明佐见赠五云裘歌①

我吟谢朓诗上语，朔风飒飒吹飞雨②。谢朓已没青山空③，后来继之有殷公④。粉图珍裘五云色，晔如晴天散彩虹。文章彪炳光陆离，应是素娥玉女之所为⑤。轻如松花落金粉，浓似锦苔含碧滋。远山积翠横海岛，残霞飞丹映江草。凝毫采掇花露容，几年功成夺天造。故人赠我我不违，著令山水含清晖⑥。顿惊谢康乐⑦，诗兴生我衣。襟前林壑敛暝色，袖上云霞收夕霏⑧。群仙长叹惊此物，千崖万岭相萦郁。身骑白鹿行飘摇，手翳紫芝笑披拂⑨。相如不足夸鹔鹴⑩，王恭鹤氅安可方⑪！瑶台雪花数千点，片片吹落春风香。为君持此凌苍苍，上朝三十六玉皇⑫。下窥夫子不可及，矫手相思空断肠⑬。

[注释]

①殷明佐：缪本作"殷佐明"。然则，曾与颜真卿、李萼、袁高、陆士修、蒋志诸人作《三言拟五杂组联句》。见《全唐诗》，其名下注"正字"，或曾官秘书正字。五云裘：五彩裘。五云，五色瑞云。
②"我吟"二句：谢朓《观朝雨》诗："朔风吹飞雨，萧条江上来。"
③青山：在今安徽当涂东南。南齐诗人谢朓曾筑宅于此，后世又称谢公山。
④殷公：指题中殷明佐（佐明）。其时殷居当涂，善诗，故以谢拟之。

⑤"应是"二句:谓五云裘制作巧夺天工,如神仙所为。素娥,嫦娥。玉女,仙女。

⑥山水含清晖:谢灵运《石壁精舍还湖中作》诗中成句。

⑦谢康乐:谢灵运曾袭封康乐公。

⑧"襟前"二句:谢灵运《石壁精舍还湖中作》诗:"林壑敛暝色,云霞收夕霏。"

⑨"身骑"二句:化用曹植《飞龙篇》:"乘彼白鹿,手翳芝草。"有飘然欲仙之意。

⑩相如:指汉司马相如。鹔鹴:指鹔鹴裘。刘歆《西京杂记》二:"司马相如初与卓文君还成都,居贫愁懑,以所著鹔鹴裘就市人阳昌贳酒与文君为欢。"

⑪王恭鹤氅:《世说新语·企羡》:"孟昶未达时,家在京口,尝见王恭乘高舆,被鹤氅裘,叹曰:'此真神仙中人。'"王恭,字孝伯,晋武帝时曾任前将军,及充青二州刺史。鹤氅,羽毛制成的裘。

⑫"为君"二句:谓欲持裘上天朝玉皇。凌苍苍,上天。三十六玉皇,指道家所谓三十六天之帝王。玉皇,天帝。

⑬"下窥"二句:言自天上下望殷而不见,因起相思之情。夫子,对殷明佐(佐明)的尊称。矫手,举手。萧本作"矫首"。

[点评]

　　本篇当是游当涂时殷明佐(佐明)以绣有粉图山水之裘赠之,因赋诗以答。诗以小谢之诗发端,系之以当涂青山;继之以大谢之诗展开,系之以画中山水;收来以游仙寄兴,系之以方士思想。全诗似超然世外,实则寄慨良多。

当涂赵炎少府粉图山水歌①

　　峨眉高出西极天②,罗浮直与南溟连③。名工绎思挥彩笔,驱山走海置眼前④。满堂空翠如可扫,赤城霞气苍梧烟⑤。洞庭潇湘意渺绵,三江七泽情洄沿⑥。惊涛汹涌向何处,孤舟一去迷归年。征帆不动亦不旋,飘如随风落天边。心摇目断兴难尽,几时可到三山巅⑦?西峰峥嵘喷流泉,横石蹙水波潺湲⑧。东崖合沓蔽轻雾,深林杂树空芊眠⑨。此中冥昧失昼夜,隐几寂听无鸣蝉⑩。长松之下列羽客,对座不语南昌仙⑪。南昌仙人赵夫子,妙年历落青云士⑫。讼庭无事罗众宾,杳然如在丹青里。五色粉图安足珍,真山可以全吾身。若待功成拂衣去,武陵桃花笑杀人⑬。

[注释]

①当涂赵炎少府:当是作者在当涂结交的友人,过从甚密。本篇外,又有《寄当涂赵少府炎》、《送当涂赵少府赴长芦》诗及《春于姑熟送赵四流炎方序》一文。当涂,今为安徽马鞍山属县。

②峨眉:峨眉山。在今四川峨眉。为蜀中最高山,故言"高出西极天"。

③罗浮:罗浮山。主峰在今广东博罗西北。为粤中名山,道教列为第七洞天。南溟:南海。

④"名工"二句:谓画工驱山走海善绘山水。绎思,思绪连属不断。意即善于构思。

⑤赤城:赤城山。在今浙江天台。山为火烧岩,色赤如霞,故云"赤城霞气"。苍梧:苍梧山,又名九嶷山。在今湖南宁远。相传苍梧为云出处,故曰"苍梧烟"。句意泛指画中烟霞,非必确指赤城、苍梧。

⑥"洞庭"二句:泛指画中江湖。洞庭,洞庭湖。在今湖南长江南岸。潇湘,潇水与湘水合流称潇湘,此泛指湖南诸水。三江七泽,泛指今湖北水系。古称楚有七泽,云梦为其一。

⑦三山:指海中蓬莱、方丈、瀛洲三座仙山。

⑧"西峰"二句:谓画幅西面山峰有飞泉流水。蹙水,急流。潺湲,水流貌。

⑨"东崖"二句:谓画幅东面山崖有深林轻雾。合沓,山崖重叠貌。芊眠,茂密幽深貌。本集作"芊绵",意同。以前有"渺绵"为韵,为避重韵,故据《文苑英华》作"芊眠"。

⑩隐几：倚着几案。《庄子·徐无鬼》："南伯子綦隐几而坐，仰天而嘘。"

⑪"长松"二句：谓画中长松下有道士仙人对坐。羽客，指道士。道士服羽衣，因称羽客。南昌仙，指汉代梅福。梅福字子真，为郡文学，后补南昌尉。王莽专政，福舍妻子而去，得道成仙。见《汉书·梅福传》。

⑫"南昌"二句：赞赵炎少府。赵夫子，指赵炎。官少府，故以梅福为喻。历落，磊落。《世说新语·容止》：周伯仁(颛)道，"桓茂伦嵚崎历落，可笑人。"青云士，指立德立言高尚之人。

⑬"若待"二句：意谓不必功成始身退。武陵桃花，典出陶潜《桃花源记》。左思《咏史》云："功成不受爵，长揖归思庐。"谢榛《四溟诗话》谓末二句"善于翻案"。

[点评]

　　本篇赞赵少府炎之粉图山水，画工善"驱山走海"，画笔如此，其诗笔亦如此。粉图以自然山水入画，诗则以粉图山水为自然。画中诗，诗中画，各有其真趣。其写山水，终归于全身隐退，其时赵少府或者竟已"以疾恶抵法"(《春于姑熟送赵四流炎方序》)，有左迁之危，故劝其远害"全身"，不待"功成拂衣"，以慰其恶怀。然不必功成而后拂衣，乃"全身"之计，非太白之出处观。在太白，必功成而后身退，其时诗人犹有立功之志也。

宣州谢朓楼饯别校书叔云①

　　弃我去者昨日之日不可留，乱我心者今日之日多烦忧。长风万里送秋雁，对此可以酣高楼。蓬莱文章建安骨②，中间小谢又清发③。俱怀逸兴壮思飞，欲上青天揽明月。抽刀断水水更流，举杯消愁愁更愁。人生在世不称意,明朝散发弄扁舟④。

[注释]

①宣州:今安徽宣城。谢朓楼:又称北楼。更名叠嶂楼。即谢朓为宣城太守时之
高斋。故址在今安徽宣城陵阳山。校书:校书郎。叔云:李云。太白尊为长辈。
或以为当如另题《陪侍御叔华登楼歌》,作李华。华字退叔,天宝十一载官监察
御史,转侍御史。

②蓬莱文章:指东汉东观所藏经籍。《后汉书·窦章传》:"是时学者称东观为老
氏藏室,道家蓬莱山。"此谓汉代文章。建安骨:谓建安诗歌风骨。建安,东汉末
献帝年号。

③小谢:指谢朓。南齐著名诗人,诗风清新,为李白所倾倒。唐人称谢灵运为大
谢,谢朓为小谢。

④弄扁舟:用范蠡泛舟五湖事。见《史记·货殖列传》。

[点评]

　　诗写于宣州高楼酣饮,以忧语发端,如大海波涛,裂石拍岸;中怀谢朓,引发
诗情,勾起逸兴,如仙风飘举,直上层霄,摘星揽月;终复归于愁,酒之不可浇愁,
犹刀之不可断流,因以退隐作结。思绪起伏,变幻莫测,正表现其出处的矛盾心
情。

寄崔侍御①

　　宛溪霜夜听猿愁②,去国长如不系舟③。独怜一雁飞南海④,却
羡双溪解北流⑤。高人屡解陈蕃榻⑥,过客难登谢朓楼⑦。此处别离

同落叶,明朝分散敬亭秋⑧。

[注释]

①崔侍御:指崔成甫。崔沔之子,进士出身。天宝初由陕县尉擢摄监察御史。后以韦坚案受累贬湘阴。太白曾与结交同游,并赠诗多首。

②宛溪:在宣城东。汇入青弋江。

③去国:指离开长安。不系舟:喻漂泊不定。《庄子·列御寇》:"泛若不系之舟,虚而遨游者也。"

④一雁飞南海:喻崔成甫之返湘阴。

⑤双溪:指宛溪与句溪。北流:双溪均北流。此以溪之北流反衬二人未能重返长安的失意心情。

⑥"高人"句:典出《后汉书·徐穉传》:"(太守陈)蕃在郡不接宾客,惟穉来特设一榻,去则悬之。"谓宣城宇文太守以崔成甫为上宾。

⑦"过客"句:写自己的失落感。太白另有《宣城九日闻崔四侍御与宇文太守游敬亭余时登响山不同此赏醉后寄崔侍御二首》,其一有云:"咫尺不可亲,弃我如遗舄。"谢朓楼,即北楼。

⑧敬亭:敬亭山。在宣城西北。

[点评]

　　本篇寄赠崔成甫,当是送崔离宣城赴湘阴贬所。诗中表现的感情十分复杂,充满失落感。太白之作七律,多失粘,此诗亦然,然其音响节奏不减杜律,盖得力于歌行体之内节奏也。

赠汪伦①

李白乘舟将欲行,忽闻岸上踏歌声②。桃花潭水深千尺③,不及汪伦送我情。

[注释]

①汪伦:宋本题下注云:"白游泾县桃花潭,村人汪伦常酿美酒以待白。伦之裔孙至今宝其诗。"
②踏歌:连手踏足而歌。《旧唐书·睿宗纪》:"上元日夜,上皇御安福门观灯,出内人连袂踏歌。"
③桃花潭:在今安徽泾县西南水东翟村。

[点评]

题一作《桃花潭别汪伦》,是为赠别之作,信手拈来,情景真切,遂成千古绝唱。以水喻情,倘在江流,则喻其长;此别在澄潭,故喻其深。妙在即景取兴。谢榛《四溟诗话》云:"太白《赠汪伦》曰:'桃花潭水深千尺,不及汪伦送我情。'此兴也。"正得其妙处。

书怀赠南陵常赞府①

　　岁星入汉年,方朔见明主②。调笑当时人,中天谢云雨③。一去麟麒阁,遂将朝市乖④。故交不过门,秋草日上阶。当时何特达,独与我心谐。置酒凌歊台⑤,欢娱未曾歇。歌动白纻山,舞回天门月⑥。问我心中事,为君前致辞。君看我才能,何似鲁仲尼⑦?大圣犹不遇,小儒安足悲!云南五月中,频丧渡泸师。毒草杀汉马,张兵夺秦旗。至今西二河,流血拥僵尸⑧。将无七擒略⑨,鲁女惜园葵⑩。咸阳天下枢,累岁人不足。虽有数斗玉,不如一盘粟⑪。赖得契宰衡⑫,持钧慰风俗⑬。自顾无所用,辞家方未归。霜惊壮士发,泪满逐臣衣⑭。以此不安席⑮,蹉跎身世违。终当灭卫谤,不受鲁人饥⑯。

[注释]

①南陵:唐属江南西道宣州,今属安徽。常赞府:常姓县丞。太白曾与游五松山,有《与南陵常赞府游五松山》诗。

②"岁星"二句:以东方朔自喻,谓奉诏入京。岁星,指东方朔。汉武帝仰天叹曰:"东方朔生在朕旁十八年,而不知是岁星哉!"见《太平广记》六引《洞冥记》及《东方朔列传》。

③云雨:喻恩泽。《后汉书·邓骘传》:"托日月之末光,被云雨之渥泽。"谢云雨,

失恩宠。指赐金还山。

④麒麟阁:汉宫殿名,借指唐宫。去麒麟阁,指去朝。

⑤凌歊台:南朝宋高祖刘裕于此筑离宫。故址在今当涂西北小黄山。

⑥"歌动"二句:言与常赞府于凌歊台欢会歌舞情况。白纻山,本名楚山,在当涂之东五里。晋桓温曾领妓于此唱《白纻歌》,因更名白纻山。天门,即天门山。在当涂之西长江两岸。

⑦鲁仲尼:孔子名丘字仲尼,春秋鲁人。

⑧"云南"六句:写征南诏败师事。《资治通鉴·唐纪》载,天宝十载,鲜于仲通征南诏,大败于泸南西洱河;天宝十三载李宓再击南诏,复败于西洱河。泸,泸水,又名泸江,指今雅砻江下游,在今云南境。西二河,即西洱河,今称洱海,在今云南大理、洱源之间。

⑨七擒略:指诸葛亮的谋略。三国诸葛亮为巩固蜀汉后方,平定南中,七擒七纵南夷酋长孟获。见《三国志·蜀书·诸葛亮传》注引《汉晋春秋》。

⑩"鲁女"句:鲁穆公时,君老太子幼,漆室女悲而忧,邻女笑之,曰:"昔晋客舍吾家,系马园中,马逸驰去,践吾葵,使我终岁不食葵。今鲁君老悖,太子少愚,奸伪日起。夫鲁国有患者,君臣父子皆被其辱,祸及众庶。妇人独安所避乎?吾悬忧之。"邻女心服之。见《列女传·仁智传》。

⑪"咸阳"四句:天宝十二、十三载秋,长安霖雨,物价暴贵,人多乏食。见《旧唐书·玄宗纪》。咸阳,秦都,此指唐都长安。

⑫契:虞舜之臣,助禹治水有功,任为司徒。宰衡:指宰相。其时宰相为杨国忠。《汉书·王莽传》:伊尹为阿衡,周公为太宰。以伊尹周公称号加于王莽,称之为"宰衡"。后因称宰相为宰衡。

⑬持钧:秉政。钧,制陶器的转轮,喻国政。

⑭逐臣:自指。

⑮不安席:坐卧不安。

⑯"终当"二句:谓虽如孔子恓恓惶惶,到处受讪谤,然终当弭谤转运。《庄子·渔父》:"孔子愀然而叹,再拜而起,曰:'丘再逐于鲁,削迹于卫,伐树于宋,困于陈蔡。丘不知所失而离此四谤者,何也!'"

诗叙写于凌歊台置酒欢会,常赞府询及其所思,因述及长安放还之感慨,且忧国事,叹兵祸年荒。太白诗多以抒情为主,本篇则兼叙时事,有乐府遗意。其写兵败洱海,饥及长安,可与杜甫即事名篇并称"诗史"。

答杜秀才五松山见赠①

昔献长杨赋,天开云雨欢。当时待诏承明里,皆道扬雄才可观②。敕赐飞龙二天马,黄金络头白玉鞍③。浮云蔽日去不返,总为秋风摧紫兰④。角巾东出商山道,采秀行歌咏芝草。路逢园绮笑向人,两君解来一何好⑤。闻道金陵龙虎盘,还同谢朓望长安⑥。千峰夹水向秋浦,五松名山当夏寒⑦。铜井炎炉歊九天,赫如铸鼎荆山前。陶公矍烁呵赤电,回禄睢盱扬紫烟⑧。此中岂是久留处,便欲烧丹从列仙⑨。爱听松风且高卧,飕飕吹尽炎氛过。登崖独立望九州,阳春欲奏谁相和⑩!闻君往年游锦城⑪,章仇尚书倒屣迎⑫。飞笺络绎奏明主,天书降问回恩荣。肮脏不能就珪组⑬,至今空扬高蹈名。夫子工文绝世奇,五松新作天下推。吾非谢尚邀彦伯⑭,异代风流各一时。一时相逢乐在今,袖拂白云开素琴,弹为三峡流泉音⑮。从兹一别武陵去,去后桃花春水深⑯。

[注释]

①杜秀才:杜姓秀才,名字不详,曾游成都,未登仕途,工诗文。五松山:南陵山名。太白《与南陵常赞府游五松山》云:"我来五松下,置酒穷跻攀。微古绝遗老,因名五松山。"可知山为太白所命名。原注:"山在南陵铜井西五里,有古精舍。"

②"昔献"四句:以汉扬雄献赋喻奉诏入京待诏翰林事。献长杨赋,汉成帝时,召扬雄待诏承明庐,从上至长杨宫射熊馆还,上《长杨赋》。见《汉书·扬雄传》。云雨,喻皇帝恩泽。承明,指未央宫承明殿。此喻指翰林院。扬雄,汉代辞赋家。此喻指太白。

③"敕赐"二句:写当年骑马扈从玄宗事。飞龙,指飞龙厩。唐制,学士初入翰林,可借用飞龙厩御马。

④"浮云"二句:谓被谗去朝。语本《文子》:"日月欲明,浮云蔽之;丛兰欲秀,秋风败之。"

⑤"角巾"四句:言离京取道商山,过汉四皓墓。角巾,隐士的头巾。商山,在今陕西商县。咏芝草,四皓《采芝操》:"晔晔紫芝,可以疗饥。"园绮,指东园公与绮里季。代指"四皓",应包括甪里先生、夏黄公。

⑥"闻道"二句:写金陵之行。金陵龙虎盘,晋张勃《吴录》:"刘备曾使诸葛亮至京,因睹秣陵山阜,叹曰:'钟山龙盘,石头虎踞。'此帝王之宅。"谢朓望长安,南齐诗人谢朓《晚登三山还望京邑》:"灞涘望长安,河阳视京县。"

⑦"千峰"二句:写至皖南采矿冶炼,自秋浦至铜陵。秋浦,今安徽贵池。

⑧"铜井"四句:写冶铜事。铜井,南陵铜井在铜官山,今属安徽铜陵。铸鼎荆山,相传黄帝曾铸鼎于荆山。荆山,又名覆釜山,在今河南灵宝之南。陶公,陶安公,相传为铸冶师。见《搜神记》一。矍铄,老而勇健。回禄,传说中的火神。睢盯,趹厄貌。

⑨烧丹从列仙:由冶炼之实业联想到道教炼丹求仙。

⑩"阳春"句:谓曲高和寡。典出宋玉《对楚王问》。阳春,古雅曲名。

⑪锦城:锦官城。指成都。

⑫章仇尚书:指章仇兼琼。唐鲁郡任城人。由剑南节度迁户部尚书。见《新唐书·杨国忠传》。倒屣迎:表示优礼待客。《三国志·魏书·王粲传》载,蔡邕"闻

粲在门,倒屣迎之"。

⑬肮脏:刚直貌。珪组:官员的礼器与佩带。指官职。

⑭谢尚邀彦伯:晋谢尚镇牛渚,秋夜乘月,闻袁宏咏其《咏史》之作,邀与之谈,达旦不寐,引袁参其军事。见《晋书·袁宏传》。谢尚,字仁祖,官至镇西将军。彦伯,袁宏字。

⑮三峡流泉:琴曲,晋阮咸作。见《乐府诗集》六〇《琴集》。

⑯"从兹"二句:谓别后归隐。用陶潜《桃花源记》武陵桃花事。

[点评]

　　本篇答杜秀才所赠五松山新作,历叙去朝后经历,知其自秋浦至五松山,曾从事采矿冶炼之业。太白于东鲁曾从事农耕,于皖南曾从事冶炼,其谪下人间,竟至与工农为伍,可谓一谪到底。然惟其如此,所以成就其为伟大诗人。

赠王判官时余归隐居庐山屏风叠①

　　昔别黄鹤楼,蹉跎淮海秋②。俱飘零落叶,各散洞庭流。中年不相见,蹭蹬游吴越③。何处我思君?天台绿萝月④。会稽风月好,却绕剡溪回⑤。云山海上出,人物镜中来⑥。一度浙江北,十年醉楚台⑦。荆门倒屈宋⑧,梁苑倾邹枚⑨。苦笑我夸诞,知音安在哉!大盗割鸿沟,如风扫秋叶⑩。吾非济代人⑪,且隐屏风叠。中夜天中望,忆君思见君。明朝拂衣去,永与海鸥群⑫。

[注释]

①王判官：其人不详。屏风叠：在庐山五老峰下，九叠如屏，有三叠泉。太白与夫人宗氏曾偕隐于此。

②"昔别"二句：谓于江夏别后即东游扬州。黄鹤楼，在江夏黄鹄矶。在今湖北武昌蛇山。淮海，指扬州。唐时为淮南道所在地。

③"中年"二句：自言中年南游吴越。蹭蹬，困顿貌。

④天台：天台山。在今浙江天台。

⑤"会稽"二句：言由剡溪向会稽。会稽，今浙江绍兴。剡溪，曹娥江上游。

⑥镜中：指镜湖，即鉴湖。王子敬《杂帖》："镜湖澄澈，清流泻注，山川之美，使人应接不暇。"见《戏鸿堂帖》。

⑦"一度"二句：叙由越游楚经历。浙江，即钱塘江。楚台，泛指楚地。

⑧荆门：指荆州。屈宋：指屈原与宋玉。二人均与荆州有关。

⑨梁苑：又名梁园。汉梁孝王刘武所筑。邹枚：邹阳与枚乘，西汉辞赋家。皆曾入梁苑梁孝王门下为客。

⑩"大盗"二句：谓安史之乱。割鸿沟，《史记·项羽本纪》："项王乃与汉约，中分天下，割鸿沟以西者为汉，鸿沟而东者为楚。"指安史与唐抗衡。鸿沟，古运河，故道在今河南境。

⑪济代：即济世。"世"字避太宗李世民之讳作"代"。

⑫"明朝"二句：表示归隐之意。拂衣，振衣，表示某种感情，后称退隐为"拂衣"。谢灵运《述祖德诗》："高揖七州外，拂衣五湖里。"海鸥，鸥鸟忘机，典出《列子·黄帝篇》。与鸥为群，喻归隐。

[点评]

本篇历叙与王判官聚散行迹，并因世乱而归隐庐山屏风叠。其所以退也，非所谓"社稷苍生曾不系其心膂"（宋罗大经《鹤林玉露》），乃报国无门也。细味诗中"吾非济代人，且隐屏风叠"二句，大有深意在焉。所谓"非济代人"，实是反语，愤激语，叹无知音也。"非"字大有文章，"且"字亦自有主意。且者，暂也。其隐也乃暂隐，以观事变，以待时机。后之从璘入水军，自非偶然。所以出者，盖心系社稷苍生也。

赠闾丘处士^①

贤人有素业,乃在沙塘陂^②。竹影扫秋月,荷衣落古池。闲读山海经,散帙卧遥帷^③。且耽田家乐,遂旷林中期。野酌劝芳酒,园蔬烹露葵^④。如能树桃李,为我结茅茨^⑤。

[注释]

①闾丘处士:隐居于宿松的逸人,复姓闾丘。太白另有《赠闾丘宿松》一诗,诗赠县令。处士与县令似非一人。

②"贤人"二句:《李太白全集》王琦注云:"《江南通志》:沙塘陂,在宿松城外。唐闾丘处士筑别业于此,李太白有诗赠之云云。"素业,清素之业。《颜氏家训·勉学》:"有志尚者,遂能磨砺以就素业。"

③"闲读"二句:写处士读书自适。山海经,古代小说异闻之书。书中记述山川、物产、风俗之类,保存古代神话及史地资料甚多。作者未详。散帙,打开书套,翻阅书卷。

④露葵:即冬葵。俗呼滑菜。宋玉《讽赋》:"炊雕胡之饭,烹露葵之羹。"

⑤"如能"二句:意谓倘有交情,可以结茅为邻。树桃李,《韩诗外传》七:"夫春树桃李,夏得阴其下,秋得食其实。"后用以喻荐士。此喻交情。结茅茨,盖简陋的草房。

[点评]

太白避难皖南,卧病宿松,曾与处士闾丘氏交游野酌,因赠此诗。诗写田居逸趣,颇得渊明风味。

赠张相镐①

　　本家陇西人,先为汉边将②。功略盖天地,名飞青云上。苦战竟不侯,当年颇惆怅③。世传崆峒勇④,气激金风壮。英烈遗厥孙,百代神犹王⑤。十五观奇书,作赋凌相如⑥。龙颜惠殊宠,麟阁凭天居⑦。晚途未云已,蹭蹬遭谗毁。想象晋末时,崩腾胡尘起⑧。衣冠陷锋镝,戎虏盈朝市。石勒窥神州,刘聪劫天子⑨。抚剑夜吟啸,雄心日千里。誓欲斩鲸鲵,澄清洛阳水⑩。六合洒霖雨,万物无凋枯。我挥一杯水⑪,自笑何区区! 因人耻成事⑫,贵欲决良图。灭虏不言功,飘然陟方壶⑬。惟有安期舄,留之沧海隅⑭。

[注释]

①张相镐:宰相张镐。博州人,玄宗奔蜀,徒步扈从。肃宗即位,遣赴行在,拜谏议大夫,寻迁中书侍郎、同中书门下平章事,为河南节度使,持节都统淮南等道诸军事。见《旧唐书》本传。
②“本家”二句:自谓汉陇西飞将军李广之后。陇西,指陇西成纪,今甘肃成县。李阳冰《草堂集序》:“李白字太白,陇西成纪人,凉武昭王暠九世孙。”汉边将,指李广。太白尊之为先祖。
③“苦战”二句:谓李广屡立战功,然白首未曾封侯,即所谓“李广难封”。事见《史记·李将军列传》。不侯,不曾封侯。
④崆峒:山名,在今甘肃平凉之西。又作空桐,《尔雅·释地》:“大蒙之人信,空

桐之人武。"故谓"崆峒勇"。

⑤"英烈"二句：谓承乃祖之遗风。神犹王，精神振作。王，读如"旺"。

⑥相如：指汉代辞赋家司马相如。

⑦"龙颜"二句：写待诏翰林事。龙颜，指唐玄宗恩宠。麟阁，汉麒麟阁，在未央宫中，此代指翰林院。

⑧"想象"二句：谓安史之乱如晋末五胡之乱。晋永嘉五年，刘曜等寇洛川，晋帝蒙尘于平阳。见《晋书·孝怀帝纪》。

⑨"石勒"二句：谓石勒、刘聪等颠覆晋室。石勒，羯人，十六国时后赵开国君主。刘聪，十六国汉主刘渊之子，继位后改汉为前赵。曾虏晋怀帝，故云"劫天子"。见《晋书·孝怀帝纪》。

⑩"誓欲"二句：有平乱收复东京之志。鲸鲵，喻安史。洛阳，安史据洛阳为伪都。

⑪一杯水：自谦力微。《孟子·告子上》："今之为仁者，犹以一杯水救一车薪之火也。"

⑫"因人"句：《史记·平原君列传》载毛遂语："公等碌碌，所谓因人成事者也。"

⑬"灭虏"二句：谓功成身退。方壶，又作方丈，传说中海上仙山。

⑭"惟有"二句：拟安期生留舄仙去。《艺文类聚》七八引《列仙传》云："安期生，琅耶阜乡人，卖药海边，时人皆言千岁公。秦始皇请见，与语三日三夜，赐金璧数万，出于阜乡亭，皆置去，留书，以赤玉舄一量为报，曰：'复千岁，来求我于蓬莱山下。'"

[点评]

　　本题二首，此录其二。题下原注："时逃难病在宿松山作。"即其一所云："卧病宿松山，苍茫空四邻。"丹阳之败，仓卒南奔，避地宿松，其时尚未系寻阳狱。据其一"昔为管将鲍，中奔吴隔秦"推断，太白与张镐当曾有交情，故直言乞为援引。此篇题一作《书怀重寄张相公》，可知第一首寄出后，未见招纳，故有"重寄"之作。此重寄之作自叙家世，自申壮志，并以功成身退为期，亦自荐之诗。诗云："誓欲斩鲸鲵，澄清洛阳水。"无论从李璘，抑或求张镐，太白均持此志。

中丞宋公以吴兵三千赴河南
军次寻阳脱余之囚参谋幕府因赠之①

　　独坐清天下②,专征出海隅③。九江皆渡虎④,三郡尽还珠⑤。组练明秋浦,楼船入郢都⑥。风高初选将,月满欲平胡⑦。杀气横千里,军声动九区⑧。白猿惭剑术⑨,黄石借兵符⑩。戎虏行当剪,鲸鲵立可诛⑪。自怜非剧孟,何以佐良图⑫?

[注释]

①中丞宋公:即宋若思。若思,或误作"若恩",为宋之悌之次子,官御史中丞,又为江南西道采访使兼宣城太守。寻阳:今江西九江。脱余之囚:指将太白从寻阳狱中释放出来。按,白之出狱,崔涣与宋若思均有力焉。太白撰《为宋中丞自荐表》:"前后经宣慰大使崔涣及臣推覆清雪,寻经奏闻。"参谋幕府:于宋若思幕下参谋军政,起草文书。有《陪宋中丞武昌夜饮怀古》诗、《为宋中丞请都金陵表》、《为宋中丞自荐表》等文可证。

②独坐:专席。意指骄贵无偶。《后汉书·宣秉传》:"光武特诏御史中丞与司隶校尉,尚书令会同并专席而坐,故京师号曰'三独坐'。"

③专征:古诸侯或将帅经特许可自行出兵征伐,称专征。陶潜《命子》诗:"天子与畴我,专征南国。"此指宋若思率吴兵赴河南。

④"九江"句:《后汉书·宋均传》载,宋均为九江太守,郡多虎豹,设槛阱捕杀,反多伤害,均命属县曰:虎豹在山,鼋鼍在水,各有所托。今为民害,咎在残吏,劳勤张捕,非忧恤之本,可去槛阱,除削课制。此后,相传虎相与东游渡江。

⑤三郡：指宋若思兼任太守的宣城郡。还珠：用合浦珠还故事。典出《后汉书·孟尝传》。称颂宋若思政绩。

⑥"组练"二句：谓宋若思率军经秋浦入郢都。组练，组甲被练，军队装束。后亦用以形容军容之盛。秋浦，今安徽贵池。楼船，多层的大船，此指战船。郢都，楚国都城，此指江陵。

⑦平胡：指平定安史之乱。

⑧九区：犹九州，指全国。

⑨"白猿"句：典出白猿公。越王请处女传剑术，处女北上见王，道逢老翁，自称袁公，请观其术。处女应之，公挽竹为剑，女接末，公操其本刺处女。三入，女因击袁公，公飞上树，化为白猿。见《艺文类聚》九五引《吴越春秋》。

⑩黄石：指黄石公。张良经下邳圯桥，黄石公授以兵法。事见《史记·留侯世家》。兵符：指太公兵法。

⑪鲸鲵：喻指安史。

⑫"自怜"二句：自谦无剧孟之才以佐宋若思平叛。剧孟，汉初游侠。吴楚七国之叛，周亚夫得剧孟，助以平叛。见《史记·游侠列传》。

[点评]

　　本篇为出寻阳狱入宋若思幕时所作，赞宋之专征平胡，并表示愿佐良图。其写宋若思三千吴兵由吴入楚之盛，有声有色，颇善状军容。

窜夜郎于乌江留别宗十六璟①

　　君家全盛日，台鼎何陆离②！斩鳌翼娲皇，炼石补天维。一回日月顾，三入凤凰池③。失势青门傍，种瓜复几时④！犹会众宾客，三千光路岐。皇恩雪愤懑,松柏含荣滋⑤。我非东床人,令姊忝齐眉⑥。浪迹未出世,空名动京师⑦。适遭云罗解,翻谪夜郎悲⑧。拙妻莫邪剑,及此二龙随⑨。惭君湍波苦,千里远从之⑩。白帝晓猿断⑪,黄牛过客迟⑫。遥瞻明月峡⑬,西去益相思。

[注释]

①夜郎:唐贞观十六年置县,属黔中道珍州,今贵州正安。乌江:《李太白全集》王琦注引《浔阳记》定乌江在浔阳,即指浔阳江。然据"惭君湍波苦,千里远从之"诗句,此乌江似当远离浔阳之江,非首途道别,乃中途分别。宗十六璟:宗楚客之后,排行十六,蒲州人,太白妻弟。

②"君家"二句:言宗家曾历鼎盛。台鼎,旧称三公为台鼎,如星之三台,如鼎之三足。《后汉书·陈球传》:"公出自宗室,位登台鼎。"陆离,美好貌。

③"斩鳌"四句:写宗楚客曾辅佐武后,三登相位。娲皇,女娲。《淮南子·览冥训》:"女娲炼五色石以补苍天,斩鳌足以立四极。"此喻武后。谓宗楚客辅武后,如斩鳌足炼彩石以助娲皇补天纲续地维。凤凰池,省称凤池,指中书省。宗楚客曾三入中书省为宰相。武后朝称夏官侍郎同凤阁鸾台平章事。

④"失势"二句:写宗氏失势在野如邵平种瓜青门。邵平,广陵人,为东陵侯,秦破为布衣,种瓜青门外。青门,长安东头霸城门。见《三辅黄图》一。按,宗楚客先附武后,后附韦后,事败被害。家道败落,形同布衣。

⑤"皇恩"二句:言宗氏在政争中败落,曾受皇恩,得以昭雪。

⑥"我非"二句:谦言为宗氏东床之婿。东床,王羲之袒腹东床,为郗太傅快婿。典出《世说新语·雅量》。齐眉,梁鸿之妻具食,举案眉齐。典出《后汉书·梁鸿传》。

⑦"浪迹"二句:叙天宝初奉诏入翰林,名动京师事。

⑧"适遭"二句:谓从璘入狱,脱狱未久,复遭流放。

⑨"拙妻"二句:谓其妻宗氏亦送一程。典出《吴越春秋》:"干将莫邪夫妻铸剑,始金铁不销,后同入冶炉,铸出二剑,阳曰干将,阴曰莫邪。"二龙,喻双剑。

⑩"惭君"二句:谓宗璟不畏江行之苦从其姊送白一程。

⑪白帝:白帝城。在今四川奉节。

⑫黄牛:黄牛峡。又名黄牛山,下有黄牛滩。《水经注·江水》:黄牛山"既高,加以江湍纡回,虽途经信宿,犹望见此物,故行者谣曰:'朝发黄牛,暮宿黄牛。三朝三暮,黄牛如故。'言水落纡深,四望如一矣"。

⑬明月峡:在今四川巴县。《水经注·江水》:"江水又左迳明月峡,东至梨乡,历鸡鸣峡。江之南岸,有枳县治。《华阳记》曰:枳县在江州巴郡东四百里,治涪陵水会。庾仲雍所谓别江出武陵者也。水乃延江之枝津分水北注迳涪陵入江,故亦云涪陵水也。"

[点评]

本篇为流夜郎途中留别内弟宗璟之作,历叙宗之家世及己之身世。王琦谓宗楚客三入为相,史传以为"冒于权利,外附韦氏,内蓄逆谋,故卒以败",其行迹若此,乃太白有"斩鳌翼娲皇,炼石补天维"之褒;诛后亦未闻放罪之辞,赠葬之典,乃太白有"皇恩雪愤懑,松柏含荣滋"之美。在诗人固多溢颂之辞,又为亲者讳,不得不然。(见《李太白全集》注)宗楚客既败,史家未必秉笔直书。太白或有溢美,然亦或有可补史家之失者。其叙宗氏家世,正有感于己之身世也,盖负屈含冤者之自白也。

赠从弟南平太守之遥①

少年不得意,落魄无安居。愿随任公子,欲钓吞舟鱼②。常时饮酒逐风景,壮心遂与功名疏。兰生谷底人不锄,云在高山空卷舒。汉家天子驰驷马,赤车蜀道迎相如③。天门九重谒圣人,龙颜一解四海春。彤庭左右呼万岁④,拜贺明主收沉沦。翰林秉笔回英盼,麟阁峥嵘谁可见⑤！承恩初入银台门，著书独在金銮殿⑥。龙驹雕镫白玉鞍，象床绮席黄金盘。当时笑我微贱者，却来请谒为交欢。一朝谢病游江海，畴昔相知几人在！前门长揖后门关，今日结交明日改。爱君山岳心不移，随君云雾迷所为。梦得池塘生春草，使我长价登楼诗⑦。别后遥传临海作，可见羊何共和之⑧。

[注释]

①南平太守之遥：李之遥，白之故交，由南平守以饮酒故，贬谪武陵，白因有此赠。宋本、缪本题下注云："时因饮酒过度贬武陵，后诗故赠。"南平，即渝州，先名巴郡，天宝初更名南平。今重庆。

②"愿随"二句：典书《庄子·外物》：任公子为大钩，蹲于会稽，投竿东海，期年而后钓得大鱼。吞舟鱼，形容大鱼。《庄子·庚桑楚》："吞舟之鱼，砀而失水，则蚁能苦之。"

③"汉家"二句：以司马相如自拟，谓玄宗召至京师。驷马，司马相如初入长安，过成都升仙桥，题柱曰："不乘高车驷马，不过此桥。"见晋常璩《华阳国志》。此化用题柱事。

④彤庭：汉皇宫以朱色漆中庭，称彤庭。班固《两都赋》："玄墀扣砌，玉阶彤庭。"后泛指皇宫。

⑤"翰林"二句：自谓在翰林院撰文有功。翰林，翰林院。大明宫与兴庆宫均设翰林院。麟阁，麒麟阁。汉宣帝图绘功臣之所。

⑥"承恩"二句：李阳冰《草堂集序》谓太白入京，"置于金銮殿，出入翰林中，问以国政，潜草诏诰，人无知者。"银台门，在大明宫内，翰林院之侧。金銮殿，在大明宫内，其侧为金銮坡。

⑦"梦得"二句：《南史·谢灵运传》载，谢灵运梦其从弟惠连，得"池塘生春草"句，自谓"此语有神助"，写入《登池上楼》诗。此化用其事，以喻之遥助太白诗思。

⑧"别后"二句：语本谢灵运《登临海峤初发强中作与从弟惠连可见羊何共和之》诗。临海，今浙江天台。羊何，指泰山羊璿之、东海何长瑜，与灵运、惠连有笔墨

之交。

[点评]

　　本题二首,此录其一。李之遥由南平守贬武陵,以饮酒故,其二即为此而发,即题注所谓"后诗故赠"。诗云:"东平与南平,今古两步兵。素心爱美酒,不是顾专城。谪官桃源去,寻花几处行。秦人如旧识,出户笑相迎。"为慰之遥而作。本篇首自叙经历,重在奉诏入京一段生活;中写离京后朋友交情之疏,慨世态之炎凉;后转入末题,有感于兄弟之情笃。此乃自慰之作。陆游谓"以布衣得一翰林供奉,此何足道? 遂云'当时笑我微贱者,却来请谒为交欢',宜其终身坎壈也。"(《老学庵笔记》)殊不知太白每以待诏翰林自荣自夸,究其心态,实乃自怨自慰也。

流夜郎赠辛判官①

　　昔在长安醉花柳,五侯七贵同杯酒。气岸遥凌豪士前,风流肯落他人后②! 夫子红颜我少年,章台走马著金鞭。文章献纳麒麟殿,歌舞淹留玳瑁筵③。与君自谓长如此,宁知草动风尘起。函谷忽惊胡马来,秦宫桃李向胡开④。我愁远谪夜郎去,何日金鸡放赦回⑤?

[注释]

①夜郎:治所在今贵州正安西北。辛判官:名字事迹未详。判官,唐节度、观察、防御诸使,均置判官,以佐政事。

②“昔在”四句：写在翰林时之风流得意。五侯七贵，泛指朝中权贵。语本东汉王宦者同日封侯与西汉外戚七姓贵族。

③“夫子”四句：谓与辛判官在长安同游同事的情景。章台，长安章台街。《汉书·张敞传》：“时罢朝会，过走马章台街。”麒麟殿，汉未央宫中殿名。此指唐宫殿。玳瑁筵，以玳瑁装饰坐具的宴席，即盛筵。刘桢《瓜赋序》：“布象牙之席，薰玳瑁之筵。”

④“与君”四句：写安史之乱。函谷，即函谷关。此喻潼关。潼关失守，长安即沦陷。秦宫桃李，指唐宫花木。旧注求具体寄托，失之凿。胡，一作“明”，费解；两宋、缪本作“胡”，是。言唐宫花木皆为叛军而开。

⑤金鸡：标志大赦。《新唐书·百官志》：“赦日，树金鸡于仗南。”此俗始于后魏。见《封氏闻见记》四：“按《海中星占》，天鸡星动，必当有赦，由是王以鸡为候。”

[点评]

　　本篇当是将赴夜郎赠别辛判官之作，历叙长安旧游及乱后远谪事。白与辛似奉诏翰林时旧相识，故以长安走马发端。自长安献纳至夜郎远谪，其间身世之变，时世之变，难以尽述，故一概略去，但以“金鸡放赦”收尾，太白诗之跳跃如此。

巴陵赠贾舍人①

　　贾生西望忆京华，湘浦南迁莫怨嗟②。圣主恩深汉文帝，怜君不遣到长沙③。

①巴陵:即岳州,今湖南岳阳。贾舍人:名至,曾任中书舍人,出为汝州刺史。安史之乱,弃州出奔,贬岳州司马。

②"贾生"二句:以汉贾谊之贬长沙喻贾至之贬岳州。湘浦,指今湖南。

③"圣主"二句:谓肃宗之恩深于汉文帝,故未贬至长沙。意谓岳州比贾谊贬所为近。

[点评]

贾至之贬岳州,有诗云:"极浦三春草,高楼万里心。楚山暗霭碧,湘水暮流深。忽与朝中旧,同为泽畔吟。停杯试北望,还欲泪沾襟。"题曰《南州有赠》(一作《岳阳楼宴王员外贬长沙》)。太白此诗似就其诗意而作,赠以慰之。贾诗袒露,白诗含蓄。"圣主"二句,尤极深婉之至。即所谓"温柔敦厚"者也。

与诸公送陈郎将归衡阳①

衡山苍苍入紫冥,下看南极老人星②。回飙吹散五峰雪,往往飞花落洞庭③。气清岳秀有如此,郎将一家拖金紫④。门前食客乱浮云,世人皆比孟尝君⑤。江上送行无白璧,临歧惆怅若为分⑥。

[注释]

①陈郎将:名字事迹不详,据诗意知其家居衡阳,且为士宦之家。郎将:五品军官。衡阳:唐属衡州,今属湖南。

②"衡山"二句:极言衡山之高。衡山,南岳。隋开皇九年定衡山为南岳,此前南岳为潜山。紫冥,犹紫虚,即天空。南极老人星:南极星,又称老人星。《史记·天官书》:"狼比地有大星,曰南极老人。"

③"回飙"二句:写衡山俯视洞庭。五峰,衡山七十二峰,大者五峰,即祝融峰、紫盖峰、云密峰、石廪峰、天柱峰。以祝融峰为最高。

④金紫:谓金鱼袋与紫绶。指高级官员。

⑤"门前"二句:谓陈郎将家豪放好客似孟尝君。孟尝君,战国齐公子田文。其门下有食客数千。

⑥"江上"二句:写江夏江边送别之惆怅。江上,长江边。即另题所说南浦。白璧,典出《左传·僖公二十四年》:"春壬正月,秦伯纳之(指晋公子重耳),不书,不告入也。及河,子犯以璧授公子曰:'臣负羁绁,从君巡于天下,臣之罪甚多矣。臣犹知之,而况君乎?请由此亡。'公子曰:'所不与舅氏同心者,有如白水!'投其璧于河。"以舅氏临河授璧,公子投璧于河,为临别信誓。若为,怎能。若为分,谓难分难舍。

[点评]

　　本篇题下有《序》云:"仲尼旅人,文王明夷,苟非其时,圣贤低眉。况仆之不肖者,而迁逐枯槁,固非其宜! 朝心不开,暮发尽白,而登高送远,使人增愁。陈郎将义风凛然,英思逸发。来下曹城之榻,去邀才子之诗。动情兴于中流,泛素波而径去。诸公仰望不及,连章祖之。序惭起予,辄冠名贤之首。作者嗤我,乃为抚掌之资乎!"咸本题无"与诸公"三字,注云:"一作'春于南浦与诸公'。"《文苑英华》录其序,题作《春于南浦与诸公送陈郎将归衡岳序》。固知送别之地为武昌城南之南浦。诗写衡山之钟灵毓秀,先状衡岳之高峻,后述陈郎将一家之豪贵。善于转折,极尽形容,音调铿锵,气韵流畅,最显出太白歌行本色。

江夏赠韦南陵冰①

　　胡骄马惊沙尘起,胡雏饮马天津水②。君为张掖近酒泉③,我窜三巴九千里④。天地再新法令宽,夜郎迁客带霜寒⑤。西忆故人不可见,东风吹梦到长安。宁期此地忽相遇,惊喜茫如堕烟雾。玉箫金管喧四筵,苦心不得申长句⑥。昨日绣衣倾绿樽⑦,病如桃李竟何言⑧?昔骑天子大宛马⑨,今乘款段诸侯门⑩。赖遇南平豁方寸,复兼夫子持清论。有似山开万里云,四望青天解人闷⑪。人闷还心闷,苦辛长苦辛。愁来饮酒二千石,寒灰重暖生阳春。山公醉后能骑马⑫,别是风流贤主人。头陀云月多僧气⑬,山水何曾称人意!不然鸣箛按鼓戏沧流,呼取江南女儿歌棹讴。我且为君捶碎黄鹤楼,君亦为我倒却鹦鹉洲⑭。赤壁争雄如梦里⑮,且须歌舞宽离忧。

[注释]

①江夏:今湖北武昌。韦南陵冰:南陵县令韦冰,京兆人。韦渠牟之父,官终著作郎兼苏州司马,卒于大历末。为太白故交,白曾教授其子渠牟古乐府。南陵,今属安徽。

②"胡骄"二句:谓安史攻陷洛阳。胡骄,本谓匈奴,语本"胡者,天之骄子"(《汉书·匈奴传》)。此指安史。胡雏,原指石勒。王衍见石勒而异之,称为"胡雏"。见《晋书·石勒载记》。此亦借指安史。天津水,天津桥下之水,即洛水。此代

指洛阳之陷落。

③"君为"句：意谓韦冰曾官于张掖。张掖，唐为甘州，今属甘肃。酒泉，即肃州，今属甘肃。

④三巴：指巴郡、巴西、巴东。今四川东部一带。按，三巴为太白流夜郎所经之地。

⑤夜郎：今贵州正安。带霜寒：太白《经乱离后天恩流夜郎忆旧游书怀赠江夏韦太守良宰》云："扫荡六合清，仍为负霜草。"以"负霜草"为迁客自喻，故曰"带霜寒"。

⑥长句：唐人称七律、七古、七言歌行为长句。

⑦绣衣：指御史台官员。亦称绣衣直指。见《汉书·百官公卿表上》。

⑧"病如"句：化用"桃李不言，下自成蹊"语。见《史记·李将军列传赞》。

⑨大宛马：汉西域大宛所产名马。此指待诏翰林所借御厩中马。

⑩款段：行走迟缓之劣马。马少游欲居乡里，"乘下泽车，御款段马"。见《后汉书·马援传》。

⑪"赖遇"四句：感激南平太守李之遥与南陵令韦冰之勉励与持论，使之豁然开朗消除愁闷。南平，指南平太守李之遥。太白称之族弟，有《赠从弟南平太守之遥二首》。南平，即渝州，今重庆。夫子，对韦冰的尊称。

⑫山公：指晋山简。曾出任征南将军，镇守襄阳。好酒，童谣云："山公出何许？往至高阳池。日夕倒载归，酩酊无所知。"见《晋书·山涛传》。此指韦冰。

⑬头陀：头陀寺。故址在今湖北武昌蛇山。

⑭"我且"二句：故作狂言，以破愁闷。诗出，即有人讥其狂。故复作《醉后答丁十八以诗讥予捶碎黄鹤楼》一诗，诗云："黄鹤楼高已捶碎，黄鹤仙人无所依……一州笑我为狂客，少年往往来相讥。"其后禅僧作偈云："一拳捶碎黄鹤楼，一脚踢翻鹦鹉洲。有意气时消意气，不风流处也风流。"颇得其旨。

⑮赤壁争雄：谓孙刘联军败曹操于赤壁，喻安史乱后藩镇割据争雄事。赤壁，传闻遗址多处，较可信者为今湖北蒲圻赤壁。

[点评]

　　本篇写赦后于江夏遇故交韦冰，叙离合情怀。诗中屡见"苦心"、"人闷"、"心闷"、"苦辛"、"愁来"、"离忧"诸词，足见其时太白心中之苦闷忧愁。其所愁所忧，非独身世之潦倒，亦忧时世之可危。安史乱后，诸节度拥兵自重，复现"赤壁争雄"之势，此时世之可忧者也。故有捶碎黄鹤楼倒却鹦鹉洲之语，以消其意气。

峨眉山月歌送蜀僧晏入中京①

我在巴东三峡时②，西看明月忆峨眉。月出峨眉照沧海，与人万里长相随。黄鹤楼前月华白，此中忽见峨眉客③。峨眉山月还送君，风吹西到长安陌。长安大道横九天，峨眉山月照秦川④。黄金师子乘高座，白玉麈尾谈重玄⑤。我似浮云滞吴越⑥，君逢圣主游丹阙⑦。一振高名满帝都，归时还弄峨眉月。

[注释]

①峨眉山：在今四川峨眉。蜀僧晏：事迹不详。中京：指长安。至德二载十二月改蜀郡为南京，凤翔为西京，长安为中京。上元二年中京复曰西京。

②巴东：泛指古巴国之东，含今云阳、奉节以东。三峡在其中，故称"巴东三峡"。《巴东三峡歌》云："巴东三峡巫峡长，猿鸣三声泪沾裳。"

③"黄鹤"二句：写与蜀僧相遇于江夏。黄鹤楼，在江夏黄鹄矶。故址在今湖北武昌蛇山。峨眉客，指蜀僧晏。

④秦川：秦之故地，约包括今陕甘两省。

⑤师子乘高座：《大智度论》七："佛为人中师子，佛所坐处，或床或地，皆名师子座。如今者，国王坐处亦名师子座。"师，通"狮"。麈尾：俗称拂尘。晋人谈玄多执玉柄麈尾。《世说新语·容止》："王夷甫容貌整肃，妙于谈玄，恒捉白玉柄麈

尾,与手都无分别。"二句悬想蜀僧晏在长安上座说法。

⑥"我似"句:化用曹丕《杂诗》其二:"西北有浮云,亭亭如车盖。惜哉时不遇,适与飘风会。吹我东南行,行行至吴会。吴会非我乡,安得久留滞?"所谓"浮云滞吴越",乃喻指自己滞留江夏。吴越,指"吴会",切"浮云"。以押韵故改"会"为"越"。均指今江浙一带。

⑦丹阙:指长安宫阙。

[点评]

　　本篇为送行诗,当是在江夏送蜀僧晏入长安。僧居蜀之峨眉,因题曰"峨眉山月歌"。以峨眉山月发端,复以峨眉山月收束。其间以月为线贯联首尾,月照三峡,月照黄鹤楼,月照秦川,月照峨眉,无往而非月。严沧浪曰:"回环散见,映带生辉,真有月映千江之妙。"(《严羽评点李集》)可谓知言。

江上赠窦长史①

　　汉求季布鲁朱家②,楚逐伍胥去章华③。万里南迁夜郎国④,三年归及长风沙⑤。闻道青云贵公子,锦帆游戏西江水⑥。人疑天上坐楼船⑦,水净霞明两重绮⑧。相约相期何太深!棹歌摇艇月中寻。不同珠履三千客⑨,别欲论交一片心。

[注释]

①江上:长江之上。窦长史:名字不详,曾任长史。长史,州郡属官,位在别驾之下。

②"汉求"句:用季布故事。《史记·季布列传》载,季布任侠,为项羽将,有名于楚。羽败,汉以千金求购布。鲁朱家收布,之洛阳见汝阴侯滕公。滕公知朱家为大侠,乃为说项,上因赦季布。

③"楚逐"句:典出《史记·伍子胥列传》:楚平王诛杀伍子胥之父兄,子胥弯弓欲射使者,使者走,遂出奔吴。章华,楚台名,故址在今湖北。

④南迁夜郎国:指从璘获罪长流夜郎事。夜郎,在今贵州正安。

⑤长风沙:在今安徽怀宁东五十里。

⑥"闻道"二句:写窦长史舟游江上。青云贵公子,喻指窦长史。西江,西来之大江,指长江。

⑦"人疑"句:沈佺期《钓竿篇》:"朝日敛红烟,垂竿向绿川。人疑天上坐,鱼似镜中悬。"

⑧"水净"句:谢朓《晚登三山还望京邑》诗:"余霞散成绮,澄江静如练。"为此句所本。

⑨珠履三千客:《史记·春申君列传》:"春申君客三千余人,其上客皆蹑珠履。"

[点评]

　　本篇为遇赦归至长风沙江上见窦长史时赠诗,谢其相约相期,赞窦长史如春申君之好客,然太白此时已无心于贵公子门下为上客,只是感其交情,故赋诗以赠。诗之风调不减当年,只是略带衰飒。

感慨兴怀

仰天大笑出门去

大车扬飞尘

（古风其二十四）

　　大车扬飞尘，亭午暗阡陌①。中贵多黄金②，连云开甲宅。路逢斗鸡者③，冠盖何辉赫④！鼻息干虹霓，行人皆怵惕⑤。世无洗耳翁⑥，谁知尧与跖⑦？

[注释]

①"大车"二句：言豪贵的车尘飞扬于道途，正午的日光也被遮蔽得一片昏暗。亭午，正午。阡陌，原指南北东西田界，此指道路。

②中贵：显贵的侍从宦官。又称"中贵人"。《史记·李将军传》索隐引董巴《舆服志》云："黄门丞至密近，使听察天下，谓之中贵人使者。"

③斗鸡者：专事斗鸡的人，如贾昌之流。陈鸿《东城老父传》载，唐玄宗在藩邸时，乐民间斗鸡戏。及即位，治鸡坊于两宫间，选六军小儿五百人，使训扰教饲雄鸡。上行下效，诸王、外戚、公主、侯家，皆倾帑市鸡，都中男女，以弄鸡为事。贾昌为五百小儿长，帝甚爱幸之，号为鸡神童。金帛之赐，日至其家。时人语曰："生儿不用识文字，斗鸡走马胜读书。贾家小儿年十三，富贵荣华代不如。"

④冠盖：官吏的服饰与车乘，有时代指官吏。冠，礼帽。盖，车盖。班固《两都赋》："冠盖如云，七相五公。"

⑤怵惕：恐惧。

⑥洗耳翁：指许由。晋皇浦谧《高士传》载，尧让天下于许由，由遁耕于颍水之阴，箕山之下；尧又召许由为九州长，由不欲闻之，洗耳于颍水之滨。

⑦尧:传说中古帝陶唐氏之号。《尚书·尧典》:"曰若稽古帝尧。"后用以指代圣君。跖:春秋战国之交的人,名跖,一作"蹠",为柳下季之弟。旧时被诬称为盗跖。见《庄子·盗跖》。

[点评]

　　本篇刺中贵之骄奢,讽小人之得志,盖有所感而发者也。或是初入长安时耳目所濡染而感慨系之,因发而为诗。矛头所向,直指玄宗。

少年行①

　　五陵年少金市东②,银鞍白马度春风。落花踏尽游何处,笑入胡姬酒肆中③。

[注释]

①少年行:乐府杂曲旧题。或作《少年子》,本出《结客少年场》。
②五陵年少:指豪贵公子。五陵,指长安之北长陵、安陵、阳陵、茂陵、昭陵西汉五帝的陵墓。五陵在汉唐为豪门贵族聚居之地。金市:古洛阳陵云台西有金市。西方属金,故称金市。见《水经注·谷水》。此指繁华的街市。
③胡姬:原指西域出生的少女。后多泛指卖酒女郎。酒肆:酒店,酒家。

[点评]

　　本题二首,均写少年豪侠。此首又题《小放歌行》,颇能尽少年公子豪放之态。太白自少即热衷于仙与侠,故与少年豪侠多所共鸣,是亦夫子自道也。

白马篇^①

龙马花雪毛^②,金鞍五陵豪^③。秋霜切玉剑^④,落日明珠袍^⑤。斗鸡事万乘,轩盖一何高^⑥!弓摧南山虎^⑦,手接太行猱^⑧。酒后竞风采,三杯弄宝刀。杀人如剪草,剧孟同游遨^⑨。发愤去函谷^⑩,从军向临洮^⑪。叱咤经百战,匈奴尽奔逃。归来使酒气^⑫,未肯拜萧曹^⑬。羞入原宪室,荒径隐蓬蒿^⑭。

[注释]

①白马篇:乐府杂曲旧题。曹植、鲍照本题均写边塞事,此则写五陵豪少。

②龙马:《周礼·夏官》:"马八尺以上为龙。"后多以龙喻骏马。

③五陵豪:聚居于长安之北五陵地带的豪门贵族。

④"秋霜"句:言五陵豪所佩之剑霜刃锐利,可以切玉。《列子·汤问》谓周穆王得西戎锟铻之剑,"炼钢赤刃,用之切玉,如切泥焉"。

⑤"落日"句:言珠袍在夕阳中闪闪发光。语本梁王僧孺《古意》诗:"朔风吹锦带,落日映珠袍。"

⑥"斗鸡"二句:言以斗鸡侍奉主上,以博取荣华。事见陈鸿《东城老父传》。

⑦南山虎:用晋周处事。南山白额虎为患,周处入山中射杀,为民除害。见《晋书·周处传》。

⑧"手接"句:《后汉书·张衡传》注引《尸子》曰:"中黄伯曰:我左执太行之猱,右执雕虎,惟象之未试,吾或焉。"猱,类猿,长臂。

⑨剧孟:汉代大侠。《汉书·游侠传》:"布衣游侠,剧孟、郭解之徒,如骛于闾阎,

权行州域,力折公卿。"

⑩函谷:函谷关。秦关在今河南灵宝,汉关在今河南新安。

⑪临洮:隋为临洮郡,唐为岷州治。在今甘肃岷县。

⑫使酒:酒后任性。《史记·魏其武安侯列传》:"灌夫为人刚直,使酒,不好面谀。贵戚诸有势在己之右,必陵之。"

⑬萧曹:指汉初宰相萧何与曹参。《史记·周昌传》:"昌为人强力,敢直言,自萧曹等皆卑下之。"

⑭"羞入"二句:《韩诗外传》一:"原宪居鲁,环堵之室,茨以蒿莱,蓬户瓮牖,桷桑而无枢,上漏下湿,匡坐而弦歌。"原宪,字子思,孔子弟子,安贫乐道。

[点评]

　　本篇写长安五陵豪门子弟逞强使气,亦颂亦讽,似颂实讽。萧士赟曰:"此诗寓贬于褒,寄扬于抑,深得国风之旨。"太白尊侠重义,故于其侠义有所扬,然于其豪奢则有所抑,心情复杂,而其妙处正在褒贬之际抑扬之间也。

陈情赠友人①

　　延陵有宝剑,价重千黄金。观风历上国,暗许故人深。归来挂坟松,万古知其心②。懦夫感达节,壮士激青衿③。鲍生荐夷吾,一举致齐相④。斯人无良朋,岂有青云望!临财不苟取,推分固辞让⑤。后世称其贤,英风邈难尚。论交但若此,有道孰云丧⑥!多君骋逸藻,掩映当时人。舒文振颓波,秉德冠彝伦⑦。卜居乃此地,共井为比邻。清琴弄云月,美酒娱冬春。薄德中见捐,忽之如遗尘⑧。

英豪未豹变⑨,自古多艰辛。他人纵以疏,君意宜独亲。奈何成离居,相去复几许?飘风吹云霓⑩,蔽目不得语。投珠冀有报,按剑恐相拒⑪。所思采芳兰,欲赠隔荆渚⑫。沉忧心若醉,积恨泪如雨。愿假东壁辉,余光照贫女⑬。

[注释]

①陈情:陈诉衷情。屈原《九章·惜往日》:"愿陈情以白行兮,得罪过之不意。"

②"延陵"六句:写延陵挂剑之重交情。春秋吴公子季札封于延陵,使鲁,北过徐君。徐君爱其剑而不敢言,季札心知之。及还,徐君已死,因解剑系其冢树而去。见《史记·吴太伯世家》。

③"懦夫"二句:谓延陵之风可以励俗。懦夫,软弱无所作为的男子。《孟子·万章下》:"故闻伯夷之风者,顽夫廉,懦夫有立志。"达节,不拘常格而自然合节。《左传·成公十五年》:"圣达节,次守节,下失节。"青衿,青领,学子之所服,或作士子代称。语本《诗经·郑风·子衿》:"青青子衿,悠悠我心。""壮士"句一作"壮气激素衿"。

④"鲍生"二句:以管鲍之交为喻。鲍叔牙知管仲之贤,善遇之,后荐之于齐桓公,桓公用为相,遂霸天下。见《史记·管晏列传》。夷吾,管仲之名,以字行。

⑤"临财"二句:用管鲍分金事。《史记·管晏列传》载,管仲曰:"吾始困时,尝与鲍叔贾,分财利,多自与,鲍叔不以我为贪,知我贫也。"

⑥有道:一本作"友道"。

⑦彝伦:天地人之常道,犹常伦。《尚书·洪范》:"我不知其彝伦攸叙。"

⑧"薄德"二句:谓二人交情中断。

⑨豹变:语本《周易·革》:"君子豹变,其文蔚也。"

⑩"飘风"句:屈原《离骚》:"飘风屯其相离兮,帅云霓而来御。"

⑪"投珠"二句:典出《史记·邹阳列传》:"臣闻明月之珠,夜光之璧,以暗投人于道,路人无不按剑相眄者,何则?无因而至前也。"

⑫荆渚:当在江陵一带。今湖北荆州。二句意取屈原《九歌·河伯》:"被石兰兮带杜蘅,折芳馨兮遗所思。"

⑬"愿假"二句:典出《列女传·辩通传》:齐女徐吾为齐东贫妇,与邻会烛相从夜

织。以贫烛不足数,邻妇欲拒之。徐吾曰:"夫一室之中,益一人烛不为暗,损一人烛不为明,何爱东壁之余光,不使贫女得蒙见爱之恩,长为妾役之事,使诸君常有惠施于妾,不亦可乎?"邻妇终无后言。

[点评]

瞿蜕园朱金城《李白集校注》谓:"此诗似入京以前,在安陆时作,故云:'卜居乃此地,共井为比邻。'"诗当作于安陆,然似初入长安东归后作。时太白于安陆处境甚恶,当道不肯垂顾,亲朋亦复离散,因有移居东鲁之举。由此诗可知芳邻朋交之捐弃,故特仰管鲍情义,并求其言归于好,犹异得一助。白少傅云:"但是诗人多薄命,就中沦落不过君。"(《李白墓》)读此诗,其沦落可知矣。

五月东鲁行答汶上翁①

五月梅始黄,蚕凋桑柘空。鲁人重织作,机杼鸣帘栊②。顾余不及仕,学剑来山东③。举鞭访前涂,获笑汶上翁。下愚忽壮士④,未足论穷通⑤。我以一箭书,能取聊城功。终然不受赏,羞与时人同⑥。西归去直道,落日昏阴虹⑦。此去尔勿言,甘心如转蓬⑧。

[注释]

①东鲁:指鲁郡,即兖州,治瑕丘。李白移家于此。汶上:指汶水流域。《论语·雍也》:"如有复我者,则吾必在汶上矣。"汶上翁,指鲁儒。

②"五月"四句:写农村耕织事。以农事发兴,可知其家于城外乡村。桑柘,桑叶、柘叶皆可养蚕。机杼,织布工具。

③山东:指太行山以东地区,古指青、兖二州之境。

④下愚:指最愚笨的人。语本《论语·阳货》:"惟上智与下愚不移。"

⑤穷通:贫困与显达。《庄子·让王》:"古之得道者,穷亦乐,通亦乐,所乐非穷通也。"此谓仕宦成败。

⑥"我以"四句:谓其似鲁仲连之功成身退。一箭书,典出《史记·鲁仲连列传》:聊城为燕所陷,齐田单攻岁余而未下。鲁仲连乃为书,约之矢以射城中遗燕将,燕将见书,泣三日,自杀,聊城遂下。鲁仲连有功不受爵,逃隐于海上。

⑦阴虹:古以虹霓属阴气,故称阴虹。

⑧转蓬:如飞蓬之飘转不定,喻漂泊四方。

[点评]

　　本篇为自安陆移家东鲁时所作。其时穷处乡间,为鲁儒所讥,因以诗答之,明其功成身退出处态度。

南陵别儿童入京^①

　　白酒新熟山中归^②,黄鸡啄黍秋正肥。呼童烹鸡酌白酒,儿女嬉笑牵人衣。高歌取醉欲自慰,起舞落日争光辉^③。游说万乘苦不早^④,著鞭跨马涉远道。会稽愚妇轻买臣^⑤,余亦辞家西入秦^⑥。仰天大笑出门去,我辈岂是蓬蒿人^⑦。

[注释]

①南陵:当在鲁郡,或即沙丘旁太白居处。作者另有《酬张卿夜宿南陵见赠》,其

南陵亦指此。旧注宣州南陵,误。入京:天宝初,太白以玉真公主、贺知章之荐,奉诏入翰林,由东鲁首途赴京。

②"白酒"句:谓酒初熟时自山中归家。山中,当是徂徕山中。太白居东鲁时,曾与韩准等人隐于徂徕竹溪。

③"高歌"二句:影宋咸谆本注云:"一本无此二句。"

④游说万乘:以策士自况,喻向君王献策。万乘,指皇帝。《孟子·梁惠王上》"万乘之国",注:"万乘,谓天子也。"

⑤"会稽"句:《汉书·朱买臣传》载,会稽朱买臣,家贫,好读书,常刈薪以给食。担薪诵书,妻随而止之。买臣益疾诵,妻羞之,求去。买臣曰:"我年五十当富贵。"妻怒曰:"如公等,终饿死沟中耳,何能富贵!"后买臣登仕途,任会稽太守,其妻羞愧自缢。按,此愚妇,当有所指。或以为诀而去者之刘氏,或以为鲁妇人,均在疑似之间。

⑥入秦:即入京城长安。长安在秦地,故称入秦。又暗用张仪入秦游说之典。

⑦蓬蒿人:山野之人。

[点评]

诗题《河岳英灵集》、《又玄集》作《古意》。为奉诏入京告别家人之作,喜不自胜,狂态可掬,以直致见风格。

宫中行乐词①

(选一)

柳色黄金嫩,梨花白雪香。玉楼巢翡翠②,珠殿锁鸳鸯。选妓随雕辇,征歌出洞房。宫中谁第一,飞燕在昭阳③。

①行乐:消遣娱乐。汉杨恽《报孙会宗书》:"人生行乐耳。"
②翡翠:鸟名。或云赤者为雄曰翡,青者为雌曰翠。见《异物志》。
③飞燕:指汉成帝皇后赵飞燕。赵飞燕居昭阳殿。此借喻杨贵妃。

[点评]

　　本题八首,皆太白供奉翰林时应制之作,颂宫廷游乐事。此选其二,《文苑英华》题作《醉中侍宴应制》。太白向不为诗律所缚,极少作律体,然其宫中应制之什,非独严于声律,且亦工于雕刻,故知彼于近体,非不能也,是不为也。倘其乐为此齐梁浮艳绮丽之体,则岂复有太白邪!

清平调词三首①

一

　　云想衣裳花想容②,春风拂槛露华浓。若非群玉山头见③,会向瑶台月下逢④。

二

　　一枝红艳露凝香,云雨巫山枉断肠⑤。借问汉宫谁得似,可怜飞燕倚新妆⑥。

三

　　名花倾国两相欢[⑦],长得君王带笑看。解释春风无限恨,沉香亭北倚阑干[⑧]。

[注释]

①清平调:唐大曲名,或以为始创于玄宗天宝间,乐律在古之清调与平调之间,别名"清平辞"。

②想:像,如。有悬拟之意。

③群玉山:仙山。传为西王母所居。见《仙传拾遗》。

④瑶台:神仙所居之处。《太平御览》六六〇引《登真隐诀》:"昆仑瑶台,是西王母之宫。"

⑤云雨巫山:巫山神女旦为朝云,暮为行雨。典出宋玉《高唐赋》。

⑥"借问"二句:以汉成帝皇后赵飞燕喻杨贵妃。是美杨妃。

⑦名花:指牡丹花。倾国:指美女。汉李延年歌谓北方佳人"一顾倾人城,再顾倾人国",后因以"倾城倾国"指美女。此喻杨妃。句意谓牡丹杨妃两相欢也。

⑧沉香亭:在兴庆宫龙池畔。其故址与今西安兴庆公园中之沉香亭相去不远。

[点评]

　　本题三首为供奉翰林时奉命应制之作,借名花以称颂杨妃。据《松窗杂录》载,兴庆池东沉香亭前,牡丹盛开,玄宗与杨妃前往赏花,时选梨园子弟随从。玄宗曰:"赏名花,对妃子,焉用旧词!"遂命李龟年宣李白作词,立进《清平调词》三章。龟年歌唱,玄宗吹笛伴奏,为一时之极致。沈德潜谓"三章合花与人言之,风流旖旎,绝世丰神"(《唐诗别裁集》),颇谙其中之味。或说高力士以此激贵妃,实乃无根之谈;或说颂中寓讽,亦求之过深。作颂声读,庶几近之。

塞下曲①

（选三）

一

五月天山雪②，无花只有寒。笛中闻折柳③，春色未曾看。晓战随金鼓，宵眠抱玉鞍。愿将腰下剑，直为斩楼兰④。

二

骏马以风飙，鸣鞭出渭桥⑤。弯弓辞汉月，插羽破天骄⑥。阵解星芒尽，营空海雾消⑦。功成画麟阁⑧，独有霍嫖姚⑨。

三

塞虏穷秋下⑩，天兵出汉家。将军分虎竹⑪，战士卧龙沙⑫。边月随弓影，胡霜拂剑花。玉关殊未入⑬，少妇莫长嗟。

[注释]

①塞下曲：乐府横吹曲旧题有《出塞曲》、《入塞曲》，唐人有《塞上》、《塞下》之曲，《乐府诗集》作"新乐府辞"。

②天山：又名白山，匈奴谓之天山，冬夏皆雪。在今新疆哈密、吐鲁番以北。

③折柳：笛曲古有《折杨柳》。

④楼兰：即鄯善，汉西域国名，在今新疆罗布泊之西。二句用傅介子事。《汉书·

傅介子传》载,楼兰王受匈奴反间,遮杀汉使。大将军霍光遣傅介子率勇士赍金赴楼兰,诈称欲赐其王,与饮,醉,壮士二人从后刺之,斩其首悬北阙下。因封介子为义阳侯。

⑤渭桥:指中渭桥。在长安北。

⑥天骄:指匈奴。《汉书·匈奴传》:"胡者,天之骄子也。"

⑦"阵解"二句:谓战事已息。隋杨素《出塞》诗:"兵寝星芒落,战解月轮空。"星芒尽,指息兵。《后汉书·天文志》:"客星芒气白为兵。"海雾消,亦指息乱。《初学记》二引《春秋元命苞》:"雾,阴阳之气,阴阳怒而为风,乱而为雾。"

⑧画麟阁:画像于麒麟阁。汉萧何造麒麟阁,汉宣帝思股肱之美,乃图霍光等十一人于阁上。见《三辅黄图》。

⑨霍嫖姚:指霍去病。汉武帝时名将,曾为嫖姚校尉,胜匈奴于祁连山。见《史记》本传。按,霍去病不曾图于麟阁,此只作功臣代称,故及之。

⑩"塞虏"二句:言北寇南侵,出兵抵御。塞虏,塞外敌人。在汉为匈奴。乘秋下,塞外秋来草黄马肥,匈奴乘便南窥。

⑪虎竹:指虎符与竹使符。均为兵符,即调兵信物。各分其半,合符为信。鲍照《拟古》诗:"留我一白羽,将以分虎竹。"

⑫龙沙:指塞外沙漠。《后汉书·班超传》:"坦步葱雪,咫尺龙沙。"

⑬玉关:即玉门关。故址在今甘肃敦煌西北小方盘城。或以为此句用汉贰师将军李广利事:广利奉命讨大宛,兵少,请益兵。天子大怒,便使遮玉门关,曰:"军有敢入,斩之。"见《汉书·李广利传》。可备一说。

[点评]

　　本题六首,此选其一、其三、其五三首。皆写边塞征战之事,颂赞杀敌立功之士,声情激昂,有盛唐气象。且能于雄豪中见工巧,如"边月随弓影,胡霜拂剑花",实而虚,虚而实,诗极豪,辞极巧。正如沈德潜所评:"只弓如月,剑如霜耳,笔端点染,遂成奇彩。"(《唐诗别裁集》)

独不见^①

　　白马谁家子,黄龙边塞儿^②。天山三丈雪^③,岂是远行时! 春蕙忽秋草,莎鸡鸣曲池^④。风催寒梭响,月入霜闺悲。忆与君别年,种桃齐蛾眉。桃今百余尺,花落成枯枝。终然独不见,流泪空自知。

[注释]

①独不见:乐府杂曲旧题,《乐府古题要解》:"独不见,伤思而不得见也。"
②黄龙:指黄龙戍。故址在今辽宁辽阳。此泛指边塞。沈佺期《杂诗》:"闻道黄龙戍,频年不解兵。"
③天山:又名白山,冬夏皆雪。在今新疆。
④莎鸡:纺织娘,即蟋蟀。曲池,一作"西池"。

[点评]

　　本篇仿古乐府,写思妇之念征夫。诗中之地点景物,皆为情而设,故既无方位,亦无时序,黄龙之与天山并列,春蕙之与冬月相联,均非实地实景,而为思妇相思之情设也。词旨与《塞下曲六首》其四近似,而意境稍胜。《塞下曲六首》其四,敦煌写本题作《独不见》。瞿蜕园、朱金城《李白集校注》谓:"与卷四之《独不见》颇有相近之词句,疑作《独不见》是也。"又云:"或即一诗并存两本耳。"其词曰:"白马黄金塞,云砂绕梦思。那堪愁苦节,远忆边城儿。萤飞秋窗满,月度霜闺迟。摧残梧桐叶,萧飒沙棠枝。无时独不见,泪流空自知。"结尾二句与此诗几同,一诗两本之说不为无据。可知太白之习乐府,用功之深。

紫骝马①

紫骝行且嘶,双翻碧玉蹄②。临流不肯渡,似惜锦障泥③。白雪
关山远,黄云海戍迷④。挥鞭万里去,安得念春闺⑤?

[注释]

①紫骝马:乐府横吹曲旧题。紫骝,又称枣骝,赤色马。

②"双翻"句:沈佺期《骢马》:"四蹄碧玉片,双眼黄金瞳。"

③"临流"二句:《世说新语·术解》:"王武子善解马性,尝乘一马,着连钱障泥,
前有水,终日不肯渡。王云:'此必是惜障泥。'使人解去,便径渡。"障泥,垂于马
腹两侧以遮尘泥者。

④"白雪"二句:谓紫骝随征人远戍。白雪,指白雪戍,在蜀;黄云,指黄云戍。均
关合边塞景色。

⑤春闺:代指思妇。

[点评]

《紫骝马》旧题古辞多为"从军久戍怀归而作"(《古今乐录》),至六朝拟作,
如梁简文帝、梁元帝、陈后主、徐陵之作,只咏马而已。王琦《李太白全集》谓"太
白则咏马而兼及从军远戍,不恋家室之乐,仍不失古辞之意",颇切词旨。前四
句咏马,五六两句人马相兼,末二句则只写征人,得古辞之意,其承转变化,极为
灵活。

关山月①

明月出天山②,苍茫云海间。长风几万里,吹度玉门关③。汉下白登道④,胡窥青海湾⑤。由来征战地,不见有人还。戍客望边色,思归多苦颜⑥。高楼当此夜,叹息未应闲⑦。

[注释]

①关山月:乐府横吹曲旧题。

②天山:此指祁连山。山横亘于甘肃青海之间。言月出天山,是征人在天山之西。

③玉门关:在今甘肃敦煌西北,为古时通往西域要道。

④白登:白登山,上有白登台,在今山西大同之东。汉七年,匈奴冒顿曾围汉高祖于此,七月乃解。见《史记·韩信卢绾列传》。

⑤青海:指青海湖。在今青海东北部。隋属吐谷浑,唐为吐蕃所据。唐与吐蕃多次攻战于青海湖附近。

⑥戍客:指守边战士。边色:一作"边邑"。二句写戍客思归。

⑦"高楼"二句:南朝陈徐陵《关山月》:"思妇高楼上,当窗未应眠。"其意本此,不言思妇,而思妇之情自见。

[点评]

《乐府古题要解》曰:"《关山月》皆言伤离别也。"写关山阻隔,乃一般离别。太白则专写征人思妇之离别,有征人之乡思,有思妇之怨情,盖有感于边塞战争也。明胡应麟《诗薮》谓此诗"浑雄之中,多少闲雅",其写关山戍客,饶有壮气,自是浑雄;其写高楼思妇,虽有怨情,却见闲雅。此诗最富于盛唐气象,宜其为千古绝唱也。

胡无人①

严风吹霜海草凋②,筋干精坚胡马骄③。汉家战士三十万,将军兼领霍嫖姚④。流星白羽腰间插⑤,剑花秋莲光出匣⑥。天兵照雪下玉关,虏箭如沙射金甲⑦。云龙风虎尽交回⑧,太白入月敌可摧⑨。敌可摧,旄头灭⑩,履胡之肠涉胡血⑪。悬胡青天上,埋胡紫塞旁⑫。胡无人,汉道昌⑬。陛下之寿三千霜,但歌大风云飞扬,安用猛士兮守四方⑭。

[注释]

①胡无人:又作《胡无人行》,乐府相和歌旧题。

②严风:冬天凛冽的寒风。梁元帝《纂要》:"冬曰玄英,亦曰安宁,亦曰玄冬、三冬、九冬,天曰上天,风曰寒风、劲风、严风、厉风、哀风。"海草:瀚海之草,即边塞之草。《宋书·周朗传》:"池上海草,岁荣日蔓。"

③筋干精坚:犹言强弓。筋干,指弓。《周礼·考工记》:"凡为弓,冬折干而春液角,夏治筋,秋合三材。"

④霍嫖姚:指霍去病。汉武帝时名将,曾为嫖姚校尉,后为骠骑将军。《汉书》有传。

⑤流星:古宝剑名。崔豹《古今注·舆服》:吴大帝有宝剑六,"四曰汉星"。或作

飞速解,谓羽箭如流星之疾。与《古风》"羽檄如流星"同义。白羽:饰有白羽的箭。《史记·司马相如传》:"弯繁弱,满白羽,射游枭。"

⑥剑花秋莲:暗示匣中宝剑为芙蓉剑。

⑦"天兵"二句:写边塞两军交战。玉关,指玉门关。

⑧云龙风虎:古战阵名。八阵中之四阵,另四阵为天地鸟蛇。见唐李靖《唐太宗李卫公问对》。

⑨太白入月:古星相家以为此乃"将戮"之象征。见《史记·天官书》。摧敌之说,或别有所据。

⑩旄头:胡星。亦作髦头。《史记·天官书》:"昴曰髦头,胡星也。"旄头灭,有灭胡之意。

⑪"履胡"句:语本《淮南子·兵略训》:"白刃合,流矢接,涉血履肠,舆死扶伤,流血千里,暴骸盈场,乃以决胜,此用兵之下也。"

⑫紫塞:北方边防要塞。崔豹《古今注·都邑》:"秦筑长城,土色皆紫。汉塞亦然,故称紫塞焉。"

⑬汉道昌:汉家国运昌隆。此借汉喻唐。

⑭"陛下"三句:一本无此三句。或疑为后人所增。"但歌"二句语本汉高祖《大风歌》:"大风起兮云飞扬,威加海内兮归故乡,安得猛士兮守四方。"反其意而用之。

[点评]

　　诗中有"太白入月敌可摧"诸语,注家多以为写安史之乱,乃至谓占验史氏父子之败。是亦类望文生义,于诗义似有一间之隔。细味诗意,当是咏边塞之事,以颂大唐国威。安旗《李白全集编年注释》按曰:"故《胡无人》一诗宜从赵翼、王琦说,以寻常边塞诗视之。"得之矣。

翰林读书言怀呈集贤诸学士^①

晨趋紫禁中^②，夕待金门诏^③。观书散遗帙^④，探古穷至妙。片言苟会心^⑤，掩卷忽而笑。青蝇易相点^⑥，白雪难同调^⑦。本是疏散人，屡贻褊促诮^⑧。云天属清朗，林壑忆游眺。或时清风来，闲倚栏下啸。严光桐庐溪^⑨，谢客临海峤^⑩。功成谢人间，从此一投钓^⑪。

[注释]

①翰林：指翰林院。《新唐书·百官志》一："翰林院者，待诏之所也。"集贤：即集贤殿书院。有学士、直学士、侍读学士、修撰官，掌刊辑经籍。一本"集贤"下有"院内"二字。《旧唐书·职官志》二："集贤学士，初定制以五品以上官为学士，六品以下为直学士。"

②紫禁：即紫禁宫。紫微、禁中，均指皇宫。翰林院与集贤殿书院，均设在皇宫里。

③金门：即金马门。汉宫门，东方朔、主父偃等皆待诏于金马门。此暗以东方朔自拟。

④遗帙：犹遗编。前代遗留后世的著作。

⑤会心：领悟，领会。《世说新语·言语》载，梁简文帝入华林园，顾谓左右曰："会心处不必在远，翳然林水，便自有濠濮间想也。"

⑥青蝇：喻进谗者。语本《诗经·小雅·青蝇》："营营青蝇，止于樊；岂弟君子，无信谗言。"

⑦"白雪"句：谓曲高和寡。宋玉《对楚王问》，言客歌于郢中，歌《下里》《巴人》，

和者数千人;其歌《阳春》《白雪》,和者不过十数人,"其曲弥高,其和弥寡"。

⑧褊促:胸襟狭隘。诮:讥讽。

⑨"严光"句:严光字子陵,东汉会稽人。光武帝同学,隐居不仕,于桐庐富春江垂钓。见《后汉书·严光传》。其钓台今犹存。

⑩"谢客"句:语本谢灵运《登临海峤初发强中作》诗。意拟学谢灵运登山览胜。谢客,谢灵运小字客儿,人称谢客。

⑪"功成"二句:表示功成身退,归隐林泉。人间,一作"人君"。

[点评]

太白入翰林,当是恃才傲物,自知贻讥被谗,故于本篇力加辩白,以期诸学士同情。诗虽露出引退之意,然犹异功成而后拂衣。是则近乎求情矣。太白貌似超脱,实乃执著,盖时代使然也。倘非处于盛世,而生于末世,或真超然世外也。

凤饥不啄粟

(古风其四十)

凤饥不啄粟,所食惟琅玕①。焉能与群鸡,刺蹙争一餐②。朝鸣昆丘树,夕饮砥柱湍③。归飞海路远,独宿天霜寒。幸遇王子晋④,结交青云端。怀恩未得报,感别空长叹。

[注释]

①琅玕:指珠树。《艺文类聚》九十:"《庄子》曰:……老子叹曰:'吾闻南方有鸟,其名为凤,所居积石千里,天为生食,其树名琼枝,高百仞,以璆琳琅玕为实。'"

②刺蹙:即刺促,劳碌不休。

③"朝鸣"二句:语本《淮南子·览冥训》:"(凤凰)曾逝万仞之上,翔翔四海之外,过昆仑之疏圃,饮砥柱之湍濑。"昆丘,昆仑山。砥柱,山名,在今河南三门峡。

④王子晋:周灵王太子。后人称其仙去,或说即仙人王子乔。作者《感遇》诗云:"吾爱王子晋,得道伊洛滨。"此或借指贺知章、玉真公主等。

[点评]

　　本篇当是被谗去朝感谢长安知交之作。其知交时未必在长安,且为道流,故采用游仙之体,恍兮惚兮,意在虚实之间。王夫之谓"此作如神龙,非无首尾,而不可以方体测知"(《唐诗评选》),正窥见神龙变化之处。

丁都护歌①

　　云阳上征去②,两岸饶商贾。吴牛喘月时③,拖船一何苦!水浊不可饮,壶浆半成土。一唱都护歌,心摧泪如雨。万人凿盘石,无由达江浒④。君看石芒砀⑤,掩泪悲千古。

[注释]

①丁都护歌:又作《丁督护歌》,乐府清商曲旧题。《宋书·乐志一》:"《督护哥》者,彭城内史徐逵之为鲁轨所杀,宋高祖使内直督护丁旿收敛殡埋之。逵之妻,高祖长女也,呼旿至阁下,自问敛送之事,每问,辄叹息曰:'丁督护!'其声哀切,后人因其声,广其曲焉。"

②云阳:唐属江南道润州,今江苏丹阳。

③吴牛喘月:典出《世说新语·言语》:满奋畏风,晋武帝笑之,奋答曰:"臣犹吴牛,见月而喘。"刘孝标注:"今之水牛,惟生江淮间,故谓之吴牛也。南土多暑,而此牛畏热,见月疑是日,所以见月则喘。"

④"万人"二句:谓水运盘石之难。凿,一本作"系"。王琦《李太白全集》注:"'万人系盘石,无由达江浒',诗旨益觉显然。"江浒,江边。

⑤石芒砀:石之大者,义同"盘石"。芒砀,叠韵词,有大义。或说指芒砀所产之石。按,芒砀,地名,在今安徽砀山,古时产石。

[点评]

本篇写船夫拖船运石之苦。《唐宋诗醇》云:"落笔沉痛,含意深远,此李诗之近杜者。"的确有杜甫诗之现实感与沉郁感,颇得汉乐府风神。旧说多求之太深,反失题旨。

答王十二寒夜独酌有怀①

昨夜吴中雪,子猷佳兴发②。万里浮云卷碧山,青天中道流孤月。孤月沧浪河汉清,北斗错落长庚明③。怀余对酒夜霜白,玉床金井冰峥嵘④。人生飘忽百年内,且须酣畅万古情。君不能狸膏金距学斗鸡,坐令鼻息吹虹霓⑤。君不能学哥舒,横行青海夜带刀,西屠石堡取紫袍⑥。吟诗作赋北窗里,万言不直一杯水。世人闻此皆掉头,有如东风射马耳⑦。鱼目亦笑我,请与明月同⑧。骅骝拳跼不能食,蹇驴得志鸣春风⑨。折杨皇华合流俗,晋君听琴枉清角⑩。巴人谁肯和阳春⑪,楚地犹来贱奇璞⑫。黄金散尽交不成,白首为儒身被轻。一谈一笑失颜色,苍蝇贝锦喧谤声⑬。曾参岂是杀人者,谗言三及慈母惊⑭。与君论心握君手,荣辱于余亦何有?孔圣犹闻伤凤麟⑮,董龙更是何鸡狗⑯?一生傲岸苦不谐,恩疏媒劳志多乖。严陵高揖汉天子⑰,何必长剑拄颐事玉阶⑱。达亦不足贵,穷亦不足悲。韩信羞将绛灌比⑲,祢衡耻逐屠沽儿⑳。君不见,李北海,英风豪气今何在㉑!君不见,裴尚书,土坟三尺蒿棘居㉒!少年早欲五湖去㉓,见此弥将钟鼎疏㉔。

[注释]

①王十二:王姓,排行十二,名字事迹未详。

②"昨夜"二句:用王子猷雪夜访戴安道事。见《世说新语·任诞》。此以王子猷喻王十二。

③北斗:北斗星。长庚:金星,又名太白星。

④"怀余"二句:切王十二赠诗之题"寒夜独酌有怀"。玉床金井,形容井与井栏装饰的华贵。

⑤"君不能"二句:抨击斗鸡徒。狸膏金距,鸡头涂狸膏,以使对方畏惧;鸡爪饰金距,易伤对方,皆斗鸡致胜的手段。梁简文帝《鸡鸣篇》:"陈思助斗协狸膏,郦昭妒敌安金距。"鼻息吹虹霓,形容斗鸡徒气焰之盛。《古风》其二十四:"路逢斗鸡者,冠盖何辉赫!鼻息干虹霓,行人皆怵惕。"可对读。

⑥"君不能"三句:写哥舒翰攻石堡城事。哥舒,哥舒翰,唐代边将。天宝七载冬,代王忠嗣为陇右节度,明年筑神威军于青海上,又筑城于中龙驹岛,后以朔方、河东监牧十万众攻石堡城,不旬月而拔之。上录其功,拜特进、鸿胪员外卿,加摄御史大夫。见《旧唐书·哥舒翰传》。夜带刀,《全唐诗》录西鄙人《哥舒歌》:"北斗七星高,哥舒夜带刀。至今窥牧马,不敢过临洮。"石堡,石堡城,又名铁刃城,在今青海西宁西南。紫袍,唐三品以上官服。

⑦"世人"二句:谓世人不重诗赋。掉头,转头,不顾。东风射马耳,喻漠然无所

动心。

⑧"鱼目"二句:谓鱼目混珠。晋张协《杂诗》:"鱼目笑明月。"请,一作"谓"。明月,即明月珠。太白多用以比喻才士。

⑨"骅骝"二句:形容贤者失意,庸者得志。骅骝,骏马名,喻有才华的人士。拳跼,不得伸展。塞驴,跛脚的驴子,喻庸凡之辈。

⑩"折杨"二句:以古乐讽君德之薄。折杨皇华,两种歌曲名。《庄子·天地》:"大声不入于里耳,《折杨》《皇华》,则嗑然而笑。"枉清角,典出《韩非子·十过》:晋平公问:"清角可得而闻乎?"师旷答曰:"不可……今主君德薄,不足听之,听之将恐有败。"平公以年老好音,急欲听之,师旷不得已而鼓琴。一奏之,风雨大作,平公恐惧,伏于廊室。由是晋国大旱,赤地三年。平公之身遂癯病。

⑪"巴人"句:谓曲高和寡。典出宋玉《对楚王问》。阳春,高雅之曲。

⑫"楚地"句:用卞和事。《韩非子·和氏》载,卞和得一璞,献楚王,以为石,定欺君之罪,刖其足。

⑬苍蝇贝锦:指谗言。苍蝇,典出《诗经·小雅·青蝇》;贝锦,典出《诗经·小雅·巷伯》。

⑭"曾参"二句:《战国策·秦策》:"费人有与曾子同名姓者而杀人。人告曾子母曰:'曾参杀人。'曾子之母曰:'吾子不杀人。'织自若,有顷焉,人又曰:'曾参杀人。'其母尚织自若也。顷之,一人又告之曰:'曾参杀人。'其母惧,投杼逾墙而走。"谓谗言之可畏。

⑮孔圣:孔子。伤凤麟:孔子曾叹"凤鸟不至"(《论语·子罕》),曾悲"西狩获麟"(《史记·孔子世家》),哀其道之穷。

⑯"董龙"句:典出《十六国春秋》:"董龙(名荣)以佞幸进,官前秦右仆射,宰相王堕刚直,疾之如仇,或劝其降意接之,堕曰:'董龙是何鸡狗,而令国士与之言乎!'"

⑰"严陵"句:用严子陵辞汉光武隐于富春山故事。见《后汉书·严光传》。

⑱长剑拄颐:为臣之状。齐童谣曰:"大冠若箕,修剑拄颐。"见《战国策·齐策》。事玉阶:为臣事君。玉阶,此指玉陛,帝王殿阶。

⑲"韩信"句:谓韩信"羞与绛灌等列"(《史记·淮阴侯列传》)。绛灌,指绛侯周勃与颍阴侯灌婴。二人功在韩信之下。

⑳"祢衡"句:后汉祢衡尚气刚傲,矫时慢物,人问何不从陈群与司马朗,对曰:

"吾焉能从屠沽儿耶!"屠沽儿,指屠夫与卖酒者。

㉑"李北海"二句:北海太守李邕,天宝六载为宰相李林甫陷害杖杀。见《新唐书·李邕传》。按,李邕与李白、杜甫均有交情。

㉒"裴尚书"二句:刑部尚书裴敦复,为李林甫所忌,贬淄州郡太守。天宝六载与李邕同案被杖杀。见《旧唐书·玄宗纪》。蒿棘,指杂草。

㉓五湖:指太湖。范蠡功成身退,泛舟五湖。五湖即成退隐之处的泛称。

㉔钟鼎:钟鸣鼎食,指富贵。

[点评]

本篇为答王十二寒夜独酌有怀李白之作。王诗激发太白之幽愤,故答诗以愤激之辞出之,毫不掩饰,于时事亦多所抨击。安旗谓"此诗抨击时政,直言指斥,为李白抒怀诗中政治色彩最强者"(《李白全集编年注释》),端的如此。其郁闷不平之情,如骨鲠在喉,不吐不快,故虽近骂詈,却最见太白性情。

寻阳紫极宫感秋作①

何处闻秋声,翛翛北窗竹②。回薄万古心,揽之不盈掬。静坐观众妙,浩然媚幽独。白云南山来,就我檐下宿③。懒从唐生决④,羞访季主卜⑤。四十九年非⑥,一往不可复。野情转萧散,世道有翻复。陶令归去来,田家酒应熟⑦。

[注释]

①寻阳:今江西九江。紫极宫:去江州二里,宋更名天庆观。今已废。

②翛翛:风吹竹所发之声。犹"萧萧"。谢朓《冬日晚郡事隙》诗:"飒飒满池荷,翛翛荫窗竹。"

③"白云"二句:陶潜《拟古九首》:"白云宿檐端。"

④唐生:指唐举。古之善相者。蔡泽游学于诸侯,未遇,从唐举相,举决其寿尚有四十三年。后蔡泽果为秦相,以寿终。见《史记·范睢蔡泽列传》。

⑤季主:指司马季主。古之善卜者。《史记·日者列传》:"司马季主者,楚人也,卜于长安东市。"

⑥四十九年非:《淮南子·原道》:"遽伯玉年五十而知四十九年非。"

⑦"陶令"二句:用陶潜辞官归隐事。陶潜不为五斗米折腰事乡里小人,辞彭泽令,归居园田,作《归去来兮辞》。见《晋书》本传。

[点评]

　　本篇写闻秋竹之声,动荡心怀,因思半生遭际,感慨万端,意欲摆脱尘网,超然世外。似已参破人生真谛,实则仍有幽愤郁结于心胸。引发宋苏轼与黄庭坚之共鸣,二人均有次韵李诗之作。

北风行①

　　烛龙栖寒门,光耀犹旦开②。日月照之何不及此?惟有北风号怒天上来。燕山雪花大如席③,片片吹落轩辕台④。幽州思妇十二月,停歌罢笑双蛾摧。倚门望行人,念君长城苦寒良可哀。别时提剑救边去,遗此虎文金鞞靫⑤。中有一双白羽箭⑥,蜘蛛结网生尘埃。箭空在,人今战死不复回。不忍见此物,焚之已成灰。黄河捧土尚可塞⑦,北风雨雪恨难裁⑧。

[注释]

①北风行:乐府杂曲旧题。

②"烛龙"二句:《山海经·大荒北经》:"西北海之外,赤水之北,有章尾山,有神人面蛇身而赤,直目正乘,其瞑乃晦,其视乃明,不食不寝不息,风雨是谒,是烛九阴,是谓烛龙。"或说烛龙在雁门北委羽之山,人面龙身,视为昼,瞑为夜。见《淮南子·地形训》及高诱注。其瞑为夜(晦)视为昼(明)说法一致,即所谓"光耀犹旦开"。寒门,传说中北方极寒之处。

③燕山:此泛指燕地之山。

④轩辕台:《山海经·大荒西经》:"有轩辕之台,射者不敢西向射,畏轩辕之台。"按,黄帝与蚩尤战于冀州之野,所以今河北亦有轩辕台遗迹。王琦《李太白全集》注引《直隶名胜志》:"轩辕台在保安州西南界之乔山上。"

⑤鞞靫:当作"鞲靫",即步叉,箭袋。

⑥白羽箭:饰有白羽的箭。又省称"白羽"。《史记·司马相如传》:"弯繁弱,满白羽,射游枭。"

⑦"黄河"句:语本《后汉书·朱浮传》:"此犹河滨之人捧土以塞孟津,多见其不知量也。"

⑧北风雨雪:《诗经·邶风·北风》:"北风其凉,雨雪其雱。"朱熹集传:"言北风雨雪,以比国家危乱将至而气象愁惨也。"

[点评]

本篇写幽州思妇之怨,反映东北战事。安禄山战奚契丹以扩充兵力,壮大地盘,为图谋不轨作准备,太白在幽州似有所感,诗中亦隐然有所讽。

幽州胡马客歌[1]

　　幽州胡马客,绿眼虎皮冠。笑拂两只箭,万人不可干。弯弓若转月,白雁落云端。双双掉鞭行,游猎向楼兰[2]。出门不顾后,报国死何难!天骄五单于[3],狼戾好凶残[4]。牛马散北海[5],割鲜若虎餐。虽居燕支山[6],不道朔雪寒。妇女马上笑,颜如赪玉盘。翻飞射鸟兽,花月醉雕鞍。旄头四光芒[7],争战若蜂攒。白刃洒赤血,流沙为之丹[8]。名将古谁是?疲兵良可叹。何时天狼灭[9],父子得安闲。

[注释]

①幽州胡马客歌:乐府横吹曲旧题,原作《幽州马客吟歌辞》。

②楼兰:汉西域国名。在今新疆罗布泊之西,古城遗址尚存。

③天骄:天之骄子,指匈奴。五单于:汉宣帝以后,匈奴屡败,分立为五单于,即呼韩邪、屠耆、呼揭、车犁、乌藉。五单于互相争夺,后并入呼韩邪单于。见《汉书·匈奴传》。

④狼戾:如狼之贪暴凶残。《战国策·燕策》:"夫赵王之狼戾无亲,大王之所明见知也。"

⑤北海:匈奴湖名,即今贝加尔湖。在今俄联邦境内。

⑥燕支山:又称焉支山,在匈奴境内,产燕支草,因名。

⑦旄头:又作髦头,星名。古以星分野,此星主胡,旄头动则胡兵大起。

⑧流沙:指沙漠。风吹沙可移,故称流沙。

⑨天狼:星名,喻贪残。《九歌·东君》:"举长矢兮射天狼。"洪兴祖补注引《晋

书·天文志》:"狼一星在东井南,为野将,主侵掠。"

[点评]

　　胡震亨《李诗通》谓:"梁鼓角横吹本词言剿儿苦贫,又言男女燕游。太白则依题立义,叙边塞逐虏之事。"其写幽州健儿之逐虏,盖有感于东北边塞对奚契丹战争而发者。然诗之结尾,已露非战思想,不复争立边功矣。

远别离①

　　远别离,古有皇英之二女②,乃在洞庭之南,潇湘之浦③。海水直下万里深,谁人不言此离苦! 日惨惨兮云冥冥,猩猩啼烟兮鬼啸雨④。我纵言之将何补。皇穹窃恐不照余之忠诚,雷凭凭兮欲吼怒⑤。尧舜当之亦禅禹⑥。君失臣兮龙为鱼⑦,权归臣兮鼠变虎⑧。或云尧幽囚⑨,舜野死⑩。九疑联绵皆相似,重瞳孤坟竟何是⑪? 帝子泣兮绿云间⑫,随风波兮去无还。恸哭兮远望,见苍梧之深山⑬。苍梧山崩湘水绝,竹上之泪乃可灭⑭。

[注释]

①远别离:乐府杂曲歌旧题。
②皇英:指娥皇、女英。尧之二女,舜之二妃。
③"乃在"二句:《水经注·湘水》:"湖水西流,迳二妃庙南,世谓之黄陵庙也。言大舜之陟方也,二妃从征,溺于湘江,神游洞庭之渊,出入潇湘之浦。"

④"日惨"二句：屈原《九歌·山鬼》："杳冥冥兮羌昼晦，东风飘兮神灵雨。"

⑤"皇穹"二句：谓皇天之不察而欲怒。皇穹，犹言皇天。喻指朝廷。凭凭，形容雷声。

⑥"尧舜"句：谓尧让舜，舜禅禹。

⑦龙为鱼：《说苑·正谏》："昔日白龙下清泠之渊，化为鱼，渔者豫且射中其目。"

⑧鼠变虎：东方朔《答客难》："用之则为虎，不用则为鼠。"

⑨尧幽囚：《竹书》云：昔尧德衰，为舜所囚。见《史记·五帝本纪》张守节《正义》引《括地志》。王琦《李太白全集》注按："太白虽用其事，而以'或云'冠其上，以见其说之不可信也。"

⑩舜野死：《国语·鲁语》："舜勤民事而野死。"韦昭注："野死，谓征有苗，死于苍梧之野。"

⑪"九疑"二句：《山海经·海内经》："南方苍梧之丘，苍梧之渊，其中有九疑山，舜之所葬，在长沙零陵界中。"郭璞注："其山九溪皆相似，故云九疑。"九疑，亦作九巍，山名，在今湖南宁远。重瞳，重瞳子，指舜。《史记·项羽本纪》："吾闻之周生，曰舜目盖重瞳子。"

⑫帝子：指娥皇、女英。屈原《九歌·湘夫人》"帝子降兮北渚"，王逸注："帝子，谓尧女也。"

⑬苍梧：即九疑山。

⑭竹上之泪：旧题任昉《述异记》："舜南巡，葬于苍梧之野。尧之二女娥皇女英追之不及，相与恸哭，泪下沾竹，竹上文为之斑斑然。"按，斑竹之斑，实为菌类所侵蚀而形成者。宋魏泰《临汉隐居诗话》："竹有黑点，谓之斑竹，非也。湘中斑竹方生时，每点上有苔封之甚固。土人斫竹，浸水中，用草穰洗去苔钱，则紫晕斓斑可爱，此真斑竹也。"

[点评]

　　本篇题旨，说者不一，多失之粘，滞于实事反失其本旨。太白之诗为表现，杜甫之诗为再现，不可以再现之实入表现之虚，故凡坐实某事者，多误。诗以二妃苍梧之哭，写君臣离合，并感叹玄宗大权旁落，有虎变为鼠龙化为鱼之虞。

独坐敬亭山①

众鸟高飞尽,孤云独去闲②。相看两不厌③,只有敬亭山。

[注释]

①敬亭山:在今安徽宣城西北郊。又名昭亭山,太白曾寄居山下。
②孤云:喻闲逸逍遥之人。
③厌:憎恶,抛弃。

[点评]

诗写敬亭山独坐,与山对望,其厌世愤世之情自在言外。以山为伴,见出独而不独,不独之独,益显其独,自有其妙趣。人至以无情之物为知音,则世风可知,孤寂可知。

凤飞九千仞

（古风其四）

凤飞九千仞，五章备彩珍①。衔书且虚归，空入周与秦②。横绝历四海，所居未得邻。吾营紫河车③，千载落风尘。药物秘海岳，采铅青溪滨④。时登大楼山⑤，举首望仙真。羽驾灭去影，飙车绝回轮⑥。尚恐丹液迟⑦，志愿不及申。徒霜镜中发，羞彼鹤上人。桃李何处开，此花非我春。惟应清都境⑧，长与韩众亲⑨。

[注释]

①"凤飞"二句：以凤凰自喻，夸其文才。五章，五种色彩。

②"衔书"二句：暗喻长安之行失意而归。语本《春秋元命包》："火离为凤皇，衔书游文王之都，故武王受凤书之纪。"

③紫河车：道家谓修炼而成的紫色玉液，为长生不老之药。《钟吕传道集》："及夫金液、玉液，还丹而后炼形，炼形而后炼气，炼气而后炼神，炼神合道，方曰道成。以出凡入仙，乃曰紫河车也。"

④采铅：道家指采药。铅，又称金公、河车等，为外丹黄金术中最常用的药物。青溪：又作"清溪"，在今贵池，北流入玉镜潭。

⑤大楼山：在今贵池南七十里。今尚存唐代采铜矿坑遗址。

⑥"羽驾"二句：谓意欲飞升而乏羽驾飙车。杨齐贤注："羽驾，言乘鸾驾鹤。飙车，言御风乘云。"

⑦丹液：又称"流珠液"，为丹铅的隐名，外丹黄白术药物。见《黄帝九鼎神丹经诀》"丹铅秘目"。

⑧清都:古谓天帝所居宫阙。《列子·周穆王》:"王实以为清都紫微,钧天广乐,帝之所居。"

⑨韩众:或作"韩终",仙人名。屈原《远游》:"奇傅说之托星辰兮,羡韩众之得一。"宋洪兴祖补注:"《列仙传》:齐人韩终为王采药,王不肯服,终自服之,遂得仙也。"又《抱朴子·仙药》:"韩终服菖蒲十三年,身生毛,日视书万言,皆诵之,冬恒不寒。"

[点评]

本篇作于秋浦,托言游仙炼药,实乃写大楼山采矿冶炼之业。太白之于神仙亦信亦疑,其信也亦似信非信,故所作游仙之体,多非真信仙,而借游仙事以自抒怀抱。此诗亦然。

经乱后将避地剡中留赠崔宣城①

双鹅飞洛阳,五马渡江徼②。何意上东门,胡雏更长啸③!中原走豺虎,烈火焚宗庙。太白昼经天④,颓阳掩余照。王城皆荡覆,世路成奔峭⑤。四海望长安,颦眉寡西笑⑥。苍生疑落叶,白骨空相吊。连兵似雪山,破敌谁能料?我垂北溟翼,且学南山豹⑦。崔子贤主人,欢娱每相召。胡床紫玉笛,却坐青云叫。杨花满州城,置酒同临眺⑧。忽思剡溪去⑨,水石远清妙。雪昼天地明,风开湖山貌。闷为洛生咏,醉发吴越调⑩。赤霞动金光,日足森海峤。独散万古意,闲垂一溪钓。猿近天上啼,人移月边棹。无以墨绶苦,来求丹砂要。华发长折腰，将贻陶公诮⑪。

[注释]

①剡中：即剡县，今分属浙江嵊县与新昌。崔宣城：指宣城县令崔钦。白另有《江上答崔宣城》诗。

②"双鹅"句：以西晋末年之乱喻安史之乱。双鹅，《晋书·五行志》："孝怀帝永嘉元年二月，洛阳东北步广里地陷，有苍白二色鹅出，苍者飞翔冲天，白者止焉。此羽虫之孽，又黑白祥也。陈留董养曰：'步广，周之狄泉，盟会地也。白者，金色，国之行也；苍为胡象，其可尽言乎？'是后，刘元海、石勒相继乱华。"五马渡江，《晋书·元帝纪》："太安之际，童谣云：'五马浮渡江，一马化为龙。'……是岁，王室沦覆，帝与西阳、汝南、南顿、彭城五王获济，而帝竟登天位焉。"

③"何意"二句：用石勒事，谓洛阳之失。《晋书·石勒载记》载，石勒为上党武乡羯人，"年十四，随邑人行贩洛阳，倚啸上东门。王衍见而异之，顾谓左右曰：'向者胡雏，吾观其声视有奇志，恐将为天下之患。'"

④太白：又称启明星。旧说太白主杀伐。太白昼经天，喻指战乱。

⑤"王城"二句：谓两京陷落，世路艰险。王城，周王城，在洛阳。此泛指京城，含西都长安。奔峭，艰难险阻。

⑥西笑：语本桓谭《新论》："人闻长安乐，出门向西笑。"二句意谓长安沦陷，无乐可言，故寡西笑。

⑦"我垂"二句：谓避乱退隐。垂北溟翼，垂下北海鲲鱼所化大鹏的巨翼，不再飞举。典出《庄子·逍遥游》。南山豹，《列女传·贤明传》："南山有玄豹，雾雨七日而不下食者何也？欲以泽其毛而成文章也，故藏而远害。"

⑧"崔子"六句：写与崔宣城之交游。崔子，指宣城令崔钦。胡床，绳床，坐具。青云叫，谓吹笛。

⑨剡溪：曹娥江上游，在今浙江嵊县、新昌境。

⑩"闷为"二句：言闷时吟诗，醉时狂歌。洛生咏，洛阳书生吟诗。《世说新语·轻诋》："人问顾长康，何以不作洛生咏，答曰：'何至作老婢声！'"刘孝标注："洛下书生咏音重浊，故云老婢声。"吴越调，指吴越一带歌曲，有所谓吴歌越吟。

⑪墨绶：官印上所系墨色绶带，代指官。折腰：指当县令。典出陶潜故事。陶潜为彭泽令，不肯束带见督邮，叹曰："我不能为五斗米折腰向乡里小人。"即日解

印绶去职,赋《归去来兮辞》以遂其志。见《南史·陶潜传》。四句意在劝崔钦告老归隐,以避世乱。陶公,指陶潜。晋代诗人。

[点评]

此为赠宣城令崔钦之作,历叙安史乱起、两京沦陷,述世乱之忧,叹报国无门。因拟避地剡中,遁迹浙东海峤,并劝崔令学陶潜解绶归田,勿复恋栈。其时太白于玄宗已无所寄望,故有暂入剡中以观事变之想。

豫章行[①]

胡风吹代马,北拥鲁阳关[②]。吴兵照海雪,西讨何时还[③]。丰渡上辽津[④],黄云惨无颜。老母与子别,呼天野草间。白马绕旌旗,悲鸣相追攀。白杨秋月苦,早落豫章山[⑤]。本为休明人,斩虏素不闲。岂惜战斗死,为君扫凶顽。精感石没羽[⑥],岂云惮险艰!楼船若鲸飞,波荡落星湾[⑦]。此曲不可奏,三军发成斑。

[注释]

①豫章行:乐府相和歌旧题。豫章,唐为洪州,属江南西道,治南昌。古豫章辖境曾含江州之地。

②“胡风”二句:写安史之乱。代马,代国所产之马。代,在今河北蔚县与山西东北一带。鲁阳关,亦称鲁关,故址在今河南鲁山西南。此地曾为安史叛军所占领。

③“吴兵”二句:写吴地征兵讨叛事。吴兵,泛指古吴之地所征之兵。

④上辽津:在豫章郡建昌县,即今江西永修。

⑤"白杨"二句:古乐府《豫章行》:"白杨初生时,乃在豫章山。"为二句所本。

⑥石没羽:典出《史记·李将军列传》:"广出猎,见草中石,以为虎而射之,中石没镞。视之,石也。"按,误虎中石,一事多传。李广"射石饮羽"事,又见《西京杂记》。

⑦落星湾:在鄱阳湖西北。

[点评]

古乐府《豫章行》多写离别。《乐府解题》曰:"陆机'泛舟清川渚',谢灵运'出宿告密亲',皆伤离别。"(按,谢诗今佚。)太白此作,沿用古题,复取其伤别之旨。然其所写离别,乃征兵讨叛老母别子之惨状,与征人不畏死伤之精神,与杜甫"三别"同旨,视为即事名篇之新乐府,亦无不可。或以为写永王事,稍嫌牵强。

别内赴征三首①

一

王命三征去未还,明朝离别出吴关②。白玉楼高看不见③,相思须上望夫山④。

二

出门妻子强牵衣,问我西行几日归⑤。归时倘佩黄金印,莫见苏秦不下机^⑥。

三

翡翠为楼金作梯，谁人独宿倚门啼^⑦？夜坐寒灯连晓月，行行泪尽楚关西^⑧。

[注释]

①别内：指别夫人宗氏。赴征：指应永王李璘之辟。

②"王命"二句：谓决意应征。太白《与贾少公书》云："王命崇重，大总元戎，辟书三至，人轻礼重。严期迫切，难以固辞。扶力以行，前观进退。"吴关，泛指吴地。

③白玉楼：道教以为天帝所居之处。此喻指永王戎幕。宗氏修道，故以玉楼为喻。

④望夫山：《水经注·江水》载，传说昔有人服役未还，其妻登山而望，每次登山，必用藤箱盛土以高其山，故名曰望夫山。山在今江西德安西北。此为虚拟，不必实指。

⑤西行：时太白隐庐山，永王驻荆襄，故赴征向西行。或以后文用苏秦事，故说"西行"。

⑥"归时"二句：用苏秦事。苏秦西行说秦王，书十上而说不行，归家，妻不下机，嫂不为炊。后游说燕赵韩魏齐楚六国，合纵抗秦，佩六国相印。见《史记》本传。黄金印，指六国相印。下机，指下织布机。

⑦"翡翠"二句：写其夫人别后之相思。翡翠，玉名。玉楼金梯，写夫人居处。以其入道流，故以金玉为形容。

⑧楚关：泛指楚地。永王时自襄阳屯师江陵。在楚地之西。

[点评]

朱谏《李诗辨疑》以此三首为伪作，大误。郭沫若定为应永王李璘的征聘所作，良是。王命三征，太白应聘，将自庐山屏风叠首途，临别赋诗三首，以慰其内，盖其时战局政局复杂多变，其夫人宗氏乃相门之女，不能不有所顾忌，故对太白应永王李璘之征，心有所不安。"看不见"，"相思"，"强牵衣"，"倚门啼"，"行行泪尽",俱反映出宗氏的担心与悲哀。以此观之,宗夫人之政治敏感,实胜于太白也。

永王东巡歌①

一

三川北虏乱如麻②,四海南奔似永嘉③。但用东山谢安石,为君谈笑静胡沙④。

二

二帝巡游俱未回⑤,五陵松柏使人哀⑥。诸侯不救河南地,更喜贤王远道来⑦。

三

丹阳北固是吴关⑧,画出楼台云水间。千岩烽火连沧海,两岸旌旗绕碧山⑨。

四

长风挂席势难回,海动山倾古月摧⑩。君看帝子浮江日⑪,何似龙骧出峡来⑫。

五

帝宠贤王入楚关^⑬,扫清江汉始应还。初从云梦开朱邸^⑭,更取金陵作小山^⑮。

六

试借君王玉马鞭,指挥戎虏坐琼筵。南风一扫胡尘静,西入长安到日边^⑯。

[注释]

①永王:李璘,唐玄宗第十六子,开元十三年封永王。安史乱起,玄宗入蜀途中诏以永王为山南东道、岭南、黔中、江南西路节度使。永王奉诏赴镇,领襄阳等九郡、南海等二十二郡,分江南为东西两道,西领豫章诸郡,东领余杭。至德元载十二月,永王引兵东巡,沿江而下,军容甚盛,未露割据之谋。江南东路采访使李希言语其东下,璘怒,袭希言于吴郡,又袭李成式于广陵。兵至当涂受阻,终至兵败。自丹阳奔晋陵以趋鄱阳,死于道中。事见两《唐书》本传。

②三川:指伊、洛、河三川,在今河南洛阳。秦时曾置三川郡。北虏:指安史叛军。

③"四海"句:谓安史之乱,玄宗南巡,有似晋代永嘉之乱。永嘉,晋怀帝年号。永嘉五年,汉帝刘聪遣始安王刘曜等攻洛阳,俘怀帝,官室尽焚,中原衣冠之族相率南奔,避乱江左。

④"但用"二句:用谢安事,意谓若受重用,必能献策平叛。谢安石,谢安字安石,在晋为尚书仆射,加后将军。以征讨大都督破符坚于淝水。此以谢安自喻。

⑤二帝巡游:时玄宗南巡入蜀,肃宗灵武即位,均未返帝都长安。

⑥五陵:唐帝在长安的五座陵墓:高祖献陵、太祖昭陵、高宗乾陵、中宗定陵、睿宗桥陵。

⑦"诸侯"二句:谓永王将拯危局。河南,即洛阳,时为安史叛军所盘踞。贤王,指永王李璘。

⑧丹阳北固:即润州北固山。在今江苏镇江。山临长江,地势险要,为金陵东边

门户,故称"吴关"。

⑨"千岩"二句:写永王水军沿江东下,直向海滨。

⑩古月:合为"胡"字,指安史叛军。

⑪帝子:指永王李璘。

⑫龙骧:指晋龙骧将军王濬。王濬率巴蜀之兵浮江而下,直取金陵,东吴告亡。出峡:下三峡。

⑬"帝宠"句:指玄宗下诏永王控制长江下游古楚吴之地。

⑭云梦:古代楚有七泽,云泽梦泽为其二。云梦地跨大江南北,江北为云,江南为梦。《太平寰宇记》谓云梦泽在安州,地接荆襄。此当指襄阳。朱邸:诸侯王之宅为朱户,称朱邸。句意谓永王初领襄阳诸郡,建朱邸于云梦。

⑮金陵:今江苏南京。小山:指淮南小山。王逸《楚辞序》:"《招隐士》者,淮南小山之所作也。"此借作地名,喻诸侯王之官邸。有移镇金陵之意。

⑯"南风"二句:谓永王南军北清中原,一扫胡尘,然后西入帝都长安。日边,犹日下,指帝都。

[点评]

　　本题十一首,皆赞永王东巡事,并寄其愿效命以扫胡尘之意。要非助逆,旨在平乱。此选其二、其五、其六、其八、其十、其十一,计六首,约略可窥其志。太白所学为纵横术,非儒家正统,故视永王之东巡,不以为逆。其东巡也,肃宗已于灵武称帝,玄宗之诏,在肃宗朝自是无效,故以其东巡为叛逆;然太白却仍遵玄宗之诏,视其东巡为合理,故有"帝宠贤王入楚关,扫清江汉始应还"(其十)。永王之东巡,实乃合理而未合于肃宗之法也。

在水军宴赠幕府诸侍御①

月化五白龙,翻飞凌九天②。胡沙惊北海,电扫洛阳川③。虏箭雨宫阙,皇舆成播迁④。英王受庙略,秉钺清南边⑤。云旗卷海雪,金戟罗江烟。聚散百万人,弛张在一贤。霜台降群彦,水国奉戎旃⑥。绣服开宴语⑦,天人借楼船⑧。如登黄金台⑨,遥谒紫霞仙。卷身编蓬下,冥机四十年⑩。宁知草间人,腰下有龙泉⑪!浮云在一决,誓欲清幽燕⑫。愿与四座公,静谈金匮篇⑬。齐心戴朝恩,不惜微躯捐。所冀旄头灭,功成追鲁连⑭。

[注释]

①幕府:将帅在外的营幕。军中以幕为府,故称幕府。侍御:唐制军幕下参佐多假宪衔,因称侍御。此指永王幕中同僚。

②"月化"二句:谓安禄山僭位称帝。《十六国春秋·后燕录》:"太史丞梁延年梦月化为五白龙,梦中占之曰:月,臣也;龙,君也。月化为龙,当有臣为君。"

③"胡沙"二句:谓安史发难范阳,攻陷洛阳。事在天宝十四载岁末。北海,指北方边塞。此指安禄山所据之幽州、卢龙、范阳等地。

④"虏箭"二句:写叛军攻长安,玄宗奔蜀。皇舆,皇帝的车驾。

⑤"英王"二句:指玄宗下诏命永王镇守江南。英王,指永王李璘。庙略,谓朝廷谋略。秉钺,指掌握军权。

⑥"霜台"二句:谓诸侍御共佐军幕。霜台,御史台。御史职掌弹劾,为风霜之

任,故称霜台。军幕假霜台之衔,故借称霜台。群彦,指诸侍御。戎旃,指军旗。

⑦绣服:代指侍御史。《汉书·百官公卿表》:"侍御史有绣衣直指,出讨奸猾,治大狱。"

⑧天人:魏邯郸淳赞曹植之材,谓之"天人"。见《三国志·魏书·邯郸淳传》裴松之注引《魏略》。此指永王李璘。

⑨黄金台:战国燕昭王筑黄金台以招贤。

⑩"卷身"二句:自谓久不得志。编蓬,编草为门,犹蓬门。东方朔《非有先生论》:"积土为室,编蓬为户。"冥机,暗中的机运,犹命运。太白《赠僧崖公》诗:"冥机发天光,独朗谢垢氛。"四十年,极言其久,非必实指也。

⑪龙泉:即龙渊。唐人避高祖李渊讳,改龙渊为龙泉。越人欧冶子所制宝剑。见《越绝书·外纪·记宝剑》。

⑫"浮云"二句:谓将以宝剑削平幽燕。浮云在一决,语本《庄子·说剑》:"上决浮云,下绝地纪。此剑一用,匡诸侯,天下服矣。"幽燕,指安史巢穴。

⑬金匮篇:《隋书·经籍志》兵家类有《太公金匮》二卷。此指兵书。又称金匮符。常衮《臧希让使朔方制》:"夙传金匮之符,久总牙璋之律。"

⑭"所冀"二句:意谓功成身退。旄头灭,指平定叛乱。旄头,即昴宿,白虎七星之中星,主兵乱。鲁连,指鲁仲连。却秦兵,下聊城,后隐于海上。见《史记》本传。

[点评]

　　本篇题下原注:"永王军中。"乃预永王水军之宴即席所赋赠幕府群僚之作,叙安史之乱,永王受命镇守东南,并表示决心平叛,功成身退。其入永王军幕之心迹最为明白,有平乱之心,无篡逆之意;是欣然入幕,而非胁从。永王败后,其追忆前事,有"逼迫"之语,有自我开脱之意,不如此诗表白之真切也。

南奔书怀

遥夜何漫漫，空歌白石烂！宁戚未匡齐^①，陈平终佐汉^②。欃枪扫河洛，直割鸿沟半^③。历数方未迁，云雷屡多难^④。天人秉旄钺，虎竹光藩翰^⑤。侍笔黄金台，传觞青玉案^⑥。不因秋风起，自有思归叹^⑦。主将动谗疑，王师忽离叛^⑧。自来白沙上，鼓噪丹阳岸^⑨。宾御如浮云，从风各消散。舟中指可掬，城上骸争爨^⑩。草草出近关，行行昧前算。南奔剧星火，北寇无涯畔。顾乏七宝鞭，留连道旁玩^⑪。太白夜食昴，长虹日中贯^⑫。秦赵兴天兵，茫茫九州乱^⑬。感遇明主恩，颇高祖逖言。过江誓流水，志在清中原^⑭。拔剑击前柱，悲歌难重论^⑮。

[注释]

①"遥夜"三句：用宁戚事。宁戚，春秋卫人，至齐，喂牛于车下，扣牛角而歌："南山粲，白石烂，生不遭尧与舜禅，短布单衣适至骭，从昏饭牛薄夜半，长夜曼曼何时旦！"桓公以为非常之人，召见，拜为上卿。事见《吕氏春秋·举难》、《晏子春秋》内篇等。遥夜，长夜。未匡齐，谓宁戚未匡齐时唱《康衢歌》。
②"陈平"句：陈平，秦末武阳人，先事魏王，魏王不能用其说，因去事项王，项王不能信人，因去事汉王。以汉王能用人，故终佐汉。见《史记》本传。
③"欃枪"二句：谓安史据洛阳，与唐抗争。欃枪，彗星。古以为妖星。此喻安史。河洛，指洛阳。割鸿沟，项羽与刘邦约中分天下，割鸿沟而西归汉，鸿沟而东

归楚。见《史记·项羽本纪》。此喻安史争夺大唐江山。鸿沟,古渠名,故道循河南贾鲁河东,由荥阳北引黄河水曲折东至淮阳入颍水。东汉后淤塞。

④"历数"二句:言唐王朝运数未改,而多屯难。历数,指天道。云雷,屯运,命蹇。《周易·屯卦》取象云雷。

⑤"天人"二句:谓永王以维翰分虎竹领兵镇东南。天人,指永王李璘。秉旄钺,领兵。旄钺,旗帜与兵器。藩翰,指诸王。

⑥"侍笔"二句:言在永王军中司文墨与饮酒。黄金台,燕昭王筑黄金台,延揽天下贤士。此借喻永王之礼遇。青玉案,古时贵重的食器。案,盛杯箸之盘。

⑦"不因"二句:用张翰事。张翰为齐王冏东曹掾,因秋风起,思吴中莼羹、鲈鲙,遂命驾东归。见《晋书·张翰传》。

⑧"主将"二句:永王军中主将互相猜疑,致使军队离散叛变。按,其时季广琛奔广陵,浑惟明奔江宁,冯季康奔白沙。见《资治通鉴·唐纪》至德二载。

⑨"自来"二句:写兵败丹阳、白沙之间。白沙,白沙洲。唐扬子县白沙镇。今属江苏仪征。丹阳,县名,唐属润州,今江苏镇江。按,永王据丹阳,及李成式、李铣合兵军于瓜步,其部将星散,永王即潜逃。

⑩"宾御"四句:写兵败奔逃之乱状。舟中指可掬,语本《左传·宣公十二年》:"桓子不知所为,鼓于军中曰:'先济者有赏!'中军下军争舟,舟中之指可掬也。"可掬,指争舟断指,可以捧起。极言其多。骸争爨,语本《左传·哀公八年》:"楚人围宋,易子而食,析骸而爨。"意谓无薪火。

⑪"顾乏"二句:《晋书·明帝纪》:王敦将举兵向内,帝密知之,乘马微行,"见逆旅卖食妪,以七宝鞭与之,曰:'后有骑来,可以此示也。'俄而追者至,问妪。妪曰:'去已远矣。'因以鞭示之。五骑传玩,稽留遂久"。诗谓无七宝鞭以稽留追兵。

⑫"太白"二句:语本《汉书·邹阳传》:"荆轲慕燕丹之义,白虹贯日,太子畏之。卫先生为秦画长平之事,太白食昴,白虹为之贯日也。"均精诚感于上天,天象有所反映。

⑬"秦赵"二句:谓唐与叛军兴兵决战,全国大乱。秦赵,指古秦至赵一带,即两军主战场。唐在秦,安史在赵。

⑭"感遇"四句:因感激于玄宗之恩,故有祖逖誓清中原之志。祖逖,字士稚,范阳遒县人,为东晋名将。曾以奋威将军率部渡江北伐,中流击楫而誓曰:"不能

清中原而复济者,有如大江!"见《晋书·祖逖载记》。

⑮"拔剑"二句:拔剑击柱,慷慨悲歌,感叹壮志未酬而亡命江湖。拔剑,鲍照《拟行路难》:"对案不能食,拔剑击柱长叹息。"

[点评]

题一作《自丹阳南奔道中作》。以此知太白之从璘,曾随军至丹阳,其《永王东巡歌》"丹阳北固是吴关",乃亲临其地,其败亦自此南奔。诗写从璘至奔亡过程,最为真切,其所表露思想,亦最为真实。

狱中上崔相涣①

胡马渡洛水,血流征战场②。千门闭秋景,万姓危朝霜。贤相燮元气,再欣海县康③。台庭有夔龙,列宿粲成行④。羽翼三元圣,发辉两太阳⑤。应念覆盆下,雪泣拜天光⑥。

[注释]

①崔相涣:宰相崔涣。玄宗奔蜀途中,房琯荐崔涣为黄门侍郎同中书门下平章事。肃宗灵武即位,与房琯同赴行在。旋诏涣充江淮宣谕选补使。以选人才。太白上书申冤即在此期。

②"胡马"二句:谓安史叛军攻陷洛阳。

③"贤相"二句:赞崔相之扭转危局。元气,指天地阴阳之气。燮元气,调和天地之气,喻治乱。《尚书·周官》:"立太师、太傅、太保,兹惟三公,论道经邦,燮理阴阳。"海县康,海内康宁。太白《代寿山答孟少府移文书》:"使寰区大定,海县

清一。"

④"台庭"二句：谓崔涣等名臣延揽人才。夔龙，舜时二名臣，喻指崔涣等。列宿，天上星宿，喻人才。

⑤"羽翼"二句：谓众臣辅佐唐皇室。三元圣，王琦《李太白全集》注："谓玄宗、肃宗、广平王也。"按，广平王即肃宗之子李俶，更名豫，后为代宗。两太阳，《李太白全集》王琦注："亦谓玄宗、肃宗也。"

⑥"应念"二句：求为申冤。覆盆，覆置之盆，喻笼罩黑暗，含冤莫白。《抱朴子·辨问》："日月有所不照，圣人有所不知，是责三光不照覆盆之内也。"雪泣，雪涕，指哭。

[点评]

太白以从璘事系寻阳狱，狱中赋此诗上崔相涣，颂其贤德，并求为雪冤。其颂崔相，兼及肃宗父子，非真颂圣，意在申冤也。太白另有《系寻阳上崔相涣三首》、《上崔相百忧章》（原注"时在寻阳狱"），皆力辩其冤，并求助于崔涣。太白一生运蹇，此时为甚，是诗人之不幸，亦时代之不幸。

万愤词投魏郎中①

海水渤潏，人罹鲸鲵②，蓊胡沙而四塞，始滔天于燕齐③。何六龙之浩荡，迁白日于秦西④。九土星分，嗷嗷凄凄⑤。南冠君子⑥，呼天而啼。恋高堂而掩泣⑦，泪血地而成泥。狱户春而不草，独幽怨而沉迷。兄九江兮弟三峡，悲羽化之难齐⑧。穆陵关北愁爱子，豫章天南隔老妻⑨。一门骨肉散百草，遇难不复相提携。树榛拔桂，

囚鸾宠鸡⑩。舜昔授禹,伯成耕犁。德自此衰,吾将安栖⑪?好我者
恤我,不好我者何忍临危而相挤!子胥鸱夷⑫,彭越醢醢⑬。自古豪
烈,胡为此繄⑭!苍苍之天,高乎视低。如其听卑,脱我牢狴⑮。倘
辨美玉,君收白圭⑯。

[注释]

①魏郎中:未详。或谓即右司郎中魏少游。房琯抗疏自请将兵收复京都,自选参
佐,以中丞宋若思、起居郎知制诰贾至、右司郎中魏少游为判官。见《旧唐书·
房琯传》。

②"海水"二句:谓时局动荡,百姓遭殃。渤潏,沸涌貌。鲸鲵,鲸鱼。雄曰鲸,雌
曰鲵。

③"蓊胡沙"二句:谓安史发难于幽燕。蓊胡沙,形容安史结集胡兵。蓊,聚集
貌。四塞,山河四塞,指边境。燕齐,此指燕。谓安禄山起兵于范阳。齐,因与燕
接壤,故称燕齐。

④"何六龙"二句:谓玄宗之奔蜀。六龙,神话言日车由六龙驾驭。秦西,秦川之
西,指蜀。蜀在秦之西南。

⑤"九土"二句:言国家分裂,百姓凄怨。九土,即九州。左思《蜀都赋》:"九土星
分,万国错跱。"嗷嗷,怨声。

⑥南冠君子:囚徒。此自指。典出《左传·成公九年》:晋侯观于军府,见钟仪南
冠而絷作楚囚,使弹琴,操南音。

⑦高堂:高大殿堂。楚辞《招魂》:"高堂邃宇,槛层轩些。"因身处牢狴,故心恋高
堂,与下文"狱户春而不草"正相呼应。或由此引申为"朝廷",或以其恋高堂之
爱而释为父母,似皆求之过深。

⑧"兄九江"二句:感兄弟离散,难以照应。兄九江,自指陷寻阳狱中。九江,即
寻阳。弟三峡,谓其弟居三峡某地。羽化,化生羽翼,指升仙。

⑨"穆陵"二句:谓妻子离散。穆陵关,在今山东临朐东南大岘山上。一在今湖
北麻城之北,与白沙关、阴山关相近。按,太白之子伯禽在东鲁(兖州),而临朐
之关与麻城之关,与诗中所说方位均不合,或另有所指。豫章,洪州,治所在今江
西南昌。时太白夫人宗氏居豫章。故《南流夜郎寄内》诗:"南来不得豫章书。"

⑩"树榛"二句：谓黜贤而进不肖。以榛、鸡喻不肖者，以桂、鸾喻贤者。

⑪"舜昔"四句：《庄子·天地》：尧治天下，伯成子高立为诸侯；尧授舜，舜授禹，伯成子高辞为诸侯而耕。禹往见之，则耕在野。禹立而问之，子高曰："今子赏罚而民且不仁，德自此衰，刑自此立，后世之乱自此始矣。"

⑫子胥鸱夷：伍员字子胥，春秋时吴大夫，助阖闾杀王僚，夺王位。劝吴王拒越求和，夫差不听，赐自杀。或说死后装鸱夷内沉入江中。见《史记·伍子胥列传》。鸱夷，皮制的袋子。

⑬彭越醢醢：汉初大将彭越，以战功封梁王，刘邦疑其反，杀之。《史记·黥布列传》："汉诛梁王彭越，醢之，盛其醢徧赐诸侯。"醢醢，剁成肉酱。

⑭絷：语助词。

⑮"苍苍"四句：求救出狱。听卑，《史记·宋微子世家》载，景公三十七年，司星子韦谓景公曰："天高听卑。君有君人之言三，荧惑宜有动。"此喻皇帝神明，体察下情。牢狴，牢狱。

⑯"倪辨"二句：救魏郎中释放收用。白圭，白玉。《诗经·大雅·抑》："白圭之玷，尚可磨也；斯言之玷，不可为也。"

[点评]

　　宋若思为江南西道采访使，其时魏郎中或亦至江南，故太白上诗求情。诗申其冤，语极悲愤，"南冠君子，呼天而啼"，情状可知。激愤之中，于肃宗似有微词。

经乱离后天恩流夜郎忆旧游书怀

赠江夏韦太守良宰①

　　天上白玉京,十二楼五城。仙人抚我顶,结发受长生②。误逐
世间乐,颇穷理乱情。九十六圣君③,浮云挂空名。天地赌一掷,未
能忘战争。试涉霸王略,将期轩冕荣④。时命乃大谬,弃之海上
行⑤。学剑翻自哂,为文竟何成? 剑非万人敌,文窃四海声⑥。儿戏
不足道,五噫出西京。临当欲去时,慷慨泪沾缨⑦。叹君倜傥才,标
举冠群英。开筵引祖帐,慰此远徂征。鞍马若浮云,送余骠骑亭。
歌钟不尽意,白日落昆明⑧。十月到幽州⑨,戈铤若罗星⑩。君王弃
北海,扫地借长鲸。呼吸走百川,燕然可摧倾⑪。心知不得语,却欲
栖蓬瀛⑫。弯弧惧天狼,挟矢不敢张⑬。揽涕黄金台,呼天哭昭王⑭。
无人贵骏骨,绿耳空腾骧⑮。乐毅傥再生,于今亦奔亡⑯。蹉跎不得
意,驱马过贵乡⑰。逢君听弦歌⑱,肃穆坐华堂。百里独太古⑲,陶然
卧羲皇⑳。徵乐昌乐馆,开筵列壶觞。贤豪间青娥,对烛俨成行。
醉舞纷绮席,清歌绕飞梁㉑。欢娱未终朝,秩满归咸阳㉒。祖道拥万
人,供帐遥相望㉓。一别隔千里,荣枯异炎凉㉔。炎凉几度改,九土
中横溃。汉甲连胡兵,沙尘暗云海㉕。草木摇杀气,星辰无光彩。

白骨成丘山,苍生竟何罪！函关壮帝居,国命悬哥舒。长戟三十万,开门纳凶渠㉖。公卿奴犬羊,忠谠醢与菹㉗。二圣出游豫,两京遂丘墟㉘。帝子许专征,秉旄控强楚㉙。节制非桓文,军师拥熊虎㉚。人心失去就,贼势腾风雨。惟君固房陵,诚节冠终古㉛。仆卧香炉顶,餐霞嗽瑶泉。门开九江转,枕下五湖连㉜。半夜水军来,寻阳满旌旃。空名适自误,迫胁上楼船㉝。徒赐五百金,弃之若浮烟。辞官不受赏,翻谪夜郎天㉞。夜郎万里道,西上令人老。扫荡六合清,仍为负霜草㉟。日月无偏照,何由诉苍昊！良牧称神明,深仁恤交道㊱。一忝青云客,三登黄鹤楼㊲。顾惭祢处士,虚对鹦鹉洲㊳。樊山霸气尽,寥落天地秋㊴。江带峨眉雪,川横三峡流。万舸此中来,连帆过扬州㊵。送此万里目,旷然散我愁。纱窗倚天开,水树绿如发。窥日畏衔山,促酒喜得月。吴娃与越艳,窈窕夸铅红㊶。呼来上云梯,含笑出帘栊。对客小垂手㊷,罗衣舞春风。宾跪请休息,主人情未极。览君荆山作,江鲍堪动色。清水出芙蓉,天然去雕饰㊸。逸兴横素襟,无时不招寻。朱门拥虎士,列戟何森森！剪凿竹石开,萦流涨清深㊹。登楼坐水阁,吐论多英音。片辞贵白璧,一诺轻黄金㊺。谓我不愧君,青鸟明丹心㊻。五色云间鹊,飞鸣天上来。传闻赦书至,却放夜郎回㊼。暖气变寒谷,炎烟生死灰㊽。君登凤池去,勿弃贾生才㊾。桀犬尚吠尧,匈奴笑千秋㊿。中夜四五叹,常为大国忧。旌旆夹两山,黄河当中流。连鸡不得进,饮马空夷犹㊿。安得羿善射,一箭落旄头㊿。

[注释]

①江夏:今湖北武昌。韦太守良宰:鄂州刺史韦良宰,为太白故交。据考证,为彭

城韦氏，即韦行佺之子。太白有《天长节使鄂州刺史韦公德政碑并序》一文，所写当是一人。

②"天上"四句：自言本乃仙界之长生者。白玉京，为天帝所居之处。十二楼五城，传说昆仑玄圃有五城十二楼，神仙所居之处。《汉书·郊祀志》："方士有言，黄帝时为五城十二楼，以候神人。"结发，古代男子成童始束发，因谓少年时为结发。

③九十六圣君：杨齐贤注："自秦始皇至唐玄宗，中国传绪之君，凡九十有六。"

④"试涉"二句：谓以纵横术取仕。霸王略，霸道王道之谋略。白少好纵横术。轩冕，古代大夫以上可以乘轩冠冕，此代指官宦。

⑤海上行：语本《论语·公冶长》："道不行，乘桴浮于海。"

⑥"学剑"四句：谓学剑无成，为文成名。《史记·项羽本纪》："项籍少时，学书不成，去学剑，又不成。项梁怒之，籍曰：'书，足以记姓名而已。剑，一人敌，不足学；学万人敌。'于是项梁又教籍兵法。"

⑦"儿戏"四句：写长安失意还山。儿戏，处事轻率。指轻信谗言。五噫，后汉梁鸿东出关，过洛阳，作《五噫》之歌。见《后汉书·梁鸿传》。自喻感慨离京。

⑧"开筵"六句：写韦良宰为之饯行于骠骑亭。祖帐，古人饯别所设帐幕。骠骑亭，当在长安昆明池附近。昆明，昆明池。汉武帝所凿，用以训练水师。故址在今西安西南。

⑨幽州：即范阳郡，后改幽州。为安禄山巢穴。按，太白于天宝十一载十月到达幽州。

⑩"戈铤"句：写安禄山之军备。铤，短矛。

⑪"君王"四句：谓唐玄宗将北方诸郡交给安禄山，使之形成排山倒海之势。北海，指北边疆土。时安禄山为平卢节度使、代范阳节度使，经略十一军，统领十一州。天宝十载又兼河东节度使。长鲸，喻指安禄山。燕然，燕然山，今名杭爱山，在内蒙古。此借指燕山。

⑫"心知"二句：意谓心知尾大不掉，必乱，因思隐退。蓬瀛，蓬莱与瀛洲，传说中的两座海中仙山。

⑬"弯弧"二句：语本屈原《九歌·东君》："挟长矢兮射天狼。"天狼，星名，以喻贪残。此指安禄山。

⑭"揽涕"二句：叹无如燕昭王之爱才者。黄金台，相传燕昭王为延揽天下士，特

筑此台。故址在今河北易县东南。《史记·燕世家》但云筑宫,孔融《论盛孝章书》始称筑台,其名"黄金",出鲍照《放歌行》。

⑮"无人"二句:亦用燕昭王故事。郭隗谓燕昭王:古之君市千里马,三月得死马,以五百金市其骨,不期年而千里马至者三。王欲致士,自隗始,则贤于隗者必来。见《战国策·燕策》。绿耳,又作"騄駬",骏马名,周穆王八骏之一。

⑯"乐毅"二句:燕昭王用燕将乐毅为亚卿,率军破齐,下七十余城。昭王死,惠王疑之,乐毅奔亡赵国。见《史记·乐毅列传》。

⑰贵乡:县名,属魏州,故址在今河北大名县境。其时韦良宰为贵乡县令。

⑱弦歌:子游为武城宰,弦歌而治。见《论语·阳货》。

⑲百里:古时一县辖地约百里,因以"百里"为县之代称。殷浩将授李充剡县令,问:"君能屈志百里不?"见《世说新语·言语》。太古:远古,上古。《礼记·郊特牲》"大古冠布",注:"唐虞以上曰太古也。"

⑳羲皇:伏羲氏,古代部落酋长。此指太古。陶潜《与子俨等疏》:"常言五、六月中,北窗下卧,遇凉风暂至,自谓是羲皇上人。""羲皇上人"即太古之人。

㉑"徵乐"六句:写过贵乡受韦良宰热情款待。昌乐馆,旧注以为指魏州昌乐县。味诗意,当是指贵乡之馆舍,为太白预宴之处。绕梁飞,典出韩娥之齐过雍门歌以乞食,余音绕梁,三日不绝。见《列子·汤问》。

㉒秩满"句:谓韦良宰贵乡令秩满回长安。咸阳,秦都,代指唐都长安。

㉓"祖道"二句:谓上万人为韦良宰送行。祖道,饯行。供帐,即祖帐,饯行设筵的帐幕。

㉔"一别"二句:谓贵乡别后远隔千里,荣枯不同。

㉕"炎凉"四句:谓未几爆发安史之乱,战尘弥漫。九土,即九州。横溃,形容社会动乱。汉甲,指唐军。胡兵,指安史叛军。

㉖"函关"四句:言哥舒翰潼关失守,安史进逼长安。函关,函谷关。此指潼关。哥舒,哥舒翰。唐突骑施哥舒部之裔,初为王忠嗣衙将,以功封西平郡王,因疾归京师。安史之乱,起为先锋兵马元帅,守潼关;出战不利,投降被杀。凶渠,凶徒的元首,元凶。指安禄山。

㉗"公卿"二句:谓唐公卿臣僚之遭迫害。奴犬羊,奴于犬羊,即众贼使之如奴。魏鼓吹十二曲《克官渡》:"贼众如犬羊。"奴,一本作"如"。以犬羊喻公卿,似欠安。忠谠,忠诚正直之士。醢与菹,即菹醢,剁为肉酱。

㉘"二圣"二句:写二帝出巡,两京陷落。二圣,指玄宗与肃宗。游豫,游乐。《孟子·梁惠王下》:"吾王不游,吾何以休?吾王不豫,吾何以助?"讳言出奔,故称"游豫"。

㉙"帝子"二句:谓永王受命控制江南。帝子,指永王李璘。专征,特许率军出征。秉旄,犹持节。总军戎之事。控强楚,永王为江南诸道节度,出镇荆州,故云。

㉚"节制"二句:谓永王不善治军。桓文,指春秋齐桓公与晋文公。《荀子·议兵》:"秦之锐士,不可以当桓文之节制。"熊虎,喻猛将强兵。

㉛"惟君"二句:赞韦良宰忠于唐室,固守房陵。房陵,即房州,治所在今湖北房县。其时韦良宰为房陵太守,不随永王。太白《天长节使鄂州刺史韦公德政碑》云:"曩者永王以天人授钺,东巡无名,利剑承喉以胁从,壮心坚守而不动。房陵之俗,安于泰山。"

㉜"仆卧"四句:自谓时栖隐庐山。香炉,庐山香炉峰。九江,古长江至寻阳分为九派,此泛指长江。五湖,此实指庐山南之鄱阳湖,即彭蠡湖。

㉝"半夜"四句:写从璘事。迫胁,受永王逼迫与威胁。按,白之从璘,出于自愿,意欲平乱立功而后退隐。所谓"迫胁",盖讳言从逆,有自我开脱之意。

㉞谪夜郎:以从璘罪判长流夜郎。夜郎,今贵州正安。

㉟"扫荡"二句:谓安史乱平,仍负屈含冤。六合,天地四方,犹言全国。负霜草,喻受冤屈。

㊱"良牧"二句:称颂韦之重交情。良牧,指江夏太守韦良宰。牧,州牧,刺史。交道,结交朋友之道。《后汉书·王丹传》:"交道之难,未易言也。"

㊲"一忝"二句:谓在韦良宰处为客。青云客,于青云之士家作客。在韦家作客的客气话。黄鹤楼,故址在江夏黄鹄矶,今湖北武昌蛇山。

㊳"顾惭"二句:言对祢衡之遗迹而愧无其才。自谦语。祢处士,即祢衡,东汉末名士。曾作《鹦鹉赋》。鹦鹉洲,在今湖北汉阳。原在长江中,对黄鹄矶。以祢衡之赋得名。

㊴"樊山"二句:谓鄂州自孙吴霸气消尽,此地便萧条了。樊山,又名袁山,今称雷山。在今湖北鄂城西北。东吴孙皓自建业迁都武昌,故此地曾有霸气。二句一本作:"彤襜冠白笔,爽气凌清秋。"

㊵"江带"四句:写长江沟通吴蜀,鄂州为中转要冲之地。峨眉雪,上游峨眉山的

雪水。三峡,长江三峡,即夔峡、巫峡、西陵峡。

㊶"吴娃"二句:写涂脂抹粉的吴越舞女。铅红,指白粉与胭脂。

㊷小垂手:一种舞蹈的名称。《乐府杂录·舞工》:"舞者,乐之容也,有《大垂手》、《小垂手》。"

㊸"览君"四句:评韦良宰诗作如江鲍之清新自然。荆山作,指韦所作荆山诗。按,今不传。荆山,在今湖北武当东南。江鲍,指南朝诗人江淹与鲍照。

㊹"朱门"四句:写韦良宰府第园林。

㊺"片辞"二句:谓韦良宰讲义气,重然诺。《史记·季布列传》载楚人谚曰:"得黄金百斤,不如得季布一诺。"

㊻"青鸟"句:语本阮籍《咏怀诗》:"谁言不可见,青鸟明我心。"

㊼"五色"四句:写流夜郎遇赦。唐张鷟《朝野佥载》四:"贞观末,南康黎景逸居于空青山,常有鹊巢其侧,每饭食以喂之。后邻近失布者诬景逸盗之,系南康狱,月余劾不承。欲讯之,其鹊止于狱楼,向景逸欢喜,似传语之状。其日传有赦,官司诘其来,云路逢玄衣素矜人所说。三日而赦至。景逸还山,乃知玄衣素矜者,鹊之所传也。"

㊽"暖气"二句:以寒谷回暖死灰复燃喻否极泰来。燕地寒谷经邹衍吹暖而出黍。见刘向《别录》。死灰复燃,语见《史记·韩长孺列传》韩安国曰:"死灰独不复然乎?"

㊾"君登"二句:求韦良宰入朝时举荐其才。凤池,凤凰池,指中书省。贾生,指汉贾谊,有洛阳才子之称,被贬为长沙王太傅。

㊿"桀犬"二句:谓时局未定而所用非人。桀犬,喻安史余党。语本《汉书·邹阳列传》:"桀之犬可使吠尧。"千秋,指汉武帝时丞相车千秋。车千秋无才能学术,以一语悟主,取宰相封侯,为匈奴所笑,谓"汉置丞相非用贤也,妄一男子上书即得之矣"。见《汉书·车千秋传》。王琦注曰:"千秋,喻宰相若苗晋卿、王玙辈。"

51"连鸡"二句:谓诸节度互相牵制,迟疑不进。连鸡,缚在一起的鸡。互相牵扯,行动不一。《战国策·秦策》:"诸侯不可一,犹连鸡之不能俱止于栖亦明矣。"夷犹,迟疑不进。

52"安得"二句:冀得能人平定叛乱。羿,后羿,古之善射者。旄头,即昴星,胡星。喻安史叛军。

　　本篇叙其与韦良宰交游始末,并述平生踪迹及时局变迁,互为经纬,交织成文,诚如《唐宋诗醇》所评:"汪洋灏瀚,如百川之灌河,如长江之赴海,卓乎大篇,可与《北征》并峙。"《北征》以情叙事,本篇以事表情;《北征》得国风之旨,本篇得屈骚遗意,妙在虚实之间而各显其本色。此李杜之所以并峙于诗坛而各标其胜概也。

自汉阳病酒归寄王明府①

　　去岁左迁夜郎道②,琉璃砚水长枯槁。今年敕放巫山阳③,蛟龙笔翰生辉光。圣主还听子虚赋,相如却欲论文章④。愿扫鹦鹉洲⑤,与君醉百场。啸起白云飞七泽,歌吟渌水动三湘⑥。莫惜连船沽美酒,千金一掷买春芳⑦。

[注释]

①汉阳:今属湖北武汉。王明府:王姓汉阳县令。太白遇赦至江夏,与王明府交往颇密切,有《赠王汉阳》、《寄王汉阳》、《望汉阳柳色寄王宰》、《早春寄王汉阳》、《醉题王汉阳厅》等诗。

②夜郎:今贵州正安。

③巫山阳:巫山之南。语本宋玉《高唐赋》:"妾在巫山之阳,高丘之阻。"实指流放地。

④"圣主"二句:自比相如,冀逢圣主。圣主,指汉武帝。汉武帝读司马相如《子

虚赋》,曰:"朕独不得与此人同时哉!"因召相如。见《史记·司马相如列传》。此借指唐肃宗。

⑤鹦鹉洲:原在长江中,对黄鹄矶。今移与汉阳接壤。

⑥"啸起"二句:写长啸狂歌之逸兴。七泽,相传楚有七泽,包括云梦。见司马相如《子虚赋》。此泛指楚泽。渌水,古曲名。后汉马融《长笛赋》:"上拟法于《韶箾》《南籥》,中取度于《白雪》《渌水》,下采制于《延露》《巴人》。"三湘,泛指今洞庭湖南北湘江流域一带。

⑦"莫惜"二句:极言开怀痛饮。春芳,指酒香。唐人多称酒为春。

[点评]

本篇写汉阳与王明府酣饮醉归江夏赋诗以谢,颇有重振雄风之意。"啸起"四句,醉态可怜,狂态可掬,宛如当年南内龙池沉香畔之状,然心境自是不同,今非昔比矣,狂醉之中未免挟带苍凉之感与苦涩之味。

流夜郎半道承恩放还兼
欣克复之美书怀示息秀才①

黄口为人罗,白龙乃鱼服。得罪岂怨天,以愚陷网目②。鲸鲵未剪灭,豺狼屡翻覆③。悲作楚地囚,何由秦庭哭④!遭逢二明主,前后两迁逐⑤。去国愁夜郎,投身窜荒谷⑥。半道雪屯蒙,旷如鸟出笼⑦。遥欣克复美,光武安可同⑧?天子巡剑阁,储皇守扶风⑨。扬袂正北辰,开襟揽群雄⑩。胡兵出月窟,雷破关之东。左扫因右拂,旋收洛阳宫⑪。回舆入咸京,席卷六合通⑫。叱咤开帝业,手成天地功⑬。大驾还长安,两日忽再中⑭。一朝让宝位,剑玺传无穷。愧无秋毫力,谁念矍铄翁⑮！弋者何所慕,高飞仰冥鸿⑯。弃剑学丹砂,临炉双玉童⑰。寄言息夫子,岁晚陟方蓬⑱。

[注释]

①克复:谓收复两京(长安与洛阳)。息秀才:姓息的秀才,名字事迹不详。

②"黄口"四句:叙获罪长流事。黄口,指雏雀。《孔子家语》载,孔子见罗者所得皆黄口小雀,罗者曰:"大雀善惊而难得,黄口贪食而易得。"白龙乃鱼服,白龙化鱼,喻贵人遇险。刘向《说苑·正谏》:"昔白龙下清泠之渊,化为鱼,渔者豫且射中其目。"

③"鲸鲵"二句:谓安史之乱未平。鲸鲵,喻安史。豺狼,亦喻指安史。屡翻覆,指史思明降而复叛。

④"悲作"二句:言身为囚徒,无由报国。楚地囚,楚囚,典出钟仪,见《左传·成公九年》。此自指因从璘而被囚被流。秦庭哭,申包胥哭于秦庭,以求救楚,七日七夜,口不绝声。事见《左传·定公四年》。意谓欲救危难而不能。

⑤"遭逢"二句:谓玄宗朝被谗去京,肃宗朝获罪长流。

⑥"去国"二句:谓流放夜郎荒谷之中。

⑦"半道"二句:言刑期未满而遇赦。屯蒙,《周易》之屯卦与蒙卦,指艰难蹇滞。雪屯蒙,指遇赦。鸟出笼,指离开夜郎。

⑧"遥欣"二句:谓收复两京,中兴可望。光武,指汉光武帝刘秀,号称中兴之主。借喻肃宗。

⑨"天子"二句:谓玄宗尚在蜀,太子守扶风。剑阁,剑阁山,此指蜀。安史攻长安,玄宗奔蜀。储皇,太子,指肃宗之子李豫,后为代宗。扶风,即凤翔,肃宗驻兵凤翔,至收复长安始进京。

⑩"扬袂"二句:谓肃宗坐朝而统制群雄。北辰,北极星,指朝廷。《论语·为政》:"譬如北辰,居其所而众星共(拱)之。"群雄,指诸节度。

⑪"胡兵"四句:言借助回纥之兵,横扫函谷关以东,收复洛阳。胡兵,指回纥之兵。

⑫"回舆"二句:写肃宗回长安。按,肃宗于至德二载九月自凤翔还至长安。咸京,咸阳,代指长安。六合,上下四方,指全国。

⑬"叱咤"二句:谓肃宗重开帝业,告成大功。

⑭"大驾"二句:言玄宗大驾自蜀回长安,上皇、皇帝如两日再中。

⑮矍铄翁:精神健旺的老人。《后汉书·马援传》:"援据鞍顾眄,以示可用。帝笑曰:'矍铄哉,是翁也!'"

⑯"弋者"二句:谓将隐退。扬雄《法言·问明》:"鸿飞冥冥,弋人何篡焉!"

⑰"弃剑"二句:有入道之意。丹砂,道士所炼药物。玉童,仙童。

⑱方蓬:方丈与蓬莱。传说中海上仙山。

[点评]

　　本篇与息秀才叙遇赦之情,并赞收复两京之功,末露隐退之意。"愧无秋毫力,谁念矍铄翁",知其滋隐退之念,实出于无可奈何,非真超然世外也。其"遭逢二明主,前后两迁逐",故自知欲有所成功不亦难乎,于是乎"寄言息夫子,岁晚陟方蓬"。

司马将军歌①

　　狂风吹古月,窃弄章华台②。北落明星动光彩,南征猛将如云雷③。手中电曳倚天剑,直斩长鲸海水开④。我见楼船壮心目,颇似龙骧下三蜀⑤。扬兵习战张虎旗⑥,江中白浪如银屋。身居玉帐临河魁⑦,紫髯若戟冠崔嵬。细柳开营揖天子,始知灞上为婴孩⑧。羌笛横吹阿亸回⑨,向月楼中吹落梅⑩。将军自起舞长剑,壮士呼声动九垓⑪。功成献凯见明主，丹青画像麒麟台⑫。

[注释]

①司马将军歌：乐府杂曲歌，出《陇上歌》。题下原注："代陇上健儿陈安。"按，陈安为晋王司马宝将，与前赵刘曜之将平先战，死于陕中。陇上之人思之，为作壮士之歌，即《陇上歌》，有"陇上壮士有陈安"句。此以陈安喻荆襄招讨使、山南东道处置兵马都使、太子少保崔光远等。

②"狂风"二句：谓贼乱荆楚。古月，合为"胡"字，此喻叛将康楚元、张延赏。康、张据荆襄作乱，自称南楚霸王。《晋书·苻坚载记》："古月之末乱中州。"是其所本。章华台，春秋时楚灵王所建，一说故址在今湖北荆州。此代指唐荆州。

③"北落"二句：谓朝廷派将南征。北落明星，星座名，主兵。王琦注引《甘氏星经》："北落师门一星，在羽林军西，主候兵。星明大而角，军兵安；小暗，天下兵。"此言星明，故南征之军安。猛将如云雷，极言将领之多。"南征"句，一本作："南方有事将军来。"

④"手中"二句：赞平叛之威势。太白《临江王节士歌》谓"安得倚天剑，跨海斩长鲸"，则有求自试之意。倚天剑，宋玉《大言赋》："长剑耿耿倚天外。"直斩长鲸，梁元帝《玄览赋》："斩横海之长鲸。"

⑤"我见"二句：谓亲见南征水军之壮，如晋王濬楼船之直下金陵。龙骧下三蜀，《晋书·王濬传》：晋武帝封王濬为龙骧将军，造大船连舫，自三蜀益州出发，直逼金陵，吴主孙皓至营门投降。三蜀，左思《蜀都赋》"三蜀之豪"，《文选》注："三蜀，蜀郡、广汉、犍为也。"此为蜀之泛称。

⑥虎旗：画有虎纹的战旗。

⑦玉帐：主帅所居的军帐。河魁：指西方偏北的"戌"。宋张淏《云谷杂记》："戌为河魁，谓主将之帐宜在戌也。"

⑧"细柳"二句：用周亚夫事。《史记·绛侯周勃世家》载，汉文帝六年，匈奴犯边，以刘礼将军军灞上，以周亚夫将军军细柳，严阵以待。上自劳军，至细柳营，亚夫持兵揖曰："介胄之士不拜，请以军礼见。"天子见军纪整肃，谓群臣曰："此真将军矣。曩者灞上及棘门军，若儿戏耳，其将固可袭而虏也；至于亚夫，可得而犯耶！"

⑨阿鄣回：即《阿滥堆》。《唐诗纪事》五二："骊宫小禽名阿滥堆，明皇御玉笛，采

其声翻为曲,且为名,远近以笛争效之。(张)祜有《华清宫》诗曰:'红树萧萧阁半开,玉皇犹幸此宫来。至今风俗骊山下,村笛犹吹阿滥堆。"

⑩落梅:指笛曲《梅花落》。

⑪九垓:九天,指高空。

⑫麒麟台:即麒麟阁。在未央宫内。汉宣帝甘露三年,画功臣霍光、张安世、杜延年、苏武等十一人之像于阁上。见《汉书·苏建传》。

[点评]

本篇借司马将军以赞平定荆州之乱的唐将。以乐府旧题写时事。其于康楚元、张嘉延之叛乱于荆州,祸及澧、朗、郢、峡、归诸州,持反对态度,在《荆州贼乱临洞庭言怀作》诗中拟之为"修蛇横洞庭,吞象临江岛",固知太白于安史之叛亦必否定,其从璘意在靖乱,心迹甚明。

献从叔当涂宰阳冰①

金镜霾六国,亡新乱天经②。焉知高光起,自有羽翼生③!萧曹安岊屼,耿贾摧欃枪④。吾家有季父⑤,杰出圣代英。虽无三台位,不借四豪名⑥。激昂风云气,终协龙虎精⑦。弱冠燕赵来,贤彦多逢迎⑧。鲁连善谈笑,季布折公卿⑨。遥知礼数绝,常恐不合并⑩。惕想结宵梦,素心久已冥。顾惭青云器,谬奉玉樽倾。山阳五百年,绿竹忽再荣⑪。高歌振林木⑫,大笑喧雷霆。落笔洒篆文,崩云使人惊⑬。吐辞又炳焕,五色罗华星。秀句满江国,高才掞天庭⑭。宰邑艰难时，浮云空古城。居人若薤草，扫地无纤茎⑮。惠泽及飞走，农夫尽归耕。广汉水万里，长流玉琴声⑯。雅颂播吴越，还如太阶平⑰。小子别金陵，来时白下亭⑱。群凤怜客鸟，差池相哀鸣。各拔五色毛，意重太山轻。赠微所费广，斗水浇长鲸。弹剑歌苦寒，严风起前楹⑲。月衔天门晓，霜落牛渚清⑳。长叹即归路，临川空屏营㉑。

[注释]

①从叔当涂宰阳冰：李阳冰，字少温，宝应元年为当涂令。太白称之为族叔，晚年依之。阳冰后官至匠作少监。擅长书法，尤工篆书，笔致清峻。

②"金镜"二句：谓秦灭六国，新莽篡汉。金镜，喻明道。刘孝标《广绝交论》"圣人握金镜"，《文选》注引《洛书》曰："秦失金镜。"此借以代秦。新，指新莽。王莽篡汉，即天子位，号曰"新"。

③"焉知"二句：谓前后汉之兴，皆有辅佐之臣。高光，指前汉之高祖刘邦与后汉之光武帝刘秀。羽翼，佐臣。

④"萧曹"二句：承前二句，言萧曹辅翼汉高祖，耿贾辅翼光武帝。萧曹，指萧何与曹参。峣屼，不安貌。指社会动荡。耿贾，指耿弇与贾复，二人辅助光武平新莽。欃枪，彗星，古以彗星为灾星。此喻王莽。

⑤季父：叔父。指族叔李阳冰。

⑥"虽无"二句：谓李阳冰位不高而声名大。三台位，指三公（太师、太傅、太保）之位。四豪，指齐之孟尝、赵之平原、魏之信陵、楚之春申四公子。

⑦"激昂"二句：语本《周易·乾》："云从龙，风从虎。"

⑧"弱冠"二句：言阳冰弱冠之年自燕赵出来，受时贤欢迎。按，阳冰为赵郡（即赵州，今属河北）人，故云"燕赵来"。弱冠，《礼记·曲礼》："二十曰弱冠。"

⑨"鲁连"二句：以鲁仲连、季布喻李阳冰之才干。鲁连，鲁仲连。仲连游赵，会秦围赵急，谈笑却秦军，救赵之危。见《战国策·赵策》。左思《咏史》诗："吾慕鲁仲连，谈笑却秦军。"季布，楚人，为项羽将。刘邦灭楚，以千金求之，终为汉臣。樊哙请以十万众横行匈奴中，诸将阿吕后意，皆曰可，独季布曰："樊哙可斩也！夫高帝将兵四十余万众，围于平城，今哙奈何以十万众横行匈奴中？面欺！且秦

以事于胡,陈胜等起。今疮痍未瘳,哙又面谀。欲动摇天下。"吕后罢朝,不复议击匈奴事。见《史记·季布列传》。

⑩"遥知"二句:谓知其重交道,然恐不能合。礼数绝,指重交情而不讲礼数。合并,合而为一,犹言一致。《庄子·则阳》:"丘山积卑而为高,江河合水而为大,大人合并而为公。"

⑪"山阳"二句:谓竹林七贤中,阮籍、阮咸叔侄并现于今。意阳冰与己如阮氏叔侄。山阳,今河南修武西北。三国魏,嵇康寓居山阳,与阮籍、阮咸、山涛、向秀、王戎、刘伶相与友善,游于竹林,号竹林七贤。见《三国志·魏书·王粲传》附嵇康传注引《魏氏春秋》。五百年,自嵇康死后至太白作此诗,约五百年。

⑫"高歌"句:典出秦青。薛谭学讴于秦青,未成欲归,秦青饯之郊衢,"抚节悲歌,声振林木,响遏行云"。见《列子·汤问》。

⑬"落笔"二句:赞李阳冰之篆书。崩云,形容笔势。鲍照《飞白书势铭》:"轻如游雾,重似崩云。"

⑭"吐辞"四句:赞李阳冰之词章与文才。捴天庭,盖天庭。左思《蜀都赋》:"摘藻捴天庭。"《文选》注:"捴,犹盖也。"

⑮"宰邑"四句:谓阳冰之宰当涂,正值安史乱后,时局艰难,百里萧条。薙,除草。

⑯"惠泽"四句:颂李阳冰之德政。惠泽及飞走,语出《后汉书·董仲舒传》:"恩信宽泽,仁及飞走。"飞走,指飞禽走兽。广汉,谓汉水。此指长江。语本《诗经·周南·汉广》:"汉之广矣,不可咏思。"诗序云:"汉广,德广所及也。"玉琴声,意取宓子贱鸣琴而治。见《吕氏春秋·察贤》。

⑰"雅颂"二句:意谓恍如太平盛世。雅颂,《诗经》之《雅》、《颂》,常作为盛世之乐的代称。太阶,亦作"泰阶",即三台,星名,共六星。太阶平,谓政通人和。左思《魏都赋》:"故今斯民睹泰阶之平,可比屋而为一。"

⑱白下亭:金陵驿亭。太白《留别金陵诸公》诗:"五月金陵西,祖余白下亭。"可知当时亭在金陵西门(即白门)外。

⑲"弹剑"二句:用冯谖故事。孟尝君食客冯谖弹铗而歌:"长铗归来乎,食无鱼!"见《史记·孟尝君列传》。意即太白《行路难》其二"弹剑作歌多苦声"。

⑳"月衔"二句:写秋夜归当涂水程。天门,天门山。在当涂西南。牛渚,牛渚矶,即采石矶。在马鞍山采石。

㉑屏营：彷徨不安貌。

[点评]

　　本篇为晚年从李光弼征东南半道病还，将离金陵往依当涂宰李阳冰时所作，赞美李阳冰德政，并申求助之意。情调凄楚，真乃哀鸣苦声也。白香山题采石坟谓"但是诗人多薄命，就中沦落不过君"，九原有知，可引为知音。

明朝有意抱琴来

长干行①

　　妾发初覆额,折花门前剧②。郎骑竹马来,绕床弄青梅。同居长干里,两小无嫌猜③。十四为君妇,羞颜未尝开。低头向暗壁,千唤不一回。十五始展眉④,愿同尘与灰。常存抱柱信⑤,岂上望夫台⑥。十六君远行,瞿塘滟滪堆⑦。五月不可触,猿声天上哀⑧。门前迟行迹,一一生绿台。苔深不能扫,落叶秋风早。八月胡蝶黄,双飞西园草。感此伤妾心,坐愁红颜老。早晚下三巴⑨,预将书报家。相迎不道远,直至长风沙⑩。

[注释]

①长干行:乐府杂曲旧题。长干,即长干里,六朝建康城南秦淮河两岸吏民杂居之处。位置约在今南京中华门外与花露冈南。

②门前剧:在门前嬉戏。

③"郎骑"四句:谓男女儿时天真纯洁,无所嫌疑。后之"青梅竹马"成语,即源于此。竹马,儿童嬉戏以竹竿代马,称"竹马"。语本《后汉书·郭汲传》:"始至行郡,到河西美稷,有童儿数百,各骑竹马,道次迎拜。"

④展眉:展开眉头,形容心情舒坦与喜悦。

⑤抱柱信:语出《古诗》:"安得抱柱信,皎日以为期。"典出《庄子·盗跖》:"尾生与女子期于梁下,女子不来,水至,不去,抱柱而死。"

⑥望夫台:古时夫妇离别,思妇望夫心切,因而编出许多望夫故事与遗迹,如望夫

台、望夫山、望夫石,所在多有,不必确指。

⑦瞿塘:峡名,又称夔峡,在今四川奉节白帝山下。滟滪堆:又作淫预堆,是瞿塘峡中突起于长江的巨大礁石,为舟行险阻。谚云:"滟滪大如襆,瞿塘不可触。"夏雨水涨,尤险,故下文云:"五月不可触。"

⑧猿声:古时三峡多猿,啼声凄厉。

⑨三巴:指巴郡、巴东、巴西。在今四川东部长江一带。

⑩长风沙:在今安徽安庆长江边。陆游《入蜀记》:"盖自金陵至长风沙七百里,而室家来迎其夫,甚言其远也。"

[点评]

　　本题集中二首,另一首前人考定为赝作。此写长干里夫妻远别,少妇思夫,情意缠绵,其率真处近似六朝民歌。太白之师承乐府,非但寻汉乐府之古朴,亦得南朝乐府之天真也。

杨叛儿①

　　君歌杨叛儿,妾劝新丰酒②。何许最关人?乌啼白门柳③。乌啼隐杨花,君醉留妾家。博山炉中沉香火,双烟一气凌紫霞④。

[注释]

①杨叛儿:又作杨伴儿,乐府清商曲旧题。相传南齐隆昌时,女巫之子杨旻随母入内官,长大后为何后所宠爱。时童谣云:"杨婆儿,共戏来所欢。"讹传杨伴儿。见《旧唐书·乐志》)。

②新丰酒:南北新丰均产美酒。北新丰,在今陕西临潼。王维《少年行》"新丰美

酒斗十千",指此。南新丰,在今江苏丹徒新丰镇。陆游《入蜀记》云:六月十六日,早发云阳,过夹冈,过新丰小憩。李太白诗云"南国新丰酒,东山小妓歌",谓此,非长安之新丰也。

③"乌啼"句:意本《杨叛儿》古辞:"暂出白门前,杨柳可藏乌。欢作沉水香,侬作博山炉。"白门,六朝建康城西门。西属金,金气白,故称白门。后作为金陵别称。

④"博山"二句:意亦本《杨叛儿》古辞,喻男女欢爱。博山炉,古香炉,形制似山重叠。沉香,沉水香,古代著名香料,黑色,芳香,脂膏凝结为块,入水能沉,故名沉香,产于南方。

[点评]

本篇当是游白门而仿乐府古题,以咏金陵酒肆。意颇潇洒,诗亦深得六朝乐府神髓。

静夜思①

床前看月光②,疑是地上霜③。举头望山月④,低头思故乡。

[注释]

①静夜思:太白自制新题乐府之辞,宋郭茂倩收入《乐府诗集》卷九十"新乐府辞"。

②床:坐卧之具。《释名》释床:"人所坐卧曰床。"看月光:一作"明月光"。

③"疑是"句:梁简文帝《玄圃纳凉》:"夜月似秋霜。"

④山月:一作"明月"。

本篇写思乡之情,即景即情,自然神妙。千载之下,犹能引发游子共鸣,故仍播在人口,真乃不朽之诗篇也。

山中问答①

问余何意栖碧山②,笑而不答心自闲。桃花流水窅然去③,别有天地非人间。

[注释]

①山中:当指安陆白兆山中。白兆寺中曾有镌刻太白此诗碑石。元人贯云石题白兆山桃花岩诗云:"神游八极栖此山,流水窅然心自闲。解剑长歌一壶外,知有洞府无人间。"亦定此诗作于此山。

②碧山:白兆山唐以前亦名白赵,唐以后又名碧山。太白诗中称碧山者多属泛指。此则或因有此名而有此称,或因有此诗而有此名。然皆以碧山指白兆山。

③桃花流水:语本晋陶潜《桃花源诗并记》。窅然:深远貌。

[点评]

题一作《答问》,亦作《答俗人问》,又作《山中答俗人》。诗写山居自适之意,信手拈来,词近而意远,遂成绝调。

山中与幽人对酌①

两人对酌山花开,一杯一杯复一杯。我醉欲眠卿且去②,明朝有意抱琴来。

[注释]

①山中:与《山中问答》之山中,或即一处,当指安陆白兆山。安徽宿松南台山有所谓"对酌亭"遗址,传即太白避地宿松时与间丘处士对饮处。似未足征信。幽人:隐者。

②"我醉"句:语本萧统《陶渊明传》:"贵贱造之者,有酒辄设。渊明若先醉,便语客:'我醉欲眠,卿可去!'其真率如此。"

[点评]

其写山中与隐者对饮以发幽兴,意颇潇洒,然亦颇凄凄。杜甫《不见》云:"敏捷诗千首,飘零酒一杯。"乃深知太白"一杯"之味者也。

乌夜啼^①

　　黄云城边乌欲栖^②,归飞哑哑枝上啼。机中织锦秦川女^③,碧纱如烟隔窗语。停梭怅然忆远人,独宿孤房泪如雨^④。

[注释]

①乌夜啼:乐府清商曲旧题,多为女子怀人之辞。传说南朝宋临川王刘义庆被废,侍妾夜闻乌啼声,因制此曲。今所传歌辞非此旨。见郭茂倩《乐府诗集》卷四十七引《唐书·乐志》。

②黄云城:泛指边城。古有所谓黄云戍、黄云塞、黄云陇,皆指边塞。

③机中织锦:典出《晋书·列女传》:"窦滔妻苏氏,始平人,名蕙,字若兰,善属文。符坚时,滔为秦州刺史,被徙流沙。苏氏思之,织锦为《回文旋图诗》以赠滔,宛转循环以读之,词甚凄惋,凡八百四十字。"秦川女:指苏蕙,以其夫为秦州刺史,故云。庾信《乌夜啼》:"织锦秦川窦氏妻。"

④"停梭"二句:一作"停梭向人问故夫,知在关西泪如雨"。远人,指征夫。独宿孤房,一作"独宿空堂"。

[点评]

　　此写秦川思妇,非一般女子怀人,乃思念边塞征人也,属边塞诗作。《唐宋诗醇》评曰:"语浅而意深,乐府本色。"太白之乐府体,深得六朝神髓。

子夜吴歌四首①

一

秦地罗敷女,采桑绿水边②。素手青条上,红妆白日鲜。蚕饥妾欲去,五马莫留连③。

二

镜湖三百里,菡萏发荷花④。五月西施采,人看隘若耶⑤。回舟不待月,归去越王家⑥。

三

长安一片月,万户捣衣声⑦。秋风吹不尽,总是玉关情⑧。何日平胡虏,良人罢远征⑨。

四

明朝驿使发,一夜絮征袍⑩。素手抽针冷,那堪把剪刀。裁缝寄远道,几日到临洮⑪。

[注释]

①子夜吴歌:即《子夜歌》,世传晋女子名子夜者所制。见《宋书·乐志》。《乐府

解题》曰:后人更为四时行乐之词,谓之《子夜四时歌》。太白四首亦写四时,然非行乐词,是《子夜四时歌》之变调。

②"秦地"二句:写罗敷采桑。出汉乐府《陌上桑》。惟乐府所云罗敷为秦氏,而太白诗中之罗敷则指为秦地女。

③"五马"句:《陌上桑》:"使君从南来,五马立踟蹰。"五马,太守的代称。或说太守出则御五马,因用以指代。留连,不忍离开。

④"镜湖"二句:写镜湖荷花。镜湖,又名鉴湖,在今浙江绍兴。东汉永和五年,会稽太守马臻所筑,周回三百十里,溉田九千顷。见《元和郡县图志》。菡萏,荷花的别称。

⑤"五月"二句:据《方舆胜览》载,西施曾采莲于若耶溪。若耶,若耶溪,又作"若邪溪",亦名五云溪,在今浙江绍兴东南。

⑥越王:指勾践。越王勾践为吴所败,用美人计,命范蠡选西施进于吴王夫差,以求和。后因得以反攻灭吴。见《吴越春秋》、《越绝书》等。

⑦"长安"二句:写帝都秋夜捣衣事。捣衣,寒衣制作前对面料加工的一种程序。将面料置于砧上捶捣。或说于衣料上捣入面粉之类,使之密不透风,且便于换季洗濯。今内蒙古犹有此俗。作者另有《捣衣篇》。

⑧玉关:指玉门关。在今甘肃。此泛言边塞。

⑨"何日"二句:盼边患平息,夫妻团圆。胡虏,泛指北方敌人。古代对北方边地及西域民族称为胡人。良人,妻子对丈夫的称呼。

⑩"明朝"二句:谓赶制征衣。驿使,驿站传送文书的使者。此驿使或兼送衣物。征袍,出征战士的衣服。

⑪临洮:唐属陇右道,更名岷州,治所在今甘肃岷县。

[点评]

　　四首所写非一时一地一事,其一为春歌,写秦地罗敷采桑;其二为夏歌,写越女采莲;其三为秋歌,写思妇捣衣;其四为冬歌,写思妇絮袍。虽写四时,却非四时行乐之词,然其语调韵味,仍保留六朝乐府风神。

下终南山过斛斯山人宿置酒①

　　暮从碧山下，山月随人归。却顾所来径，苍苍横翠微②。相携及田家，童稚开荆扉。绿竹入幽径③，青萝拂行衣。欢言得所憩，美酒聊共挥④。长歌吟松风，曲尽河星稀。我醉君复乐，陶然共忘机⑤。

[注释]

①终南山：又称太乙山，为秦岭主峰之一。在长安之南，故又称南山。今陕西西安南。斛斯山人：复姓斛斯的隐者。或疑为杜甫《过斛斯校书庄二首》所写酒伴斛斯融。
②翠微：轻淡青苍的山色，亦借指青山。
③幽径：一本作"幽楂"。
④挥：此指干杯。《礼记·曲礼》："饮玉爵者弗挥。"注："振去余酒曰挥。"
⑤忘机：忘却机巧之心，指自甘恬淡与世无争。

[点评]

　　本篇为初入长安隐居终南时所作。写终南山下农村景色与情趣，深得陶潜余韵。屯蹇之时，得山人农夫关照，自亦感激不尽，真乃"陶然共忘机"。王夫之评曰："清旷中无英气，不可效陶，以此作视孟浩然，真山人诗尔。"（《唐诗评选》）盖善于会心者也。

长相思①

　　长相思，在长安。络纬秋啼金井阑②，微霜凄凄簟色寒③。孤灯不明思欲绝，卷帷望月空长叹。美人如花隔云端④。上有青冥之高天⑤，下有渌水之波澜。天长路远魂飞苦⑥，梦魂不到关山难。长相思，摧心肝。

[注释]

①长相思：乐府杂曲歌旧题。郭茂倩《乐府诗集》六十九："古诗曰：'客从远方来，遗我一书札。上言长相思，下言久离别。'李陵诗曰：'行人难久留，各言长相思。'……长者久远之辞，言行人久戍，寄书以遗所思也。"

②"络纬"句：梁吴均《杂绝句诗》："蜘蛛檐下挂，络纬井边帝。"络纬，蟋蟀，俗称纺织娘。秋夜啼声凄切。金井阑，井口装饰金属的围阑。

③簟：竹席。

④"美人"句：《古诗·兰若生阳春》："美人在云端，天路隔无期。"

⑤青冥：青天。此指青天之色。屈原《九章·悲回风》："据青冥而撼虹兮，遂倐忽而扪天。"

⑥天长路远：《南史·孙场传》载，炀卒，尚书令江总为之铭志，陈后主又题铭后四十字，有曰："天长路远，地久灵多。功臣未勒，此意如何。"时论以为荣。

[点评]

　　《长相思》乐府旧题多写家人情人离别相思之苦，太白此作借以寓君臣遇合之意。盖承屈赋香草美人之传统也。其中以"美人如花隔云端"为点睛之笔。疑是初入长安,北阙上书,天路阻隔,不得门径,因失意而作此。不可以男女之情视之。

把酒问月[①]

青天有月来几时?我今停杯一问之。人攀明月不可得,月行却与人相随。皎如飞镜临丹阙[②],绿烟灭尽清辉发。但见宵从海上来,宁知晓向云间没。白兔捣药秋复春[③],嫦娥孤栖与谁邻[④]?今人不见古时月,今月曾经照古人。古人今人若流水,共看明月皆如此。惟愿当歌对酒时[⑤],月光长照金樽里[⑥]。

[注释]

①题下原注:"故人贾淳令予问之。"贾淳,事迹未详。
②飞镜:指月。太白好以镜喻月,如"月下飞天镜"(《渡荆门送别》),"又疑瑶台镜,飞上碧云端"(《古朗月行》)。丹阙:赤色的宫门。指宫殿。
③白兔捣药:晋傅玄《拟天问》:"月中何有?白兔捣药。"月兔传说,早在屈原时代即已流行。屈原《天问》:"厥利维何?而顾兔在腹。"注:"言月中有兔。"
④嫦娥孤栖:《搜神记》十四:"羿请无死之药于西王母,嫦娥窃之以奔月。"
⑤当歌对酒:曹操《短歌行》:"对酒当歌,人生几何!"
⑥金樽:金属酒器,犹酒杯。

[点评]

太白一生于月情有独钟,其咏月之诗,非但艺之高,情亦深。惟其如此,故其仙去,有人采石水中捉月之说。说虽无据,情有可原。此诗咏月之出没、月之古今、月之虚实——其传说为虚,其照人为实,意在引发人生之感慨。盖亦失意时以咏月聊自排解而已。

月下独酌

一

花间一壶酒,独酌无相亲。举杯邀明月,对影成三人①。月既不解饮,影徒随我身。暂伴月将影②,行乐须及春。我歌月徘徊,我舞影零乱。醒时同交欢,醉后各分散。永结无情游,相期邈云汉③。

二

天若不爱酒,酒星不在天。地若不爱酒,地应无酒泉④。天地既爱酒,爱酒不愧天。已闻清比圣,复道浊如贤⑤。贤圣既已饮,何必求神仙! 三杯通大道,一斗合自然⑥。但得醉中趣⑦,勿为醒者传。

[注释]

①"举杯"二句:谓招月与影为友。益见其孤独无可亲者。陶潜有《形影神三首》,与释慧远辩"形尽神不灭论",写三者如三人,各抒己见。太白亦借月与影而成三人,旨虽异而趣同。

②月将影:月与影。将,连词,表示并列,犹与、共。

③"永结"二句:谓永与无知无情之物(月与影)交游,并相约游于太空(月行于天,故发此奇想)。

④"天若"四句:孔融《难曹公表制酒禁书》:"酒之为德久矣,古先哲王,类帝禋宗,和神定人。以济万国,非酒莫已也。故天垂酒星之曜,地列酒泉之郡,人著旨酒之德。"酒星,酒旗星。"酒旗,酒官之旗也,主宴飨饮食。"(《晋书·天文志》)酒泉,汉置郡,以城有金泉,味如酒,故名。今属甘肃。

⑤"已闻"二句:《三国志·魏书·徐邈传》:"度辽将军鲜于辅进曰:'平日醉客谓酒清者为圣人,浊者为贤人。'"

⑥"三杯"二句:语本《老子》:"人法地,地法天,天法道,道法自然。"

⑦醉中趣:陶潜《晋故征西大将军长史孟府君传》:"(嘉)好酣饮,逾多不乱,至于任怀得意,融然远寄,傍若无人。(桓)温问君:'酒有何好,而卿嗜之?'君笑而答曰:'明公但不得酒中趣尔。'"

[点评]

敦煌写本《唐诗选》残卷题作《月下对影独酌》合前二首为一首,阙其三、四。此选前二首,诗写饮酒以解孤寂愁怀,邀月对影,饮酒歌舞,以热闹场面写寂寞心境,真乃千古奇趣。其写饮酒之趣,脱口而出,率尔成章,纯任自然,不假雕琢,至有疑其伪作。殊不知太白之诗类皆道其心中之所感,以才为诗,出口成章,下焉者流于浅率,高焉者如同天籁。沈德潜谓"脱口而出,纯乎天籁。此种诗人不易学"(《唐诗别裁集》),可谓知言。

春夜洛城闻笛①

谁家玉笛暗飞声,散入春风满洛城。此夜曲中闻折柳②,何人不起故园情。

[注释]

①洛城:即洛阳,今属河南。
②折柳:古曲有《折杨柳》,为乐府横吹曲,内容多为伤别。

[点评]

　　本篇写因闻笛而思乡。笛中闻折柳之曲,因忆伤别之地,从而发思乡之情。然非黯然销魂,而是清朗可诵,正合太白之情性,亦盛唐之有别于六朝也。

赠　内①

　　三百六十日,日日醉如泥。虽为李白妇,何异太常妻②。

[注释]

①内:指内人,即妻子。
②太常:指周泽。《后汉书·周泽传》载,周泽为太常,清洁循行,尽敬宗庙。尝卧寝斋宫,其妻哀泽老病,窥问所苦。泽大怒,以妻干犯斋禁,遂收送治狱谢罪。当世疑其诡激。时人为之语曰:“生世不谐,做太常妻,一岁三百六十日,三百五十九日斋。”注谓《汉官仪》此下云:“一日不斋醉如泥。”

[点评]

　　本篇写醉酒,用后汉周泽事,戏赠其妻。以谐谑语写愁情,弥见其愁。

客中作①

兰陵美酒郁金香②,玉碗盛来琥珀光③。但使主人能醉客,不知何处是他乡。

[注释]

①客:旅居他乡。
②兰陵:唐之丞县,隋为兰陵县。故址在今山东枣庄南。郁金:香草名。亦名郁金香。
③琥珀光:谓酒色如琥珀之光。

[点评]

题一作《客中行》。诗谢主人,只是平平道来,却别有情味。非以情景胜,而以情理胜。

春 思①

燕草如碧丝,秦桑低绿枝②。当君怀归日,是妾断肠时。春风不相识,何事入罗帷?

[注释]

①春思:犹春情、春心。春,兼指春日与春情。《诗经·召南·野有死麕》:"有女怀春,吉女诱之。"思,读去声,心绪,情思。

②"燕草"二句:以燕草秦桑点明时地,写男女两地相思。细味燕草秦桑,似写征人思妇之情,近边塞诗一类。

[点评]

    从齐梁化出,秀色之中含有刚健之气,自是盛唐风味。王夫之谓"字字欲飞,不以情不以景"(《唐诗评选》),而情景俱在其中。太白另有《春怨》诗云:"白马金羁辽海东,罗帷绣被卧春风。落月低轩窥烛尽,飞花入户笑床空。"与《春思》意旨略同,《春怨》则点明征人思妇矣。

玉阶怨①

    玉阶生白露,夜久侵罗袜②。却下水精帘③,玲珑望秋月④。

[注释]

①玉阶怨:乐府相和歌旧题,始自谢朓,此为拟作。

②"玉阶"二句:言秋夜久立玉阶,乃至白露侵罗袜。

③却下:谓退入房中下帘。水精帘:形容质地精细色泽晶莹的帘子。萧士赟注曰:"水精帘以水精为之,如今之琉璃帘也。"

④玲珑:空明貌。形容秋月。

［点评］

二十字画出一幅凄清冷艳的秋闺图,不写人,而人自在;不言怨,而怨自生。真乃圣于诗者也。《唐宋诗醇》谓"妙写幽情,于无字处得之",可谓知言。

怨　情①

美人卷珠帘,深坐颦蛾眉②。但见泪痕湿,不知心恨谁。

［注释］

①怨情:似从乐府旧题《怨歌》、《怨诗》之类化出,有六朝乐府风味。
②颦蛾眉:皱眉头。形容美人之美态与愁态。

［点评］

本篇写闺情,妙于形容,亦当有所寄托。或因见疏而生怨悱之情。

访贺监不遇①

欲向江东去②,定将谁举杯? 稽山无贺老③,却棹酒船回。

①贺监:指贺知章。曾官正银青光禄大夫兼正授秘书监,故称贺监。

②江东:会稽属江东之地。

③稽山:即会稽山。在今浙江绍兴。

[点评]

　　题原作《重忆一首》。唐裴敬《翰林学士李公墓碑》云:"予尝过当涂,访翰林旧宅。又于浮屠寺化城之僧,得翰林自写《访贺监不遇》诗:'东山无贺老,却棹酒船回。'味之不足,重之为宝,用献知者。"据诗意,题以裴说为是,当作于《对酒忆贺监二首》之前,盖其时尚未知贺老亡故。今依裴文改题。"定将谁举杯",即定与谁对酌,拟与贺老一饮;然不见贺老而棹回酒船,其怅惘可知,其思念情深亦可知。

对酒忆贺监二首①

一

　　四明有狂客,风流贺季真②。长安一相见,呼我谪仙人。昔好杯中物,今为松下尘。金龟换酒处,却忆泪沾巾③。

二

　　狂客归四明,山阴道士迎④。敕赐镜湖水,为君台沼荣⑤。人亡余故宅⑥,空有荷花生。念此杳如梦,凄然伤我情。

[注释]

①贺监:即贺知章。曾官正授秘书监,故称。

②"四明"二句:写贺知章之风流狂放。四明,山名,在今浙江宁波西南。自天台山发脉,绵亘于奉化、慈溪、余姚、上虞、嵊县诸县境。狂客,贺知章晚年纵诞,无复规检,自号"四明狂客"。见《旧唐书》本传。季真,贺知章字季真。善谭说,其族姑子陆象先曰:"季真清谭风流,吾一日不见,则鄙吝生矣。"见《新唐书》本传。

③"长安"六句:本题有《序》云:"太子宾客贺公,于长安紫极宫一见余,呼余为谪仙人,因解金龟,换酒为乐。(没后对酒,)怅然有怀,而作是诗。"杯中物,指酒。陶潜《责子》诗:"天运苟如此,且进杯中物。"金龟,佩饰。王琦《李太白全集》注:"金龟盖是所佩杂玩之类,非武后朝内外官所佩之金龟也。"

④山阴道士:山阴有一道士善养鹅,王羲之求购。道士求王为书《道德经》(当作《黄庭经》),并许以群鹅赠。羲之欣然写毕,笼鹅而归。见《晋书·王羲之传》。此以山阴道士喻贺监在山阴之道友。亦因贺监善书,故有此喻。

⑤"敕赐"二句:《新唐书·贺知章传》:"天宝初,病,梦游帝居,数日寤,乃请为道士,还乡里。诏许之,以宅为千秋观而居。又求周宫湖数顷为放生池,有诏赐镜湖剡川一曲。"

⑥故宅:施宿《会稽志》谓贺监宅在县东北三里,后为天长观。

[点评]

　　其作《访贺监不遇》(集中题作《重忆一首》)时,尚不知贺监亡故。及闻贺监端的物故,对酒怀旧,因复作此二首追悼亡友之诗,其情凄然,哀婉欲绝。可知贺监于太白心目中有何等分量。太白声价之高下,宦海之浮沉,无不系于贺监。无贺监太白声价未必高,有贺监太白宦海未必沉,其思念贺老之深,固其宜也。

渌水曲^①

渌水明秋日,南湖采白蘋^②。荷花娇欲语,愁杀荡舟人^③。

[注释]

①渌水曲:琴曲。为古曲遗音。马融《长笛赋》:"上拟法于《韶箾》《南籥》,中取度于《白雪》《渌水》,下采制于《延露》《巴人》。"
②白蘋:蘋草。水草,多生于南方湖泽,五月开白花,故称白蘋。
③荡舟人:指划船采蘋之女子。

[点评]

本篇写采蘋女之妒花,其风神情韵,远胜南朝小乐府。

越女词^①

一

耶溪采莲女^②,见客棹歌回^③。笑入荷花去,佯羞不出来。

二

镜湖水如月④,耶溪女如雪。新妆荡新波,光景两奇绝。

[注释]

①越女:越中女子。西施出越中,越中多美女。

②耶溪:即若耶溪,又名五云溪。在今浙江绍兴若耶山下。

③棹歌:船歌。

④镜湖:又称鉴湖。在今浙江绍兴。

[点评]

本题五首,此选其三、其五两首,均写越女采莲泛舟,清新自然,极尽越女之娇态,饶有南朝乐府风味。

采莲曲①

若耶溪旁采莲女②,笑隔荷花共人语。日照新妆水底明,风飘香袂空中举。岸上谁家游冶郎③,三三五五映垂杨。紫骝嘶入落花去④,见此踟蹰空断肠。

[注释]

①采莲曲:乐府清商曲旧题。《古今乐录》谓梁武帝制《江南弄》七曲,其三即《采莲曲》。

②若耶溪:在今浙江绍兴若耶山下。

③游冶郎:游荡娱乐的青年男子。

④紫骝:又名枣骝,良马名。

[点评]

　　本篇写若耶溪采莲女,绘声绘色,复以游冶郎相映衬,更觉一片神行,天然可爱。诗亦清新自然,正所谓"清水出芙蓉,天然去雕饰"(太白句)。

劳劳亭①

　　天下伤心处,劳劳送客亭。春风知别苦,不遣柳条青②。

[注释]

①劳劳亭:又名临沧观,在劳劳山上,为古时送别之所。故址在今江苏南京西南。劳劳,忧伤貌。

②"春风"二句:意谓倘若春风知离别之苦,必不使柳条变青。

[点评]

　　本篇为游金陵时所作,写送别之苦,情致委婉,语短意长。前人谓"其妙在'知'字、'不遣'字,奇警无伦"(李锳《诗法易简录》),盖以无知之物而欲其知,必然之事而欲其不使然,故发痴语,因得奇趣。

寄东鲁二稚子①

吴地桑叶绿,吴蚕已三眠②。我家寄东鲁,谁种龟阴田③?春事已不及④,江行复茫然。南风吹归心,飞堕酒楼前⑤。楼前一株桃,枝叶拂青烟。此树我所种,别来向三年。桃今与楼齐,我行尚未旋。娇女字平阳,折花倚桃边。折花不见我,泪下如流泉⑥。小儿名伯禽,与姊亦齐肩。双行桃树下,抚背复谁怜!念此失次第⑦,肝肠日忧煎。裂素写远意,因之汶阳川⑧。

[注释]

①东鲁:指鲁郡,今山东兖州。二稚子:指女平阳、子伯禽。

②"吴地"二句:点明时地。吴地,此指东吴都城金陵。今江苏南京。三眠,蚕自初生至成蛹,三蜕其皮,其状如眠,称三眠。时在夏月。

③龟阴田:语本《左传·定公十一年》:"齐人来归郓讙龟阴之田。"即龟山北面之田。此指诗人在鲁郡沙丘之田。

④春事:农事,春季农田耕种之事。《管子·幼官》:"地气发,戒春事。"

⑤酒楼:旧说任城有太白酒楼。《本事诗》云:"白自幼好酒,于兖州习业,平居多饮。又于任城县搆酒楼,日与同志荒宴其上,少有醒时。"见《太平广记》二〇一。此似指家居之酒楼。故下文有楼前自种之桃子叙写。

⑥"泪下"句:用刘琨成句。刘琨《扶风歌》:"据鞍长叹息,泪下如流泉。"

⑦失次第:指心绪烦乱。次第,头绪。

⑧"裂素"二句:言以诗代简远寄家中。裂素,裁素以作书。古以丝织品素帛为

书写材料。汶阳川,春秋时为鲁国地。《左传·成公二年》载"齐人归我汶阳之田"。此指兖州。

[点评]

题下原注:"在金陵作。"其时别家已三年,故思家心切,尤系情于二稚子,因作诗以寄。以平常语写平常情,可见其为具平常心之平常人,并非不食人间烟火的仙人。沈德潜谓:"家常语,琐琐屑屑,弥见其真。"(《唐诗别裁集》)太白诗得力于风骚乐府,此诗最具汉乐府本色,质直真切,语言亦明白如话,恰似与二稚子话家常。

听蜀僧濬弹琴①

蜀僧抱绿绮②,西下峨眉峰③。为我一挥手,如听万壑松。客心洗流水④,遗响入霜钟⑤。不觉碧山暮,秋云暗几重。

[注释]

①蜀僧濬:当是《赠宣州灵源寺仲濬公》之仲濬。然则,诗当作于宣城。
②绿绮:琴名,汉司马相如有绿绮琴。见晋傅玄《琴赋序》。
③峨眉峰:即峨眉山。在今四川。
④流水:《吕氏春秋·本味》载:伯牙鼓琴,钟子期听之,其志在流水,钟子期曰:"善哉乎鼓琴,汤汤乎若流水。"
⑤霜钟:《山海经·中山经》:丰山"有九钟焉,是知霜鸣",郭璞注:"霜降则钟鸣,故言知也。"

写听琴,一气挥洒,自然入妙。琴声与景色,两相融合,隐含一种清愁。

哭晁卿衡^①

日本晁卿辞帝都,征帆一片绕蓬壶^②。明月不归沉碧海^③,白云愁色满苍梧^④。

［注释］

①晁卿衡:晁衡,又作朝衡,即阿倍仲麻吕,唐时译作仲满。开元初随日本遣唐使来长安,请儒士授经,历仕左补阙、仪王友、秘书监等职。天宝十二载冬随遣唐使归国,至琉球遇风,漂流安南,后复至长安。时误传溺死海中。
②蓬壶:即蓬莱。海中仙山。
③明月:指明月珠。释氏称明月摩尼,以为月之精。此喻晁衡。
④苍梧:指云出处。《艺文类聚》一引《归藏》:"有白云出自苍梧,入于大梁。"此以苍梧云喻愁。

［点评］

本篇为虚闻日本晁衡归国于海上遇难所作悼诗,情深意挚,千载之下,犹足感人。

秋浦歌①

一

秋浦长似秋,萧条使人愁。客愁不可度,行上东大楼②。正西望长安,下见江水流。寄言向江水,汝意忆侬不?遥传一掬泪,为我达扬州③。

二

秋浦猿夜愁,黄山堪白头④。青溪非陇水,翻作断肠流⑤。欲去不得去,薄游成久游⑥。何年是归日,雨泪下孤舟。

三

两鬓入秋浦,一朝飒已衰。猿声催白发,长短尽成丝。

四

江祖一片石⑦,青天扫画屏。题诗留万古,绿字锦苔生。

五

炉火照天地,红星乱紫烟⑧。赧郎明月夜⑨,歌曲动寒川。

六

白发三千丈,缘愁似个长。不知明镜里,何处得秋霜⑩。

[注释]

①秋浦:唐县名,属宣州,后属池州,今安徽贵池。

②大楼:大楼山。在今贵池城南四十里。嘉靖《池州府志》谓其山"孤撑碧落,若空中楼阁之象"。

③扬州:今属江苏。吴禄诒曰:"望长安矣,而结云达扬州者,盖长安之途所经也。"(见詹锳《李白诗文系年》)按,唐代水路有自扬州由江转淮入河而西上长安者。

④黄山:指秋浦河边之黄山岭。在今贵池之南七十里,近虾湖。

⑤"青溪"二句:古乐府《陇头歌辞》:"陇头流水,鸣声幽咽。遥望秦川,心肝断绝。"此反用其意。青溪,此指秋浦河。陇水,陇头流水。

⑥薄游:暂游。

⑦江祖:指江祖石。在今贵池清溪秋浦河边,隔溪对万罗山。即作者《独酌清溪江石上寄权昭夷》诗所说"我携一樽酒,独上江祖石"之江祖石。

⑧"炉火"二句:写冶炼场景。王琦注:"琦考《唐书·地理志》,秋浦固产银、产铜之区,所谓'炉火照天地,红星乱紫烟'者,正是开矿处冶铸之火乃足当之。"其否定丹火之说甚是。

⑨赧郎:指冶炼工人。炉火映红其脸如含羞然,故称。

⑩秋霜:喻白发。王琦云:"起句奇甚,得下文一解,字字皆成妙义。洵非仙才,那能作此。"

[点评]

本题十七首,尽写流落秋浦时生活情景。此选其一、其二、其四、其九、其十四、其十五,计六首,多写愁情,惟"炉火"一首写铜坑冶炼,情调较高。然其艺术颇高,饶有风味,如似民歌,体小乐府,俗而能雅,故放翁叹其"高妙乃尔"(陆游《入蜀记》)。

宿五松山下荀媪家^①

我宿五松下,寂寥无所欢。田家秋作苦,邻女夜舂寒。跪进凋胡饭^②,月光明素盘。令人惭漂母^③,三谢不能餐。

[注释]

①五松山:在今安徽铜陵。荀媪:荀家老妇人。
②凋胡:菰米。可食。《西京杂记》一:"菰之有米者,长安人谓为彫胡。"
③漂母:漂洗衣物的老妇。韩信少时落拓,钓于城下,漂母见其饥,与饭食。后信为楚王,赐千金。见《史记·淮阴侯列传》。

[点评]

本篇写其宿农家,受农妇款待,不胜感激。其时太白采炼于铜陵矿坑,住宿于五松山,与田家为邻为友,境遇可知。"田家秋作苦,邻女夜舂寒",于农家充满同情,若非沦落至此境地,焉得有此感情。

铜官山醉后绝句[①]

我爱铜官乐,千年未拟还。要须回舞袖,拂尽五松山[②]。

[注释]

①铜官山:又名利国山,有铜坑,在铜陵界。唐属南陵。

②五松山:在今安徽铜陵。或说山之基址为今铜陵天井湖宾馆。

[点评]

铜官山矿坑醉后口占之作,似真醉后忘其忧愁者,此中原非久留之处(见《答杜秀才五松山见赠》),却道"千年未拟还"。故作旷达语,莫以为真"爱铜官乐"。

哭宣城善酿纪叟[①]

纪叟黄泉里,还应酿老春[②]。夜台无晓日,沽酒与何人[③]?

①宣城:今属安徽。纪叟:纪姓老人,善酿酒。余未详。

②老春:指酒。唐人多称酒为"春",如荣阳之土窟春,富平之石冻春,剑南之烧春。见李肇《国史补》下。

③"夜台"句:杨慎《杨升庵外集》:"予家古本作'夜台无李白',此句绝妙,岂但齐一生死,又且雄视幽明矣。"夜台,指坟墓。晓日,与下句"何人"了不相涉,且既称"夜台",自无"晓日",五字岂非成不消说之废话,故应以另本为是。

[点评]

　　题下旧注曰:"一作《题戴老酒店》,云:戴老黄泉下,还应酿大春。夜台无李白,沽酒与何人?"或一诗两本;或一诗分赠纪、戴两酒家,略加改动,以切其姓。谐而能庄,真而有趣,读来感人。白与酒结缘,亦与酒家结缘,持仙心,亦持平常心。人之所最难者,在能以平常心对待平常人。太白不惟平视公侯,且亦平视庶民,其于山人、老媪、赧郎、酒叟,无不情见乎辞。惟其如此,益见此诗之妙之贵。

与史郎中钦听黄鹤楼上吹笛①

　　一为迁客去长沙②,西望长安不见家。黄鹤楼中吹玉笛,江城五月落梅花③。

[注释]

①史郎中钦:郎中史钦,事迹不详。与《江夏使君叔席上赠史郎中》诗中之史郎中,或即一人。黄鹤楼:故址在今湖北武昌蛇山。

②迁客去长沙：用汉贾谊事。贾谊曾被贬为长沙王太傅。见《史记·屈原贾生列传》。迁客，被贬谪之人。自指。
③落梅花：古笛曲有《梅花落》。

[点评]

　　本篇当是流放夜郎经过江夏时所作，无限羁情，发于笛声，不胜凄切，余意不尽。太白以绝句胜，且其绝句多不拘于声律，而求入于古调。此诗既切声律，又含古调，故读来悠扬而有韵致。

南流夜郎寄内①

　　夜郎天外怨离居，明月楼中音信疏②。北雁春归看欲尽，南来不得豫章书③。

[注释]

①夜郎：今贵州正安。寄内：诗寄其妻室宗氏。
②"夜郎"二句：谓离居夜郎之后音信稀少。音信，指家书。
③"北雁"二句：谓盼得家书。北雁，北飞之雁。古有鸿雁传书之说。典出苏武，见《汉书·苏建传》。南来，流夜郎水路自江西上，复溯乌江而南，故曰"南来"。豫章，白妻宗氏寄居庐山五老峰下，其地汉属扬州豫章郡，故称"豫章"。非指唐朝豫章郡治，即今之江西南昌。

[点评]

　　论者多以为太白流放"半道赦还"，未至夜郎，此说几为定论。然自太白诗

考之,颇有几首诗应是作于夜郎,此即其一。倘在"半道"江中,但曰"西上",即所谓"西上令人老",必得溯乌江(涪陵江)始可曰"南来"。故此诗可为白至夜郎之证。

流夜郎闻酺不预①

北阙圣人歌太康②,南冠君子窜遐荒③。汉酺闻奏钧天乐④,愿得风吹到夜郎⑤。

[注释]

①夜郎:今贵州正安。酺:相聚欢饮。以古有禁聚饮之律,故有赐酺之事。唐无聚饮之禁,仍用赐酺之称。不预:不曾参与。
②北阙圣人:指宫中皇帝。北阙,宫城北门之阙,此指京都皇宫。太康:安乐。魏明帝曹叡《野田黄雀行》佚句:"百姓讴吟咏太康。"
③南冠君子:囚徒。此自指。典出《左传·成公九年》晋侯见钟仪南冠作楚囚事。遐荒:荒远之地。指夜郎。
④汉酺:借汉喻唐。指唐肃宗赐酺五日。钧天乐:指仙乐。喻唐赐酺时乐伎所奏音乐。
⑤"愿得"句:谓愿风吹"钧天乐"至夜郎。倘其人未至夜郎,必不出此言。

[点评]

《旧唐书·肃宗纪》载,至德二载十二月,下制大赦,赐酺五日。消息辗转传至夜郎,太白闻之,以未预赐酺为憾,因作此诗。诗虽怨,而不怒。太白擅长七绝,音韵流畅,节奏轻快,似此诗虽写怨情,亦仍具流畅轻快之特色。

九日龙山饮①

九日龙山饮，黄花笑逐臣②。醉看风落帽③，舞爱月留人。

[注释]

①九日：夏历九月九日，重阳节。龙山：在当涂之南十里。《元和郡县图志》宣州当涂："桓温尝与僚佐九月九日登此山宴集。"太白初殡于此。

②黄花：菊花。古重阳节饮菊花酒以避邪。逐臣：作者自指。以其曾流夜郎。

③风落帽：用晋孟嘉九日登高落帽事。孟嘉为征西将军桓温参军，九月九日预温龙山之集，风吹落帽，嘉不之觉，孙盛为文嘲之，嘉答之，文甚美，四座嗟叹。见《晋书·桓温传》。

[点评]

本篇系晚年作于当涂龙山。其醉舞之态颇似孟嘉之风流潇洒，实则黯然神伤。次日作《九月十日即事》诗："昨日登高罢，今朝更举觞。菊花何太苦，遭此两重阳。"则直吐真情矣。

临终歌①

　　大鹏飞兮振八裔②,中天摧兮力不济。余风激兮万世,游扶桑兮挂石袂③。后人得之传此,仲尼亡兮谁为出涕④!

[注释]

①临终歌:太白集作"临路歌"。李华《故翰林学士李君墓志》云:"赋《临终歌》而卒。"似即此篇,然则,"路"当是"终"之误,故改。
②大鹏:传说中最大的鸟,由鲲变化而成。典出《庄子·逍遥游》。八裔:八方。
③扶桑:神话谓日出处,在汤谷之上。见《山海经·海外东经》。石袂:当作"左袂",楚辞严忌《哀时命》:"左袂持于榑桑。"王逸注:"袂,袖也。"
④仲尼:孔子字仲尼。句意谓仲尼已亡,无人为大鹏之中摧而出涕,如其见获麟而流涕。足见其寄慨之深。

[点评]

　　本篇当为临终时所作,叹壮志未酬,如大鹏之摧于中天。太白一生好以大鹏自喻,青年时有《大鹏遇希有鸟赋》,中年时有"大鹏一日同风起"(《上李邕》),终以大鹏中摧寄慨。大鹏为传说中之大鸟,世未见其禽,太白之奇才,亦世所罕见,宜其以大鹏自喻也。

李白简明年谱

[武周长安元年(701)] 1 岁

〇李白,字太白,自号青莲居士。家世难以确考,一说汉将军李广之后,为凉武昭王李暠九世孙,先世曾流徙西域碎叶。出生于碎叶。(一说出生于蜀。)

〇贺知章四十二岁,孟浩然十三岁,王昌龄约十二岁,王维生。

〇武周大足元年,十月改元长安。

[长安二年(702)] 2 岁

〇卢藏用约于是年召授左拾遗。

〇陈子昂被诬下狱,卒。

[长安三年(703)] 3 岁

〇张说忤旨,流钦州。

[长安四年(704)] 4 岁

〇夏官侍郎宗楚客、秋官侍郎张柬之同凤阁鸾台平章事。

〇崔颢约生于此年。

[唐中宗神龙元年(705)] 5 岁

〇李白随父迁居蜀中绵州昌明县(今四川江油)。发蒙诵六甲。见《上安州裴长史书》。

〇正月,武则天病重,张柬之、崔玄玮发动宫廷政变,唐中宗李显复辟。改元神龙。十二月,武后卒,遗制去帝号。

[神龙二年(706)] 6 岁

〇韦后、武三思用事,诬张柬之谋逆,贬新州卒。

〇高适生。

[唐景龙元年(707)] 7 岁

〇七月,皇太子重俊等率羽林千骑诛武三思、武崇训,未遂,被杀。九月改元景龙。

[景龙二年(708)] 8岁

○四月,修文馆增置大学士四员,学士八员,直学士十二员,以善为文者充之。宗楚客为大学士,卢藏用为学士,宋之问、沈佺期、杜审言等为直学士。杜审言卒。

[景龙三年(709)] 9岁

○中宗送朔方总管张仁亶、至兵部尚书韦嗣立庄,均制序赋诗。

○刘长卿约生于此年。

[唐睿宗景云元年(710)] 10岁

○李白十岁前后诵读《诗》《书》及百家之书。见《上安州裴长史书》及《新唐书》本传。

○六月,中宗卒于神龙殿,立太子重茂为帝,改元唐隆,韦太后临朝称制。相王李旦、临淄王李隆基举兵诛韦氏,李旦即帝位,是为睿宗。李隆基为太子。七月改元景云。

○李邕拜左台殿中侍御史,改户部员外郎,又贬崖州。

○宗楚客以附韦太后,伏诛。

[景云二年(711)] 11岁

○三月,睿宗女金仙、玉真二公主入道,有制各造一观。

○天台道士司马承祯被征至京师。及还,朝士赋诗赠行,徐彦伯编为《白云记》。

[唐玄宗先天元年(712)] 12岁

○正月,改元太极。五月,改元延和。八月,睿宗传位太子李隆基,自称太上皇,改元先天。

○杜甫正月出生于巩县(今巩义市)瑶弯。

[唐开元元年(713)] 13岁

○七月,太平公主阴谋废帝,帝先发平叛,赐公主死。宦官高力士有功,破格命为右监门将军、知内侍省事。宦官揽权自此始。

○十一月,帝加尊号为"开元神武皇帝"。十二月,改元开元。

○卢藏用坐附太平公主,配流岭表。未行,卒于始兴。

○张说为中书令,旋罢为相州刺史,坐累徙岳州。

[开元二年(714)] 14岁

○七月,刘知几刊定《姓氏系录》二百卷。

○九月,作兴庆宫。

○置翰林院,招艺文术数之士以为待诏,又称翰林供奉。

[开元三年(715)] 15岁

○李白观奇书,作诗赋,学剑术,学神仙,干诸侯。见《赠张相镐》诗、《上韩荆州书》、《感兴》诗其五。按,诗文中自言"十五",盖泛指少年时代。《拟恨赋》、《明堂赋》、《大猎赋》似均为青少年时期所作。

　　○李华出生。

　　○岑参约生于是年。

[开元四年(716)]　16岁

　　○睿宗李旦卒。

　　○姚崇辞相位,荐宋璟自代。许国公苏颋同紫微黄门平章事,与宋璟同居相位。

[开元五年(717)]　17岁

　　○改紫微省为中书省,黄门省为门下省,黄门监为侍中。

　　○七月,诏改明堂为乾元殿。

　　○日本晁衡(阿陪仲麻吕)随遣唐使来长安,在太学留学卒业,为司经局校书。

　　○杜甫六岁,寄居郾城,观公孙大娘舞剑。

[开元六年(718)]　18岁

　　○李白读书于大匡山(亦名戴天山),作《访戴天山道士不遇》诗。往来旁郡,依潼江(梓州)赵征君蕤习纵横术,从学岁余。赵佳侠负气,著《长短经》,太白深受影响。

　　○礼币征嵩山隐士卢鸿。

　　○宋璟奏李邕、郑勉有才略文词,请为渝、峡刺史,从之。

　　○贾至生。

[开元七年(719)]　19岁

　　○李白往游成都,击剑为任侠,性倜傥,轻财好施。

　　○张说为检校并州大都督府长史兼天兵军大使、摄御史大夫、兼修国史。

[开元八年(720)]　20岁

　　○李白游锦城,登散花楼,作《登锦城散花楼》诗。干谒益州长史苏颋,颋赞曰:“此子天才英丽,下笔不休,虽风力未成,且见专车之骨。若广之以学,可以相如比肩也。”见《上安州裴长史书》。其《白头吟》亦当此时作于成都。夏游峨眉山。有游峨眉山诗。

　　○正月,苏颋为礼部尚书,罢知政事,俄检校益州大都督长史,按察节度剑南诸州。

[开元九年(721)]　21岁

　　○李白与逸人东岩子隐于岷山之阳(一说青城山,一说匡山),巢居数年,不迹城市,养奇禽千计,呼之皆就掌取食,了无惊猜。广汉太守闻而异之,诣庐亲睹,因举二人以有道,并不起。见《上安州裴长史书》。

　　○四月,玄宗亲自策试举人于含元殿。

　　○九月,姚崇卒于东都。

　　○是年,玄宗诏司马承祯制《玄真曲》、贺知章制《紫清上圣道曲》;置石柱于景龙观,命司马承祯依蔡邕石柱三体书写老子《道德经》。

[开元十年(722)] 22岁

○李白仍巢居岷山之阳。

○十月,乾元殿依旧题为明堂。

○是年,张说兼任丽正殿修书使,奏请贺知章、徐坚、赵冬曦皆入书院,同撰《六典》、《文纂》等。

○道士司马承祯请还天台,玄宗赋诗送行。

[开元十一年(723)] 23岁

○李白仍巢居岷山之阳。

○正月,张说兼中书令,四月正除中书令。

○五月,贺知章入丽正书院,修撰《六典》及《文纂》。

[开元十二年(724)] 24岁

○李白以为士生则桑孤蓬矢射于四方,乃仗剑去国,辞亲远游。见《上安州裴长史书》。于是再游成都、峨眉,而后乘舟东下至渝州。作《峨眉山月歌》。

○是年,杜甫在洛阳,常出入于岐王李范宅,曾听李龟年唱歌。

[开元十三年(725)] 25岁

○李白出夔门,下三峡。作《早发白帝城》诗。经荆门,至江陵,作《渡荆门送别》。在江陵遇道士司马承祯,承祯谓白"有仙风道骨,可与神游八极之表",白因著《大鹏遇希有鸟赋》(后修定更名为《大鹏赋》)。又作《荆州歌》。复南游洞庭,为友人吴指南殡葬。

○四月,改丽正殿书院为集贤殿书院,张说为学士,知院事。

○十一月,玄宗东封泰山,张说为中书令,陪登泰山。

○是岁,贺知章迁礼部侍郎,加集贤院学士,又充皇太子侍读。俄迁太子宾客,银青光禄大夫兼正授秘书监。

[开元十四年(726)] 26岁

○李白游襄汉,上庐山。东下金陵,往游扬州,更客汝海。见《上安州李长史书》与《上安州裴长史书》。作《望庐山瀑布二首》、《金陵城西楼月下吟》、《秋日登西灵塔》诸诗。

○四月,张说罢相。

[开元十五年(727)] 27岁

○李白由汝海还郧城(即安陆),居寿山。作《代寿山答孟少府移文书》。故相许圉师以孙女妻之,移居安陆白兆山。

○是年,苏颋卒。

○王昌龄登进士,授秘书省校书郎。

○徐坚等纂《初学记》成。

［开元十六年(728)］　28岁

○李白在安陆。游江夏、送孟浩然之扬州。作《早春于江夏送蔡十还家云梦序》、《黄鹤楼送孟浩然之广陵》。

○八月,张说上新修《开元大衍历》,诏命有司颁行之。

○是年,孟浩然北上长安求仕。

［开元十七年(729)］　29岁

○李白在安陆。安州都督马公礼遇之,并许为奇才。此前结识之友人丹丘,时亦在安陆,亲聆马公褒扬太白之语。见《上安州裴长史书》。其《上安州李长史书》或作于此时。

○三月,张守珪等击吐蕃,大破之。

○是年,孟浩然在京与张九龄、王维等结交,未几离长安出关。

［开元十八年(730)］　30岁

○李白因遭谗谤,上书自白,作《上安州裴长史书》,末云“西入秦海,一观国风”。裴长史未为缓颊,白乃于春夏之交取道南阳赴长安,居终南山之松龙。在长安谒张说,识张垍(说之次子,为驸马都尉,时为卫尉卿)。又结识贺知章、崔宗之、玉真公主等。曾寓居终南山北麓古楼观玉真公主别馆。北游邠州、坊州。作《玉真公主别馆苦雨赠卫尉张卿二首》、《玉真仙人词》、《邠歌行上新平长史兄粲》、《赠新平少年》、《酬坊州王司马与阎正字对雪见赠》等诗。

○八月,玄宗庆千秋节,花萼相辉楼百官献贺,作八韵诗,又作《秋景诗》。

○十二月,张说卒,年六十四。

［开元十九年(731)］　31岁

○李白于春日离坊州,返长安,仍寓居终南山南之松龙。作《留别王司马嵩》、《春归终南山松龙旧隐》诗。浪游长安,曾有北门之厄。为五陵恶少所困,幸遇友人陆调,告宪台援救。见《叙旧游赠江阳宰陆调》诗。在长安送友人王炎入蜀,赠以诗赋,即《送友人入蜀》诗、《剑阁赋》,其《蜀道难》亦作于此时。夏离长安,泛舟由黄河东下,寄居梁园。作《梁园吟》。秋至嵩山,憩元丹丘颍阳山居。有诗并序。暮秋到洛阳,宿龙门香山寺。作《秋夜宿龙门香山寺》、《冬夜宿龙门觉起言志》等诗。

○正月,宦官高力士谮死佞臣霍国公王毛仲,宦官势力自此盛。

○五月,五岳各置老君庙。

○十月,玄宗赴东都。

［开元二十年(732)］　32岁

○李白在洛阳,结识元演、崔成甫。作《春夜洛城闻笛》诗。秋别元演返安陆。冬元演到安陆,同游随州仙城山。夏返安陆。作《题随州紫阳先生壁》、《送梁公昌从信安王北征》等。

〇正月,信安王李祎为河东、河北道行军副元帅,以代奚、契丹。三月,大破之。

〇是年,高适作《信安王幕府诗》。

[开元二十一年(733)] 33岁

〇李白居安陆白兆山桃花岩。

〇正月,制令士庶家藏《老子》一本,贡举加《老子》策。

〇是年,刘长卿登进士第。

[开元二十二年(734)] 34岁

〇李白游襄阳,谒荆州长史韩朝宗,作《上韩荆州书》。诗有《襄阳歌》、《襄阳曲》、《赠从兄襄阳少府皓》等。漫游江汉,复返安陆。

〇正月,玄宗赴东都。

〇二月,张果为银青光禄大夫,玄宗问以神仙事。

〇是年,高适自东北边陲南返宋州。

[开元二十三年(735)] 35岁

〇李白应元演之邀,偕游太原。携妓泛舟晋祠。秋日于太原南栅送人赴京应举,作《秋日于太原南栅饯阳曲王赞公贾少公石艾尹少公应举赴上都序》。诗有《太原早秋》、《赠郭季鹰》等。

〇正月,玄宗在东都耕藉田,大赦天下;又令官吏荐举有霸王之略的人才。

〇五月,玄宗长子李琮请于兴庆宫建龙池。

〇杜甫游吴归洛,赴京贡举,不第。

〇玄宗注《老子》。

[开元二十四年(736)] 36岁

〇李白在太原,思归南返,至洛阳逢元丹丘,因偕往嵩山丹丘居处。回归安陆。

〇七月,李林甫为兵部尚书,十一月兼中书令,张九龄罢知政事。

[开元二十五年(737)] 37岁

〇李白移居东鲁,家于瑕丘。作《五月东鲁行答汶上翁》、《嘲鲁儒》等诗。

〇张九龄为李林甫所谮,贬为荆州长史。孟浩然被辟为从事。

〇玄宗爱郑虔之才,特置广文馆,授为博士。

[开元二十六年(738)] 38岁

〇李白居东鲁,游于鲁郡各县,干谒地方官吏。作《赠范金乡》、《大庭库》、《赠瑕丘王少府》、《鲁东门泛舟》、《赠任城卢主簿潜》等诗。冬,结交韩準、裴政、孔巢父、张叔明、陶沔等,偕隐于徂徕山,时号"竹溪六逸"。

〇六月,立忠王李玙(改名亨)为皇太子,贺知章为太子宾客。

〇是年,润州刺史齐澣开伊娄河于扬州南瓜洲浦。

[开元二十七年(739)]　39岁

　　○李白在鲁中,时或躬耕于沙丘,时或栖隐于竹溪,时或漫游于山东各地。其游丞县(兰陵)时,有《客中行》诗。

　　○二月,玄宗加尊号为"开元圣文神武皇帝",大赦。

　　○四月,李林甫为吏部尚书,兼中书令。

　　○八月,追赠孔子为文宣王。盖嘉运袭破突骑施于碎叶城,威震西陲。

　　○十月,将改作明堂。

[开元二十八年(740)]　40岁

　　○李白躬耕于沙丘南陵。与张姓友人(或说张谓,或说张叔明)有诗酒之交。作《酬张卿夜宿南陵见赠》《鲁城北郭曲腰桑下送张子还嵩阳》诗。

　　○是年,张九龄、韩休卒。

　　○王昌龄北归,重游襄阳,访孟浩然。浩然卒。

　　○杜甫游齐赵,至兖州省亲,父为州司马。

[开元二十九年(741)]　41岁

　　○李白居东鲁,来往于沙丘与徂徕山之间。

　　○正月,制两京、诸州各置玄元皇帝庙,并崇玄学,令习老、庄。

[天宝元年(742)]　42岁

　　○李白居东鲁,孟夏登泰山,作《游太山六首》。以玉真公主、贺知章之荐,秋应诏启程赴京。作《南陵别儿童入京》诗。及至长安,召见于金銮殿,供奉翰林。

　　○二月,改侍中为左相,中书令为右相。改东都为东京,北都为北京。改州为郡,刺史为太守。

　　○十月,改骊山为会昌山,新成长生殿名曰集灵台,以祀天神。

[天宝二年(743)]　43岁

　　○李白待诏翰林。春奉诏作《宫中行乐词》八首、赋《龙池柳色初青听新莺百啭歌》、咏《清平调三首》。夏,玄宗泛白莲池,召白作序。与贺知章等人游,号称"饮中八仙"。十月,侍从玄宗幸温泉宫。作《侍从游宿温泉宫作》《温泉侍从归逢故人》《驾去温泉宫后赠杨山人》。

　　○正月,安禄山入朝,上宠待甚厚,谒见无时。

　　○李林甫领吏部尚书。

　　○十月,上幸骊山温泉,十一月还宫,留温泉三十八日。

　　○十二月,贺知章因病辞官,请度为道士还乡。诏许之,以其宅为千秋观,赐镜湖剡川一曲。

[天宝三载(744)] 44 岁

○李白正月送贺知章归越,赋《送贺监归四明应制》、《送贺宾客归越》诗。贺监归越,太白失依倚,谗毁交至,世人欲杀,不复怜才。因作《翰林读书言怀呈集贤诸学士》、《于阗采花》、《妾薄命》、《怨歌行》等诗加以辩白并借以抒愤。自知为张垍诸人所谮,不为所容,于三月上书请还山。玄宗以其"非廊庙器",赐金放还。临行作《还山留别金门知己》、《初出金门咏壁上鹦鹉》、《灞陵行送别》等诗。四月过秦岭,经商州,出武关,至洛阳。作《春陪商州裴使君游石娥溪》、《过四皓墓》。在洛阳与杜甫相会,旋就从祖陈留采访大使彦兄,请北海高天师授道篆。秋,与杜甫、高适游于梁宋,入酒垆,登吹台,游梁园,猎孟诸。作《秋猎孟诸夜归置酒单父东楼观妓》。秋冬之际,北往安陵乞盖寰为造真篆;由高尊师如贵授道篆于济南紫极宫。作《访道安陵遇盖寰为予造真篆临别留赠》、《奉饯高尊师如贵传道篆毕归北海》、《草创大还赠柳官迪》等诗。

○正月,改年为载。玄宗遣左右相以下于长乐坡为贺知章饯行,御诗赠行,百官奉和。

○秋末,高适离梁宋东下,杜甫北上王屋。高、李、杜三人分手。

○是年,贺知章卒。

[天宝四载(745)] 45 岁

○李白归鲁郡沙丘家中。秋初,杜甫自济南至鲁郡,与太白同游甚密,曾偕往鲁城北访范居士。秋末于鲁郡石门饯别杜甫。甫回东京,赴长安。此后二人再未会面。作《寻鲁城北范居士失道落苍耳中见范置酒摘苍耳作》、《鲁郡东石门送杜二甫》等诗。

○八月,玄宗册杨太真为贵妃,三姊皆赐宅于京师。

○九月,奚、契丹各杀唐公主以叛,由安禄山数侵之也。

○秋,裴敦复由刑部尚书贬官淄川,岑参作诗送行。王昌龄再贬龙标尉。

[天宝五载(746)] 46 岁

○李白卧病鲁郡家中,扶病于尧祠送明府窦薄华还西京,作《鲁郡尧祠送窦明府薄华还西京》。病中怀念杜甫,作《沙丘城下寄杜甫》。秋,往访中都李明府,作《鲁中都东楼醉起作》、《别中都明府兄》诗。有南游之意,秋末启程,临行作《梦游天姥吟留别》(一作《别东鲁诸公》)。南行途经下邳,作《经下邳圯桥怀张子房》诗。

○是年,王忠嗣为河西、陇右节度使,兼知朔方、河东节度使,与吐蕃战于青海、积石,皆大捷。

○宰相李林甫专权,数兴大狱,陷胜己者。

[天宝六载(747)] 47 岁

○李白南下扬州,作《题瓜洲新河饯族舍人贲》,赞齐浣之凿新河。离扬州时作《留别广陵诸公》。旋到金陵,作《登金陵凤凰台》、《金陵歌送别范宣》、《酬崔侍御》、《玩月金陵城西孙楚酒楼达曙歌吹日晚乘醉著紫绮裘乌纱巾与酒客数人棹歌秦淮往石头访崔四侍御》。复游吴越，作《苏台览古》、《越中览古》、《访贺监不遇》、《对酒忆贺监二首》、《越女词》、《采莲曲》。过剡中，登天台山。作《天台晓望》、《早望海霞边》、《登高丘而望远海》等诗。又返金陵。

○正月，李林甫使人杖杀北海太守李邕、淄川太守裴敦复。令通一艺者皆送诣京师，以广求贤才，李林甫遏之，上表贺"野无遗贤"。

○十月，玄宗赴骊山温泉宫，改名华清宫。

○十一月，王忠嗣因屡奏安禄山必反，为李林甫所诬，贬为汉阳太守。

[天宝七载(748)] 48岁

○李白寓居金陵。作《醉后赠从甥高镇》、《赠别从甥高五》等诗。秋，西游霍山，过庐江谒吴王李祗。作《寄上吴王祗》、《口号吴王美人半醉》诗。

○四月，以高力士为骠骑大将军。

○六月，赐安禄山铁券。

○十月，封杨贵妃姊二人为韩国夫人、虢国夫人，以杨钊(后改名国忠)判度支。

[天宝八载(749)] 49岁

○李白还金陵。作《送杨燕之东鲁》、《寄东鲁二稚子》、《送萧三十一之鲁中兼问稚子伯禽》、《答王十二寒夜独酌有怀》等诗。

○六月，陇右节度使哥舒翰攻拔吐蕃石堡城，唐士卒死者数万，哥舒翰加摄御史大夫。王忠嗣死。

○是年，于逖在封丘。李颀往封丘访高适，作《答高三十五留别便呈于十一(逖)》诗。

[天宝九载(750)] 50岁

○李白在金陵，夏秋之间往寻阳庐山。有《留别金陵诸公》、《寻阳紫极宫感秋作》等诗。

○五月，安禄山进封东平郡王，唐将帅封王自此始。杨钊赐名国忠。

○七月，置广文馆，以郑虔为博士，虔献诗、书、画，玄宗为题"郑虔三绝"。

○十月，安禄山入朝，献奚俘八千，杨国忠兄弟姊妹往迎于戏水。

○秋冬间高适去封丘尉职，送兵请夷往蓟北。

[天宝十载(751)] 51岁

○李白自金陵回东鲁家中。应鲁郡崇明寺僧人之请，作《崇明寺陀罗尼幢颂并序》。时有弃文就武之意，作《赠何七判官昌浩》诗，谓"羞作济南生，九十诵古文。不然拂剑起，沙漠收奇勋"。因拟北上幽燕，由鲁郡经泗水，入济水，至封丘。其时高适已离封丘北上，高之友人于逖接待。作《留别于十一兄逖裴十三游塞垣》诗，由封丘首途北上。经相州，作《邺中赠王大劝入高凤石门幽居》。

○正月，李林甫兼安北副大都护、朔方节度使。

○二月，安禄山兼云中太守，河东节度使。

○三月，高适离蓟州，南返封丘。

○四月，剑南节度使鲜于仲通发兵六万与南诏战于泸水，大败。

○八月，安禄山与契丹战于吐护真河，大败。

[天宝十一载(752)]　52岁

○李白北上经洺州、邯郸，稍事访游。作《清漳明府侄聿》、《登邯郸洪波台置酒观发兵》、《邯郸南亭观妓》、《自广平乘醉走马六十里至邯郸登城楼览古书怀》、《赠临洺县令皓弟》等诗。十月抵达幽州。于幽蓟无所作为，知此非儒生用武之地。作《幽州胡马客歌》、《北风行》、《行行且游猎篇》等诗。

○四月，李林甫罢安北副大都护，十一月死。杨国忠兼京兆尹，五月加御史大夫，李林甫死后，复为右相兼文部尚书。

○十二月，以平卢兵马使史思明兼北平太守，充卢龙军使。

[天宝十二载(753)]　53岁

○李白离幽州南下，经魏郡，访贵乡、昌乐，受韦良宰接待。作《魏郡别苏明府西北游》诗。南下经梁宋，至宣城。寓居于敬亭山下。作《登敬亭山南望怀古赠窦主簿》、《独坐敬亭山》、《秋登宣城谢朓北楼》、《宣州谢朓楼饯别校书叔云》、《题宛溪馆》、《过崔八丈水亭》等诗。

○杨国忠与安禄山有隙，厚结哥舒翰以为援，奏请封王。九月，哥舒翰以凉国公晋封西平郡王。

○殷璠《河岳英灵集》书成。

[天宝十三载(754)]　54岁

○李白春游金陵，夏至扬州。魏万千里相访，于广陵相遇。作《送王屋山人魏万还王屋》诗。同舟自秦淮入金陵，受江宁宰杨利物接待。此期诗作尚有《新林浦阻风寄友人》、《春日陪杨江宁及诸官宴北湖感古作》、《宿白鹭洲寄杨江宁》，另有《江宁杨利物画赞》一文。离开金陵即游秋浦，与大楼山矿工为伍，参与伐木冶炼，其间曾游青阳，改九子山为九华山。诗作有《赠崔秋浦三首》、《赠秋浦柳少府》、《秋浦清溪雪夜对酒》、《清溪夜半闻留》、《清溪行》、《游秋浦白苛陂二首》、《与周刚清溪玉镜潭宴别》、《秋浦歌十七首》、《宿清溪主人》、《望九华山赠青阳韦仲堪》、《九华山联句》等。

○正月，安禄山入朝，太子及杨国忠皆言禄山必反，玄宗不听，加安禄山尚书左仆射。

○二月，右相兼文部尚书杨国忠为司空。

○夏，高适为哥舒翰左骁卫兵曹，充掌书记，随哥舒翰入朝。

○秋，玄宗在勤政务本楼殿试四科举人，策外加诗赋各一首。制举加诗赋自此始。

[天宝十四载(755)]　55岁

○李白由秋浦大楼山转移至宣州南陵铜官山(即利国山)，宿五松山，仍与采矿工人为伍。诗作有《与南陵常赞府游五松山》、《于五松山赠南陵常赞府》、《书怀赠南陵常赞府》、《纪南陵题五松山》、《铜官山醉后绝句》、《五松山送殷淑》等诗。新任宣州刺史赵悦于夏月莅任，太白作《赠宣城赵太守悦》诗以求助，即所谓"愿借羲和景，为人照覆盆"。赵悦引见，并假其笔作《赵公西候新亭颂》及《为赵宣城与杨右相书》。

〇二月，安禄山请以番将三十二人代汉将，玄宗拒谏，竟许之。六月召安禄山进京，辞疾不至。十一月，安禄山以讨杨国忠为名，于范阳起兵，爆发"安史之乱"。十二月陷东都。

〇十二月，高适任左拾遗，转监察御史，佐哥舒翰守潼关。

[唐肃宗至德元载(756)] 56岁

〇李白于春间离开宣城，北上当涂、溧阳，拟避地剡中。作《经乱后将避地剡中留赠崔宣城》、《猛虎行》、《扶风豪士歌》、《赠溧阳宋少府陟》等诗，及《春于姑熟送赵四流炎方序》一文。然似不曾东入剡中，转溯江至寻阳庐山，隐于屏风叠。有《赠王判官时余隐居庐山屏风叠》诗。冬，永王李璘派使者三次征召，因随行至永王军中，沿江东下。作《别内赴征三首》等诗。

〇正月，安禄山在洛阳称帝，国号燕。

〇六月，哥舒翰兵败，潼关失守，玄宗仓皇奔蜀，马嵬兵变，杨贵妃缢杀，太子北走灵武，翌月即帝位，是为肃宗。玄宗次普安时，以太子为天下兵马元帅，永王领四道节度都帅，控制长江下游。

〇十二月，永王镇江陵，麾师东下。高适以谏议大夫出任广陵长史、淮南节度兼采访使，讨伐永王。

[至德二载(757)] 57岁

〇李白随永王水军东行至丹阳，作《在水军宴赠幕府诸侍御》、《永王东巡歌十一首》等诗。永王兵败，太白自丹阳南奔，避地舒州太湖司空原。旋入寻阳狱，上书求援，江南宣慰使崔涣及御史中丞宋若思为之雪冤，秋间获释。宋若思辟为参谋，并上书荐之。作《为宋中丞祭九江文》、《为宋中丞请都金陵表》、《陪宋中丞武昌夜饮怀古》之文与诗。秋病于宿松，作《赠张相镐》诗，向张求援，未果。冬定罪长流夜郎。

〇正月，安禄山为其子安庆绪所杀。

〇二月，永王李璘兵败于丹阳，南奔被杀。

〇十月，肃宗自凤翔还京，遣韦见素入蜀迎玄宗；十二月，玄宗还至长安。改郡为州，以蜀郡为南京，凤翔为西京，长安为中京。

[乾元元年(758)] 58岁

〇李白流夜郎，自寻阳首途。其妻弟宗璟送至乌江。春夏之交经西塞驿，夏至江夏，秋后上三峡，南溯涪陵江至夜郎。作《流夜郎永华寺寄寻阳群官》、《流夜郎至西塞驿寄裴隐》、《题江夏修静寺》、《泛沔州城南郎官湖并序》、《赠郑判官》、《留别龚处士》、《流夜郎题葵叶》、《放后遇恩不沾》等诗。

○二月，改元为乾元，复以载为年。

○五月，张镐罢相，出为荆州长史。

○十月，册立太子俶，更名豫。

［乾元二年（759）］　59岁

○李白在夜郎。春，作《南流夜郎寄内》，有"北雁春归看欲尽，南来不得豫章书"。又作《忆秋浦桃花旧游时窜夜郎》诗。三月，遇赦，由涪陵江顺流北行入江出夔门，经巫峡，登巫山古阳台，宿江边。作《自巴东舟行经瞿塘峡登巫山最高峰晚还题壁》、《宿巫山下》、《我行巫山渚》（古风其五十八）等诗。夏，至江夏，流连至秋，往游洞庭，与李晔、贾至同泛舟洞庭。荆州乱后，曾赴零陵。在零陵遇怀素。作《流夜郎半道承恩放还兼欣克复之美书怀示息秀才》、《经乱离后天恩流夜郎忆旧游书怀赠江夏韦太守良宰》、《答裴侍御先行至石头驿以书见招期月满泛洞庭》、《夜泛洞庭寻裴侍御清酌》、《陪族叔刑部侍郎晔及中书贾舍人至游洞庭五首》、《荆州贼乱临洞庭言怀作》、《草书歌行》等诗。

○正月，史思明自称大圣燕王于魏州。四月自称皇帝。

○九月，康楚元、张嘉延作乱，袭破荆州。

［上元元年（760）］　60岁

○李白春返洞庭，旋赴江夏。作《江夏赠韦南陵冰》、《鹦鹉洲》、《天马歌》等诗。秋间至寻阳，登庐山，宿东林寺。有《庐山东林寺夜怀》诗。冬在建昌。作《对酒醉题屈突明府厅》诗。

○闰四月，改元上元。史思明入东京。

○七月，高力士配流巫州。

○十一月，李光弼拔怀州。

［上元二年（761）］　61岁

○李白流落江南，在金陵一带艰难度日。李光弼出镇临淮，白请缨入幕，因病半道而还。冬间往依当涂令李阳冰。作《江南春怀》、《赠升州王使君忠臣》、《献从叔当涂宰阳冰》等诗。

○三月，史朝义杀其父思明，即帝位。

○五月，李光弼拜太尉兼侍中，充河南副元帅，出镇临淮。

○九月，李光弼破史朝义于许州。去"上元"年号，但称元年。以十一月为岁首。

［唐代宗宝应元年（762）］　62岁

○李白在当涂养病，临终前将平生著作手集尽付李阳冰，求为作序。即所谓《草堂集》。十一月，病逝于当涂，殡于龙山，后范传正移葬青山。有绝笔诗《临终歌》。

○四月,玄宗卒,肃宗卒,太子即位,是为代宗。改元宝应,以建寅为正月,如旧。

○八月,台州人袁晁起义,陷浙东诸州县。

○十二月,李光弼败袁晁于衢州。

河南文艺出版社部分诗词类图书

臧克家　主编

毛泽东诗词鉴赏·增订二版　大32开(精)　30.00元(已出)

季世昌　徐四海　主编

毛泽东诗词唱和　16开(精)　30.00元(已出)

陈祖美　主编

唐宋诗词名家精品类编(全套十种)

黄河之水天上来·李　白集　大16开(平)　46.00元(已出)

每依北斗望京华·杜　甫集　大16开(平)　42.00元(已出)

相见时难别亦难·李商隐集　大16开(平)　46.00元(已出)

烟笼寒水月笼沙·杜　牧集　大16开(平)　32.00元(已出)

万里归心对月明·唐代合集　大16开(平)　49.00元(已出)

一蓑烟雨任平生·苏　轼集　大16开(平)　46.00元(已出)

杨柳岸晓风残月·柳　永集　大16开(平)　39.00元(已出)

但悲不见九州同·陆　游集　大16开(平)　45.00元(已出)

壮岁旌旗拥万夫·辛弃疾集　大16开(平)　40.00元(已出)

云中谁寄锦书来·宋代合集　大16开(平)　46.00元(已出)

贺新辉　主编

元曲名家精品鉴赏(全套五种)

错勘贤愚枉作天·关汉卿集　(已出)

天边残照水边霞·白　朴集　(已出)

困煞中原一布衣·马致远集　(已出)

愿有情人都成眷属·王实甫集　(已出)

重冈已隔红尘断·元代合集　(已出)

广东中华诗词学会　编

中华新韵府·韵字袖珍版　128开(精)　6.00元(已出)

李中原　编

历代倡廉养操诗选　人32开(平)　18.00元(已出)

邓国光　曲奉先　编

中国历代咏月诗词全集　大32开(精)　50.00元(已出)

史焕先　主编

江水北上——"南水北调邓州情"诗歌作品选　16开(精)　38.00元(已出)